独身貴族同盟

大富豪ダニエルの誤算

ヴィクトリア・アレクサンダー

皆川孝子　訳

MIRA®

SECRETS OF A PROPER LADY

by Victoria Alexander

Japanese translation rights arranged with Victoria Alexander
c/o Jane Rotrosen Agency, LLC, New York
through Tuttle-Mori Agency, Inc., Tokyo

Published by Harlequin K.K., Tokyo, 2010

大富豪ダニエルの誤算

■主要登場人物

ダニエル・シンクレア……………………アメリカ人実業家。
ウォーレン・ルイス………………………ダニエルの個人秘書、親友。
オリヴァー・レイトン……………………ダニエルの親友。ノークロフト伯爵。
ハロルド・シンクレア……………………ダニエルの父。
フェリス・ディメキュリオ・シンクレア（デイジー）……ダニエルの継母。
アーシュラ…………………………………デイジーの妹。パレッティ伯爵夫人。
コーデリア・バニスター…………………伯爵令嬢。
サラ・エリザベス・パーマー……………コーデリアの付き添い役、親友。
フィリップ・バニスター…………………コーデリアの父。マーシャム伯爵。
アミーリア…………………………………コーデリアの一番めの姉。
ヘンリー、エドワード、リチャード……アミーリアの息子たち。
エドウィナ（ウィニー）…………………コーデリアの二番めの姉。
トーマス、マシュー、ジェームズ………エドウィナの息子たち。
ベアトリス（ビー）………………………コーデリアの三番めの姉。
フィリップ…………………………………ベアトリスの息子。
ウィリアム（ウィル）・バニスター……コーデリアの兄。クレズウェル子爵。
ラヴィーニア………………………………コーデリアの叔母。

プロローグ

ロンドン、一八五四年六月

「呪《のろ》われてる」ダニエル・シンクレアが声をひそめて言った。「ぼくはいつだって現実的で理性をわきまえた人間のつもりだったが……」やれやれというふうに首を振る。「やはり、呪われているとしか説明のしようがない」

「あきれたものだ」ノークロフト伯爵オリヴァー・レイトンは笑い飛ばした。「呪いなんてものがこの世に存在しないことぐらい、おたがいによくわかってるはずだ」

「そうはいっても、きみの国が生んだ天才シェイクスピアも言ってるじゃないか」シンクレアは考え込むように眉を寄せた。「〝天と地のあいだにはいろいろと……〟この先はなんだったかな」

「〝天と地のあいだには、人知でははかり知れないことがあるのだ、ホレイショー〟」ノークロフトは暗唱して肩をすくめた。「ともかく、すべて偶然の一致にすぎないということで話はついたものと思っていたが」

「ああ、もちろん。単なる偶然に決まってるさ。結婚には露ほどの関心も抱いていない四人の男が――」

「というより、結婚には強い抵抗を示していた男たちが」

「はした金とコニャック一本を賞品にしてトンチン式の賭《かけ》をした。ところがあっという間に、そのうちのふたりが消えた」

ノークロフトはくっくっと笑った。「べつに死んだわけじゃない。単に結婚しただけだ」

「どちらも同じようなものだという説もある」シンクレアの口調は暗かった。

「きみがそんなに悲観的な結婚観の持ち主だとは知らなかった」

「普通の状況であれば、こんな悲観的な見方はしない」シンクレアは椅子に深くもたれて考えをめぐらせた。「きみたちご愛用のこのクラブで最初に集まったとき、仲間は四人だった。金額の多寡ではなく象徴的な意味合いから、それぞれが一シリングを出し合い、さらにこのクラブで最高のコニャックを購入して、最後の勝者への賞品にすることに決めた。きみだって、コニャックの封が開けられるのは遠い先の話だと見込んでいたはずだ」

「たしかに、これほどあっけなく仲間が減ってしまうとは思わなかった」

「賭をしたのが二月。いまはまだ六月だというのに、残りはわれわれふたりだけだ。それに正直なところ、最後まで残るのは彼らのほうだと思っていた」

「まさに同感だ」

まず最初に脱落したのはウォートン子爵ギデオン・ピアソール。誰よりもウォートンが勝ち残ることをノークロフトは確信していた。美しい未亡人によって瞳ばかりか魂まで奪われてしまうことなど、いったい誰に予想しえただろう。そして次が、いまやキャヴェンディッシュ子爵となったナイジェル・キャヴェンディッシュだ。この男は深夜にピストルが暴発したせいで突如結婚するはめになったのだが、いまでは妻を熱愛している。ノークロフトの見立てによれば、女好きでいかなる種類の責任からも逃げまわっていたキャヴェンディッシュこそ、ウォートンに次いで優勝候補に最も近い位置にいたはずだ。言い換えるなら、独身貴族同盟、最後の勝者になるはずだった。

そんなわけで、残るはノークロフト自身と、アメリカ人実業家ダニエル・シンクレアのふたりきりだ。シンクレアが本国で手がける鉄道開発事業からは莫大《ばくだい》な利益が見込めそうで、仲間はひとり残らず投資に加わった。シンクレアの事業がやがて大成功を収めることをノークロフトは確信している。

「いや、まったくの話、こうしているあいだにも、結婚というやつがうなじに生温かい息を吹きかけてくるのを感じるよ」

ノークロフトは愉快そうに笑った。「生温かい息が吹きかけられるのは、ぼくのうなじであっても不思議ではない」

「それでもきみは平然としている。ぼくたちのなかで、きみだけは結婚に対して一度も反発を示したことがなかった」シンクレアは身を乗りだして、ノークロフトの瞳を正面から見つめた。「だからきみの身は安全で、ぼくはもう終わりなんだ」悲劇の主人公になったように首を振る。「この手の話では、それがお約束さ」

「この手の話とは？」ノークロフトが片眉をあげた。「また呪いか？」

「呪いだろうと、運命だろうと、偶然だろうと、呼び方はどうでもいい。そいつは自分の企てを最もいやがっている相手を見つけだして、押しつけるのさ。今回の場合、その企てとは結婚を意味する。やっぱりぼくはもう終わりだ」シンクレアはブランデーの残りを飲み干して、給仕におかわりの合図をした。「こうなったら悪あがきせずに、いますぐ外へ出て、通りで最初に出会った女性にプロポーズしたほうがよさそうだ」

「何もそこまで捨て鉢にならなくても」ノークロフトは喉の奥で笑った。「先のことなど誰にもわからない。場合によっては、次に結婚するのはぼくかもしれない」

「そいつはどうかな」おかわりのグラスを、シンクレアは手にした。「それが事実ならありがたいが」

「いや、あいにくだが、現実にはそうはならないだろう」アメリカ人の友人の顔を、ノークロフトはしげしげと観察した。「しかし、きみが覚悟を決めていると知ってうれしいよ」

「覚悟とは？」

「賭に負ける覚悟さ」

シンクレアは長いこと相手の顔を見つめた。「いや、それは違うぞ、ノークロフト。賭をすることによって神の怒りを買い、その結果、呪いを受けることになったのだとしても、ぼくは決して降参しない」グラスをかかげる。「命あるかぎり、断固闘う」

「いいぞ、その調子だ」ノークロフトはそう言って、グラスを合わせた。

「でも、これだけは約束する。運命だか偶然だか呪いだかを無事に逃れることができたあかつきには、きみの結婚式で喜んで祝杯をあげさせてもらう」シンクレアはにんまりとした。「言うまでもなく、ぼくのものとなったコニャックで」

ノークロフトもにこやかに返した。「楽しみにしてるよ」

とはいえ、シンクレアの説にも一理ある。いちばん結婚しそうになかった男たちが、いまでは幸せそうな家庭人となっているのはどう考えても妙だ。呪いの話が事実なら、あるいはシンクレアが唱える風変わりな運命論が事実なら、ノークロフトが早急に結婚する可能性はあまりなさそうだ。少なくともここしばらくは。

「しかし、ぼくがきみの立場なら」ノークロフトは笑みを広げた。「間違ってもそんな大口は叩《たた》かないね」

分かれ道の先にあるかもしれない冒険に踏みだす勇気と柔軟さを、人はいつも持っていなければなりません。

『英国婦人の旅の友』より

1

レディ・コーデリア・バニスターが若い女性としてきわめてすぐれた資質の持ち主であることは、いかに観察眼のない者でも、ひとめ見れば、いや二度めか三度めの出会いののちには納得すること請け合いだ。育ちがよく、礼儀をわきまえ、どこといった欠点もなく、両親にとって自慢の種でもある。旅行好きな点も、紀行文を執筆していることも、日ごろの態度からにじみでる独立心の強さも、その印象を大きくそこなうことはない。もっとも、マーシャム伯爵の数多い娘のなかでただひとり片づいていないコーデリアを、最初に、あるいは二度めか三度めに目撃したのが、ある夏の曇天の日、父親の書斎で大きな机に向かう父とそのかたわらに控える母を前にしている姿だとしたら、話はべつだ。

「とんでもない。お断りよ。こんな野蛮な話、聞いたこともないわ!」コーデリアは信じられないという表情で父親をにらみつけた。「話があるというのはこのことだったの？　あのね、お父さま、この際だから言わせてもらうけれど、こんな重大なことがらを急に切りだされても困るのよ。わたしだって、それなりの心の準備が必要なんだから。今日呼びだされたのは、仕立屋のマダム・コレットへの前回の支払い額がかさみすぎた件か何かだと思っていたのに」

自身の地位の象徴であるのと同時に、代々の祖先の地位の象徴でもあった机の向こう側で、伯爵は力を与えたまえと祈るように、つかの間、目を閉じた。長年のあいだに何人もの娘たちを相手にしてきたときの、それが習い性となっている。「その勘定書きはまだ目にしていないが、覚悟はできているよ」

「べつにたいした額じゃないのよ、あなた」母親が無頓着《むとんちゃく》に肩をすくめた。「いつもと大差ないわ」

「それを聞いて安心したよ」皮肉で返した父親は、コーデリアに注意を戻した。「だが、いまここで話し合いたいのはその件じゃない」

「今回のお話だけど」コーデリアは顎をつんとあげて、父親をまっすぐ見つめた。「承知する気はまったくないし、はっきり言って、お父さまだって無理強いはできないはずよ。わたしはもう立派な大人なんだから」母親がかけているのと同じ形の椅子にぐったりと沈み込む。「そもそも、こんなひどい話ってないわ。とんでもなく古くさいやり方だし」

「べつに古くさいとは思わないけど」母親が口をはさんだ。「最近はあまりはやらないだけよ」

妻の言葉を聞き流して、伯爵は末娘をじっと見た。「いや、その気になれば、無理強いすることだって可能だ。子ども時代とまったく同じに、生活のすべてを家族に依存しているかぎり、何歳になろうと関係ないんだよ、コーデリア。仕立屋からの勘定書きが何よりの証拠だ」

その言い分が正しいとしたら、コーデリアが父親を言い負かすのはかなりの難題だ。とはいえ、もうすぐ二十六歳になろうとする女性が、みずからの意思も何もないままに結婚させられるなんて、あってはならないことだ。「生活のすべてを依存しているわけじゃないわ、お父さま。旅行記事の原稿料で、かなりの貯金ができたし」

父のまなざしが厳しさを帯びた。「旅行費用を払ったのはこのわたしだ」

「お父さまがそんなふうに見ているのなら……」べつにどうでもいいけど、というふうにコーデリアは肩をすくめた。実際のところ、それ以外の見方などあるはずもないのだが。

十八歳の誕生日を迎えて間もないころ、コーデリアは両親にともなわれてヨーロッパ大陸をめぐり、旅行の魅力に取りつかれた。二年後、すでに嫁いでいたアミーリア、エドウィナ、ベアトリスの三人の姉とともに同じコースをたどった。そしていまから二年前には、ラヴィーニア叔母に同行して、エジプトと聖地をめぐる壮大で興味の尽きない冒険旅行を体験した。その地域が持つ圧倒的な迫力に感銘を受けたコーデリアは、再訪の機会が待ちきれなかった。

以前から旅日記をつけてはいたが、それを記事にして女性誌に掲載することを勧めてくれたのは叔母のラヴィーニアだ。要約するなら、叔母はこう言ったのだ。結婚する気がないのなら、ひとりで生きていく道を探るべきよ。さもないと、姉の誰かの家に身を寄せて、わが子ではない子どもの面倒をみて一生を終えることになる、と。

コーデリアにしてみれば、べつに結婚したくないわけではなく、結婚願望は大いにあった。ただ、その気になれる相手との出会いがなかっただけだ。というのも、ラヴィーニアは結婚を勧める一方で、男というのは手のかかる生き物であり、扱いを間違えるととんでもなくやっかいな存在になるという事実を、歯に衣《きぬ》着せずに教えてくれたからだ。ちなみに、ラヴィーニアには三度の結婚歴がある。そういう人物の言葉以上に信頼できるものがあるだろうか。

「かなりの貯金ができたと言うが」父親がさらに続けた。「それで生活していけるか？　雨露をしのぐ部屋を借りる費用に衣装代――しかも値の張る流行の服ばかり――をまかなえるか？　付き添い役の給金を支払えるか？　付き添い役といえば、おまえが姉さんたちと同じように夫を見つけたあかつきには、不要になるのは言うまでもない」

「たしかに、必要な費用すべてをまかなうのは無理かもしれないけど」コーデリアはしぶしぶと認めた。

それどころか、旅行記事の執筆から得られる金額は、生活費にはまるで足りない微々たるものだ。コーデリアとしても、両親のもとから独立するというばかげた幻想は抱いていなかった。女性のための旅行書の上梓《じょうし》をめざして、過去に書きためてきた記事をまとめる作業をしてはいるが、それで食べていけるという甘い考えは持っていない。いつだったか、遠縁の女性からの遺産が入るかもしれないという話をちらりと耳にした覚えがあるが、それとて当然ながら結婚が条件だ。コーデリアが首尾よく親元から独立できるとしたら、いまはまだ存在を知らない金持ちの親戚《しんせき》がぽっくりと逝って、全財産を彼女ひとりに残してくれた場合ぐらいのものだ。しかし両親のどちらの側にも消息不明の親戚はおらず、そんな幸運が訪れる可能性は万にひとつもない。

「でも、付き添い役をつけてほしいとわたしから頼んだ覚えはないわ、お父さま」コーデリアは反論した。

「それに、サラ・エリザベスは家族も同然。実の娘も同じよ」母が刺すようなまなざしで父を見た。「あなたもよくご存じのように」

父親は天井をあおぐまねをした。「もちろんわかってる。そうじゃないと言うつもりなど毛頭ない。だがそれはそれとして、かなりの給金を支払っているのも事実だ。おまけに、いま問題となっているのは、わが家におけるサラ・エリザベスの立場ではない」

「おっしゃるとおりよ、お父さま」コーデリアは胸の前で腕組みをした。「問題は、会ったこともない男性と末娘との結婚をお父さまが画策していること」

「画策だなんて人聞きの悪い」母親が嘆かわしげに首を振った。「強く勧めているとおっしゃい」

コーデリアは眉を吊《つ》りあげた。「でも、それだと真実から遠ざかるんじゃない？」

「そんなことあるもんですか」迷いのない口調で母が言った。

「いや、たしかにそうだ」父は認めた。「だがこの結婚はわたしだけでなく、おまえのためでもある。夫探しのための努力を怠ってきたのは誰だね？」

　思わず鼻で笑った。「あらゆる努力をしたわよ。ただ、ぴったりの相手が見つからなかっただけ」

「だから、かわりに見つけてやったのだ」父は椅子の背にもたれて、娘をまじまじと見た。

「おまえも喜ぶのが当然だろう」


コーデリアの眉が中央に寄った。「いったいなぜわたしが喜ばなきゃならないの？　一生を左右するほどの重大事項を決定する権利を、この手からむしりとられたというのに」

「なぜなら、こうすることによって、おまえはいかなる努力からも解放されるからだ」おだやかな声音に変えて、父は続けた。「これまでに、かなりの数の男性から結婚の申し込みを受けたんだろう？」

「かなりの数というほどじゃないけど」コーデリアの声はつぶやき程度に小さくなった。

「たしか三人だったはずよ」母親が横目で娘を見た。「かなりの人数と言っていいわ」


父親がうなずいた。「そのすべてをおまえは断った。なぜだね？」

「さあ、よく覚えてないわ」コーデリアはつんとした口調で答えたが、実際のところ、そのすべてをありありと記憶していた。

最初の求婚者は死ぬほど退屈な人物で、こんな相手と結婚したら毎日が単調きわまりないうえに、つまらないことを夫が延々としゃべるそのあいだ、眠らないようにするのが関の山だという将来が透けて見えてしまった。ふたりめはきわめて魅力的でハンサムな男だったが、誠実さに欠けることはなはだしく、彼女に求愛するあいだも、その目は周囲をさまよっているという具合だった。夫の不貞を見て見ぬふりをする妻になるつもりはない。好みのタイプだったから残念ではあるものの、幸いなことに心を奪われるまでには至っておらず、失恋の悲しみは味わわずにすんだ。そして三人めは爵位も家柄も不足のない感じのよい紳士だったが、噂《うわさ》によると財政状態が逼迫《ひっぱく》しているらしく、コーデリアに求愛したのは愛情からというより、たっぷりとした持参金と人脈作りが目当てだったらしい。

コーデリアは肩をすくめた。「要するに、あのなかの誰にも特別の感情を抱けなかったということ」

母親が父親に耳打ちした。「愛が芽生えなかったのよ、あなた」

「あいにくだが、愛だの恋だのと言っていられる時期は過ぎた」父親は探るような目で娘を見た。「おまえはもっと、ものの道理をわきまえた人間だと思っていたよ、コーデリア。この問題に関して甘ったるい幻想を抱いているのはべつにして、昔からおまえは四人の娘のなかでいちばんのしっかり者だと見ていた。頭もきれる」

「それはどうも、お父さま」取りすました口調とは裏腹に、コーデリアは内心ひどく驚いていた。母親似の、いくぶん軽薄で頑固な性格だと見られていると思っていたのだ。

「実際の話、うちの子のなかで誰よりもわたしに似ている」首を振りつつ、父は述懐した。「わたしも旅行には目がないほうで、未知の場所の魅力に取りつかれ、異国の地で角を曲がった先に何が待っているのかと考えて、胸を躍らせたものだよ。おまけに文才にも恵まれている。気性の面でも趣味の分野でも、おまえとわたしは似たもの親子だ」

　母親に気をつかって、コーデリアはすばやく様子をうかがったが、こんな衝撃の告白を耳にしても平然としている。好機を逃がさないことを信条としているコーデリアは、声を落として答えた。「わたしも昔からそう思っていたわ、お父さま」

「それなら、今回の縁談がわが家にとって最大の利益となることは理解できるだろう、コーデリア」父親は少し間を置いて、慎重に言葉を選んだ。「おまえも承知しているとおり、わたしは数多くの事業を手がけているが、その中心となるのは小さな船会社の経営だ。以前はきわめてすぐれた業務成績をあげ、地代収入とともにわが家の家計を支えてきた。ところが最近は景気が悪く、業績がかなり悪化している。そんなわけで、わが家の経済はいくぶん厳しい状況にある」

　コーデリアは驚いて目を丸くした。「厳しいって、どれくらい？」

　母親が身を乗りだして、娘の手をさすった。「べつに家屋敷を失うわけじゃないわ。そんな深刻な状態ではないから心配しなくていいのよ」

「まだ、いまのところはな」父親の声はいくぶん不吉な響きを帯びていた。「そこへダニエル・シンクレアが登場した」

「お父さまがわたしと結婚させたがっている相手ね」

父がうなずいた。「アメリカ人実業家ハロルド・シンクレアの子息だ。父のシンクレアは世界をまたにかけて多方面の事業を展開し、巨万の富を築きあげてきた」

「そのなかに船舶業も含まれるというわけね」コーデリアにも、ようやく話の流れが読めてきた。

「ああ、船舶は彼の事業のなかでも重要な位置を占めている。とりわけ力を入れているのが汽船部門だ」父親はひと息ついて、無意識に指先で机を軽く叩《たた》いた。「ミスター・シンクレアとはしばらく前から書面でのやりとりを始め、二週間前にパリで直接顔を合わせた。条件さえ整えば、うちの社を吸収合併する意思があるようだ」

「条件とは、業務だけでなく姻戚関係も結ぶということ?」コーデリアはおずおずと尋ねた。

「双方にとっての経済的利益のみならず、ハロルド・シンクレアとしては由緒ある家柄との縁組を強く希望している」雑談でもしているかのようにさらりと父は認めた。

「どうやらミスター・シンクレアには、ウィルお兄さまを押しつけられるような娘さんがいないようね」コーデリアは母親を横目で見た。「ずいぶん前から、ウィルには早く身を固めてもらいたいと言ってたじゃないの」

ひとり息子の結婚問題にはいまのところ関心がないとでも言いたげに、母は肩をすくめただけだった。

「ミスター・シンクレアに娘さんがいるかどうかは知らないし、たとえいても関係ない。ウィルはわが家の事業のお目付け役としてインドに滞在中だ。家の財政状況を向上させるために、自分なりの役割を果たしているんだ」

「だから、こんどはわたしの番というわけ？」コーデリアは声が裏返りそうになるのをこらえた。「家の財産を守るために、会ったこともない男性との結婚を押しつけられるなんて。しかもアメリカ人と！」

「アメリカ人という部分は気に入ると思っていたけど」母が小声でつぶやいた。

父親は無言で娘の様子を観察した。

「でも、お父さまの事業が困難な状況にあるとなれば事情はまったく違ってくる。そういうことね？」立ちあがったコーデリアは、両腕で自分の体をかき抱くようにして室内を歩きまわった。「もし断れば、わたしが責めを負うことになる」父親の顔を盗み見た。

「家計の赤字転落の責めをな」父はそっけなく指摘した。

「もし承諾したら……」コーデリアは深々と息を吸って、肩をそびやかした。「無理。やっぱり無理よ」

「もう、大げさな子ね」

「お母さまったら！」コーデリアは母をにらみつけた。「味方だと思っていたのに」

「ええ、味方よ。だからこそ、今回の縁談を冷静に考えてみてほしいのよ」母は指を折って、その理由をひとつひとつ挙げていった。「あなたはもう二十五歳。その気になればいいお相手を見つける機会はいくらでもあったのに、あいにくまだ見つかっていない。次の縁談が舞い込むのはいつのことになるか見当もつかない。今回みたいなお話は運命の贈り物と考えて、せいぜい活用しなくては。こんなチャンスを逃すなんてもったいないわ。もっと真剣に考えてみるべきよ」

「お母さま」コーデリアはあえぎあえぎ言った。「いまは一八五四年よ。そんなやり方は通用しないわ」

「ばかおっしゃい」母がむっとして言い返した。「いまだって立派に通用しますとも。昔みたいに表立って話題にのぼらなくなっただけよ。世間では少しもめずらしいことではないし、ある意味、わが家の伝統みたいなものよ」娘のほうに身を寄せて、じっと見つめる。「あなただって、わたしがお父さまと喜んで結婚したとは思ってないでしょう?」

コーデリアは思わず目を丸くした。「なんですって?」

父親が渋面をつくった。「なんだって?」

「まあ、最初のうちはという意味よ、あなた」母親は愛情のこもった笑みを夫に向けた。「おたがいに、親が仕組んだ縁組だということはよくわかっていた。実際に会ってみたら、あなたが目の覚めるほど魅力的な男性だったから、ひとめで恋に落ちたのよ。でもそれは単に運がよかっただけ」少し間を置く。「まあ、ひとめでというのは言いすぎだけれど、かなり早い時期に愛が芽生えて、その後もずっと続いてるわ」

父はいくぶん機嫌を直したように見えた。

「そしていまはこんなにうまくいってる」母親はにこやかに娘に笑いかけた。「コーデリア、何もいますぐ答えを求めているわけじゃないのよ。ゆっくり考えなさいな。ちょうどわが家は今週ブライトンへ出発するから、ロンドンを離れているあいだに、ご子息のほうのミスター・シンクレアと文通してみたらどうかしら。きっとおたがいのことをよく知るきっかけになるわ。手紙には人柄が大いににじみでるものだから」

「そんな面倒なことをせずに、本人たちを直接引き合わせたらどうだ？」父親が机に指を打ちつけた。「こういうことはさっさと片づけてしまうに限る」

「そうはいかないわ、あなた。ミスター・シンクレアも、ご子息がどんな反応を示すかわからないとおっしゃっていたのでしょう？　この時点で顔を合わせても、ひどく気まずい思いをするだけよ。結婚の二文字が頭上に垂れこめている状態で、気安く会話を交わすなんてどだい無理な相談だわ。それにあちらだって、コーデリアに負けないくらい、今回のお話をいやがっているかもしれないし」

「先方にその気がない？　コーデリアがいやがっている？」父親が目をぎらつかせて妻から娘に視線を移動させ、また妻に戻した。「いったいどういうことだ？　昔は、一家の主人が言うことは神聖で犯すべからざるものだったというのに」

コーデリアと母親は目配せした。ふたりとも、妻と娘たちが――ことに末娘が――伯爵を丸め込んで意のままにあやつってきたことを口に出して指摘するつもりはなかった。コーデリアはしかし、母親とはつねに同盟関係を維持してきた。それなのに今回、母は父と手を結んだらしい。

「いいだろう」父親が苦虫をかみつぶしたような表情で長いため息をついた。「では、文通だけはしてくれるんだろうね」

「ええ、もちろんよ」コーデリアはほっとしてうなずいた。「ミスター・シンクレアに喜んで手紙を書くわ。でも……」母親の顔をちらりとうかがう。「礼儀上、あちらが先に手紙をよこすべきじゃない？」

「通常であればそうでしょうね。でも、ミスター・シンクレアはアメリカ人よ。妻になるかもしれない女性からの積極的な働きかけを、ことのほか喜ぶんじゃないかしら」

「積極的になるのはべつに苦手じゃないけど」コーデリアは小声でつぶやいた。

ダニエル・シンクレアとの文通は、今回の仕組まれた縁談から逃れるための時間稼ぎになるはずだ。とはいえ、敵とは言わないまでも相手の正体がわからないかぎり、作戦の立てようがない。手紙を書くのは相手を知るためのひとつの方法ではあるけれど、あまりに時間がかかりすぎる。だからといって、何もせずに手をこまねいて、意に染まない結婚をさせられるなんてごめんだ。やはり何か手を打たなければ。誰もがあっと驚くような計画が必要だ。いまはまだ何も頭に浮かばないが、きっと名案をひねりだしてみせる。父も言っていたではないか、おまえは頭がきれると。持って生まれた才能を決して無駄にはしないとコーデリアは誓った。

「こんな朝っぱらから公園の正面に馬車を停《と》めて、座席でこっそり身を隠していなきゃならない理由をもう一度説明してくれない？」サラはあくびをかみ殺して、親友をにらむまねをした。

「これも計画の一部よ」窓から向きなおりもせずにおざなりに答えたコーデリアは、公園を起点とする、あるいは見方を変えれば終点とする数多い通りのひとつに目をこらした。

「計画については、ゆうべ詳しく説明したじゃないの」

「あまり真剣に聞いてなかったから」

「ええ、そうみたいね。あなたは例によって、秘密の求婚者へのお手紙を書くのに忙しかったから」

「相手は求婚者でも謎《なぞ》の人物でもないわよ。ただの昔なじみと文通してるだけ」この話題になるといつもそうであるように、サラはそっけなく返した。なんでも話し合える仲なのに、この件だけは秘密にして自分にも打ち明けてくれないことが、コーデリアにとっては不満の種だった。

　サラ・エリザベス・パーマーはコーデリアよりわずか一歳年上。母方の遠い親戚の娘だが、直接の血縁関係はない。十数年前、両親を亡くして生活に困窮するようになった彼女を、コーデリアの両親が引きとったのだ。上の娘三人が相次いで嫁いで家のなかが妙にがらんと感じられた時期だったから渡りに船だったのよ、とは母の弁だ。さらに、コーデリアはすぐ上の姉とも七歳の年の開きがあったので、同じ年ごろの娘がいれば何かと楽しいだろうという親心も働いた。しかし、やがて成人したサラは、ふさわしい夫が見つからないという点においてはコーデリアといい勝負だった。これ以上世話になるのは心苦しいので自活したいと強く主張したが、サラが家庭教師としてよその家で働くという考えは家族の誰にとっても受け入れがたく、結局はコーデリアの有給の付き添い役におさまった。無一文でなくなったということを除けば、家庭での立場は以前と何ひとつ変わらない。

とはいえ表向きには、コーデリアはサラの監督下にあるわけで、その点もコーデリアにとって不満の種ではあった。

「わたしはどんな秘密だって打ち明けてるのよ」コーデリアはそう言って、馬車の窓越しに監視を続けた。あの男はいったい何をやっているの？　標的が住まう屋敷の玄関は視界に入る位置にあり、こちらに気づかれずに逃げだした可能性はない。万が一逃げられたとしても、また明日がある。

「べつに秘密じゃないったら。単に個人的なことがらで、いちいち話題にするような問題じゃないというだけよ」サラはそっけなく答えた。「それより、泥棒みたいにこっそり待ち伏せしなきゃならない理由をもう一度説明して」

「もう。泥棒が馬車のなかで待ち伏せなんかするもんですか。まして、こんな豪華な馬車で。本物の泥棒なら茂みに隠れてるわよ」

「馬車だろうと茂みだろうと、隠れてるのは同じという気がするけど」

「おあいにくさま。わたしたちは待ってるだけよ」窓から顔を戻したコーデリアは、座席に深く腰をおろして腕組みをした。「時間を守らない男って大っ嫌い」

サラは笑いをこらえた。「縁談を断る立派な理由になるわよね。ミスター・シンクレアが時間にだらしない性格だというのは重大な欠点だわ」

「ええ、まったくそのとおり」コーデリアはむっとした声で言い返した。「人の話を身を入れて聞かないのと同じくらい重大な欠点よ。いい？　わたしたちが待っている相手はミスター・シンクレアではなくて、ミスター・ルイスよ」

サラの眉が中央に寄った。「ミスター・ルイス？」

「何も聞いてなかったのね。いいわ、もう一度説明する」コーデリアはやれやれと言いたげなため息をついた。「ミスター・ウォーレン・ルイスはミスター・シンクレアの個人秘書よ。毎朝かならず、健康維持のために公園を散歩する習慣なの。たまにミスター・シンクレアが付き合うこともあるけれど、たいていは単独行動ね」

サラが口もとをきゅっと引き結んだ。「また例の手を使って調べあげたのね」

「何もそんな目で見なくても。町の噂を収集するのに、もっといい方法があるとでもいうの？」コーデリアはしたり顔で笑った。「簡単なことよ。召使い頭にシリング硬貨を数枚渡すと、彼は目下の召使いたちに富の一部を分け与え、かわりにそれぞれの知り合いから内緒の話を聞きだしてきてもらう。あっという間に必要な情報が届けられるというわけ」

笑みが大きくなる。「ロンドンでの仮の宿としてミスター・シンクレアが借りた家の住所がわかって大助かりよ。この点についてはお母さまにも感謝しないと」

「人相や体格も調査ずみなんでしょうね」サラの口調には皮肉の色があった。

「もちろんよ。当然でしょう。ミスター・ルイスは長身で黒みがかった髪の持ち主。そしてアメリカ人よ」肩をすくめる。「ひとめでわかるわ」

「で、彼だとわかったら、あとはどうするわけ？」

「そのあとは、できるだけ自然な感じで近づいて、ミスター・シンクレアに関する情報を聞きだすのよ。敵のすべてを知らないと戦いには勝てないと言うでしょう」

「つまり、ミスター・シンクレアは敵ってこと？」

「さあ、それはわからない。どういう人か、いまはまだ何も知らないもの。でも、きっと調べだしてみせる。何も知らない相手と結婚させられるなんてお断りよ」

「だから、事前に文通してみたらどうかとお母さまは勧めたんじゃないの？」サラはおもむろに言った。「どういう人か自分で判断できるように」

「そんなのばかばかしくて話にならないわ。だって、考えればわかるでしょう？」コーデリアは聞く耳を持たなかった。「手紙なら、どんな人物にだってなりすませるのよ。才気煥発《かんぱつ》で聡明《そうめい》で、このうえなく魅力的な女性にわたしがなれるなら、相手だって同じこと。でも、あ、ちょっと待って……」

「いやだ、その目つき」サラが首を振った。「何を考えてるの？」

「実際より上等な人間になりすますことができるなら、逆も可能なはずよね」

「逆というと？」

「不愉快でいやな女よ」コーデリアはいかにも無邪気そうに目を輝かせた。「世の男が結婚は願い下げだと思うタイプの女」

サラがうめくような声をあげた。「まさか、妙なことを――」

「ミスター・シンクレアのことがもっとよくわかるまで、何も行動に移すつもりはないから安心して。いまのは単なるアイデアのひとつ。もしかしたら、彼はわたしが長年夢に見てきた運命の相手で、星の導きによってようやくめぐり合えたのかもしれない」コーデリアは身を乗りだして窓の外を見つめた。「まあ、その可能性はかぎりなくゼロに近いけれど」長身で黒みがかった髪の紳士が、玄関正面のステップをおりてきた。「ほら、ミスター・ルイスが出てきた。通り過ぎるまで馬車のなかで待つのよ。あなたが降りるところを見られたら――」

「わたしが？」サラがぎくっとして背筋をのばした。「それはどういう意味？　そんな話、聞いてないわ」

「何言ってるの。わたしが動くわけにはいかないでしょう」

「どうして？」サラの声が高くなる。

「だって、そんなの無理よ。もし見つかったらどうなると思う？　お父さまの反応を想像しただけで身の毛がよだつわ」コーデリアは親友の手に自分の手を重ねて、瞳をのぞき込んだ。「でもあなたは事情が違う。わたしの苦境を救うためにやったことだと申し開きができるじゃないの。まあ事実に近いし」

サラは無言で見つめ返した。

「ねえ、サラ、お願いよ」コーデリアは、聞いている相手が思わずほだされるような熱心な口調で説いた。「どうしてもあなたの助けが必要なの。あなたはわたしにとって姉も同然よ」

「お姉さんなら三人もいるじゃない！」

「まあそうだけど、あなたみたいな人はいなかった」コーデリアは窓の外にさっと目をやった。ミスター・ルイスが通りの反対側を通り過ぎていく。「それに、いちばんのお気に入りだし」

「でも頭のなかが真っ白で、何をどう切りだせばいいのかさっぱりわからない……」サラはため息をついて、扉に手をのばした。「でも、結局はあなたの言うなりになるしかないんだわ。こんな場面に遭遇すると、貧しい親戚でいたほうがまだましだったという気がしてくる。監督責任のある有給の付き添い役なんて、損な役まわりよね。でも念のために言っておくわ。こんな計画が成功するはずないから」

「あなたなら最高にうまくやれるわよ。間違いないって」コーデリアは自信たっぷりにほほえんだ。これまでもサラの協力や助言があったからこそ、いくつもの計画を成功に導くことができたのだ。ここまで考えて、コーデリアの笑みに陰りが差した。サラは知的で聡明な女性だが、どちらかというと控えめな性格で、いくぶん優柔不断なところがあり、何よりも礼儀や社会のしきたりを重んじる人間だ。そして何より、人をだますことなどできない性分だ。

彼女にこんな役を押しつけるなんて、いったいわたしは何を考えていたのだろう。そうコーデリアは自問した。これではまるで子羊をライオンの前に差しだすようなものではないか。卑劣のきわみと言うしかない。自分には数々の欠点があるかもしれないが、少なくとも卑劣な人間ではないはずだ。

サラが扉を押しあけようとした。

「待って」コーデリアは声をかけて制した。「気が変わったわ。あなたを行かせるわけにはいかない。こんなこと、頼むべきじゃなかった」

「ああ、よかった。やっと分別を取りもどしてくれたのね」サラが安堵《あんど》のため息をついた。

「もともと、無謀な計画だったのよ」

「そうかもしれない。でも、もしかしたら華麗な戦略かもしれない。無謀な計画と華麗な戦略の差は紙一重よ。たぶん、これこそとびきり華麗な戦略だわ」

「あるいは、とびきり無謀な計画かも」

「まあ見てらっしゃい」コーデリアは扉を押しあけて馬車の外へ出た。

サラが驚いて目を見開いた。「何をする気？」

「あなたに頼むつもりだったことを自分で実行するのよ」コーデリアはミスター・ルイスにちらりと目をやった。かなり速いペースで歩いている。急がないと追いつけなくなる。

「でもさっきの話だと――」

「あなたを行かせるわけにはいかないと言っただけ。だから自分でやるのよ。だけど」いたずらっぽい目で親友に笑いかけた。「あなたになりすますつもり」

サラが言葉を発する間もなく、コーデリアは馬車の扉を閉めて歩み去った。彼女の行動を監督できるという考えそのものが甘かった。なんとか自活しようというサラの決意もむなしく、現実は思うように動いてくれない。家族の一員となった瞬間から、サラとコーデリアは無二の親友になった。しかし、サラのほうがわずかに年長であるにもかかわらず、指図するのはいつもコーデリアだ。

ミスター・ルイスとの距離がまだかなりあるのを見て、コーデリアは足を速めた。自分が結婚したら、サラはどうなるのだろう。相手がミスター・シンクレアかどうかはともかく、自分もいつかはきっと結婚することになる。もっとも、ロンドンの少なからぬ数の紳士が、彼女がオールドミスになるほうに賭《か》けているだろうという冷めた見方もしていた。結婚できない理由で思いあたるのはただひとつ。ふさわしい相手との出会いがないことだ。現在の暮らしより、もっと刺激的な毎日が送れる相手との出会いが……。生涯を独り身で過ごしたいとは思わないが、もしそうなっても自分ならやっていけるという思いもコーデリアにはあった。

でも、サラには誰か守ってくれる人が必要だ。できれば夫が。自分の問題が片づいたら、できるだけ早く彼女にも適当な相手を探してあげよう。そう心のなかで誓った。

ミスター・ルイスが歩調をゆるめたのか、コーデリアが無意識のうちに足を速めていたのか、気がつくとすぐ後ろまで迫っていた。思っていたより上背があり、肩幅の広さは感動すらおぼえるほどだ。もっとも、長身で肩幅が広いことは事前に調査ずみだ。欧州と比べるとまだ文明も未発達で野蛮な地であるアメリカから来た人らしく、きっといかつい顔をしているのだろう。もうすぐこの目で確認できる。

コーデリアはひとつ深呼吸をした。「ミスター・ルイス？」

相手は無言で歩きつづける。

もう一度声をかけた。「ミスター・ウォーレン・ルイスじゃありません？」

彼が立ちどまって、こちらを振り向いた。「失礼しました。声をかけられましたか？」

「ええ、そう、あなたに」コーデリアは相手の顔を見あげた。これほど黒々とした瞳を見たのは生まれて初めてだ。「あなたはミスター・ウォーレン・ルイスでしょう？　ミスター・ダニエル・シンクレアの秘書の」

相手がじっと見返してきた。「もしそうなら？」

そう言いながら、無礼なほどまじまじと全身を目でなぞる。その視線にコーデリアは気づかないふりをした。相手はアメリカ人。無礼なのは当然だろう。「もしそうなら、大事なお話があるんですけど」

「大事な話？」表情を変えた拍子に、眉のすぐ上にある傷跡が目に留まった。不思議なことにその傷跡は、容貌《ようぼう》をそこなうどころか、むしろ顔全体に粋《いき》で危険な魅力を添えている。

「とても大事なお話が」コーデリアはきっぱりと告げた。

「そういうことなら」罪作りなほど整った顔に、いたずらっぽい笑みがゆっくりとのぼった。いやだ、まるで海賊だわ！　いくらアメリカ人でも、海賊を秘書にするなんて信じられない。そんなコーデリアの思いをよそに、相手が答えた。「お話をうかがいましょう」

旅行を成功させるには、入念な計画が不可欠です。事前準備をおろそかにして出発すると、思わぬ事態に遭遇して不愉快な思いをすることになります。

『英国婦人の旅の友』より

2

ビジネスの場で、またこれまでの三十一年間の人生でダニエル・シンクレアが学んだもの。それは予期せぬチャンスを逃してはならないという教訓だ。緑色の瞳に知性のきらめきをたたえ、凛《りん》としたたたずまいで相対している茶色い髪の美人は、まさに予期せぬチャンスそのものだった。

「しかし、どうもこちらは分が悪い。あなたはぼくの名前をご存じだというのに、お会いした覚えはまったくないのだから」相手の全身をさっと目でなぞった。身につけている服は最新流行のデザインで、めりはりのある体形をいちだんと際立たせている。居住まいに気品と自信のようなものがただよい、かすかににおう薔薇《ばら》の香りのようにはっきりと、朝風に乗ってふんわりと運ばれてくるのが感じられた。「もしお会いしていたら、忘れるはずがない」

女性の頬がうっすらと染まった。どうやら、公園で見知らぬ人間に声をかけるような行為には不慣れらしい。

それからさっと顔をあげた。「それはどうも、ミスター・ルイス。でも、お世辞を言っていただく必要はありません」

「大事な話をするために声をかけたのだから？」

女性が大きくうなずいた。「そのとおり。よけいなおしゃべりをせずに、まっすぐ本題に入りたいわ」

本題とはなんのことやら。「そういうことなら、いっしょに歩きませんか？　あまり時間がないので、こうして立ち話をしているのは時間が惜しい。できれば歩きたいのだが」

「ええ、もちろんかまいません」女性が横に並び、ふたりして小道を歩きだした。

「それで、ミス……？」

「パーマーです」即座に答えが返ってきた。「ミス・パーマー」

「わかりました、ミス・パーマー」ダニエルは横目で様子をうかがった。彼ほどの上背はないが、決して小柄ではない。ちょうどよい背の高さだ。「お話というのは？」

「ミスター・ルイス、教えていただきたいことがあるんです」女性がひとつ大きく息を吸った。「あなたの雇主であるミスター・シンクレアがどういう人物か、内々で教えてもらえませんか？」

「そういうことでしたか」この自分がどういう人間か知りたいだって？　相手の勘違いを訂正せずに放置することに決めた瞬間に心をよぎったかすかな罪の意識は、たちまちのうちに消え失《う》せた。「話を先に進める前に、ミス・パーマー、ひとつだけ念を押しておきます。ぼくは雇主を裏切るようなまねは何があってもしない」

「そのことが多くを物語っているわ」取りすました口調で女性が言った。「使用人から厚い忠誠心を寄せられるのは、彼がいい人だという証拠ですもの」

「ミスター・シンクレアは無論のこと、いい人だ。いや、そんな形容ではとても足りない」ダニエルは語調を強めた。「寛大で、誰にでもやさしい。おまけに勇敢で知的で高潔。もうこのへんでやめておいたほうがいいだろう。やりすぎると逆効果だ。とはいうものの、みずからの長所を美しいご婦人に宣伝できる機会など、そうそうあるものではない。「良心的な人間だというもっぱらの評判だ」

「よほど待遇がいいようね」相手はそっけなく返してきた。

「ああ、たしかに」ダニエルは肩をすくめた。「しかし、彼の人物像に関するぼくの意見は、破格の報酬を与えられていることとは関係ない。ダニエル・シンクレアとは学生時代からの付き合いで、雇主であるだけでなく、友人でもある」

「なるほど、そうだったの」

「いや、話はまだ終わりじゃない」ダニエルは足を止めて、体ごと女性のほうを向いた。

「あなたはミスター・シンクレアとどんなかかわりが？　大事な話とはなんのことです？」

「実を言うと、かかわりがあるのはわたしではなくて……雇主よ」目が合った瞬間、決意の強さを示す光がふたたび瞳に灯《とも》った。「わたしは、レディ・コーデリア・バニスターの付き添い役をしています」

「レディ・コーデリア……」うそだろう！　父親がこのぼくに縁談を勧めてきた相手じゃないか。「それは実に興味深い」

「つまり、親どうしがふたりを結婚させたがっていることはご存じなのね」

「よく承知している」思わずきつい調子になる。「父上がミスター・シンクレアにその話を知らせてきたのは、つい昨日のことだ」いくら温厚な人間でも憤慨せずにいられない、ひどい話だ。以前、莫大《ばくだい》な遺産の相続人である英国人女性と息子を結びつける計画に失敗したからには、さすがの父ももううるさく言ってこないだろうとダニエルは踏んでいたのだが、どうやら考えが甘かったようだ。

ミス・パーマーがうなずいた。「レディ・コーデリアが話を聞かされたのも昨日だった」

「それで、ぼくからミスター・シンクレアのことを聞きだすためにあなたをよこした？」

「いろいろ知りたがっているのは事実よ。それは当然でしょう。でも、あなたに近づいて話を聞きだすというのは」ミス・パーマーはいったん言葉を切った。「わたしの考えよ」

相手を見つめたダニエルの顔に、ゆっくりと笑みが広がった。「実に知恵がまわる人だ、ミス・パーマー」

「自分でもそのつもりだったのだけど」声をひそめるような言い方だった。

「なんだか自信がなさそうに聞こえるが」

「いいえ、そんなことないわ」首が横に振られた。「少なくとも、計画としては非の打ち所がない。こんな名案を思いついた自分を褒めたくなるほどよ。でも、言うはやすく、というこことわざのとおりよ」

「というと？」

非難めいたまなざしが返ってきた。「見ず知らずの人に話しかけるのは、たやすいことじゃない」

「でもさっきは……」

「必要に迫られると、人は勇気をふるい起こすものよ」

ダニエルは必死に笑いをこらえた。相手は大まじめで、自分たちがいかに滑稽《こっけい》な状況にあるかを理解できていないらしい。情報を探りたい当の相手に声をかけ、その事実に気づいていないのだから無理もないが。「では、話の続きを」

女性が顔をしかめた。「これ以上ごいっしょするのは礼儀作法に反するわ」

「見知らぬ人間に声をかけるのはかまわないが、並んで散歩するのはまずいと？」ダニエルは眉をあげた。「さあ、堅いことを言わないで、ミス・パーマー。乗りかかった船だ」

「まさにそうね、ミスター・ルイス」女性が鼻にしわを寄せた。小さめだが形のよい、魅力的な鼻だ。

「安心してほしい、ミス・パーマー。ぼくは白昼に公園で女性にけしからぬふるまいをするような人間じゃない」

相手がまっすぐに目を合わせた。「貴重な情報をどうも、ミスター・ルイス。でも、そんなことを心配してるんじゃないわ」

「人の目を気にしているなら、それもご心配なく。毎朝の散歩で気づいたことだが、この時間に公園を行き来するのは、ロンドンの住人のなかでもきわめて強靭《きょうじん》な心身の持ち主に限られる」

「わたしの知り合いに、そういうタイプの人はまずいない」

「ミスター・シンクレアのことをもっと知りたいのなら……」

「説得がお上手ね、ミスター・ルイス。わかったわ」ひとつ深呼吸をした。「話を続けましょう」

ふたりはふたたび歩きだし、ダニエルはちらりと相手を見やった。「しかし、一方的に情報を与えるのでは不公平だ」

「どういうこと？」

「ミスター・シンクレアの秘密と引き換えに、レディ・コーデリアの秘密を教えてもらいたい」

「やっぱり秘密があるのね」

「秘密のない人間などいないよ、ミス・パーマー」笑みをかみ殺して、ダニエルは続けた。

「きみだっていくらでも秘密があるはずだ」

「わたし？」驚きに満ちた声だった。「なぜわたしに秘密があると思うの？　人に隠すようなことなど何もないわ。秘密なんてあるもんですか。わたしは見たとおりの人間よ。秘密も隠しごともなんにもなし」

「何もないにしては、やけに力が入ってるね」

「あら、そうかしら」軽い調子で笑った。「隠しごとのない人間は、みんなこんな調子でしゃべるものよ」

「それなら、きみのことを教えてほしい」

「自分の話をするために来たわけじゃないわ。わたしは……」少し間を置いて、ふさわしい言葉を探す。「今回のことには無関係。単なる傍観者よ。言わば、物語の語り手にすぎない」

「とんでもない、ミス・パーマー。現時点ではきみは物語の中心にいる。言わば主役だ」

女性がつと足を止めて顔をしかめた。「でもこちらにはそんなつもりはなかったわ」

「だとしても、名案を思いついて実行した以上、そうなるのは避けられないことだ。ことに、勇気をふるい起こさないと実行できないような計画の場合は」ダニエルはひとつうなずいて、また歩きだした。

相手がついてこない可能性もあった。彼女が指摘したとおり、付き添い役もなしに、若い男女がふたりきりで散歩するのは礼儀作法に反している。そもそも、この若く美しい女性がレディ・コーデリアの付き添い役なのだ。とはいえ、ダニエルはロンドンの貴族社会の慣習にさほど詳しくないが、自立して仕事をしている女性のふるまいに関しては、親の庇護《ひご》のもとにある未婚の女性ほど厳しくないと承知している。駆け寄ってくる足音を耳にして、思わずほくそえみそうになるのをこらえた。レディ・コーデリアについてはまだなんとも言えないが、付き添い役には実に興味をそそられる。その場で足を止めて相手が追いつくのを待った。「それでは、ミス・パーマー、きみのことを聞かせてもらおうか」

「ええ、まあ、べつにかまわないけれど」いかにも気が進まないという声音だった。「名前はサラ・エリザベス・パーマー。実の母が、レディ・コーデリアのお母さまの遠い親戚《しんせき》だったの。両親を亡くしたわたしを、マーシャム卿《きょう》ご夫妻が引きとってくれたというわけ」

ダニエルが眉根を寄せた。「それなのに、自活を迫られたのか」

「わたしは何も迫られてなどいないわ。現在の身分は、あくまで自分で選びとったものよ。家庭内での待遇は、昔から家族同然。レディ・コーデリアの付き添い役になったのもわたしが言いだしたことよ」

「なぜそんなことを?」ダニエルはあからさまにならないように相手を観察した。いかにも強情そうに口もとが引き絞られている。

「貧しい親戚でいるより、いっそ使用人になったほうがいいと思ったから」

「ずいぶん独立心が強いんだね」

「ええ、わたしは独立心の強い人間よ、ミスター・ルイス」きっぱりした口調だった。

「それなら、家庭内での立場も変わったんだろうね」

「それが、妙なことに変わらないのよ。ほとんど何も」しばらく考えをめぐらせる。「マーシャム卿ご夫妻はわたしの決断にいい顔をなさらなかったけれど、最終的にフィリップおじさま――あ、マーシャム卿のことね――は、理解を示してくださった。でも本音の部分では、女性の地位や役割について確固たるご意見をお持ちだから、そういう意味ではかなりやりにくいけれど」

「特に、女性が自活することに関して？」

「ええ、そう」長々とため息をつく。「おじさまのことは心から大切に思っているけれど、とにかく頑固な人なの。そんなわけで、わたしはいまも召使い部屋でなく家族の部屋を使っているし、家族同然に扱われている。エマおばさま――これはレディ・マーシャムのこと――は実の娘だけでなく、わたしを嫁がせることにも大いなる意欲を示しているわ。社交界にはレディ・コーデリアと同時にデビューさせてもらって、その後も社交行事には家族の一員として顔を出しているのよ」

「ということは、夫を見つけることができないと判断された時点で、きみは使用人になったのか？」

「夫を見つけることができないとはどういう意味？」むっとした声だった。

「ミス・パーマーというきみの名が示すように、付き添い役の多くは未婚女性だ」おだやかな声音でダニエルは説明した。「だから、きみも夫を見つけることができなかったと考えれば筋が通る」

「ばかばかしい。花婿候補ならいくらだっていたわ」

「すると、きみが反発したのは〝できなかった〟の部分かな？」

「その言い方だと、まるでわたしに非があるように聞こえるじゃないの。でも実際は、生涯をともにしたいと思えるような殿方に出会っていないだけだから、非はむしろ男性の側にあると強調したいわ」額にしわを寄せて考え込む。「生活の保障のためだけに結婚をしたいとは思わない。それに、レディ・コーデリアは大の旅行好きで――」

この言葉を聞いたとたん、実用的で頑丈な衣服に頑丈な靴といういでたちに身を包み、片手に杖《つえ》、もう一方の手に方位磁石を持った頑丈そうな女性の姿がダニエルの脳裏に浮かんだ。勘弁してくれ。

「最近は旅行記事を書くようになったの。知らない土地を旅する楽しさやその国の歴史などをつづって、女性誌に掲載するのよ。もしどちらかが結婚したら、いまのような生活はできなくなってしまう」

「それなら、レディ・コーデリアは結婚したがっていないと？」ダニエルの心に希望の光が灯った。もしそれが事実なら悩みは解決だ。

「とんでもない。結婚する気は大ありよ。ただ、わたし以上に好みが激しくて」

希望はあえなく消え去った。花婿候補としての自己評価において、ダニエルは決して謙虚なほうではない。裕福な家庭に生まれたうえ、資産をさらに強大なものにする野心と実力に恵まれている。鏡に映る姿も、女性たちからしばしば投げかけられるあこがれのまなざしも、彼が魅力的な容貌《ようぼう》の持ち主であることを物語っている。アメリカ人であるという事実は、ロンドンの洗練された社交界において不利な要素だが、まだ本気で花嫁探しをしているわけではないので、べつに気にならなかった。それでも、レディ・コーデリアのお眼鏡にかなうのはほぼ間違いない。「彼女のことを教えてほしい」

ミス・パーマーが眉をあげた。「つまり、さっき話に出た情報交換というやつね」

「そうでないと不公平だ」

ため息がもれた。「何が知りたいの？」

「問題はぼくじゃなく、ミスター・シンクレアが何を知りたがるかだ」

「普通に考えるなら、彼のような立場にある男性が知りたいのは、相手の人となりでしょう。レディ・コーデリアはとても賢くて理知的な人よ。本を執筆している話はしたかしら」

「いや」

「旅行の手引き書よ」ミス・パーマーはやけに熱心な口調で語った。「特に、女性の旅行者のための」

「それはまた……聡明《そうめい》な女性だ」ダニエルは弱々しい声であいづちを打った。頑丈な体つきで、眼鏡をかけた女性の姿がまぶたに浮かんだ。

「ええ、そうなのよ」ミス・パーマーが大きくうなずいた。「近ごろでは自分で計画を立てて旅行する女性が増えているから、きっと成功するわ」

「どうやらレディ・コーデリアはきみに負けないくらい独立心が強いようだ」

「ええ、まさにそう。そして、そのことを誇りに思ってる」

いまやダニエルの頭のなかで、レディ・コーデリアの姿は勇猛果敢なアマゾネスばりに巨大化していた。「それでも、結婚はしたいと？」

「もちろんよ。独立心の強さと結婚願望はべつに矛盾しないわ。立場上、結婚するのが当然と思われているし、当人もそのつもりよ。幼いころから、そのための教育を受けてきたんだもの。一家の女主人として立派に務めを果たすこと、請け合いよ。夜会を開けば完璧《かんぺき》なやり方で客をもてなすし、子どもが生まれたら模範的な母親になる」あんたなんかにはわかるまいと言いたげな、見下すような視線を投げてきた。「お国の若い女性がどんな教育を受けているのか知らないけれど、英国では、良家の令嬢はしっかりと教え込まれるのよ。高い地位にはそれなりの責任がともなうものだと。なかでもいちばん重要なのが、ふさわしいお相手を見つけること」

「それで、彼女はミスター・シンクレアがふさわしい相手だと確信しているのだろうか」

あくまでさりげないふうを装って、ダニエルは尋ねた。

「まさか、それはありえない」相手が鼻で笑った。「確信するどころか、大いに疑問を感じているわよ。ミスター・シンクレアに関してわかっているのは、資産家で、彼女の父親に負けないほどおせっかいな父親を持ち、そしてアメリカ人だということだけ」

「良心的な人間でもある」ダニエルはぼそっと言った。

「その話はさっき聞いたわ」ぴしゃりと返された。「だけどあなたは彼の友人だから、そういう人の言葉を額面どおりに受けとることはできないわ」

「むしろ、レディ・コーデリアはもっとほかに目を向けてお相手探しをしたほうがいいかもしれないね」

「実際のところ、本人に選択の余地はないのよ」ミス・パーマーが歩みを止めて、ダニエルをまっすぐ見た。「今回の縁談に関する詳しい事情をあなたはご存じ？」

「いちおうは。ミスター・シンクレアはぼくを信頼してなんでも打ち明けてくれるからね」ダニエルはゆっくりと言った。もしかしたら、自分の知らないことがまだほかにもあるのだろうか。「でも、すべてを知っているとはかぎらない」

「それなら、この結婚は個人の結びつきであるのと同時に、業務上の取り決めでもあることをご存じでしょうね」

「そんな話を聞いたような気もする」ダニエルは自信なさげに答えた。実際のところ、息子の人生に介入しようという父親の行動に腹が立って、手紙の文面にはろくに目を通さず、かろうじてレディ・コーデリアの名前と年齢だけを記憶にとどめたのだった。「個人的な問題だから、あまり身を入れて聞いていなかったんだと思う」

「ここでは身を入れていただかないと困るわ、ミスター・ルイス」ミス・パーマーの緑色の瞳が朝日を受けてきらめいた。不興を買うような発言をする以外に、この瞳をきらめかせる方法があるだろうか。そんな疑問をダニエルは頭から振り払った。ミス・パーマーがどれほど魅力的だろうと、いまはみだらな妄想にふけっている場合ではない。ダニエルは慇懃《いんぎん》に頭を下げた。「しっかりと身を入れてお言葉を拝聴します、ミス・パーマー」

「けっこう」彼女が大きく息をついた。「ミスター・シンクレアのお父上は多方面の事業を展開していて、ことに船舶部門はすぐれた業績をあげている。うちの――いいえ、フィリップおじさまの船会社は、このところあまりうまくいっていないのよ。でも、もしミスター・シンクレアのお父上の会社と合併すれば、家の資産は守られる。そのための条件がおたがいの子息と令嬢の結婚というわけ」

「ああ、そういえばそうだった」ダニエルは低い声でつぶやいた。こんな重要な問題を把握していなかったとは、われながら情けない。

ミス・パーマーが胸の前で腕を交差させて、まじまじと見つめてきた。「秘書として、あなたはあまり有能ではないようね」

「いや、非常に有能だ」ダニエルはむっとして言い返した。

「それなら、なぜこの事情を知らなかったの?」

「知ってはいた。ちょっと度忘れしただけだ。ともかく、きわめて立ち入った問題だからね」

あやしいものだというように眉が弧を描いた。「友人でもあるんじゃなかったの?」

「ミスター・シンクレアは友人だが、やはり越えられない一線がある」ダニエルは気取った口調で言ってのけた。本物のウォーレンは、ダニエルの私生活に踏み込んではならないという殊勝な考えなど、まるで持ち合わせていないが。

「すんなりと信じる気になれないわ。なぜかしらね、ミスター・ルイス」

「さあね、ミス・パーマー。ぼくがあまりに魅力的だからだろうか」いたずらっ子のように笑いかけた。

「ええ、きっとそうでしょうね」相手も同じ表情で笑い返した。「馬車を待たせているから、もう行かないと」会釈して、体の向きを変えた。「ではごきげんよう」

「待ってくれ、ミス・パーマー」ダニエルは思わず歩み寄った。このまま黙っていかせるのは惜しい。「ミスター・シンクレアについて、必要なことはすべて調べ尽くしたと言えるかい？」

ミス・パーマーの足がぱたりと止まった。

「使用人であると同時に友人でもあるという立場はおたがいさまだ。つまり、われわれの将来はミスター・シンクレアとレディ・コーデリアの行動に深くかかわっている。そうである以上、今後も情報交換を続けたほうがどちらにとっても得策だと思うがどうだろう」

少なくとも、自分にとって得策だ。ダニエルはこの女性とぜひまた会いたいと願った。

しばらく考え込んだ末に、彼女がゆっくりとうなずいた。「いいわ。ミスター・シンクレアに関して知りたいことがまだいろいろあるし」

「それならまた会うべきだ」

「ええ、そうね」

「ここで？」

「いいえ」首が左右に振られた。「いくらわたしの知人や友人が健康的なタイプではないといっても、ここではいつ誰に会うかわからない。いざそういう事態に陥ったとき、あなたとふたりで歩いていた理由を説明するのは、不可能ではないにしろ、かなり無理があるわ。わたしにも守らなければならない評判はあるのよ」

「それなら――」

「〈マードック書店〉をご存じ？」

「もちろん」愚問だと言わんばかりの調子でダニエルは即答した。実際は名前を聞いたこともないが、ウォーレンならロンドンの書店という書店を知っている。ふたりのうちで、ビジネスや法律に関する専門書に目がないのはウォーレンのほうだ。ダニエルも読書好きだが、最近はもっぱら新聞から情報を得ている。「よく知ってる」

「よかった。明日、たぶん開店直後に立ち寄るわ。その時間なら店内が空《す》いてるから。それから、ミスター・ルイス、もしわたしがあなたの立場だったら……」意味ありげに顔を近づける。「しっかり準備してくるわ。雇主のミスター・シンクレアがレディ・コーデリアの何を知りたがっているか、一覧表にして書きだしてきたらどうかしら。わたしもそうするつもりよ。はっきり言って、レディ・コーデリアについて質問する絶好の機会を与えられたのに、あなたはつまらないことを尋ねてばかり。ミスター・シンクレアは失望するんじゃないかしら」

「不意打ちを食らったからだ」ダニエルは恨みがましい顔で相手を見すえた。「予想していなかったからね。きみのような人とでくわすとは」

「驚いたせいだという言い訳が通用しなくなった以上、もう少し中身のある質問を用意してきていただけるものと期待しているわ。それではごきげんよう、ミスター・ルイス」ミス・パーマーは会釈すると、体の向きを変えて、公園の外で待機している馬車に向かって歩きはじめた。

「ぼくは無能じゃないぞ」ダニエルは大声で叫んだ。

返事さえしてもらえなかったが、しだいに遠ざかっていくミス・パーマーの勝ち誇った笑い声が風に乗ってかすかに運ばれてくるのをダニエルの耳はとらえた。

悔しいが、彼女の言うとおりだ。レディ・コーデリアに関して、肝心なことは何も聞きだせなかった。容貌についても尋ねそびれた。もっとも、この点はわざわざ聞きだすまでもない。いかめしい表情で眉を吊《つ》りあげているアマゾネスの姿が頭のなかでちらついた。

実際の話、彼女がどんな容貌であろうと関係ない。父が懲りずに勧めてきた縁談の相手と結婚するつもりなど、こちらにはさらさらないのだ。とはいえ、すげなく断るわけにもいかない。英国貴族に劣らないほど、家族の言葉はダニエルにとって重要な意味を持つ。なんとかして、この話からうまく逃げだす方法を見つけないと。そのための第一歩は、男まさりのレディ・コーデリアに関する情報をできるだけ多く集めることだ。

そしてその過程で、あの美しいミス・パーマーと友情を築くことができたら、それこそ思いがけない余禄《よろく》ではないか。


「ミスター・ルイスを見かけたかい、ギリアム？」ダニエルは帽子と手袋を執事に手渡した。彼を含めた使用人はすべて、ロンドンでの仮住まいとしてダニエルが借りた小ぢんまりとした屋敷の、言わば備品だ。

「ルイスさまは……事務室においでです」無表情な執事の頬がぴくりと引きつった。内心の不快感を顔に出してはいけないと自制しているのだろう。

ダニエルは笑みをこらえた。ダニエルとウォーレンが上階にそれぞれの居間と寝室をかまえ、その一方で一階の客間を事務室として使用していることに、ギリアムは憤るとは言わないまでも、かなり気を悪くしているのだ。しかしダニエルにしてみれば、このほうが何かと便利で経済的でもある。一軒の家があればすべての用が足りるだけでなく、心身ともにゆっくりくつろげるというのに、ホテルにそれぞれの部屋を取り、さらに事務所を借りるのはばかばかしい。

短期間のイタリア訪問を終え、年の初めにロンドンに到着したときは、これほど長期の滞在になるとは思わず、ホテルに宿泊していた。当初は父親がお膳立《ぜんだ》てした縁談の相手と会い、願わくばさっさとけりをつけて、アメリカへ帰国するつもりだった。ところがノークロフト伯爵オリヴァー・レイトンのいとこにあたる相手の女性は、ヘルムズリー侯爵にしてロックスバラ公爵の跡継ぎでもあるジョナソン・エフィントンとすでに恋仲で、ダニエルは望まない結婚から逃れることができただけでなく、思わぬチャンスに恵まれた。ヘルムズリーとノークロフトのふたりは、旧友のキャヴェンディッシュ子爵とウォートン子爵ともども、ダニエルを友人として受け入れただけでなく、大口の投資まで約束してくれたのだ。海外送金の手続きに、契約書や合意書の作成、さらには投資家と前途有望な実業家とのあいだで処理すべき膨大な事務作業のために、ダニエルのロンドン滞在はすでに五カ月を超え、しまいにはひとりで業務を処理しきれなくなり、本国からウォーレンを呼び寄せたのだった。

「それで、具合は？」

「ずっとよくなったとおっしゃっています」ギリアムは口をすぼめた。「ランポール夫人の反対を押しきって、ベッドを出てお仕事に戻られました」

ダニエルはにんまりとした。ランポール夫人は家政婦だが、みずからの領域であるこの家で暮らすことになったふたりの三十男の母親代わりをも自任している。「あのふたりの攻防を見てみたかったよ」

ギリアムがため息混じりに答えた。「まだ停戦に至ってはおりません」

当初、ウォーレンはただの風邪だと言い張っていたが、症状が悪化して昨日はとうとう床につき、ランポール夫人の看病に身をまかせるはめになった。その結果、お手製の熱いスープや、万病に効くという奇妙なにおいのするお茶を浴びるほどのまされたのだ。

「まあそうだろうな」ダニエルは喉の奥で笑って、玄関の間を横切り、正面の両開き扉を押しあけた。部屋の中央にふたつ並んででんと置かれた巨大な机の片方に、長年の友人であり秘書でもある男は向かっていた。「気分はどうだ?」

ウォーレンが目の前の帳面から顔をあげた。「死んだほうがましだとは思わなくなったから、たぶんよくなったんだろう」

目の縁が赤く、声はまだ鼻声でいくぶんかすれているが、顔色は昨日ほど悪くない。

「見たところ……」

ウォーレンが無言で眉をあげた。

「だいぶ元気そうになった」ダニエルは力強く請け合った。「健康そのものとまではいかないが、昨日よりはるかにましだ」

「そいつはどうも。実際より元気そうに見えても、うれしくもなんともないが」ウォーレンは無理して笑ってみせた。

その様子を、ダニエルは心配そうに見つめた。「寝てなくていいのか?」

「これ以上寝ていたら、退屈で頭がおかしくなってしまう。もっともその前に、ランポール夫人特製のスープやお茶で溺《おぼ》れ死んでしまうかもしれないが」ウォーレンはやれやれと首を振って、ため息をついた。「そうはいっても、認めるのは悔しいが、具合の悪いときに母親のように細やかな愛情を込めて世話してもらうのは、なかなか心地のいいものだ」

「おまけに、ランポール夫人ほど母性愛の豊かな女性はいない」ダニエルはにやりと笑って、自分の机に向かった。

どちらも幼いころに母親を亡くし、ウォーレンの父親は彼が大学に入学する直前、学費をなんとかまかなえる程度のわずかな遺産を残して世を去った。一方、富豪の息子として生まれたダニエルには、使いきれないほどの資産がある。その時期に出会ったことをふたりは皮肉な定めとは受けとめず、逆に、自分たちが強固な友情で結ばれたことをまさに奇《き》蹟《せき》だと感じた。ウォーレンは法律専攻でダニエルの専門は商業と金融だが、現在は広範な鉄道網を整備するという夢と野望をともに抱いている。実現すれば、アメリカ国内の物資輸送が革命的に変わり、ふたりに莫大な富をもたらすはずだ。ウォーレンは現在のところ、表向きこそダニエルの秘書だが、これはふたりの計画が実を結ぶまでの仮の姿にすぎず、ゆくゆくは共同経営者の地位につく予定だ。しかしそれまでは、ミス・パーマーも顔負けなほど意地っ張りで、自分の食い扶《ぶ》持《ち》は自分で稼ぐという姿勢を崩さなかった。

「父の手紙を見なかったか?」ダニエルは、ふたつの机に積みあげられたいくつもの書類の束をぱらぱらとめくった。

「昨日、きみがろくに読みもしないで荒々しく部屋を出ていった、例の手紙か?」

「ああ、ああ、わかってるよ。最後まできちんと目を通すべきだったし、あんなふうに癇《かん》癪《しゃく》を起こすべきじゃなかった。だが、前回の失敗に懲りずにまたしても人の人生を支配しようという押しつけがましい態度にはさすがに腹が立つ。おまけに父が手紙をよこすのは、こっちにとって最悪の決定事項を知らせてくるときだけだ」

「それなら、父上が出張続きで、めったに顔を合わせなくてすむのはありがたい話じゃないか」

「どうも父とは肌が合わなくてね。それにしても、あの手紙はどこへやったかな」

「くしゃくしゃに丸めて、部屋の隅にほうり投げたんじゃなかったか？」

「まずい」ダニエルは崩れるように椅子にすわり込んだ。「そうなると、ランポール夫人がすでに――」

「しかしながら、たとえ死の床にあっても有能さを失わないこのぼくが、ランポール夫人が部屋の掃除をする前に救出しておいたよ」ウォーレンは自分の机の上の書類の束に目をやった。「ここだ」視線がダニエルの机に移動する。「いや、そっちかもしれない。ともかくどこかにあるはずだ」

「さすがのきみもつねに完全無欠なわけじゃないと知って安心したよ」ダニエルはそうつぶやいて、手近な書類の束を探った。

「体調が悪かったんだ」

「ときにはこんなふうに感じるよ。自分があまりに……」ミス・パーマーに無能だと指摘されたことが頭をよぎった。「いや、きみがあまり器用になんでもこなすから、こっちはいくぶん自信喪失ぎみになる」

ウォーレンは鼻であしらった。「きみが自信を喪失することなど考えられないね。過去にもなかったし、今後もあるとは思えない」

　きらめきを帯びた緑の瞳がふと脳裏によみがえり、ダニエルは気弱に答えた。「そいつはどうかな。それはそうと、手紙には目を通したんだろうね」

「もちろんだ。きみの今後の人生設計が記された父上からの手紙を読まない手はない」風邪声のせいでいくぶん迫力には欠けるものの、ウォーレンは悪人ぶった声音で笑った。

「正直に言おう。あまりにも思いがけない内容だったものだから、それを読んだときのきみの反応を想像すると、病床でスープを無理やりのまされるというみじめな境遇にあったにもかかわらず、すっかり楽しい気分になったよ。ランポール夫人の厚い胸に抱き寄せられて寝かしつけられる恐怖を、つかの間、忘れさせてくれた」

「まさか、彼女もそこまではしないだろう」大笑いしたダニエルは、ふと真顔になった。

「いや、するか？」

「もちろんするに決まってる。齢《よわい》三十過ぎのぼくらも、彼女にとっては実生活で持つことのできなかった息子同然なのさ」

「少なくともぼくには、おせっかいな母親は必要ない。息子の人生を支配したがる父親がひとりいればじゅうぶんだ」ダニエルは椅子の背にもたれて覚悟を決めた。「さあ、いいぞ、ウォーレン、心の準備はできた。思いがけない内容とはどんなことだ？」

　ウォーレンがくつくつと笑った。「いや、心の準備ができているとは思えないね」

「できてるさ、文句のつけようがないほどに。さあ早く教えてくれ。もしかして、レデイ・コーデリアの父親との取り引きについて何か書いてあったんじゃないか？」

「勘がいいな。感心したよ」ウォーレンは机にペンを軽く打ちつけた。「父上は、レディ・コーデリアの父親が経営する会社の所有権を半分買い取るつもりなんだ。父親の名前はなんだったかな」

「マーシャム卿」

ウォーレンが探るような目でダニエルを見た。「なんだ、やっぱり目を通していたのか」

「いや、そうじゃない。あとで説明する。続けてくれ」

「いいだろう。マーシャム卿が所有する船会社を、父上はご自身が経営する海運グループに組み入れたいと考えている。そうすることによって欧州航路への参入が可能になり、英国内の各港での立場も強固なものになるからだ。手紙によると、マーシャム卿の会社は現在、資金の投入を必要としているが、全体的に見れば経営状態は決して悪くない。つまりこの計画は、ビジネスの観点から見るかぎり、なかなかうまみのある話だ」

「そこへ、結婚の話がどうからんでくるんだ？」

「父上はこうお考えだ。アメリカの大実業家の息子が英国の名家の令嬢と結ばれれば、双方にとって経済的にも社会的にも有益だと」

「父の考えそうなことだ。地位や財産と無縁の生まれだという事実が、劣等感として体にしみついてるんだ」

「きみを名家の令嬢と結婚させて、爵位を持つ家と姻戚関係を結べば、箔《はく》がつくと思ってるのか？」

「そのとおり」ダニエルは暗い表情で首を振った。「こんなとき、姉か妹がいればよかったと思うよ。そうすれば政略結婚させられたのに」

「心にもないことを」ウォーレンはペン先を友人に向けた。「きみのことはお見通しだ。愛する姉や妹を商取り引きの道具として差しだすようなまねなど、するわけがない」

「自分が助かるためなら、躊躇《ちゅうちょ》なく差しだすさ」

ウォーレンは笑い飛ばした。「それなら姉や妹がいなくてよかった。もっとも、そんな言葉を信じるほどぼくはおめでたくないが」

「いや、本心だ」ダニエルはきっぱりと言った。認めるのはつらいが、レディ・コーデリアの父親が画策しているのは、まさにそのとおりの行為だ。気の毒に、男まさりのレディ・コーデリアも自分と同じ苦境にあるのだ。違うのは、ダニエルが結婚などごめんだと思っているのに対して、先方は結婚したがっていること。それどころか、これこそ生涯で唯一のチャンスと期待しているふしもある。しかし相手が誰であろうと、同情ゆえに結婚する気はダニエルにはない。「思うんだが」考えをめぐらせながら、ぽつりと口にした。「名家の仲間入りをしたいなら、父は自分が結婚すればいいんだ」

「そう思うか？」ウォーレンがゆっくりした口調で尋ねた。

「ああ、思うとも。そうすれば、みんなが目的のものを手に入れられる。ぼくは自由を。父は上流社会への切符を」

「レディ・コーデリアは、父上には少し若すぎないか？」

「そんなことはない」ダニエルは友の反論を手で振り払った。「年は二十五。もっと若い娘がうちの父より年上の男と結婚する例が世間にはいくらでもある」

「まあ、そういうこともなくはない」

「それに、うちの父は昔から若い女性に目がない」ダニエルはしばし考えをめぐらせた。「女優か歌手ならなおいいが、立派な家柄と若さがあれば、多少の欠点には目をつぶるだろう」

「相手の女性はどうなる？　彼女は何を手に入れる？」

「まさに望みどおりのもの、つまり夫だ。しかも金持ちの夫。好みがうるさいという話だが、アメリカ人の富豪なら文句はあるまい」

「だが、きみの父上は若い女性の目にどう映るだろう」ウォーレンは真顔を取りつくろって問いかけた。「前回お会いしたときより、背がのびて、腹はへっこみ、髪はふさふさになって、愛想がよくなったとでもいうのか？」

「うちの父は昔から、必要とあれば愛想を振りまける人間だ。ほかの点については――」友人の言葉など歯牙《しが》にもかけないというふうに手を振る。「外見は問題じゃない」

思わず喉を詰まらせたウォーレンは咳《せ》き込んだのち、ハンカチをつかんでくしゃみをした。「外見は問題じゃないだって？　きみはいつから宗旨替えをした？」

「いや、ぼくにとっては重要だ。最大の決定要素というわけではないが、重要なことに変わりはない。だが、ぼくは事業拡大や社交界での地位獲得のために結婚しようとは思わないからね」

「だから、父上がレディ・コーデリアと結婚すべきだと？」

「悪い考えじゃないだろう？　もともと父の発案で、お膳立てしたのも父だ」

「そういえばそうだな」ウォーレンはしばし黙り込んだ。「しかし、そうなれば子どもが生まれる可能性がある。シンクレア家の財産相続人はきみだけではなくなる」

「きみもよく知ってるとおり、そんなことはどうでもいい」父からの援助なしに自力で資産を築きあげるというダニエルの固い決意は、長年にわたって、父と子の論争の種となってきた。現在ダニエルが取り組んでいる事業の設立資金も、母方の祖父母からのそこそこの額の遺産でまかなった。「とはいうものの、やはり父の結婚相手は同世代の女性のほうが無難だな。となるとレディ・コーデリアの件は未解決だが、この縁談さえうまくやり過ごせば、今後はこの種の問題で悩まされずにすむと思う。爵位と有力な人脈を持つ未亡人が、この町にはいくらでもいる。友人のウォートン子爵には、レディ・ラドベリーという未亡人の叔母上がいたはずだ」ダニエルは含み笑いをした。「実に元気のいい女性なんだ。ああいう女性が相手なら、父も挑戦しがいがあるというものだ」

ウォーレンが笑いをこらえるように唇をかんだ。「ああ、そうだろうな」

ダニエルは友人の顔をまじまじと見た。何かひどく愉快な秘密を知っていると言いたげな、いわくありげな顔つきだ。この得意そうな表情は以前にも目にしたことがある。「何か知ってるんだな」

「まあ、いろいろとね」隠しきれない笑みがウォーレンの瞳でちらついた。「あの手紙にはぜひとも目を通すべきだった」

ダニエルの目が鋭くなった。「なぜだ」

「興味深い情報が満載だったから」

「なんだって？」

「とりあえず、お祝いを言わせてもらおう」

「仕組まれた結婚への祝福か？　やめてくれ」

「いや、そうじゃない」ウォーレンは立ちあがって部屋を横切ると、ダニエルに手を差しだした。「そうじゃないが、きみを祝福する最初の人間になりたい」

椅子から体を起こしてウォーレンの手を用心深く握ったダニエルは、猜疑《さいぎ》心ではちきれそうな顔で相手を見た。「祝福とは？」

「もちろん結婚の祝福さ」

「だからぼくは――」

「きみのじゃない」ウォーレンが破顔一笑した。「父上の結婚だ」

「ちょっと気が早くないか？」

「実を言うと、遅すぎるぐらいだ」ウォーレンがダニエルの手を大きく揺すった。「おめでとう、きみには新しい母上ができた」

ダニエルは驚きのあまり目を丸くした。「母上だって？」

ウォーレンはうなずいた。「お母さんだ」

慎重に言葉を選んで、ダニエルは会話を進めた。「お母さんとは、どういう意味だ？」

「より正確に言うなら、継母《ままはは》だな」

ダニエルは混乱して首を振った。「いったいなんのことだ」

「簡単なことさ。父親が再婚したら、その相手は息子にとって継母になる」

「継母の定義なら知ってるさ。しかし……」ダニエルはどさりと椅子にすわり込んだ。父こそ結婚すればいいと口では言ったものの、そんなことが実際に起こるとは思っていなかった。永久にありえないと思っていた。もやもやを払うように首を振って、友人を凝視した。「継母だって？」

「継母だ」ウォーレンはにんまりとした。「いまのその顔を、鏡で見せてやりたいよ」

「青天の霹靂《へきれき》とはこのことだ」ダニエルはかすかな声でつぶやいた。舞台関係のさまざまな女性たちとの軽い付き合いはともかく、父はいつも企業帝国を築きあげるのに忙しく、結婚を考えるような真剣な交際とは無縁だったはずだ。

「かなり動揺してるようだな」

「いや、ただその……。そんなことは想像もしなかったから妙な感じだ。ひどく衝撃的でもある」友人の顔に視線を向けた。「どんな女性か書いてあったか？」

「オペラ歌手で、近いうちにきみに会わせるとだけ」

「オペラ歌手か」ダニエルはうめくような声をあげた。「きっとぼくより若くて、興味があるのは父の金だけという女だろう」

その様子を、ウォーレンがまじまじと見た。「心配してるのか？　父上のことを」

「まさか」切り捨てるように言ってから、ダニエルはふっとため息をついた。「ああ、もちろんだ。なんといっても父親だからね。財産目当ての女にだまされるような目にあってほしくない。それだけだ」

「もちろんわかってる。それ以上の感情があるとは誰も思っていないが、それにしてはずいぶん暗い顔をしてるな。なんだか具合が悪そうだぞ。ランポール夫人に頼んで、お手製のお茶を持ってきてもらおうか」ウォーレンはそう言うと、何やら考え込むような表情で眉根を寄せた。「だが不思議なことに、こっちは気分がよくなった。すっかり元気になったよ。こんなに気分がいいのは数日ぶりだ」ゆったりした足取りで自分の机に戻る。「いやあ、驚いたね」

「お役に立って何よりだ」

「いや、ほんとにきみのおかげだ」ウォーレンは笑いながら机の前の席についた。長年のあいだ彼は、ダニエルと父親を和解させようとしてきたが、父と子の意地の張り合いを楽しんで見物していることも隠そうとはしなかった。「感謝するよ」

「それなら、この話をすればもっと喜んでもらえると思う」

「もうじゅうぶん楽しんだが、もっと愉快な話があるのなら、ぜひ聞かせてもらおう」

「さっき公園で、美しい女性に声をかけられた」

「それが愉快な話か？」

「愉快なのは」ダニエルは頬をゆるめた。「彼女がぼくをきみと取り違えたことだ」

「そいつは愉快だ」つぶやくような調子でそう言ったウォーレンは、友人の顔をまっすぐ見た。「どの程度の美人だ？」

「極上だな」

「ほんとうか？」ウォーレンの顔がぱっと輝いた。「で、実際のお目当てはぼくだったと？」

「そうだ」こんどはダニエルがほくそえむ番だ。ウォーレンとは初対面の日から、いつも同じ女性をめぐって競い合っている。

ウォーレンが探るような目で友人を見た。「その表情から察するに、相手の誤解を正さなかったんだな」

「もちろんだ」ダニエルは口もとをゆるめた。「そんなことをしたら失礼だろう。相手が大恥をかくことになる。それに、きみを守るためでもあった」

「ぼくを守るだって？　美しいご婦人から？」ウォーレンは皮肉たっぷりに返した。「なんて友だちがいのある男なんだ」

「きみだって、ぼくのためにきっと同じことをしてくれた」

「ぼくが美しい女性からきみを守るだって？」ウォーレンはわざとらしいまでに厳粛な調

子でうなずいた。「ああ、まかせてくれ。こんど美人がきみに近づくのを見たら、ぼくはわが身を投げだしてきみを守る。約束するよ」

「あの女性の狙《ねら》いはきみの財産だったかもしれないんだぞ」

「だとしたら、あまり腕利きとは言えないな」ウォーレンが笑い飛ばした。「ぼくには財産などない」

「いまはそうかもしれないが、将来の成功は約束されている。早めに用心するに越したことはない」

「ああ、まったくだ。神よ、美しい女性たちからどうかこの身を守りたまえ」探るようなまなざしをウォーレンは友人に向けた。「その女性は、緑色の瞳をしていたんじゃないか?」

「そうだ」

「やっぱりな。昔からきみは緑の瞳に弱い。それで、緑の目をした美しい女性は、ぼくにどんな用があったんだ?」

「話が聞きたいと彼女は言った」効果的な間をあけて、ダニエルは続けた。「ぼくに関する話を」

「そんなことだろうと思ったよ」ウォーレンが天をあおぐまねをした。「具体的に言って、その女性はきみの何を知りたがっていたんだ?　というより、そもそもなぜきみのことを知りたがる?」

「彼女が知りたいのは、ぼくの人柄とかそういったことだ」

「そんなチャンスを逃したなんて、返す返すも残念だ」ウォーレンは芝居がかったため息をついた。「人生は思うようにいかないものだな」

「近づいてきた理由だが」ダニエルは腕組みをして、椅子の背に体を預けた。「くだんの女性は、ちなみにミス・サラ・パーマーという名前だが、レディ・コーデリアの付き添い役をしているらしい」

ウォーレンが目を丸くした。「そいつは何かと都合がいいじゃないか」

「明日の朝、また会う約束をした」自慢げな表情を隠そうともせずに、ダニエルは告げた。

「自分自身について語るために？」

「とりあえずは」ダニエルはにんまりとした。「もっとも、こちらの最終目的はレディ・コーデリアに関する情報を聞きだすことだが」

ウォーレンがいぶかるように目を細くした。「なぜ？」

「名案だから、単にそれだけさ。相手に関する情報が多ければ多いほど、今回の仕組まれた縁談から逃れるための方策が見つけやすくなる。おまけに」ダニエルは肩をすくめた。「ミス・パーマーとのおしゃべりはなかなか楽しかった。彼女は聡明で、機知に富んで、そのうえ――」

「美人で、緑色の目の持ち主だ」

「それもある」

友人に向けた視線を、ウォーレンはしばしのあいだ離さずにいた。「自分が何をしてるか、わかってるのか?」

「ああ」ダニエルの口調に迷いはなかった。「知的な美女と親交を深めようとしている。その結果、うまくすればアマゾネスと結婚しなくてすむかもしれない」

あきれたように目を見開いたウォーレンは、やがて肩をすくめた。「少なくとも自分ではそのつもりなんだな」

「そうだ」

「ところで、父上の手紙には、もうひとつ大事なことが書かれていた」

「そいつはいい。びっくりニュースはもう種切れかと残念に思っていたところだ」

「手紙の日付は三日前だ」

「三日前……」それが何を意味するかを察して、ダニエルはたじろいだ。「おいおい、それってつまり――」

「そのとおり」ウォーレンが喉の奥で笑った。「父上はもうロンドンに到着している」

3

異国の地に足を踏み入れる前に、その土地を実際に訪れた人たちの旅行記や体験記をよく読みましょう。そうすれば、こんなはずではなかったと悔やむこともありません。

『英国婦人の旅の友』より

親愛なるミスター・シンクレア

いきなりお便りをさしあげるのは失礼と存じますが、あなたはアメリカの方ですので、このようなふるまいを特に礼儀違反とは見なされないものと期待しております。ご存じのように、わたしたちを結婚させるというのが双方の親の意向です。実際にお会いするのはまだ数週間も先のことですので、その前に文通をしてみたらと母に勧められ、自己紹介をかねてこのお手紙をしたためたしだいです。

毎年この時期になると、わが家はブライトンに居を移し……。

「だめ、絶対にだめよ」サラは一語一語に力を込めて言い渡した。「あの男とまた会うつもりだと昨日も聞いたけど、ひと晩寝れば正気を取りもどすと思ってたのよ」

「おあいにくさま。正気をなくした覚えはないわ」

「それは議論の余地が大ありね、コーデリア」深呼吸をする。「礼儀作法に反するだけじゃなくて、相手は見ず知らずの人間なのよ。危険すぎるわ」

「ばか言わないで」コーデリアは化粧台の前に腰をおろして鏡をのぞき込み、帽子の角度を直した。「危険なもんですか。すごく感じのいい人よ。あの立場の人間にしてはいくぶん力不足という印象を受けたけれど」しばらく考えをめぐらせる。「たぶん不意打ちを食らったせいね。頭は悪くないみたい」

「たとえその人が天才だろうと関係ない――」

「とにかく見た目は文句なしよ」コーデリアは鏡のなかのサラと目を合わせた。「右眉の上にたまらなく魅力的な傷跡がある話はしたかしら?」

「ええ、聞いたわ」

「普通なら欠点になるのに、傷跡のせいで顔立ちのよさがいっそう際立つの。ちょっと危険な香りがして、まるで海賊よ。わたし、昔から海賊には弱くて」

サラは目をむいた。「あきれた人ね」

「だって海賊ってロマンティックで刺激的でしょ」

返ってきたのはうなり声だった。

「とはいっても、海賊が魅力的なのは物語の世界だけ。現実の海賊は、血も涙もない残虐行為をくり返す野蛮な人たちよ。もし機会があっても、顔を合わせるのはご遠慮したいわ」帽子のリボンを結んだコーデリアは、ぎょっとした表情のサラを盗み見て、笑いをこらえた。「彼が海賊みたいだというのは、要するに雰囲気がそんな感じだということ。ミスター・ルイスは小説に出てくる海賊のタイプなのよ。そのせいで、いちだんと魅力的に見えるんだわ」

「ミスター・シンクレアはどうなの？」

「そうね、彼もきっと海賊タイプだと思う」

「そういう意味じゃなくて」サラは胸の前で腕組みをして親友をにらむまねをした。「ミスター・ルイスの件はさておいて、ミスター・シンクレアが彼に負けずに魅力的な人物かどうか、少しはわかったの？」

「まだよ」コーデリアはさらりと答えた。「だから、これからミスター・ルイスと会うんじゃないの」振り返って、まともにサラと向き合う。「昨日は準備不足だった。作戦としては悪くなかったんだけど、実践面で問題があった。でも今日はしっかり予習してあるからだいじょうぶ」

「それ以上聞くのが怖いような気がする」

「ミスター・シンクレアに関して知りたいことを箇条書きにしたの」

「なるほど。それは手まわしがいいわね」しぶしぶサラも認めた。「でも、こんなことすべきじゃないわ。もしご両親に知れたら、わたしは首よ」

「何を言ってるの」コーデリアは取り合わなかった。「あなたは家族の一員よ。世話になるのは心苦しいから仕事をさせてくれと言い張ったのはあなたじゃないの」

「もっと前に家を出て、ちゃんとした職を探すべきだった」

「とんでもない。そんな無謀なことをしても誰も喜ばないわ」コーデリアは親友の目をまっすぐ見つめた。「お父さまは罪の意識に悩まされるし、お母さまは寝ても覚めてもあなたのことが心配でたまらなくなる。わたしは寂しさに耐えきれずに、何をしでかすかわからない。それにあなただって、悲しくてみじめな思いをするだけよ」

「ええ、そのとおりね」サラはひとつため息をつくと、淡い緑色のドレスによく似合う、レースの縁取りのある短いマントをはおった。本人は自覚していないようだが、ブロンドの髪に茶色い瞳のサラはとても魅力的な女性だ。謙虚な性格の親友のために、ぜひとも自分がひと肌脱がなければ、とコーデリアは改めて胸に誓った。

「何をしてるの？」

サラが近づいてきて、みずからの姿を鏡で点検した。「何をしてるように見える？」

コーデリアは目を丸くした。「まさか、監視役としてついてくるつもりじゃないでしょうね」

鼻で笑われた。「まさか、あなたをひとりで行かせると思う？」

「サラ、わたしは大人よ。本屋ぐらいひとりで行けるわ」

「あなたの付き添いをするのがわたしの役目よ。たとえ形ばかりの雇用関係だとしても、わたしは力の及ぶかぎり務めを果たすからそのつもりで。それにあなたとしても、付き添い役の言いつけにそむいて勝手なまねをするのは許されないと思うけど」

「お父さまやお母さまはそこまで深く受けとめてないんじゃないかしら。あなたの――」

「責任を？」皮肉っぽい調子でそう言うと、サラはマントの紐《ひも》を結んだ。「そうかもしれない。でも、大事な娘がやっかいな事態に巻き込まれないよう見守ってほしいとは思ってるはずよ」

「その期待に、あなたは立派に応《こた》えてるわよ。わたしはやっかいな事態に巻き込まれてないし、今後も巻き込まれるつもりはないから」コーデリアは晴れやかな笑みをたたえてみせた。「それどころか、従順な娘としての務めを果たしているだけよ」

サラの眉が弧を描いた。「へえ、そうなの？」

「お母さまの言いつけに従って、昨日はミスター・シンクレアに手紙を書いたし、その手紙が一刻も早く相手の手に渡るように、郵便に託さずに召使いに届けさせた。これからすることも、両親の希望どおりの相手と結婚すべきかどうか判断するために必要な行為だわ」

サラがあきれて目を丸くした。「あなたって、こじつけの天才ね」

コーデリアはにっと笑った。「褒め言葉として聞いておくわ」

「そういうつもりはまるでないけど」ぴしゃりと言ったサラは、ベッドに置いてあった帽子をつかむなり、乱暴に頭に押しつけた。

「何も帽子にやつあたりしなくてもいいのに。くしゃくしゃの帽子は、いまどきはやらないのよ」

「くしゃくしゃじゃないったら」そう言いつつ、サラは帽子のてっぺんをつまんで形を整えた。「こんなややこしいまねをせずに、ミスター・シンクレア本人と会えばいいじゃないの」

「まだそういう気持ちにはなれないの。直接顔を合わせるのは時期尚早よ。ともに幸せを築ける可能性のある人かどうか見きわめるまで、会うつもりはないわ。それに、会ってしまうと断りにくくなるし」

サラが彼女の視線をとらえた。「口ではそう言うけど、魂胆はべつのところにあるんじゃないの？　ミスター・シンクレアとの結婚を逃れること以外に」

「わたしの魂胆はもちろん、理想の相手を見つけることよ。ミスター・シンクレアがその人だという可能性もある。今回、こういう運びになったのは運命の見えざる手が働いたせいだとお母さまは言っていたわ。たしかに、それも興味深い見方だと思う。お父さまの会社が救いの手を必要としているまさにそのときにミスター・シンクレアの父親が現れて、しかもそれぞれの家庭に適齢期の娘と息子がいたというのは、偶然にしてはできすぎている。それに正直に言うなら、運命によって理想の相手と出会えたという考え方は、なかなかすてきだと思うの」

「それならなぜ――」

「運命というのはあまりに漠然として、つかみどころがないからよ。何かが起こっても、それが運命のしわざかどうか知る方法はない。運命のほうから、自分の手柄だと知らせてくれることはないのよ。実際は恐ろしい間違いかもしれないのに、運命だと信じて受け入れるのは賢いやり方とは思えないわ」

「でも――」

「それに、仮にミスター・シンクレアとの縁談が運命によるものだという説を受け入れるとしても、その真意はおたがいに理想の相手がべつにいることを気づかせるためではなかったと断言できる？」

サラが混乱した表情で見つめた。「なんですって？」

「そう、実にややこしい話よ。だからこそ、運命を他人まかせにはできないのよ」コーデリアはしたり顔で笑った。

「でも、本人に会えば――」

「そんなの、おもしろくもなんともないわ」

「だから、わざわざこんなお芝居をするわけ？」サラの声は裏返っていた。「おもしろいから？」

「そうよ」コーデリアはにんまりとした。「こんな愉快な体験をしたのは久しぶり。別人になりすますのって楽しいわ。べつに誰かに迷惑をかけるわけでもないし」

サラが探るような目を向けた。「あなたにしてみればちょっとしたいたずらかもしれないけれど、ミスター・ルイスとミスター・シンクレアにばれたらどうするつもり？　いずれはわかってしまうことよ」

「ええ、いずれはね。でもそれは……」コーデリアはしばし口をつぐんで、どう説明すべきか考え込んだ。サラはうそやごまかしを笑って見過ごせる性分ではない。「ミスター・シンクレアと結婚すると決めたときの話よ。その場合は、結婚の約束をする前に相手のことを知るのがいかに現実に即しているかを彼が理解して、わたしのとった行動を笑って受けとめられる人であることを願うわ」

「で、もし結婚しないと決めたときは？」サラの口調がゆっくりになった。

「さあ、もう行かないと」コーデリアは友人の肘をつかんで扉の方向に導いた。「あと数分で〈マードック書店〉が開店するわ。ミスター・ルイスと開店直後に会う約束をしたの」

「質問の答えがまだよ」

「あなたは馬車で待っててね」

「とんでもない」つかまれていた肘を引き抜いて、サラがコーデリアをにらんだ。「いったいなぜ馬車で待たなきゃならないの？」

「だって、説明のしようがないでしょう。あなたとの関係について」

「なぜ説明する必要があるの？」

「わたしが付き添い役になりすましている以上、わたしと行動をともにしているのはレデイ・コーデリアということになるからよ」

「じゃあ、あなたになりすませというの？」サラがかっと目を見開いた。「冗談じゃないわ。いくらなんでもやりすぎよ」

「そう言うと思った。あなたってほんとに堅物なんだから」コーデリアはふっとため息を吐きだした。「でも、もし店内の離れた場所にいて、他人のふりをしているなら……」大きくうなずく。「そうよ、それなら問題ない」

「絶対に目を離さないわよ」サラの声には威嚇の響きがあった。

「わかってるわよ。それが仕事だもの」コーデリアは邪気のない顔で笑いかけた。「せいぜいお行儀をよくして、あなたに迷惑がかからないようにするわ」

「口先ばっかり」

まだ不満そうなサラの腕を取って、コーデリアは出口へ向かって歩きだした。「では出発よ」

「さっきの質問の答えをまだ聞いてないわ。ミスター・シンクレアと結婚しないと決めた場合、どうやってこのお芝居にけりをつけるつもり？」

「その点についてはまだなんとも。でも、万一そういう事態になった場合、このお話をなかったことにする最善かつ最短の方法は……」コーデリアは扉を引きあけた。「やっぱり、あなたにわたしのふりをしてもらうことでしょうね」

外国に関する書籍が並ぶお気に入りのコーナーで、コーデリアは背表紙に目を走らせながら、店内におけるサラの位置の確認と、ミスター・ルイスが入ってくるはずの入口の監視を怠らなかった。どうやら彼はまだ来ていないらしい。どこか物陰に隠れているなら話はべつだが、そんなことはありえない。ミスター・ルイスが姿を隠す必要などない。単に遅れているだけだ。もともと、時間どおりに来る人だとは思っていなかった。彼がどんな性格であろうと、べつに関係ないけれど。ともかく人を待つのに、これほどおあつらえむきの場所はない。

貸本業も兼ねる〈マードック書店〉の敷居を十年ほど前に初めてまたいで古書特有の濃厚な香りを吸い込んだ瞬間から、コーデリアはこの店が大好きになった。自宅の書斎にもかなりの蔵書があるので通常の用は足りるが、ここへ来れば自分専用の本を購入できるうえに、わずかな年会費を払うだけでどんな分野の書物でも好きなだけ借りることができる。コーデリアがよく借りるのは、外国の地理や古代文化や近代発明に関する専門書、そして小説だ。冒険小説に、悲恋の物語、薄幸の家庭教師がヒロインのロマンス小説、それに海賊もの。そう考えて、思わず頬をゆるめた。

「もしかして、その笑顔はぼくのため？」紛れもないアメリカなまりの声が、すぐそばで聞こえた。そのとたん、奇妙な戦慄《せんりつ》が背筋を這《は》いあがった。声の主が礼を失するほど近くに立っているせいだが、相手は何しろアメリカ人だから責めるわけにはいかない。

「ちょっと自信過剰じゃないかしら」コーデリアは前を向いたまま言った。

「いや、そんなことはない」ミスター・ルイスが喉の奥で笑った。「いまのは単なる願望だからね」

コーデリアは笑いをこらえ、横目で彼を見た。「ミスター・シンクレアも、あなたみたいに愉快な性格なのかしら」

「もっとだ。ぼくなど比べものにならないよ」目の前の書棚に視線を定めたまま、体をわずかに傾けてきた。「教えてくれないか、ミス・パーマー。話が終わるまでこうして本を探すふりをすべきなのか、それとも普通の人のように向き合って言葉を交わしてもかまわないのか」

「まだ決めてないわ、ミスター・ルイス」高慢な調子でコーデリアは答えた。「こうやってひそひそおしゃべりするのもなかなか楽しいし」

「軍の極秘情報を横流しするスパイになったみたいな気分だ」

「それより海賊に似てるわ」

「海賊だって?」彼はいまにも吹きだしそうだ。「そいつはいい」

「気に入ると思った」その瞬間、機知に富んで見た目も魅力的なミスター・ルイスとの意味深長なやりとりを自分が心から楽しんでいることにコーデリアは気づいた。とはいえ、いまはミスター・ルイスの魅力に心酔している場合ではないし、おしゃべりを楽しみに来たわけでもない。心残りに思いながら、ひとつ深呼吸をした。「本題に入りましょう。質問を用意してきたわ」

「まず第一に、レディ・コーデリアはミスター・シンクレアがどの程度の資産をお持ちか知りたがっていると思うの」

「どうぞ」

ミスター・ルイスが喉を詰まらせた。「それはまたずいぶん打算的だな」

「そうじゃなくて現実的なのよ。どんな将来が待ち受けているか知りたいと願うのは女性として当然でしょう。経済的な意味でね」コーデリアはここで一拍置いた。「誤解しないでほしいのだけど、質問を考えたのはこのわたしで、レディ・コーデリア本人ではないのよ」

「では、本人はこのことを知らないと？」

「もちろん知らないわ。知っているとでも思っていたの？」

「もしかしたらと思っていた。入口の脇《わき》に立っている女性が、さっきからずっとぼくのことをじろじろ見てるから、てっきり――」

「安心して」コーデリアは、真実を告げる者だけに可能な力強い口調で請け合った。「あれはレディ・コーデリアではないから。それで、資産の話だけど」

「ああ、その点に関しては心配いらない。ミスター・シンクレアは高い意欲とすぐれた頭脳の持ち主だ。いつの日か、きっとアメリカ有数の富豪になる」

コーデリアは眉をあげた。「いつの日か？」

「巨万の富は一夜にしてならずさ。ミスター・シンクレアは、相続した財産を元手に事業を起こした」その口調は自慢げな響きを帯びていた。「業績はきわめて順調だ。この英国ですばらしい投資家たちと出会うことができたから、秋になる前に帰国する予定だ」

「帰国？」コーデリアの脈拍が跳ねあがった。「つまり、アメリカへ？」

「そのとおり。もっと詳しく言うなら、ボルティモアへ」笑いを含んだ声だった。

「ミスター・シンクレアは、レディ・コーデリアの同行を望んでるんでしょうね」

「結婚することになれば、当然そうだろう」

「そこまで考えてなかったわ」コーデリアはぽつりと言った。

「自分と同じ国、同じ家で暮らしてほしいと夫が妻に求めることを？」

「まさか外国で暮らすことになるとは思ってなかったのよ。でも、花婿としてそう願うのは当然だし、花嫁のほうもその覚悟で話を受けるべきよね」

「レディ・コーデリアは生まれ故郷を離れるのをいやがらないだろうか」さりげない口調だった。「もしかしたら二度と祖国の土を踏むことはないかもしれない。彼女は生涯を外国で暮らす覚悟があるんだろうか」

「生涯を……」コーデリアはじっと考え込んだ。「ええ、きっとあると思う。むしろ喜ぶんじゃないかしら。旅行が大好きだから」

「ああ、そう言っていたね」

「アメリカへは前からとても行きたがっていたわ。それに、外国といっても本物の外国とはわけが違う。だって、わずか一世紀足らず前には帝国の一部だったのだし、言葉だっていちおうは英語だもの」横目づかいで相手を見る。「彼らなりの英語だけど」

「たしかに」笑みが返ってきた。「ぼくらなりの英語だ」

愛敬《あいきょう》たっぷりでありながら、それでいてどこか危険な雰囲気をたたえた笑みだった。ミスター・ルイスはなかなか隅に置けない人だ。だからどうということはないけれど。

「彼ってハンサム？」気がつくと、こんな問いが口をついて出ていた。

形のよい眉が弧を描いた。「そんなことが重要かい？」

「いいえ、ぜんぜん」コーデリアは肩をすくめた。「レディ・コーデリアは必要以上に外見にこだわるような浅薄な人間じゃないわ」

「もちろんそうだろう」

「それでも、幼児や子犬が怯《おび》えて思わずあとずさりするような人より、魅力的な容貌《ようぼう》の人と暮らしたほうが何かとやりやすいのは事実よ」

「それは一理あるな」ミスター・ルイスが額にしわを寄せて考え込んだ。「しかし、自分以外の男がハンサムかどうか、男には判断がつかない」

「そんなばかな。同性の容姿の格づけを女性はしょっちゅうしてるわよ」

「数多い男女間の違いのひとつだね」

「それなら、どういう外見か教えてくれるだけでいいわ」

「ミスター・シンクレアはぼくとほぼ同じ背丈で、黒みがかった髪と目をしている。実際の話、実の兄弟みたいだとよく言われるよ」いたずらっぽく笑ってみせた。「ぼくはハンサムだろうか？」

コーデリアは鼻であしらった。「うぬぼれが過ぎるんじゃない？　それも率直で魅力的な人柄の一部なんでしょうけど」

「かもしれない」笑いながら催促する。「質問の答えは？」

「答えるつもりはないわ。それに、わたしがあなたを魅力的と思うかどうかは、この際関係ない。そんな話をするために会ったわけではないのだから」

「ああ、レディ・コーデリアとミスター・シンクレアの問題を話し合うためだ」降参の色濃いため息がもれた。「ぼくの見たところ、おおかたの女性の目にミスター・シンクレアはきわめてハンサムかつ魅力的と映るらしい」

「それなら、彼のほうも女好きなの？」

「それは相手によるね」

「そうじゃなくて。女性に言い寄るのが好きかという意味よ」

「むしろ、努力の末に手に入れたという達成感が好きなんだと思う。男ならみんなそうだが」瞳のなかでいたずらっぽい光がちらついた。「ミス・パーマー、きみには理解不能かもしれないが、独身男の大半と少なからぬ妻帯者が、女性に言い寄るのを大いなる喜びとしている。ある者にとってそれは競技であり、またある者にとっては高度の修練を要する芸事だ」

「それなら、ミスター・シンクレアはその道の達人というわけ？」

ミスター・ルイスがまたも喉を詰まらせた。

「あら、いやだ、ミスター・ルイス。ばつの悪い思いをさせてしまったかしら」

「いや、そんなことはない」恐怖の悲鳴をあげるべきか快哉《かいさい》を叫ぶべきか自分でも決めかねているかのように、その声は妙なかすれを帯びていた。

「わたしが知りたいのは……彼はなんというか……」適当な言葉を探しあぐねて、コーデリアは深く息を吸った。「芸の上達をあきらめるつもりがあるのかしら」

「なんだって?」

「追いかけることよ」

「追いかけ――」

「要するに、レディ・コーデリアを裏切る心配はない?」じれったくなって、はっきり言った。

「もちろんだとも」憤慨した声で相手は答えた。まっすぐ瞳を見つめてくる。「ミスター・シンクレアは名誉を重んじる紳士だ。いよいよ身を固めたあかつきには、結婚の誓いと責任を決して軽んじることはない」

「べつに疑っていたわけでは――」

「反対に訊《き》きたいね」ミスター・ルイスの目が細められた。「レディ・コーデリアも結婚の誓いを守るだろうか」

コーデリアは耳を疑った。「なんてことを言うの。彼女が浮気をするとでも?」

「ミスター・シンクレアについて、きみは同じことをほのめかした。ほのめかすというのは控えめな表現だが」

「それはまったく次元の違う話よ。男が不実な生き物だというのは世の常識だもの」

「男に負けないほど不実な人妻をいくらでも知っている」

「ご心配なく、ミスター・ルイス。レディ・コーデリアはそういうたぐいの女性じゃないから」

「断言できる？」

「もちろんよ。一点の曇りもなく」

「なるほど」彼が顔をしかめた。「要するに、あまり魅力的ではないということだ」

コーデリアは驚いて目を丸くした。「いったいなぜそういうことになるわけ？」

「なぜって、旅行好きで、独立心が強くて、不屈の精神の持ち主となると――」

「いったいなんの話？」

「いろいろ話を聞かせてもらったおかげで、レディ・コーデリアがどんな女性かかなり正確に予測がついた。頑丈な冒険服に身を包んだ勇猛果敢なアマゾネスだ」渋面をつくる。

「そして、いかにもそれらしい外見をしている」

「それ、本気？」

「だから結婚相手が見つからないんだろう」

「まず第一に、ミスター・ルイス、あなたは考えを改めるべきよ。女性がすぐれた知能を持ち、旅行好きで――」

「おまけに本まで執筆している」彼はまるで、〝目が三つある〟とか〝頭がいかれている〟と言うときのように声をひそめた。

「さらに、持ち前の観察力と知性を活《い》かして文章を書いているからといって、不美人ということにはならないわ」

「それなら教えてもらえるんだろうね、ミス・パーマー」ミスター・ルイスが胸の前で腕組みをして、書棚にもたれた。「レディ・コーデリアがどんな容貌をしているのか」

「容貌？」コーデリアは用心深くくり返した。こんなばつの悪い場面もめったにない。けれど、いまここで答えた内容がそのままミスター・シンクレアに伝えられることを考えると、あまり謙遜《けんそん》しすぎるのも得策とは思えなかった。それに、頑丈な冒険服を着たがっしりタイプだと思われたら困る。「実際はかなりの美人よ。まあ絶世の美女とは言わないまでも、容姿端麗の部類には入るでしょうね。おおかたの殿方の目にはきわめて魅力的と映るんじゃないかしら」

「莫大《ばくだい》な持参金と家柄に目がくらんだ殿方だろう」

「裕福な殿方よ」コーデリアはぴしゃりと言った。「持参金などあてにする必要のないほど裕福な」

「彼女はきみと同じくらい美人？」

コーデリアは相手の瞳をまっすぐ見つめた。「わたしなんか足もとにも及ばないわ」

「ありえないね」ミスター・ルイスが低くつぶやいて、体を起こし、書棚から本を一冊引き抜いた。

顔がほてるのを感じて、コーデリアはうろたえた。「お世辞がお上手ね、ミスター・ルイス。でも、あなたとお会いしたのは――」

「わかってる。レディ・コーデリアとミスター・シンクレアの問題を話し合うためだ」本を開いてぱらぱらとページをめくりつつ、彼はさらに質問を続けた。「レディ・コーデリアは今回の縁談をどう受けとめている？」

「まだはっきり気持ちが定まらないのよ」間髪を入れずにコーデリアは答えた。「結婚して一家の財政危機を救うのが自分の義務だと心得てはいる。でもその一方で……」重いため息をつく。「実利と責任感だけにもとづいた結婚を受け入れるのは、生易しいことではない」

「愛のある結婚でなく？」

「こういう状況に愛を求めても無駄よ、ミスター・ルイス。レディ・コーデリアは従順な性格で――」

「でも、女性は誰でも愛を求めるものじゃないか？」

「たしかにそうだけど、愛は空に浮かぶ雲みたいにとらえどころのないものよ。確固とした存在に見えるけれど、実際には手をのばしても触れることができない。ほとんどの人間にとって、愛とは実体のない幻想にすぎないのよ」

ミスター・ルイスが考え深い表情でじっと見た。「それはきみの考え？　それともレディ・コーデリアの？」

彼の黒い瞳をのぞき込んだコーデリアは、ほんの一瞬、へなへなと崩れ落ちるような奇妙な感覚に襲われた。「ほかの多くのことがらと同様、この問題についてもふたりの考えは一致してるわ」

「悲しい話だね、ミス・パーマー」ミスター・ルイスの瞳はじっと彼女に注がれていた。「ふたりのどちらにとっても」

「ええ、そうかも」コーデリアは口のなかでつぶやいた。この人のそばにいると、なんだかいつもの自分ではなくなってしまう。雑念を払うように首を振って深呼吸をした。「この縁談は、あくまで実利に根ざした業務上の取り引きよ」

「当初はそうかもしれない。しかし、時とともにある程度の愛情が育つ可能性はある」

コーデリアは皮肉めいた笑みを浮かべた。「あなたってかなりのロマンティストね、ミスター・ルイス」

ミスター・ルイスが小さく笑った。「結婚のような一生にかかわる問題に関しては、そうかもしれない。ぼく自身はこれまで結婚を考えるような真剣な付き合いをしたことがない。だからまだしばらくは、きみの言う幻想にしがみついていたい」

「そうね、愛が幻想かどうかはさておき、夫婦がしまいには愛し合うようになれたらすばらしいとわたしも思うわ。お見合い結婚では、そういうことはよくあるみたい」きっぱりとしたまなざしで相手を見た。「でも、これだけは忘れないで。この結婚がどれほどの利益をもたらそうと、相手に好意を抱けなかったら彼女は首をたてには振らない」

　相手は高らかに笑った。「従順な性格とはよく言うよ」

「それなら嫌悪しか感じない相手と結婚すべきだというの？　ミスター・シンクレアにしても、そばにいるのが苦痛でしかない女性と結婚すべきだと思う？　家族としての責任はべつにして、わたしは誰にもそんなことをしてほしくない。マーシャム卿《きょう》ご夫妻だって、そんな結婚を娘に無理強いしないと思うわ」

「それを聞いて安心した」

　興味津々という目でコーデリアは彼を見た。「やけにほっとしているみたいね」

「事実、ほっとしたよ。ミスター・シンクレアはいちばんの親友だ。長年生活をともにしても愛着が湧《わ》きそうにない女性と結婚させられる姿は見たくない。妻にうとまれながら一生を送るのも悲惨だ。ただし……」控えめにほほえんだ。「レディ・コーデリアが彼を気に入るのは間違いない。何しろ人気者だからね」

「それに、さっきあなたが指摘したように、レディ・コーデリアがもう若くはないことを考えると、今回の縁談は彼女にとって最後のチャンスかもしれない」

「はっきりそう指摘したわけじゃない。思ったとしても口には出していない」

「彼女としては、そういう見方をせざるをえないのよ」肩をすくめた。「気の滅入《めい》る話だけど」

「気持ちはわかる」

「いいえ、ミスター・ルイス、失礼なことは言いたくないけれど、あなたにわかるはずがない。こういうときこそ、男と女が違う生き物だと強く認識させられるのよ」コーデリアはしばし口をつぐんで、説得力のある言葉を探した。「男はいくつになっても結婚できる。よほどの老人でないかぎり、戦力外とは見なされない。ところが女となるとまるで話が違う。ましてレディ・コーデリアのように多趣味で活動範囲が広い人にとっては――」

「旅行とか執筆とか？」

コーデリアはうなずいた。「まさにそう。これまでの人生は楽しいことばかりで、わくわくする毎日を送ってきた。けれど時のたつのは速い。初めての舞踏会に参加したのはついこの前のことなのに、ふと気づいたらもう二十五歳で、いくら強がりを言おうと、心の奥底で望んでいる豊かな将来を送るためには、お見合い結婚をするしかないという厳しい現実に向き合わされている」

「なるほど」ミスター・ルイスがおもむろに言った。「つまり、彼女はミスター・シンクレアとの結婚を承諾すると？」

「そうは言ってないわ。厳しい状況ではあるけれど、まだ決心はついていないし、せかされるのはごめんだと思ってる。だって、簡単に決められるような問題ではないでしょう？」しばらく考え込んだ。「ミスター・シンクレアのほうは？　今回のお話を彼がどんなふうに受けとめているのか、まだうかがってなかったわ」

「率直に言うと、ミス・パーマー」正直に告げるのが得策かどうか迷うような間があいた。「結婚なんてとんでもないというのが彼の本音だ」

驚くほど強い安堵《あんど》の思いがコーデリアの全身に広がった。「そういうことなら――」

「しかし、息子の人生や将来に口出しする父親の姿勢には反発しているものの、家族の一員としての責任は自覚している」ぱたんと音をたてて本を閉じると、ミスター・ルイスはそれを書棚に戻した。「できるなら花嫁は自分で探したいところだが、だからといって父が交わした約束を反故《ほご》にするわけにもいかない。だから自分から身を引くことはないだろう」少し間を置く。「レディ・コーデリアが婚姻を望むかぎり。しかし――」

「そうでなければ、話はまた違ってくるということね？」

ミスター・ルイスがうなずいた。

「その点はしっかり胸に刻んでおくわ」コーデリアは小声でつぶやいた。もし自分がミスター・ルイスの思い描いたような屈強な女性なら、周囲の思惑など気にせずにきっぱりと縁談を断っていただろう。けれど実際は、経済的な苦難を家族に強いると考えただけで気持ちがひるみそうになる。見ず知らずの相手と結婚するのと同じくらいに……。

とりあえず、いますぐ結論を出す必要はない。これからの数週間はブライトンで過ごすのだから、その間にゆっくりと考えればいい。

「あなたの言葉どおりにミスター・シンクレアが魅力的な方だったら、レディ・コーデリアも最後には結婚を承知すると思うわ。いずれにしろ、ほかに選択肢はないのだし」作り笑いをして、軽く頭を下げた。「お時間を割いていただいてありがとうございました、ミスター・ルイス。とても参考になったわ」

ミスター・ルイスが行く手をふさいだ。「まだほかにも知りたいことが出てくるかもしれない。念のためにもう一度会ったほうがいい」

コーデリアは首を横に振った。「やめたほうがいいわ」

「いや、そんなことはない」じっと瞳を見つめながら、彼女の手を取って唇に押しあてた。

「もう一度会ってほしい、ミス・パーマー」

「わたし……」コーデリアは彼の目をのぞき込んだ。そしてまたも、へなへなと崩れ落ちるような感覚に襲われ、あわてて手を引き抜いた。「だめよ、ミスター・ルイス。会うべきじゃないわ。それに明日、家族全員でブライトンへ発《た》つの。戻るのは二、三週間後よ」

「ブライトンへ？」ひと呼吸置いて、ミスター・ルイスが続けた。「そういえば、レディ・コーデリアの手紙にもそんなことが書かれていた」

「六月のブライトンはとても気持ちがいいの。この時季をあちらで過ごすのは毎年の恒例行事よ」

「なるほど」ミスター・ルイスが言葉を切って、そっけなくほほえんだ。「楽しい休暇をお過ごしください、ミス・パーマー」改まった口調で別れの挨拶《あいさつ》をし、お辞儀をする。

「またいつかお会いするときまで。それではごきげんよう」そう言うなり、くるりと後ろを向き、店の出口へつかつかと歩いていった。

「ごきげんよう」コーデリアは小声でつぶやいた。ミスター・ルイスはいったいどうしてしまったのだろう。ついさっきまでうっとりするほど魅力的で愛想がよかったのに、なぜだか急によそよそしい態度になって、唐突に姿を消してしまった。ぐずぐず長居をする男よりよほどましだけれど。それにしても、どこまでも興味の尽きない人だ。

戸口付近に立つサラに礼儀正しく会釈して、ミスター・ルイスは店の外へ消えた。扉が閉まった瞬間、サラがコーデリアの視線をとらえて、問いかけるように眉をあげた。コーデリアは自信たっぷりの表情を装って友人に近づいた。もうとっくに家へ帰らなければならない時間だ。ブライトンへ出発する前にやらなければならないことがたくさんある。

小さなうそをついていたことがばれたら、きまりの悪い思いをすることになる。ミスター・ルイスはミスター・シンクレアとは切っても切れない間柄で、それはおそらく将来も変わらない。とはいえ長い目で見れば、こんなことは罪のない冗談にすぎない。説明すれば、きっと笑って許してもらえる。もしダニエル・シンクレアがそういう冗談を笑い飛ばせないような人なら、今回の縁談は見送ったほうが身のためだ。

ふいにある考えが頭をかすめ、コーデリアはみぞおちがきゅっと痛むのを感じた。次にミスター・ルイスと顔を合わせるのは、彼の雇主と並んで祭壇への道を歩くときかもしれない。

異国への旅にはさまざまな困難がつきものですが、まさにそれゆえに、旅行は大いなる冒険なのです。ことに日ごろ冒険とは無縁の多くの女性にとって貴重な体験となります。

『英国婦人の旅の友』より

4

親愛なるレディ・コーデリア

お手紙、拝受いたしました。お気遣いのほど痛み入ります。親心というのはありがたい半面、ときには大変な重圧にもなります。このような状況で直接お会いするのは、おたがいに気づまりでしょう。ですから、この機会を利用して少しばかり自己紹介させていただきたく……。

「荷物をまとめるんだ、ウォーレン」さっそうとした足取りで事務室に足を踏み入れるなり、ダニエルは満面の笑みを友人に向けた。「ロンドンを発《た》つぞ」

ウォーレンの顔がぱっと輝いた。「帰国するのか？　そいつはありがたい」椅子から腰を浮かせる。「荷造りは一時間もあればできる。出発は何時だ?」

「どうやらすっかり回復したようだな」

「ボルティモアに帰れると考えただけで、不快な症状は消えていくよ」

ダニエルは眉をあげた。「ロンドン暮らしを楽しんでるものと思っていたが」

「楽しんでたさ。いまも楽しんでる。でも、そろそろ里心がついてきた。ふるさとの土を踏むのが待ちきれないよ」

「いつものきみらしくないな」ダニエルは探るような目で友を見た。「女がいるな」

「女ならいつだっているさ」ウォーレンがにんまりと笑った。「どこかしらに」

「いや、ボルティモアにいるんだろう。特別の女性が。だからそんなに帰りたがるんだ」

「ボルティモアには数えきれないほどの女性がいるが、いや、特定の人はいない。恋しいのは町そのものだ。ふるさとは最高だよ」

最初に行き先を伝えずにロンドンを発つと話したのはまずいやり方だったとダニエルは少し反省した。しげしげと友人を観察する。「なかでもいちばんなつかしいのは?」

「潮の香りだね」ウォーレンは即座に答えた。「変わってると思われるかもしれないが、実際にはそんなものだ」

「それなら、きみはついてるぞ」ダニエルは晴れやかに笑った。「言い忘れたが、行き先はブライトンだ」

「ブライトンだって?」ウォーレンが混乱した表情で見返した。「ボルティモアじゃないのか？」

「いや、ブライトンだ」ダニエルはきっぱりと答えた。「きっと気に入るさ」

「なぜブライトンなんだ？」

「なぜなら」ダニエルは内緒話をするように声をひそめた。「潮の香りがするからだ」

「同じ香りのはずがない」ウォーレンの声は憤慨の響きを帯びていた。

「何を言ってるんだ」ダニエルは室内をゆったりと歩いて、机の端に尻をちょこんとのせた。「目を閉じて、ここはふるさとだと想像するんだ。まったく同じ香りがしてくるさ。何しろ海はつながってるんだからね。そうさ。ブライトンから泳ぎだせば、いつかはボルティモアにたどり着く」

「いや、違うね」ウォーレンが胸の前で腕組みをした。「ぼくらが考えているのが同じブライトンだとしたら、その町はイギリス海峡に面している。たどり着く先はフランスだ」

「一、二回、方向転換をすればいい」

ウォーレンがあやしむように目をすがめた。「なぜまたブライトンへ？」

「有名な行楽地で、なかなか楽しいところだそうだ。せっかくこっちまで来たのに立ち寄らないで帰国してしまうのは惜しい」

首が左右に振られた。「うそだね」

「いや、惜しいよ」

「きみは昔から観光には興味がないたちだ」顔いっぱいに疑念を浮かべてウォーレンが迫

った。「なぜブライトンへ行きたがる？」

「海辺の空気はきみの体にいいと思うんだ。まだ本調子じゃないだろう」

「ダニエル」ウォーレンが語調を強めた。「いいかげんに――」

「実を言うと」うれしさをこらえきれずに、ダニエルは頬をゆるめた。「ミス・パーマーがそこへ行くんだ」

「ミス・パーマー？」ウォーレンの眉が吊《つ》りあがった。「花嫁候補に関する情報を聞きだすためにきみが会っていた、あのミス・パーマーか？　レディ・コーデリアの付き添い役の？　あのミス・パーマー？」

「まさしく彼女だ」ダニエルは含み笑いをした。「ぼくのことを海賊みたいだってさ」

「きみが海賊だって？」ウォーレンの口調が鋭くなる。「それでレディ・コーデリアは？」

「彼女はぼくを海賊みたいだとは思ってないんじゃないかな」

「そういう意味で訊《き》いたんじゃない」

ダニエルは肩をすくめた。「ああ、失礼。彼女もブライトンへ行くそうだ」

「またわざとはぐらかしたな」ウォーレンは探るようなまなざしで友人を凝視した。「ひとつ確認させてくれ。きみがブライトンへ行きたいのはミス・パーマーのせいで、そのミス・パーマーはきみをぼくだと信じている」

「しかも、ぼくのことを海賊みたいだと思ってる」

「ブライトンへはレディ・コーデリアも同行するんだな？」

「家族全員で行くんだ。毎年の恒例行事だそうだ」

「つまり、ミス・パーマーを含めたレディ・コーデリアの家族全員がブライトンへ移動するわけで、きみがブライトンに引き寄せられる理由は――」

「海辺の空気以外にか？」

その言葉をウォーレンは無視した。「ミス・パーマーだ」

「ブライトンは実に楽しくて魅力満点の保養地だそうだ」ダニエルは軽い調子で続けた。

ウォーレンがかっと目を見開いた。「ミス・パーマーのあとを追いかけるつもりだな！」

「追いかけるなんて言うと、不純な目的でもあるように聞こえるじゃないか」感心しないというふうにダニエルは首を振った。「それに、事実からかけ離れている」

「それなら事実とはなんだ？」

「あの女性のことを……もっと知りたい。それだけだ。すこぶる興味深い女性だから、もう少し親交を深めたいだけだ」

「なんのために？」

「なんのためかって？」ダニエルは眉根を寄せた。「さあ、自分でもまだよくわからない」

「まずそれを突きとめるのが先決だろう」ウォーレンが天井をあおぐまねをした。「追いかけるという言葉をきみがどう定義しようと、親交を深めるためにロンドンからブライトンまである特定の女性のあとをついていくことを、世間では〝追いかける〟と呼ぶんだ。しかも相手はレディ・コーデリアの付き添い役にして、親戚《しんせき》でもある」

「遠い親戚だ」ダニエルは聞く耳を持たなかった。「姻戚だから、血はつながってない」

「とはいっても、ふたりは実の姉妹のように親しいんだろう。レディ・コーデリアはどんな反応を示すだろうか。両親が勧める縁談の相手が――」

「いや、レディ・コーデリアはぼくとは結婚しない」

「しない？」

「ぼくのことが気に入らなければ結婚はしないそうだ」

「なぜ気に入らないとわかる？　会ったこともないのに」

「そこが肝なんだよ」ダニエルは机からすべりおりると、室内を歩きまわった。「書店からの帰り道にひらめいたんだ」

ウォーレンはうなるような声をあげた。「知るのが怖い気がする。何がひらめいたって？」

「今回の縁談から首尾よく逃れる方法さ。当人の承諾なしに進められた話だとはいえ、父親が交わした取り決めに知らんぷりを決め込むことはできない。そんなことをするのは人間として恥ずかしい」ダニエルは言葉を切って、ウォーレンの視線をとらえた。「危機に瀕《ひん》しているのはぼくの名誉ではなく父親の名誉だという言い方もできるが、やはり家族の名誉はなんとしても守りたい。公私のべつなく、男がいったん口にした言葉は証文にも等しい。高潔な人間なら誰でもそう思うはずだ。父が交わした約束を反故《ほご》にしたら、ぼくの言葉はなんの価値も持たなくなってしまう」

「それなら、どうやってレディ・コーデリアとの結婚から逃れるつもりだ?」

「すべてはレディ・コーデリアしだいなんだ。彼女は気に入らない相手とは絶対に結婚しないとミス・パーマーが請け合ってくれた」

ウォーレンは驚きのあまり目を丸くした。「レディ・コーデリアが愛想尽かしするのを期待して、ミス・パーマーを追いかけるのか?」

「まさか、もちろん違う」ダニエルは即答した。「それは邪道だ」

「レディ・コーデリアに、いや、マーシャム卿《きょう》に銃で撃たれても文句は言えない」

「だから邪道だと言ったじゃないか」効果は期待できるが」小声で付け加えた。「いや、やはり許されないことだ。ぼくのことをきみだと思い込んでる」

「上等だね」ウォーレンがぴしゃりと言った。「それなら撃たれるのはぼくじゃないか」

「誰も撃たれやしないさ」ダニエルは鼻であしらった。「それだけは間違いない」

「心強いお言葉だ」

「ウォーレン、きみは心配のしすぎだよ。何もかもうまくいくから安心してくれ」机をまわり込んで椅子にかけたダニエルは、レディ・コーデリアの手紙を手に取った。強調するように振ってみせる。「これのおかげで」

「レディ・コーデリアの手紙のおかげで? せめて最後まで読んだんだろうな」辛辣《しんらつ》な口調だった。

「二度も読んだ」ダニエルは口もとをほころばせた。「しかも実を言うと、もう返事を出した」

「自分が理想的な結婚相手ではないとレディ・コーデリアに納得させるのに、手紙はおあつらえむきの道具というわけか」

「あくまでさりげなくするよ」

「当然だ」

「それに、真っ赤なうそもつきたくない」

「それも当然だ」ひとつうなずいたウォーレンは、考え込むような表情で友人の顔を見た。非難の言葉を浴びせられることを覚悟して、ダニエルは身をすくめた。そうされても文句は言えない。しかし、頑丈な冒険服に身を包んだアマゾネスと結婚させられるのはこの自分なのだ。「言いたいことがあるなら遠慮しないで言ってくれ」

「脱帽だよ、ダニエル」ウォーレンの顔にゆっくりとした笑みがのぼった。「なかなかの名案だ」

「なかなかどころか、とびきりの名案さ」ダニエルは椅子の背にもたれて、会心の笑みを浮かべた。「ミスター・シンクレアはレディ・コーデリアにはふさわしくない。きみになりすましたまま、ミス・パーマーにもそう信じさせるのがこの作戦のかなめだ」

「なるほど。つまりきみはレディ・コーデリアの結婚願望をくじくためにミス・パーマーを追いかけるわけじゃないんだな」

「ああ、それは邪道だと言ったはずだ」

「そうはいっても、きみは自分がレディ・コーデリアにふさわしくないとミス・パーマーに信じさせようとしている。だからわざわざブライトンまで彼女を追っていく」

「そのとおりだ」

「危ない橋を渡っているような気がするが」

「それでも、渡らざるをえない。当分、結婚する気はないんだ」ダニエルの声は固い決意を帯びていた。「そしていよいよそのときが来たら、花嫁は自分で選びたい」

「たとえば……」ためらいの間があいた。「ミス・パーマーのような女性を?」

「まさにミス・パーマーのような女性だよ。彼女は頭がよくて友情にも篤《あつ》い。他人からほどこしを受けるのは自尊心が許さないが、職業を持つことを恥じるような高慢な性格ではない。おまけに美人だ」ダニエルはそう言いながら、レディ・コーデリアの手紙に軽く指を打ちつけた。「早い話、ぼくのような立場の男にとって理想的な花嫁候補だ」

「でもきみは当分、結婚する気がないんだろう?」

「まったくない」

「しかも、ミス・パーマーに対して望むのは親交を深めることだけ。言うなれば友情だ」

「それ以外の感情はない」

「きみにだまされていたことを知ったら、ミス・パーマーはどんな反応を示すかな」

ダニエルは首を横に振った。「ばれやしないさ。うまくすれば、レディ・コーデリア本人と顔を合わせることなくこの件は解決する。レディ・コーデリアと顔を合わせないかぎり、ミス・パーマーにも何も言う必要はない」

「だましていたことがばれたら、蛇蝎《だかつ》のごとく嫌われるぞ」

「だから、ばれないようにくれぐれも注意しないと」

友人の顔を長いあいだ無言で見つめていたウォーレンは、肩をひとつすくめると、自分の机に戻って腰をおろした。

ダニエルは眉根を寄せた。「何を考えてる？」

「べつに何も」ウォーレンはそっけなく答えて、机に置かれた帳面を開き、目の前のページに目をこらした。

「なんだよ？」

「だから、べつに」

「正直に教えてくれ、ウォーレン。そのしたり顔はどういう意味だ？」

「それなら言うが」視線を帳面に定めたまま、ウォーレンは余裕たっぷりの口調で告げた。

「きみの言うとびきりの名案には大きな欠陥がある」

「そんなもの、ぼくには見えないぞ」ダニエルは強気の姿勢を崩さなかった。

「ああ、きみに見えるわけがない」ウォーレンが喉の奥で笑った。「名案と愚考との差は紙一重だ」

「何がまずいのか教えてくれ」

「いやだね。ぼくはこの件とはいっさいかかわりたくない。最初から最後まですべてきみが考えたことだ。でも、ひとつだけ言っておこう」ウォーレンが顔をあげて、ダニエルの視線をとらえた。やがて大きな笑みが広がった。「ブライトンへ行くのが待ちきれないよ」

そう、すがすがしいなかにも活気が感じられるこの空気だわ。サラと相部屋の小ぢんまりした客間から突きだした狭いバルコニーで、コーデリアは胸の奥まで空気を吸い込んだ。潮の香りと波の音には、ほかの何とも違う魅力がある。記憶にあるかぎりの遠い昔から、一家は毎年ブライトンのこの屋敷を借りて夏を過ごしてきた。ぎっしりと軒を並べたほかの住宅と同様、この屋敷もキングスロード沿いにあり、何にもさえぎられずに海の眺めを堪能《たんのう》できる。当然ながら、浜辺に置かれたベンチでくつろぐ人々や、遊歩道をそぞろ歩く大勢の観光客の姿が目に入らなければの話だが。その多くが、鉄道を利用してこの地にやってくる。

コーデリアが子どものころ、ブライトンへの旅は馬車で五時間近くかかった。それがいまや、鉄道の開通によってロンドンからの移動時間はわずか二時間に短縮され、日帰り旅行が可能なだけでなく誰にでも手の届くものになった。しかし、それよりはるか以前から、ブライトンは終わりなき祝祭の町であり、つねに陽気なお祭り気分がただよっていたようにコーデリアには思えた。だからこそ、すがすがしいなかにも活気が満ちあふれているのだろう。

六月がブライトンにおける正式な社交シーズンではないという事実も、遊歩道を埋める観光客にとってはどうでもよいことだ。コーデリアの両親が結婚した当時は、社交シーズンというのは誰にとっても夏の数カ月を意味した。しかしそれは摂政皇太子が世を治めていた時代の話。どこにでもあるような別荘を、インドの華麗な宮殿に似せたロイヤルパビリオンに変身させ、豪華な宴会や夜会を皇太子みずからが催していた古きよき時代の話だ。コーデリアの母親は、よく当時のことをなつかしそうに語ったものだ。やがてヴィクトリア女王が即位したあとは、ブライトンの住民とパビリオンは文字どおり見捨てられ、この地は静かな避暑地に成り果てた。女王の判断に文句をつける気は毛頭ないが、ブライトンやパビリオンを好きにならない人がいること自体がコーデリアには信じがたいことだった。彼女にとってパビリオンは魔法の場所で、母から聞いた数々の逸話がその印象をなおいっそう強固なものにしていた。

年間を通して温暖な気候に恵まれているせいで、ブライトンにおける正式な社交シーズンは夏から秋冬へと移行したのだが、母親は伝統を重んじるタイプの人間だ。子どものころから親に連れられてブライトンへ遊びに来たのが夏だったからという理由で、コーデリアの姉たちが文句を言っても、その習慣を変える気はないと突っぱねた。その母も、いまでは庶民が大挙してブライトンへ押しかけてくることにとまどいの色を隠さないが、父は反対に、日帰り観光客の増加は地元経済のためだけでなく、日ごろ狭苦しいロンドンで働いている人々にとってもよいことだと考えていた。それに、混雑しているぐらいのほうが気分が盛りあがっていい。どこでも好きな場所で休日を過ごせるとしたら、にぎやかで楽しい雰囲気に浸れる場所がいいね、と父は熱を込めて語った。

両親の意見が一致しないことはめったにないが、これはそのまれな例のひとつだ。コーデリアの見たところ、社会のあり方に関しては、いくつもの慈善活動に積極的にかかわっている母よりも、父のほうがより開かれた考えを持っているようだ。考えてみれば不思議な話ではある。爵位を持つとはいえ、それほど高貴な家柄の出身ではない母と違い、父は何世紀も前から続く由緒正しい英国貴族の子孫だ。それなのに身分を鼻にかけるということがまったくない。若いころからつねになんらかの形で事業にかかわってきたので、おそらくその過程で民主的なものの見方を身につけたのだろう。だからこそ、末娘をアメリカ人に嫁がせることにさしたる抵抗がないのだ。問題のアメリカ人が、資力においても人柄においても合格点に達しているかぎりは。

青くきらめく水面を見つめながら、コーデリアの思考はべつのところをただよっていた。ミスター・シンクレア――こういう状況なのだから、ダニエルと呼ぶべきなのだろうが――からの最初の手紙が、二日前、ロンドンを発ったその日に届いた。必要な情報が過不足なく盛り込まれた、感じのよい手紙だった。何より礼儀正しさが印象に残った。もっとも、ミスター・ルイスから聞きだした人物像から、そうだろうとは予想していた。次の手紙をどんな内容にすべきか迷うところだ。親密な感じで、なおかつあたりさわりのないものにしなければならない。旅行記事を書くときの要領で書けばいいのだ、とふと思いつつた。ただし、読み手は不特定の女性ではないということを念頭に置いて。ブライトンの尽きぬ魅力と、海辺の空気がもたらす健康への効用についてでも書くことにしようか。

「そうだわ、そうしよう」口に出してつぶやいた。

「何か言った?」部屋の奥からサラが尋ねた。

「いいえ、べつに」振り返ると、サラは机に向かい、考え込むような顔つきでペンを手にしていた。「また、例の秘密の求婚者に手紙を書いてるの?」

「だからあの人は……」そう言いかけて、サラが晴れやかにほほえんだ。「ええ、そうよ」

「否定しないのね」

「なぜ否定するの?　手紙を書いてるのは事実だわ」

「そうじゃなくて、秘密の求婚者の部分よ」

「しても意味ないでしょ。これまでだってそのたびに否定してきたのに、あなたは本気にしないんだから。だからね」視線を目の前の手紙に戻す。「もういちいち反論しないことにしたの」

「相手が誰か教えてくれたら、それですべて解決なのに」

「内緒よ。誰にも言う気はないわ。それに、やたらになんでも知りたがらないほうが身のためよ。そういう態度はかわいげがないと受けとられるから」

「かわいげがあるなんて言われたことは一度もないわよ」コーデリアはうんざりしたようにつぶやいた。「ねえ、サラ、あなたってときどきうるさいことを言うわね」

「それが仕事だもの」顔もあげずにサラは答えた。「これまであまり付き添い役らしいことをしてこなかったけれど、せめてこういうときぐらいはきっちり役目を果たさないと」

「それなら、よき付き添い役として散歩に付き合って。空は真っ青だし、空気はおいしいし、桟橋からは音楽の調べも聞こえてくるじゃないの。こんな日に部屋に引きこもっていたらもったいないわよ」

「あとでね」口先だけでサラは答えた。

「手紙こそ、あとでもいいじゃないの」いつものコーデリアなら、どんなに外が快適そうでも、本や記事の執筆をしたり次の旅行の計画を立てたりしているうちに知らぬ間に時間が過ぎてしまう。でも今日はなんだか気持ちがはやって、家のなかでじっとしていられなかった。「付き添いなしで散歩には行けないのよ」

「ええ、知ってる。あなたが知っていたとは驚きだけど」

「おあいにくさま。ときどき知らないふりをするだけよ」サラが正式な付き添い役になってからの長い年月のあいだに、コーデリアは良家の令嬢が付き添いなしに外出してはならないという決まりを何度も無視してきた。当然ながら、異国を旅している最中は、安全面からいって、ひとり歩きは決して許されない。でもここはブライトンだ。毎年夏の数週間をこの町で過ごしてきたコーデリアは、ロンドンの自宅周辺の通りや公園に劣らずこの町の遊歩道や海岸を熟知しており、むしろ大都会より危険が少ないと感じていた。町にあふれる祝祭の雰囲気のせいか、ここにいると礼儀作法の基準もいくぶんゆるやかになるようだ。いつもは行儀や立居ふるまいにやかましい母親さえ、ロンドンにいるときほど口うるさくなくなる。

いかにも他意はないという顔つきで、サラがこちらを見た。「坊やたちを連れていったら？　きっと喜んで散歩に付き合ってくれるわよ」

「なんてすばらしい思いつきかしら」コーデリアは明るい口調で返した。「引き綱はある？」

坊やたちというのは、コーデリアの三人の姉の息子たちのことだ。みずからの役割をしっかりと心得た姉たちは、娘を出産する前にまず夫の跡継ぎとなる男子を世に送りだした。これまでのところ、コーデリアには十一歳から八歳までの六人の甥《おい》に、五人の姪《めい》、そしていつ生まれても不思議ではない性別不明の赤ん坊が一名いる。孫たちとの触れ合いを何よりの楽しみにしている母にとって、ブライトンでの休暇は家族全員がひとつ屋根の下に集まることのできる絶好の機会だ。コーデリアの見たところ、子や孫に囲まれているときの母は、まさに女王のような気分を味わっているらしい。長女のアミーリアと次女のエドウィナは親子連れで、三女のベアトリスのところはふたりの子どもだけが、この日の朝到着した。ベアトリスは三人めの子どもの出産間近で、今年はロンドンに残ることにしたのだ。

姉たちは侍女や家庭教師や乳母を引きつれてやってきたので、いまや屋敷は子どもと女性の声であふれているが、十二歳以上の男性の姿を見かけることはまれだ。しかしそのことを不自然に思う者はひとりもいなかった。父は来たと思うとロンドンにとんぼ返りのくり返しで、席の暖まる暇がない。姉の夫たちは、それぞれの実家の家族がブライトンに滞在している最中にこちらにも顔を出すが、じきにロンドンでの急用を思いだすことになり、長居はしない。

肝心の父親が不在がちなことに気づいて、毎年恒例のブライトンでの休暇から言葉巧みに逃れるすべを最初に身につけたのはエドウィナの夫だった。アミーリアの夫は待ちかねていたかのように、すぐさま同じ方法を取り入れた。ベアトリスの夫も、新妻の家族との濃密な交流を避けるこの知恵を、おそらくは結婚の誓いを交わす前から先輩のふたりに授けられたに違いない。

ミスター・シンクレアも、結婚前に知恵を授けられるのだろうか。

自分にも夫がいて、その相手がバニスター家の婿たちからなる奇妙な仲間に加わると想像すると、なんだか愉快な気分になる。でも、無論そういうことにはならない。なんとも言いようのない失望感が胸を刺した。もし実際にミスター・シンクレアと結婚したとしても、ブライトンでの家族の休暇に加わることはほぼありえない。新婚のふたりが暮らすのはアメリカなのだ。新しい冒険の始まりじゃないの、とコーデリアは意識して明るく自分に言い聞かせた。そう考えるとわくわくしてくる。アメリカには、昔から一度行ってみたかった観光名所がいくらでもある。

「一覧表にして書きださないと」小声でつぶやいた。

「王と聖者の名前さえ押さえていれば問題ないわよ」サラが軽く受け流した。

「王と……」なんのことかわからずにコーデリアは額にしわを寄せたが、やがてひらめいた。「王と聖者ね。ええ、もちろん」

アミーリアは息子たちに王の名をつけていた。すなわちヘンリー、エドワード、そしてリチャード。エドウィナのところは聖者、特に十二使徒の名だ。すなわちトーマス、マシュー、そしてジェームズ。これまでのところ、ベアトリスには息子がひとりしかおらず、その名はフィリップだ。王であっても聖者であってもおかしくない名だが、ベアトリスによると、実は父親の名前を取ったそうで、王でも聖者でもないのにみずからの名前を息子に継がせることができた夫は、いたく感激していたそうだ。

当の坊やたちは、立派な名前を与えられたにもかかわらず、特に全員が集まったときには、王の権威も聖者の気品もあったものではなかった。男の子はどうあがいても男の子。少年らしい悪さやいたずらに手を染めずにはいられないものだ。だから、彼らを連れて散歩に行くのは命がけの冒険に等しかった。とはいえ、勇気と冒険心にかけては誰にも負けないとコーデリアは日ごろから自負している。

「わかったわ」深呼吸をひとつした。「ああ、それから、サラ」

サラが手紙から顔をあげた。

「もう二度と会えないかもしれないけれど」コーデリアは芝居がかったしぐさで手の甲を額にあて、お気に入りの女優の声色をまねた。「わたしのこと、いつまでも忘れずにいてね」

「いやだ、まさか家庭教師を連れずに行くつもり？」

「いくらわたしでも、そこまで命知らずじゃないわよ」コーデリアはにっこり笑って、甥っ子たちに声をかけに行った。

ほぼ三十分後、アミーリアとエドウィナがロンドンから連れてきたそれぞれの家庭教師と並んで、コーデリアは遊歩道を歩いていた。ベアトリスの家の家庭教師は、まだ幼い子どもたち——女の子ばかり——の世話をするために家に残った。しかし実際のところは、たとえ散歩のような簡単な行事でも、子ども全員を一度に参加させないほうが身のためだという教訓を、関係者の誰もが少し前の苦い経験から学んでいたせいだ。

屋敷を出て数歩も行かないうちに整列は乱れ、勝手な方向に散らばろうとする子どもたちを見失わないために、家庭教師はどちらもかなり速い足取りで歩くことを余儀なくされた。数分のうちにふたりの姿は見えなくなり、気づくとコーデリアはひとりきりだった。気持ちのよい夏の一日を貪欲《どんよく》に楽しもうという観光客だらけの遊歩道で、ひとりきりと言うのが妥当かどうか、その点ははなはだ疑問だが。あえて問われたら、こうなることは予測ずみで、はじめからそのつもりだったと認めるしかない。何にも邪魔されずにゆっくり考えごとをしながら、こうしてぶらぶらと歩けるのはコーデリアにとって何よりありがたかった。思いは自然とミスター・シンクレア——いくら努力しても、会ったことのない人間を姓でなく名で呼ぶのは無理がある——へ、そして妙なことにミスター・ルイスへと流れていった。彼の名はウォーレン。力強くて男性的な、すてきな名前だ。あとで意味を調べてみよう。人であれ、場所であれ、名前にはそれぞれ興味深い意味や由来があるものだ。ミスター・ルイスなら、洗礼名で呼ぶのに少しも抵抗を感じない。

これは単に彼と知り合いになったからで、それ以上の意味はまったくない。ミスター・シンクレアからの手紙を読んだとき、耳の奥で響いたのがウォーレンの声だったのも、おそらくそのせいだ。でも、べつに後ろめたく思う必要はない。長身でがっしりした体格の紳士にふさわしい、すてきな声なのだから。それにあのいたずらっぽいまなざしに、ひと癖もふた癖もありそうでいて、そのくせたまらなく魅力的な笑顔。思い返しているうちに、ひとりでに頬がゆるんでいた。

「こんどは勘違いしないよ。その笑みはぼくのせいじゃないね」

コーデリアは息をのんで振り向いた。「ミスター・ルイス！　いったいここで何をしているの？」

「ブライトンの魅力をきみが力説していたから、一度は自分の目で見なくてはという気持ちになってね」笑みを浮かべる。「で、実際にやってきた」

コーデリアはその顔をまじまじと見た。「ブライトンについてそんなに詳しく話した覚えはないけど」

相手は肩をすくめた。「口に出さなくても伝わってくるよ」

コーデリアは背のびして周囲を見まわした。お目当ての人物の姿形は知らないが、目鼻立ちの整ったアメリカ人なら人ごみのなかでも目立つはずだ。「ミスター・シンクレアもごいっしょ?」

「あ、いや」首が左右に振られた。

「あら、残念」ほんとうは残念でもなんでもなかった。そのことがコーデリアはわれながら不思議だった。しかし、ミスター・シンクレアと顔を合わせたら最後、このお芝居もウォーレンとの友情もすべて幕引きとなるのだ。それこそたまらなく残念だ。「それなら、レディ・コーデリアは今後もロンドンの住所にお手紙を送ればいいのね?」

「いや、失礼。彼がこの町にいないという意味ではなくて」ウォーレンがあわてて言いつくろった。「ブライトンへは来ているんだが、いまは別行動なんだ。外へ出たくないと言うものだから。ちょっと……具合が悪くて」

「あら大変。重いご病気じゃないといいけど」

「いや、ぜんぜん。ただの風邪さ。海辺の空気は体にいいと思ってね」大げさなため息をつく。「ここの空気はなんというか……たまらなく……」

コーデリアは笑みをかみ殺した。「すがすがしくて活気にあふれてる?」

「まさにそのとおり」

「でも家のなかにいたら効き目はないわよ」

「窓という窓を開け放って、あとは運を天にまかせるのみだ。なんなら、レディ・コーデリアが手紙を出せるように、滞在先の住所をお教えしておこう」雇主の話題はこれで終わりというように、ウォーレンは晴れ晴れとした表情で笑った。「いまはきみもひとりきりのようだから……それともどこかに連れの方が？」

コーデリアは遊歩道の先に目をやった。家庭教師たちの姿も甥っ子たちの姿もどこにもない。「いいえ、ひとりよ」

ウォーレンが腕を差しだした。「それなら、ごいっしょしてもよろしいですか？」

差しだされた腕を取って歩いたら最後、ミスター・シンクレアに関する情報を聞きだすための無邪気なお芝居が、まったく違う性格のものになってしまう。とはいえ、こちらから誘ったのではないし、その気にさせるようなことを言ったわけでもない。彼がここに現れたのは単なる偶然だ。それとも？

コーデリアは疑わしげな目つきで、ウォーレンを凝視した。「これって偶然の出会い？」

「うれしい偶然というやつだね」きっぱりした口調だった。

黙って眉をあげた。

ウォーレンが笑いだした。「きみが通りかかるかもしれないと思って、あそこのベンチにずっとすわっていたのをべつにすれば、立派な偶然と言える」

「そういうのを偶然とは呼ばないわ。わたしの居場所をどうやって知ったの？」

「レディ・コーデリアがミスター・シンクレアに送った手紙には、ブライトンでの住所も書かれていた」屈託なくほほえんだ。「では参りましょうか」

コーデリアはまじまじと相手の顔を見た。いっしょに散歩するためだけに待ち伏せされたのは生まれて初めてだ。悪い気はしないし、どこか憎めないふるまいではある。並んで歩くくらい、どうということはない。わたしはもう子どもではないのだし、世界のあちこちを旅してきた経験があるうえに、誰とも結婚の約束を交わしているわけではない。興味を引かれる殿方と海辺の遊歩道をぶらつく程度は許されるはずだ。それに、ここはブライトン。礼儀作法も含めて何もかもがロンドンに比べてゆるやかな観光地だ。おまけに、人出が多いとはいっても、この時季は正式な社交シーズンではないので、知り合いに目撃される可能性はまずない。それに何より、レディ・コーデリアには許されない行為でも、ミス・パーマーなら話はべつだ。いまのわたしはミス・パーマーなのだから。

「わかったわ、ミスター・ルイス」コーデリアは笑みを返してパラソルを持ち替え、彼の腕を取った。「喜んでごいっしょします」

ウォーレンが含み笑いをした。「こちらこそ喜びのきわみ」

ふたりは歩きだしたが、そのまま進むと坊やたちと家庭教師の一行に鉢合わせする可能性があることにコーデリアははたと気づいた。逆方向に進むと家の前を通ることになるが、住宅街があるのは通りの反対側で、この時間には屋敷への人の出入りはおそらくないだろう。仮に誰かが外に出ていたとしても、この混雑のなかで姿を見分けるのは至難の業だ。

コーデリアは足を止め、自分が来た方向を顎の先で示した。「こちらでもよろしい?」

「もちろん」ふたりは向きを変えて歩きだした。「なんであろうと仰せのままに」

「ずいぶんな意気込みね」数分のあいだ言葉は交わされなかったが、完全な静寂だったかというとそうではない。波の砕ける音と周囲の喧騒《けんそう》が間断なく聞こえていた。「それはそうと、ミスター・ルイス、なぜまたブライトンへ？」

「きみがいるから」

コーデリアは声をあげて笑った。「お口がお上手ね。でも、すんなりと信じる気にはなれないわ」

「でも事実だ」

「それならブライトンにほかの用事は何もないの？」

「まったく」

「わたしがいるから、わざわざやってきたわけ？」

「そのとおり」

「やっぱり納得できないわ。いったいなぜ？」

「なぜって、きみが最高に興味深い女性だからさ、ミス・パーマー」ウォーレンが歩みを止めて、正面から瞳を見つめた。「だから、きみのことをもっとよく知りたい」

「そんな」彼の黒い瞳をのぞき込んだコーデリアは、われにもあらず絶句した。「なんと言ったらいいのか」

「ぼくのせいで言葉を失ったね」彼が愉快そうに笑った。「そんなことが可能だとは思わなかった」

「わたしもよ」コーデリアは小さくつぶやいた。

「きみのそういうところが好きなんだ。つまり、めったに言葉を失わないところが」

「そうなの？」めずらしいものを見るような目でコーデリアは相手を見た。「自分では欠点だと思っていたわ。本物のレディはもっと控えめでなければ」

「とんでもない」彼の口調に迷いはなかった。「きみは自分なりの意見を持ち、遠慮せずにそれを口に出す人だ」

「それが長所だというの？」

ウォーレンがうなずいた。「ぼくはそう思う」

その様子をじっと見て、コーデリアは考えをめぐらせた。「それはあなたがアメリカ人だからよ」

意外そうな表情で彼女を見ていたウォーレンが、やがて笑い声をあげた。「かもしれない」

コーデリアは心得顔にうなずいた。「そういうことに関して、アメリカ人とイギリス人の受けとめ方は違うのよ。アメリカ人は独立独歩の精神が強いから」

「独立独歩の精神はともかく」瞳に笑みをきらめかせて、内緒話をするように顔を近づけてきた。「ぼくのことを完全に頭が壊れていると思うアメリカ人は少なくないし、率直な性格を好ましいと思う英国紳士もいくらでもいるはずだ」

コーデリアは鼻であしらった。「それはどうかしらね」ふたりは進行方向に体の向きを変え、ふたたび歩きだした。「少なくとも、わたしはそういう人間にお目にかかった覚えがない」

「未婚なのはそのせい？」

「たしかにそれも理由のひとつね」皮肉たっぷりの声音で返した。「思ったことをはっきり口に出す女性を好む男性なんて、なかなか見つかるものじゃないわ。自分なりの考えを持った女性を好む男性もだけど」

「そうかな、ぼくは好きだ。すばらしい考えがひらめいたら、迷わずに行動に移すところもいい」

「慎重さが足りないだけかも」コーデリアは口のなかでつぶやいた。この人はどこかおかしいのではないだろうか。これまでみんなに欠点と指摘されつづけてきた部分が、何もかも好ましいだなんて。

「きみは勤勉で、独立心が強く、そして正直だ」肩をすくめた。「そのすべてにぼくはとても惹《ひ》かれる」

正直ですって？「さあ、どうかしら」不安の波が胸に押し寄せてきた。「人は見た目ではわからないものよ」

「見た目といえば」軽い口調で相手は続けた。「この際だから言うと、きみは姿形も美しい、ミス・パーマー」

「そんなことを言われたらのぼせあがってしまうわ、ミスター・ルイス」

「のぼせあがってほしいね」かすかな間があいた。「このぼくに」

息が喉につかえ、胸の鼓動が激しくなった。「あなたは何を求めているの、ミスター・

ルイス?」

「べつに何も求めてはいない。もっとよく知り合って、友情を深めたいだけだ」この問いを投げかけられることを想定し、あらかじめ答えを予習してきたような、迷いのない口調だった。

「わかったわ」コーデリアは内心ほっとしつつも、どこか失望に似た気分を味わっていた。いったいなぜ失望しなければならないのか、自分でもさっぱり理解できないが。結局のところ、こちらとしてもこの付き合いに特別な何かを求めているわけではない。彼と同じく、もっとよく知り合って、たわいのない会話を楽しみたいだけ。とはいうものの……。「あなたって、危険なにおいがする」

「危険なにおいだって?」彼が吹きだした。「まさか。それどころか、子犬みたいに無害な男だ」

「ひどくお世辞の上手な子犬だこと」

相手は無言でほほえんだ。

「ミスター・シンクレアもあなたみたいにお世辞が上手なの?」微妙な領域に進みつつある会話の軌道修正を、コーデリアは試みた。

「いや、もっとだね。あの男は手におえない浮気者だ」言葉を選ぶかのような間があいた。「この前の話では、ミスター・シンクレアの女性関係について誤った印象を与えたかもしれない」

「というと？」

「その方面においてはきわめてやり手なんだ。実際のところ、誰よりも凄腕《すごうで》だね」顔を寄せて声をひそめた。「かんばしくない評判も流れている」

「ほんとうに？　ロンドンに来てまだ日が浅いのに？」

「ロンドンだろうとボルティモアだろうと、どこでも同じことさ」ウォーレンは無造作に肩をすくめた。「地球上のどこにいようと、ベッドに女性を連れ込まない夜はない。相手は女優に未亡人、それに経験豊かなレディといったところかな。とにかく女好きで、おまけにひどくもてる」

　コーデリアはしばらく考え込んだ。「つまり、彼は結婚しても不実な夫になるということ？」

「いや……」彼が口ごもった。「そうは言っていない」

「言えない？　それとも、言う気がない？」

　相手は無言で肩をすくめた。

「もういいわ」

「すまない」彼が陰気な表情で首を振った。「レディ・コーデリアとしても、ミスター・シンクレアのような評判の持ち主と結婚するのは気が進まないだろうね」

「いやだ、何を言ってるの」驚いた表情でコーデリアは彼を見た。「むしろ反対よ。三十過ぎの裕福で魅力的な男性に浮いた噂《うわさ》ひとつなかったら、それこそ不気味だわ」

「ひとつやふたつならいいが」相手はそう言うにとどめた。気の毒に、友人への忠誠心と正義感の板ばさみになって悩んでいるらしい。

コーデリアは軽く肩をすくめた。「夫にするなら、昔は遊び人で鳴らしたが、いまはすっかり心を入れ替えた大人の男性がいちばんだというのが大多数の女性の一致した見方よ。それに、結婚後は妻を裏切らないと言ったのはあなたじゃないの」

「たしかにそう言ったが、先のことはわからない」

「で、ミスター・ルイス、あなたはどうなの？」からかうような声音でコーデリアは尋ねた。「やはりかんばしくない評判の持ち主？」

彼が口もとをゆるめた。「その可能性は否定しない」

「行動のお手本となるのはどちら？　ミスター・シンクレア？　それともあなた？」

「半々というところかな」考えるような間があいた。「ぼくたちふたりは、多くの面でとてもよく似てるんだ。ともにひとつの夢を追い、いつかは大成功すると信じている」

「ええ、彼はいつかアメリカ一の大富豪になるのよね」

「ぼくもね」その声は自信に満ちていた。

コーデリアは彼の顔を見あげた。「わたしの気を引きたいの、ミスター・ルイス？」

「効果はあったかい？」

「富や資力には心を動かされないわ。でも」ゆっくりした笑みを投げかけた。「大きな夢を持っているのは立派だと思う。レディ・コーデリアも同じ考えよ」

「もちろんそうだろうね」彼が小声でつぶやいた。

「いちがいに夢や志といっても……」手のなかでパラソルを握りなおして、コーデリアは考えをめぐらせた。「この国では、家柄がよくなければ成功者にはなれない。逆境を克服してのしあがる人はめったにいないし、もしいたとしても、われわれ貴族社会では、飽くなき野望の末に手にした成功をどこか下品なものとして見る傾向がある」

「ぼくの国では、実力とやる気さえあれば誰でも成功する」

「いろいろな意味で、この国は過去にとらわれているのよ。これまでのやり方は、少なくとも上流階級の人々にとって都合よく機能してきたから、誰もそれを変えようとは思わなかった」コーデリアは鼻にしわを寄せた。「レディ・コーデリアのような立場にある女性は、みずからの将来を自分の手で決めることもできない。すべては結婚相手しだいという状況を、彼女はとても居心地悪く感じているわ」

「レディ・コーデリアが夫に望むものは？」

「女なら誰でも望むものよ、たぶん」コーデリアはしばらく考え込んだ。「あるがままの彼女を受け入れて敬意を払ってくれること。それが何よりも優先するんじゃないかしら。それから独立心の強い性格を長所と認めてくれること。やさしい心根の持ち主で、正直なこと。そんなところかしら」

彼が喉の奥で笑った。「やはり問題の根本にあるのは愛情だ。きみはあえて触れなかったが」

「やはりあなたはロマンティストだわ」コーデリアは頬をゆるめた。「今回の問題に恋愛感情の入り込む余地がないことを忘れてる」

「それでも、もし愛情が芽生えたら、それを無視はできない」

「ええ。でも、もし芽生えなかったら……」コーデリアは肩をすくめた。

「で、きみは、ミス・パーマー？」彼がまっすぐ瞳を見つめてきた。「きみは結婚相手に何を望む？」

快活な口調でコーデリアは答えた。「レディ・コーデリアとほとんど同じよ。違うのは、彼女には家族に対する責任があり、わたしはないことだけ。良家の生まれでないから、何も気にせずに、自分の心のままに誰でも好きな人と結婚できるというわけ。でもやはり、わたしの知性を尊重して、誠実にひとりの人間として向き合ってくれる人がいいわ。それにね、ミスター・ルイス」彼の黒い瞳をのぞき込んだ。「わたしの場合、愛は不可欠よ」

ふたりはじっと見つめ合った。周囲の喧騒がしだいに遠のき、かすかに聞こえる旋律に変化した。不思議な瞬間だった。〝魂の触れ合い〟という言葉がコーデリアの頭の片隅に浮かんだ。親密で心通うひととき。まるで周囲には人っ子ひとりいないかのような……。脈拍が速くなり、キスされるかもしれないというとっぴな考えが頭をよぎった。良家の令嬢にあるまじき危険な行為だが、もし迫られたらきっと受け入れてしまう。それどころか、他人も同然のこの男に、海賊似のこの男に、遊歩道の上できつく抱きしめられ、キスされることをいまは何よりも願っていた。

「さてと」彼が空咳《からせき》をしたとたん、魔法がかき消え、周囲の喧騒が戻ってきた。波が岸辺に打ち寄せる音が耳朶《じだ》につく。頭上では鴎《かもめ》が群れをなして鳴き騒ぎ、何もかもが数分前とすっかり同じだ。


それでいて、まったく同じものは何ひとつなかった。

「ええ、そうね」胸の高鳴りには気づかないふりをして、コーデリアは小声で言った。

「そろそろ――」

「そろそろ――」ふたりの言葉が重なった。

「家に帰らないと」妙に張りつめた声でそう言うと、コーデリアは家の方向を指さした。

「こんなにゆっくりするつもりではなかったから」

「ああ、そうだね」彼が素直にうなずき、ふたりして来た道を引き返しはじめた。「きみが叱《しか》られたら困る」

「その心配はないからだいじょうぶ」もし坊やたちと家庭教師の一行がすでに帰っていたとしても、家のなかは大混乱で、コーデリアが帰宅していないことすら誰も気づいていないに違いない。

　しばらくのあいだ、ふたりは心地よい沈黙を保ったまま歩を進めた。

「きみはさっき言ったね」唐突にウォーレンが切りだした。「レディ・コーデリアが夫に求めるのは正直さだと」

「ええ、それが何か？」

「ビジネスの世界では、目端の利いた如才ないやり方がしばしば不正直の証《あかし》と受けとられがちだ。彼女にはそのあたりを理解してもらわないと」

「つまり、ミスター・シンクレアもそんなふうに見られているの？」

「その種の陰口を叩《たた》かれるのは日常茶飯事だ」ウォーレンは重い口調で続けた。「まあ、ねたみそねみのたぐいだが」

「そうなの」コーデリアは小声でつぶやいた。なぜウォーレンがこんなことを言いだしたのか、その真意がつかみきれない。今回の縁談の成就を望んでいないのなら話はべつだけれど。それにしても筋が通らない。ふたりが結婚しようとしまいと、彼には関係ないはずだ。

やがて話題は天候に移った。帰り道はよもやま話に終始したが、ふたりともディケンズやデュマはもちろん、エドガー・アラン・ポーの怪奇小説のファンであることがわかった。コーデリアはヨーロッパ大陸のあちこちの美術館で目にした偉大な絵画や彫刻について語り、写真技術の目覚ましい進歩に大きな関心を持っているウォーレンは、いつか写真が芸術として認められる日が来るに違いないと語った。その話からは彼の人となりがうかがえたが、先刻までの言い寄るような声の調子やそぶりは影をひそめ、そのことがコーデリアにはありがたかった。積極的に出てこられると、どうしていいのかわからなくなる。それでも、自分自身の気持ちがつかめない。激しい当惑と、少なからぬ胸の高鳴りに襲われる。それでも、彼という人間が前よりよくわかり、そして前よりもっと好感を持つようになった。

数分もしないうちに、ふたりは最初に顔を合わせた地点に到着した。「ここで失礼するわ、ミスター・ルイス。家は通りを渡ったすぐそこよ。ここからはひとりで平気」

反論したそうな様子で少しためらったのち、ウォーレンがうなずいた。「きみがそう言うなら」

「どうもありがとう、ミスター・ルイス」コーデリアは片手を差しだした。「おしゃべりできて、とても楽しかったわ。実に――」

「忘れられないひとときだった」ウォーレンが彼女の手を取って唇にあてた瞬間、コーデリアは彼の体温が手袋を通して足の爪先まで伝わり、全身が熱くなるのを感じた。いや、体温でなく瞳に込められた熱のせいかもしれない。約束や強い決意、そして危険な何かを宿した熱っぽいまなざしだった。「ぜひまた会ってほしい」

「また会うなんて正気の沙汰《さた》じゃないわ」コーデリアは深く息を吸い込んだ。「いつ？」

「今夜か明日は？」手をぎゅっと握ってきた。「できるだけ早く会いたい」

「今夜は無理よ」こんなことをしてはいけないと、理性の声が頭の隅から声高に呼びかけてくる。この男性とまた会うなんてとんでもない誤りだ。へたをしたら評判に傷がついて将来を棒に振ることにもなりかねないし、ひどく悲しい思いをすることになるかもしれない。そう語りかける声に、コーデリアは耳を貸さなかった。「チェーン桟橋の近くで毎晩楽団が演奏するの。ダンスやら花火やらであたりは大にぎわいよ。明日の晩、なんとかして家を抜けだすわ」

「じゃあ、ぼくはなんとかしてきみを見つけるよ。約束する」視線をからませてきた。「きみをかならず見つけるからね」彼女の手を放して、ウォーレンがにっこり笑った。「ではまた、ミス・パーマー」

「ではまた、ミスター・ルイス」体の向きを変えたコーデリアは、走りだしたいという衝動をこらえた。足早だが落ち着いた足取りで歩きつつ、その実、胸は狂ったように早鐘を打ち、緊張のあまり息苦しいほどだった。道路を横断し、家まで歩くあいだも、背中に彼の視線をいやというほど感じていた。

いったいわたしは何を考えているの？　というより、なぜこれほど考えなしにふるまってしまったの？　生まれてこのかた、これほど無軌道な行動に身をまかせたことはない。冷静に考えるなら、明日の晩、彼と会うべきでないのは明らかだ。ふだんと何も変わらない様子でさりげなく姉たちに帰宅の挨拶《あいさつ》をし、坊やたちが帰宅したことを確認してから、帽子を置きに自室への階段をのぼるあいだも、今後のことを考えあぐねていた。いちばん無難な方法は、このお芝居もウォーレンのこともすべて忘れてしまうことだ。

とはいえ、みずからを知的な人間と自任しているわりに、コーデリアは賢明なふるまいが得意ではなかった。いずれべつの男と結婚することが決まっているのに、ウォーレンといると、とてつもなくすばらしい何かが待ち受けていると思わされるのはなぜか、ここはやはりしっかりと見きわめるべきだ。そうするしかない。愚行かもしれないが、ウォーレンにはぜひまた会いたいし、コーデリアは何かに興味を引かれると自制心が働かなくなるたちだ。

おまけにウォーレン・ルイスという人間を知るのは一種の冒険にも等しく、未知の部分があるかもしれないと思うと、コーデリアはなおさら心を引かれた。

5

本気で旅をする覚悟があるなら、行きあたりばったりの物見遊山は控え、人生という限られた時間内に自分が何を見たいのか一覧表にして書きだしてみるとよいでしょう。

『英国婦人の旅の友』より

親愛なるミスター・シンクレア

お加減が悪いとお聞きして案じておりました。ブライトンの海辺の空気に触れて、一日も早く回復されますように。ちなみにこのブライトンという町ですが、六世紀に誕生したサクソン人の村落にその起原を発し、百年ほど前に海水浴が健康によいという考えが人々のあいだに浸透して以来、人気の行楽地になりました。現在では毎日のように何百人もの観光客が列車で到着し、別名を海辺のロンドンと……。

アルビオン・ホテルの海に面したテラスの席で、ダニエルは茜《あかね》色に染まった夕焼け空には目もくれずに、ただただ周囲にひと気がないことを感謝していた。いくら海辺のリゾートホテルとはいえ、屋外のテラスで考えごとをしながらウイスキーをちびちびやるには半端な時間だ。夜というにはまだ早すぎ、昼食には遅すぎて、どうにもさまにならない。酒は上等のスコッチ。これだけ高級な酒があれば疑問や不安は消えていきそうなものだが、あいにくそうはならなかった。

酒を口に運んだダニエルは、イギリス海峡にぼんやりと目をやった。日ごろから不安や疑問とは無縁のたちで、みずからの行動にはいつも自信を持っている。当然ながら、過去には幾度か過ちを犯し、そのために痛い思いもした。しかしそれらの過ちはすべて仕事に関連したもので、いつもあざやかにとは言わないまでも、早急に過ちを正して処理をした。そう、ダニエル・シンクレアはめったに誤りを犯さない人間で、みずからの決断に疑問を持つことにも不慣れだった。

背後の扉が開く音に続いて、足音が近づいてきた。しめた。ちょうどグラスの残りがわずかになってきたところだ。

「きみの言うとおりだったよ、ダニエル」椅子を引き寄せて腰をおろしたのはウォーレンだった。「ボルティモアにはかなわないが、ロンドン暮らしに慣れた身にはブライトンもいい気分転換になる。それにここの空気は――」ひとつ大きく深呼吸をした。「悪くない。まったく悪くないよ」

「すがすがしくて活気にあふれてるんだ」ダニエルは小さくつぶやいた。「気に入ってくれてよかった」

「結局のところ、ぼくらのためにもなったと思う」給仕が運んできたウイスキーのグラスを、ウォーレンは軽く会釈して受けとった。「数日間、仕事を離れて過ごすのは悪くない考えだ。このところ、ふたりとも働き通しだったからね」友人に向けてグラスをかかげた。「きみの思いつきに感謝する」

「だがこの町に長居はしない」ダニエルは友人を横目で見た。「計画の欠陥が見えてきたんだ」

「へえ。意外に早かったな」ウォーレンは考え深そうな表情でグラスを口に運んだ。「予想がはずれたよ」

「ぼくは自分の犯した過ちを素直に認める人間だからね」

ウォーレンが無言で眉をあげた。

「ほんとうさ」

こんどは鼻を鳴らす。

「まあ、ときには頑固なわからず屋にもなるが」本人の懸命な努力にもかかわらず、弁解がましい口調になるのは避けられなかった。

「ときにはか？」ウォーレンがまじまじと見つめてきた。「それなら計画の欠陥とやらを教えてくれ」

「彼女をあざむくのがいやになった」

「彼女とはミス・パーマーのことか？」

ダニエルは肩をすくめた。「実に感じがよくて、しかも正直で誠実な女性なんだ。きみの言うとおりだ。だましていたことを知ったら、きっとぼくを大嫌いになる」

「そんなこと、前は気にしてなかったのに」

「かもしれないが、いまは大いに気になるんだ」

「ぼくの解釈が間違っていたら指摘してくれ。今回の計画の目的は、ミス・パーマーを通じて、きみが結婚に値しない男だということをレディ・コーデリアに納得させることだ。だから、もしレディ・コーデリアと顔を合わさずにすめば、ミス・パーマーに真実を知られることもない」

「きみが言うと、筋が通っているように聞こえる」

「通ってやしないよ」ウォーレンが鼻であしらった。「これほど複雑奇怪な話は聞いたことがない。自分で仕組んだくせに、きみは登場人物を思うようにあやつることもできないじゃないか。これではまるで——ルールも何もないでたらめなゲームだ」

「ゲームは昔から好きだ」ダニエルはぼそっと言った。

「いや、きみが好きなのは勝つことだ。ゲームしかり、仕事しかり、あらゆることに勝利を収めるのが好きなだけだ」ためらうような間があいた。「今回は勝ち目は薄いぞ」

「ああ。だから欠陥があると言ったんだ」ダニエルは口を尖《とが》らせた。

「欠陥はほかにもある」遠慮がちにウォーレンが指摘した。

「認めるよ。事態はもつれて収拾がつかなくなってきている」

「まさにそうだな」ウォーレンはしばらく考え込んだ。「もしかしたら力になれるかもしれない。ちょっと待ってくれ」立ちあがるなり、出口に向かって歩きだした。「ラウンジにチェス盤と駒《こま》があったはずだ」

「チェスなんかする気分じゃない」引きとめようとしたが、相手は耳を貸さずに立ち去った。ダニエルは海に目をこらして、みずからの名誉も命も失わずに今回の騒動から身を引く方法はないものかと考えをめぐらせた。それに、サラを失望させたくない。あの緑の瞳に失望の光が宿ると想像しただけで胸が痛んだ。もし真実を知ったら、彼女はきっと裏切られたと感じるに違いない。

「ほら、持ってきたぞ」テーブルにチェス盤を置いたウォーレンは、ひとつかみの駒を盤のかたわらに無造作にほうり投げて、椅子に腰をおろした。

「チェスをする気分じゃないと言ったはずだ」こんなことをしても時間の無駄だとダニエルには思えた。目の前の問題から意識をそらして気晴らしをさせようという親切心かもしれないが、いまはくだらないゲームで時間つぶしをする気分ではない。くだらないゲームはひとつでたくさんだ。

「ゲームをするわけじゃない。少なくとも、チェスはやらない」ウォーレンが駒を立てて一列に並べた。「これが」黒のキングを手に取って、チェス盤の一方の隅に置く。「きみの父上だ」

「ぜんぜん似てない」ダニエルは不満そうだ。

「そしてこれがマーシャム卿《きよう》」白のキングを手にしたウォーレンは、それを黒のキングの対極の隅に置いた。「それからこのふたつが」白のルークと白のナイトをつまみあげる。「レディ・コーデリアとミス・パーマー」次いで黒のポーンを三つの白駒と黒のキングの中間に置いた。「そして、これがきみだ」

「ぼくはポーンか？」

「まさにぴったりじゃないか」

ダニエルは眉根を寄せた。「捨て駒として使われる、歩兵のポーン？」

「もろもろの状況を考え合わせると、自分でも捨て駒になったような気分じゃないかと思ってね」

「ああ、そうかもしれない。しかし気に入らないね。捨て駒の気分を味わうのも、実際になるのも」ダニエルはビショップをつまんで振ってみせた。「せめてビショップになれないか？」

「なんでも好きなものになればいい。こっちはきみの立場をわかりやすく説明しようとしているだけだ」

「よし」ダニエルはポーンをどかして、かわりにビショップを置いた。「それならビショップにする」

「いいだろう。それぞれの王が目的のものを手に入れるためには」ウォーレンは盤の上でふたつのキングを動かした。「このビショップがルークと結婚する必要がある」そう言って、ビショップをルークの横に移動させた。

「ただし、ルークのほうにビショップと結婚する気があればだ」ダニエルは早口で言い添えた。「すべてはルークしだいだ。ビショップは単なる――」

「ポーン、つまり捨て駒だと言いたいのか?」癪《しゃく》にさわるほど無邪気な口調でウォーレンは言ってのけた。

悔しさのにじむ声音でダニエルは催促した。「続けてくれ」

「しかし、賢明なるビショップは結婚から逃れることを願って、ナイトを利用することにした」ナイトをルークとビショップの中間に置く。「捨て駒として」

横に並んだ三つの駒を、ダニエルは凝視した。「見下げ果てたやつだな」

「見下げ果てたという言い方はどうかな。意味は近いが、どうもしっくりこない。だいたい、究極の目的が決して褒められたものじゃないからね」

ルークとナイトにはさまれたビショップを見ているうちに、ダニエルは胃の腑《ふ》がよじれそうになった。「こいつはろくでなしだ。けだものだ」

「いやいや、違うよ。実質的には単なるポーン、捨て駒にすぎない」呼吸を整えるような間のあと、ウォーレンは続けた。「あまり知恵のまわらないポーンだが、ポーンであることに変わりはない」

ダニエルが渋面をつくった。

「ポーンに選択肢はないに等しい」すべての駒をいったん盤からどけたウォーレンは、次にビショップを中央近くのますに置き、斜めに位置する四つのますをふたつのキングとルークとナイトで埋めた。斜め方向にしか移動できないビショップは、完全に動きを封じられた形だ。

「気の毒に」ダニエルはつぶやいた。「前門の虎《とら》、後門の狼《おおかみ》ってやつだな」

「たとえ話は一度にひとつにしてくれないか」

「そういうきみだって、同情せずにいられないだろう」

「やつはろくでなしだぞ」

「ああ、わかってる」

「しかし、まったくの無力かというと、そうではない。チェスのルールによると、このビショップは周囲の四つの駒のうちどれでも好きなものを取ることができる。どちらのキングも王手がかかってるというわけだ」

ダニエルは盤に目をこらした。「だが、キングがビショップを取ることも可能だ」友人の顔を盗み見た。「次に駒を動かすのはどちらの側か、すべてはそれしだいだ」

「キングを取られたらゲームは終わりだ。もし……」ウォーレンは言いよどんだ。「これが本物のチェスなら。だがあいにくそうじゃない」

「残念無念」

「ビショップはどう動こうと、誰かを傷つけることになる」

ダニエルはため息をついた。「チェスの話ではなくなったようだな」

「ああ、そうだ。しかしぼくの見るところ、ビショップ、つまりきみには、いくつかの選択肢がある。すべてが丸く収まることを願って、これまでどおりの作戦を続けるのがひとつ」

「サラをだまして、レディ・コーデリアとの顔合わせを避けるという作戦か？」

ウォーレンが無言でうなずいた。

「そういうまとめ方をすると、ひどくあくどいやり方に聞こえる」

「あくどいのは事実だ」ウォーレンはきっぱりと言って説明を続けた。「もうひとつの方法は、ナイトにすべてを告白し、ルークに会って、お膳立《ぜんだ》てされた結婚を承諾すること」

ダニエルは小さく身震いした。「ポーンが気の毒だ」

「当然ながら、真実を明かせばナイトにはさげすまれ、ルークにもうとまれて、結婚を断られる可能性もある。白のキングは資産の大半を失い、黒のキングも経済的な損失をこうむる。言うまでもなく、今後彼の言葉を信用する者はいなくなるだろう」

「このゲームは好きになれない」

「始めたのはきみだ」

「ぼくの暴走を止めるのがきみの役目だろう」

「それはそうだが」ウォーレンが肩をすくめた。「今回は風邪で寝込んでいた」

「それでも――」

「選択肢はもうひとつある。とんずらを決め込むことだ」ウォーレンが人差し指の先でビショップをはじいた瞬間、一陣の風がさっと吹き抜けた。風に乗って宙に舞ったビショップは、そのままテラスの手すりを越えて海に落ちた。

「ただではすまないぞ」とがめるような口調でダニエルは言った。

「当然だ」ウォーレンがグラスを持ちあげて、琥珀《こはく》色の液体を軽く揺すった。「誰がどれほどの代償を支払うことになるのか、それを決めるのはきみだ」

グラスの残りを飲み干したダニエルは、給仕に合図しておかわりを要求した。「ここはやはり、正直に告白するしかないだろう。何も隠さずに、すべてをありのままに打ち明けるんだ。とことん誠実に」

「誠実にだって？」無言できびきびとした仕事ぶりながら、じっと聞き耳を立てているに違いない給仕がグラスを満たすあいだ、ウォーレンは口をつぐんでいた。「つまり、父上が交わした約束を守るつもりはないと当の父上に告げるのか？」

ダニエルはうなずいた。

「当分結婚する気はないし、ましてやお見合い結婚なんて問題外だとレディ・コーデリアに伝えるのか？」

「なんだかひどく……きつい言い方に聞こえるな」

「どう言おうと変わりはないさ。こんなふうにでも言うつもりか。愛《いと》しのレディ・コーデリア、あなたは見目うるわしい女性です――」

「アマゾネスだ」ダニエルは低い声でつぶやいた。

「ですから、すばらしい縁談に恵まれて愛らしい花嫁になることを確信しておりますが――」

ダニエルは鼻であしらった。「どんな相手と結婚しても尻に敷くだろうよ」

「あいにく現在のところ、こちらは花嫁を求めてはおりません。美貌《びぼう》に恵まれているか否かにかかわらず――」

「もちろん否のほうだ」

「さっきよりいくぶんましかもしれないが、こちらとしてはご遠慮申しあげたいという気持ちを女性にうまく伝える方法なんて、そうそうないと思う」ウォーレンはまじまじと友人を見た。「つまるところ、問題はミス・パーマーだ」

ダニエルはため息をついた。「やはりそうか。そうだよな」

「何も隠さずにすべてをありのままに打ち明けるなら、ミス・パーマーをだましていたことをまず本人に伝えて――」

「近づいてきたのは向こうだ。きみだと勘違いしてのことだが」

「だがきみは彼女の勘違いを正そうとしなかった。そのわけは？」

「それはその……なんというか……」

ウォーレンが黙って眉をあげた。

「美人だったから。さあ、これで気がすんだかい」ダニエルは切りつけるように言った。

「でも、きっかけをこしらえたのは彼女のほうだ」

「しかし、もし彼女が美人でなければ、さっさと誤解を正して、あとはぼくにまかせていたはずだ」

「まあそうだろうな」

「さらに、すべてをありのままに打ち明けるなら、自分が結婚には不向きな男だとレディ・コーデリアに思わせるために、ミス・パーマーをその後もだましつづけていたことを告白しないと」

ダニエルは首を横に振った。「だめだ。言えないよ」

「そのわけは？」

「彼女は実に上品で、好感の持てる女性だから」緑色の瞳が果てしない深みをたたえているから。まがいものでない心からのほほえみが、目を閉じるたびにまぶたに浮かぶから……。「それに、事実を言ったら嫌われる」

「彼女にどう思われるかが気になるのか？」

「もちろんだ」

「それなら実際のところ、選択の余地はないな」

「とんずらしかない」

「理論上はそうだが、現実には無理だ」ウォーレンは肩をすくめた。「現在の線で押し通すしかないだろう」

「この複雑な状況を乗りきるには、それしか方法がなさそうだ」

「で、成果のほどは？　きみはレディ・コーデリアにふさわしい男ではないと、ミス・パーマーに納得させることができたのか？」

「いや、それはまだだ。どうもその点に関してはあまり進展がないんだ」口に出して認めるわけにはいかないが、愉快で機知に富んだサラといっしょにいると、興味深い話題が次から次へと出てくるので、本来の目的を忘れてしまいがちになるのだった。「それに、このぼくが女性にうとまれる理由を考えだすのはなかなかむずかしくてね」

「きみにとっては難題だろうね」ウォーレンの口調は皮肉の色を帯びていた。

「殺人鬼とか泥棒とかそういうたぐいの悪人だと思わせることができれば楽なんだが、事実無根の話をでっちあげるのも――」

「言い換えれば、うそをつく、ということだな」

「気が進まない」

「作り話はほどほどにしたほうがいい」

「サラにはこう言った」

「サラだって？」

「本人に向かってサラと呼びかけるわけじゃない。そこまで厚かましくない。いくらぼくでもそれぐらいは心得てるさ。でも、心のなかではサラと呼んでるんだ。すてきな名前だろう？　凛《りん》として、一本まっすぐ筋が通っていて、まやかしのかけらもない」

「ほう、そいつはすごい。続けてくれ」

「彼女にはこう話した。ぼく――つまり、ダニエル・シンクレア――は、女性関係のよからぬ噂《うわさ》が絶えないと」

ウォーレンが声をあげて笑った。「立派なうそじゃないか」

「ぼくだって、これまでまるっきり女っ気がなかったわけじゃないぞ」

「それはそうだが、幾度かのその場かぎりの出会いをべつにすると、恋愛にうつつを抜かす時間などなかった」

「人のことが言える立場か？」ダニエルはすかさず反論した。女性のことになるといつも張り合うくせに、どちらも忙しすぎてこの数年は真剣な交際とは無縁だった。

「ああ、そのことを深く悔やむよ。だが、いま問題なのはぼくじゃない。少なくとも本物のぼくではない」ウォーレンはダニエルに向かって警告するように指を突きつけた。「それからひとつ頼みがある。ぼくのふりをするときは、評判に傷がつくようなまねはしないでほしい」

「ご心配なく。ぼくはいつだって完璧《かんぺき》な紳士としてふるまってきた」ダニエルは友の顔の前にグラスをかかげた。「いや、きみがというべきか」

「ああ、そうだろうよ」ウォーレンがグラスを軽く触れ合わせた。「つまり、きみは女好きだと話したんだな」

「話にはまだ先がある。ぼく――ダニエル・シンクレア――は、妻を裏切るかもしれないとにおわせた」

「さすがだな、ダニエル。実に説得力がある」ひと呼吸置いてウォーレンが続けた。「その種のふるまいをきみが忌み嫌っていることを、当然ながら、相手は知りようがないわけだから」

「昔からぼくには不思議でならない。男の約束は神聖だとか言いながら、結婚の誓いを軽んじるのはおかしいじゃないか。神の前で交わした誓いを守れない人間の言葉を、はたして信用できるだろうか。それで思いだしたよ。過去の商取り引きにおいても、多少の不正行為があったかもしれないとほのめかした」

ウォーレンがむせた。「なんだって？」

「どんな取り引きにおいても、相手が大儲《おおもう》けしたのは頭脳や才覚に恵まれているせいではなく、汚い手を使ったせいだと思い込みたがるやからがいるものだ」

「今回の件に関するかぎり、頭脳や才覚に恵まれていると誤解される心配はまずない。しかしながら……」ウォーレンは警告の表情で首を振った。「きみが現在はぐくんでいる友情には問題があるうえ、彼女の雇主ときみたち父子の今後の関係を考えるなら、不正行為に関与したような印象を与えるのは致命傷になりかねない」

「そうだな。思慮が足りなかったよ。今後は気をつける」

西の空に沈みつつある太陽のまぶしい光に目を射られながら、ふたりは無言でイギリス海峡を見つめた。心地よい沈黙を可能にしているのは、苦楽をともにしてきた長い年月に篤《あつ》い友情、そしてたがいへの尊敬の念だ。静寂を破るのは波の音と鴎《かもめ》の鳴き声だけだった。

　サラの前では完璧な紳士に徹したくないというのがダニエルの偽らざる心境だが、その気持ちを声に出して言うのははばかられた。そんなことを口にしようものなら、ウォーレンにあからさまに眉をひそめられるのが落ちだ。しかしサラは、生半可な気持ちでちょっかいを出せる相手ではない。付き合うなら本気で、言うなれば、将来をともにする覚悟がいる。だがそれはそれとして、彼女の瞳をのぞき込んだとき、ふたりのあいだには単なる友情という言葉では言い表せない不思議な何かが存在したのも事実だ。濃密な奥深さを秘めた、想像の範疇《はんちゅう》を超えた何かが。胸の高鳴りをもたらし、永続的なるものの予兆となる何かが。恐ろしいほどの力を持つ何かが。

　無意識にルークとナイトをつまみあげたダニエルは、それを手のなかでころがした。サラは理想的な花嫁候補だとウォーレンには請け合ったが、自分としてはまだ妻をめとる心の準備ができていない。それに、結婚を考慮に入れてレディ・コーデリアの付き添い役と交際するとなれば、現在よりさらに大きな混乱を招くのは必至だ。やはり自分にとっても、サラ、いや、ミス・パーマーにとっても、結婚は問題外だ。たとえ欠陥だらけの計画であっても、このままやり通すほかに道はない。

「やはり最初の計画で行くよ」海を見つめたまま、ダニエルはきっぱりと言った。どこをどう見ても、この計画は海面できらめく太陽のように輝かしいものでないばかりか、むしろ欠陥だらけだが、用心深く行動して目標を見失わないよう留意すれば、きっとうまくいくだろう。

ウォーレンが喉の奥で笑った。「きみがへまをすると、こっちはなんだか株があがったような気がする」

「せいぜい優越感に浸ってくれ」悔し紛れのつぶやきがダニエルの口をついて出た。

手のなかの駒に視線が向かう。チェスは論理と調和をそなえたゲームで、だからこそ万人に理解できるし挑戦のしがいもある。ウォーレンは親切にも状況を整理するべく手を貸してくれたが、今回のゲームに論理は存在しない。さらに言うなら、参加しているのは彼ひとりで、父親の存在を考慮に入れなければ、ゲームの体もなしていない。それでも……。

「選択肢はもうひとつあるかもしれない」さりげない調子でダニエルは言った。

「ほう、どんな名案か聞くのが待ちきれないよ」

ダニエルは友人を横目で見た。「皮肉を言うなんてきみらしくないな」

「失礼」ウォーレンはまじめな表情を取りつくろったが、その目はまだ笑っていた。「もうひとつの選択肢とは？」

「勝ち目のないゲームに立ち向かうはめになったら……」

「はめになったら？」

「ゲームを続けるこつはただひとつ」ダニエルの顔に得意げな笑みがゆっくりと広がった。

「ルールを変えればいいだけだ」

他人の不幸を喜ぶのは許されないことだが、コーデリアにとってそれは幸運な事件だった。自分の不幸が結果としてコーデリアを利するものになったことを知ったら、当然ながらサラは異を唱えるだろうが。事件のいきさつはこうだ。坊やたちのもとから逃げだした一匹のひき蛙《がえる》と鉢合わせしたサラは、驚いて体のバランスを崩し、階段の途中までころげ落ちたのだ。通常の倍ほどに腫《は》れあがった足首とひどい頭痛のせいで、現在はベッドから起きあがることさえできない。騒ぎのもととなったひき蛙は、依然として行方不明だ。何事にも大騒ぎをするたちの母親が往診を依頼した医師の見立てによると、サラは足首をひどくくじいているものの、骨折はまぬがれた。丸一日ベッドで安静にし、その後数日は激しい運動を控えたほうがよいが、一週間もすれば全快するそうだ。コーデリアにとっては、まことに好都合と言うしかない。

部屋のなかを歩きまわりながら、コーデリアはまだ漠とした計画を頭のなかで練りあげた。昨日の午後ウォーレンと別れて以来ずっと、サラの監視の目を逃れて彼と会う方法はないものかと考えつづけている。いくらサラが通常の付き添い役より何事にも甘いとはいえ、例のアメリカ人とふたりきりで、しかも夜間に会うことを許すはずがない。おまけにコーデリアは、ウォーレンとミスター・シンクレアがブライトンに滞在していることをまだサラに話していなかった。今後も知らせるつもりはない。秘密の求婚者はサラの専売特許ではないのだ。

とはいうものの、ウォーレンは謎《なぞ》の人物でもなければ求婚者でもない。誠実で率直で、コーデリアの目に狂いがなければ、名誉を重んじる良心的な人間だ。求婚者というのも、ちょっと言ってみただけ。ふたりは親交を深めつつあり、こちらとしても大いに好意を持っている。さらに、たがいに気のあるようなそぶりや会話が交わされたのも事実だが、単にそれだけのことだ。

窓辺へ歩み寄ったコーデリアは、両手を窓の桟に置いて、目の前に広がるイギリス海峡と、水面で羽を休める巨大な海鳥にも似た漁船の群れを見つめ、重いため息を吐きだした。単にそれだけ、というのはあやしいものだ。けれど、たとえ願っても、ふたりに未来はない。こちらは英国伯爵の令嬢。そして相手は……彼がどんな家の生まれかコーデリアは知らなかった。出身地さえも。いいえ、待って、あのふたりはメリーランド州ボルティモアから来たはずだ。身上調査書にボルティモアと書き加えなくては。まじめな話、ダニエル・シンクレアについてもウォーレンについても、何も知らないも同然だ。わかっているのは、ふたりが同じ夢と目標を抱いていることだけ。あ、それからこれも知っている。ウォーレンの肩幅は感動をおぼえるほど広く、黒い瞳はたまらなく魅力的で、海賊を思わせるその笑顔は危険な香りがする。そしてもうひとつ。もし昨日、彼がキスしようとしたら、こちらは抵抗しないばかりか、その場で応《こた》えていた。

ウォーレン・ルイスのような人には、これまで出会ったことがない。女性の意見や考えを尊重し、こちらの話に真剣に耳を傾けてくれる男性も初めてだ。それに、あんな目でわたしを見る人はこれまでひとりもいなかった。あの熱いまなざしで見つめられると、酔ったようになってしまう。

しかし、このお芝居をこれ以上続けるわけにはいかない。もっと前にやめるべきだった。いつかミスター・シンクレアと顔を合わせたとき、秘書兼友人としてウォーレンを紹介されたら、ひどく気まずい思いをすることになる。それでも、ウォーレンをあきらめる気にはどうしてもなれなかった。あれほど興味深くてすてきな男性はほかにいない。よほど注意しないと、取り返しのつかない過ちを犯してしまいそうだ。本来抱いてはいけないはずの感情が、すでに自分のなかに芽生えはじめているのだから。だからこそ、ほかに選択肢はない。ここでやめるしかないのだ。形ばかりの決意を込めて、コーデリアはひとつうなずいた。今夜彼に会いに行こう。約束を破るような非礼なことはできない。そして、もう二度と会わないことにすればよいのだ。少なくともいまはそのつもりだ。こんな危険なゲームになるなんて、誰に予想できただろう。

コーデリアは窓辺を離れて、また室内を歩きまわった。サラはすでにベッドに入っているので、家をこっそり抜けだすのはわけない。温和な性格でうるさい要求をしないサラは、昔から使用人たちに好かれている。料理人が特別に用意した効き目の強いお茶を、家政婦になかば無理やり飲まされたものだから、いまごろは目を開けているのもやっとに違いない。コーデリアがいないことに気づきもしないだろう。ほかの家族には、海風にあたったせいでひどく疲れたと断って、夕食後すぐに自室に引きあげればいい。そこまで無事に終えれば、裏階段を使って外へ出るのは造作もないことだ。十代のころ、サラとふたりでよくやったし、姉たちもその昔、同じやり方で家を抜けだしていた。

若いころのアミーリアとエドウィナとベアトリスが、ときには三人いっしょに、ときには思い思いのふたり組でこっそり家を抜けだし、にぎやかな夜の桟橋に遊びに行っていたことは、一家の子どもたちのあいだで公然の秘密だった。それどころか、兄のウィルとコーデリアは口止め料でかなりの小遣いを稼いだ。今夜も本来なら姉たちの協力を取りつけたいところだが、若いころあれだけ向こう見ずなふるまいをしていた姉たちも、結婚してからはすっかり行儀がよくなり、世間体や外聞を気にするようになった。血気盛んで意欲に満ちあふれていた姉たちが、結婚を機に、その意欲を主婦としての務めや慈善事業や子どもにしか振り向けなくなってしまったことに、コーデリアはいつも驚かずにはいられなかった。あの姉たちに秘密が守れるとは思えない。そう決めつけるのは気の毒かもしれないが、やはり危険を冒すわけにはいかない。

しかし、真の問題は家を抜けだすことではない。砂漠で夜明かししてピラミッドの頭上で輝く満月を眺めたことも、驢馬《ろば》にまたがり岩だらけの細道をたどってペトラ遺跡を訪れたこともあるコーデリアだが、夜間にひとりきりで桟橋まで歩いていくと思うとひどく不安になった。ひとり歩きの女性と見るや、声をかけてつきまとってくる男たちが世間ではあとを断たない。付き添い役を持てる境遇に生まれついたことをありがたく思うのはこんなときだ。上流家庭の未婚女性はいつなんどきでも付き添い役と行動をともにしなければならないという社会規範など、はっきり言ってどうでもいい。気になるのは、あくまで安全面だ。ブライトンはロンドンのホワイトチャペル地区のように治安に問題があるわけではないが、家からわずか五分足らずの距離とはいえ、夜間に女性がひとり歩きをするのは、やはり軽率のそしりをまぬがれない。

誰か護衛役が必要だ。それなりのお礼をはずめば、召使いの誰かが引き受けてくれるだろうが、簡単に金で言いなりになる人間を心から信頼することはできない。やはり、もっと強い絆《きずな》で結ばれた誰かに頼むべきだ。単なる小遣い稼ぎ以上の動機を持つ誰か。口外されては困るような秘密を、おたがいに握り合っている誰か。

視界の隅で何かがさっと動いた。子どものころから毎夏を過ごしている部屋の中央でコーデリアが立ちどまると、ベッドの下から茶色い斑点《はんてん》のあるひき蛙がのそのそと出てきて、ぴょんぴょん跳ねながら部屋を横切った。反射的に麦藁《むぎわら》帽子をつかんで蛙をさっとすくいあげたコーデリアは、帽子ごと空の箱に入れて、すばやくふたを閉めた。姉たちと違い、コーデリアは蛙を見ても悲鳴をあげたり怯《おび》えたりすることはない。少女時代、ことにブライトン滞在中に、ウィルとふたりで子どもらしい遊びに熱中したせいだろう。当時のいたずらの数々が、なつかしく思いだされる。その瞬間、誰に護衛役を頼むべきか答えが出た。

そして、その理由も。

コーデリアは帽子箱をそっとさすった。血筋は争えないとはこのことだ。

旅先で思わぬ質問をされて恥をかくことのないように、母国に関する広範な知識を身につけておくことが大切です。

『英国婦人の旅の友』より

6

「コーディ叔母さん、話って何？」アミーリアの長男ヘンリーが、もう無邪気な子どもではないが思春期というにはまだ早い年齢の少年に特有の、疑《うたぐ》り深い目を向けてきた。この子の居場所を突きとめるのはあっけないほど簡単だったが、コーデリアの部屋で差しで話をするのが彼のためにもなることを納得させるのはひと苦労だった。「いったいなんなのさ」

「まず最初に注意しておくわ、ヘンリー。そんなけんか腰でものを言うのはやめなさい。それから、わたしは〝コーディ〟と呼ばれるのが嫌いなの」

強情そうな笑みが少年の顔に広がった。「ああ、知ってるよ」

「だと思ったわ」コーデリアは注意深く甥《おい》を観察した。まだ十一歳だが背が高く、実際より大人びて見える。彼女の兄のウィルが卒業したイートン校で学ぶのも、そう遠いことではないだろう。この子の入学によって、より大きな被害にあうのは学校かそれとも当人か、そのあたりは微妙なところだ。床に置いた帽子箱を、コーデリアは足で前に押しやった。

「これ、あなたのよね」

ヘンリーがしゃがんで箱のふたを開けた。「ただの帽子だろ――」そう言いかけて、顔がぱっと輝いた。「見つけてくれたんだね。フライデーを。意外とやるじゃん、コーディ叔母さん」

「コーディと呼ぶのはやめて。それから言葉づかいに注意しなさい。お母さまが聞いたら卒倒なさるわよ。でも、なぜフライデーなの？」

「なぜって、こいつを見つけたのが金曜日《フライデー》だからさ」ヘンリーはうんざりしたような視線を投げてよこした。これだから年寄りや、とろい人間や、女を相手にするのはいやなんだ、と言わんばかりに。

「とにかくふたをして、もう二度と逃がさないようにね」

箱のふたをしたヘンリーは、腰をのばして立ちあがった。「このこと、母さんに話した？」

コーデリアは首を横に振った。

「母さんとウィニー叔母さんとお祖母《ばあ》さまは怒ってるんだ。サラが階段から落ちたのはぼくらのせいだって」

「それは当然怒るでしょうね。あなたたちは問題の蛙《かえる》――フライデー――がどこからやってきたのか心当たりがないばかりか、そんなものが家にいたことも知らなかったと白を切ったそうじゃないの」

ヘンリーが探るような目をした。「どうしてこの蛙がぼくのだと思ったの？」

「べつに誰のものでもかまわないけど、あなたはあの無法者集団の首謀者だから、あなたと話すべきだと思ったのよ」

ヘンリーの顔がほころんだ。「無法者集団？　その呼び方、悪くないね」

「気に入ると思ったわ」

「それで、言いつけるつもり？」

コーデリアはまた首を横に振った。「たぶん言わない」

帽子箱を持ちあげたヘンリーは、じりじりと出口に近づいた。「じゃあこれで」

「いいえ。話はまだ終わりじゃない」コーデリアは胸の前で腕組みをした。「沈黙がただで買えると思ったら大間違いよ」

ぎょっとした表情でコーデリアを見たヘンリーは、やがてため息をついた。「何が望み？」

「手伝ってほしいことがあるの」

不安と好奇心の激しいせめぎ合いののち、好奇心が勝利を収めた。「手伝いって、どんなこと？」

「まず最初に約束して。あなたたちの秘密を守るかわりに、あなたたちもわたしの秘密を守るって」

ためらいの間があいた。大人を、それも大人の女性を信用してよいものか判断がつきかねているらしい。やがてゆっくりと首がたてに振られた。「わかった」

「約束してくれる？」

古くからの家族の伝統にのっとって、ヘンリーがてのひらに唾《つば》を吐きかけて手を差しだした。「約束する」

コーデリアは眉をひそめた。「このやり方、ウィル叔父さんに教わったの？」

「男の言葉は証文と同じだってウィル叔父さんは言ってたよ。証文を正式なものにするためには、握手しなきゃいけないんだ」ヘンリーの声はまじめそのものだったが、そのまなざしはどこかいたずらっぽい光を帯びていた。あきれたものだ。まだ子どもなのに、海賊の片鱗《へんりん》が垣間見える。

「ええ、知ってるわ」幼いころにウィルとふたりでよくやったこの儀式を、コーデリアはいまもよく覚えていた。ウィルはコーデリアよりベアトリスに年齢は近いものの、上の娘三人の結束が固かったために、下のふたりはそろって仲間はずれになることが多かった。

やがて成長するに従い、ウィルは女きょうだいと遊ばなくなったが、幸いなことにちょうどそのころサラが家にやってきて、コーデリアは寂しい思いをせずにすんだ。そんな経緯があったものの、いまもウィルとは仲良しだ。

「いいわ」コーデリアはてのひらに唾を吐いて、ヘンリーと握手した。

少年はすかさずズボンでてのひらをぬぐい、コーデリアは清潔なハンカチを手に取った。

「それでね、ヘンリー」ハンカチでてのひらを拭《ふ》きながら、できるだけさりげない調子で問いかける。「あなたたち、夜中に家を抜けだして桟橋まで行ったことはある？」

この質問には何か裏があるのではないかと勘ぐるような、長い間があいた。

「ないけど」ゆっくりとした答えが返ってきた。

コーデリアの眉が弧を描いた。

「だって、まだ二、三日前に来たばかりだよ」

「ええ、それはわかってる。なんなら去年の話でもいいのよ」

「おととしでも？」

コーデリアはうなずいた。「べつに今年に限る必要はないわ。いつの話でもけっこう」

「過ぎたことは水に流してくれるよね」期待の色を込めてヘンリーが念を押す。

「もちろんよ」コーデリアはきっぱりと請け合った。「過去の悪事をとやかく言うことはないから安心して」

「そうじゃなきゃ反則だよ」

「ええ、わかってる」コーデリアは芝居がかったため息をついた。「過去の罪をとがめるようなことは決してしないわ」

叔母の顔をしばらくじっと見てから、ヘンリーが肩をすくめた。「だったら、そういうこともあったかもしれない」

「そういうことがもしあったとして、実際にあったと言ってるわけじゃないのよ、あくまで仮定の話だけど、誰にも見つからずに、どんな事件にも巻き込まれずに、無事に帰ってこられたの？」

「まあね」

「また同じことができる？」

答えるまでもないというふうに、ヘンリーが鼻を鳴らした。

甥に負けないほどいたずらっぽい笑みがコーデリアの顔に刻まれた。「ヘンリー、あなたにひとつ提案したいことがあるんだけど」


もし生涯を独身で通すことになっても、きっと腕のよい強盗か宝石泥棒にはなれる。他人の家や店に押し入るより自宅を抜けだすほうがはるかに簡単なのはわかっているが、コーデリアは思わず胸のなかでつぶやいた。案の定、家を抜けだすのは楽勝だった。サラはぐっすり眠っているし、今夜は早く休むことにすると告げて食卓をあとにしたとき、母や姉たちは少しも不審そうな顔をしなかった。二十五歳にもなってまだ親の世話になっているのは少々肩身が狭いが、年をとればそれなりに便利なこともある。

屋敷の裏門を出たところで、コーデリアは護衛が現れるのをいまや遅しと待っていた。ヘンリーはどこ？　秘密の相棒が時間どおりに来てくれなかったら、いったい誰を頼ればよいのやら。

「コーディ叔母さん?」暗がりからヘンリーの声が聞こえた。「準備できた?」

「できたどころか、待ちかねていたわよ」コーデリアはきつい調子で返した。「それからコーディと呼ぶのはやめて。じゃあ出発――」

「計画が少しばかり変更になったんだ」ヘンリーが言い終わらないうちに、背後にひそんでいた人影がぱらぱらと前へ出てきた。トーマスとエドワードとフィリップだ。

「うそでしょう」コーデリアは思わずうめいた。

「見つかっちゃったから、連れてこないわけにはいかなかったんだよ」ヘンリーがあわてて説明した。「だって、こんな冒険めったにないし」

「迷惑かけないからさ」フィリップが言った。

エドワードがこくんとうなずいた。「べつにこれが初めてってわけじゃ――」脇腹《わきばら》を兄に肘でこづかれた。「いてっ」

「それに」トーマスが口をはさんだ。「フライデーはみんなのものだからね」

「ね、いいだろ?」ヘンリーが返事を催促する。

目の前に並んだ薄汚い格好の少年たちを、コーデリアは値踏みするような目で見た。四人とも着古した服を身につけているので、周囲の注意を引く心配はない。むしろ、この手のたくらみにかけては、こちらよりよほど経験を積んでいるようだ。もうすぐ十二歳になるヘンリーが最年長で、次が同じく十一歳のトーマス、そしてエドワードとフィリップは十歳。相次いで男の子を出産して大喜びしていた姉たちは、自分たちがどれほど強力な軍団を世に送りだしたか、理解しているのだろうか。こうなったらコーデリアに選択の余地はない。いまさらこの計画をなかったことにするのは無理だし、ヘンリーだけを連れていくと強硬に押し通したら、あとの三人が黙っているはずがない。フライデーの効力もそこまでは強くない。結局は、何もかもが明るみに出てしまうことになる。家をこっそり抜けだそうとしただけでなく、男性と待ち合わせをしていたことも、その相手の身元も、その彼に対して身分を偽っていたことも。さらには、不埒《ふらち》な目的のために無邪気な甥っ子たちを利用しようとした罪も加わって……いったいどんなことになるか考えるだに恐ろしいが、いずれにしろ最悪の事態が待ち受けているのは間違いない。

「選択の余地はないようだから」歯ぎしりする思いでコーデリアは告げた。「次に挙げる条件を守るなら、いっしょに来てもいいわ。まずひとつ」ヘンリーの視線をとらえた。「桟橋に到着するまで、全員わたしのそばから離れないこと。ふたつ」視線をトーマスに移動させる。「列を離れたり、勝手な方向に散らばったりしないこと。三つ」エドワードの瞳を正面から見つめる。「桟橋に到着したら、あなたたちは全員まっすぐ家に帰ること。寄り道をしたり、道草を食ったりしてはだめ。そして四つ」フィリップに視線を定める。「家へ帰ったら、あなたたちの部屋をのぞきに行くわ。もしベッドに入ってなかったら大変なことになるわよ」脅すように目に力を込めた。「想像するのも恐ろしいような罰が待ち受けてるからそのつもりで。だからわたしの言うとおりにするのよ。わかった？　全員、いいわね？」

少年たちは目配せを交わし合い、最後にうなずいた。

「約束できる？」

ほとんど同時に全員がてのひらに唾を吐いて、その手を前に差しだした。

「あ、それはいいから」コーデリアはあわてて言い添えた。「その儀式は省略して、約束成立ということにしましょう」

「女だからな」ズボンで手を拭きながら、エドワードがフィリップに耳打ちした。それ以上何も説明する必要はない、伝統を重んじる精神が欠けているのは当然だと言いたげな口調だった。

「女は気まぐれだから」トーマスが言う。

「おまけに怖がりだ」フィリップは信頼を置けない者を見るような目を向けてきた。

「わたしってもう、いやになっちゃうくらい怖がりなの」コーデリアは適当に話を合わせた。「さあ、行くわよ」

この状況で望みうるかぎり整然と歩きだした一行は、数分のうちには、大勢の人でにぎわう桟橋近くまでやってきた。ランタンの明かりのもと、あたりには笑い声と音楽の調べがあふれている。散歩やダンスやおしゃべりに打ってつけの、気持ちのよい夏の一夜だ。花火や食事やさまざまな楽しみを求めてチェーン桟橋にくりだす観光客をあて込んで、周囲には食べ物屋や物売りの屋台も出ている。人々のにぎわいから少しはずれた場所に、コーデリアはウォーレンの姿を見つけた。視線をとらえて手を振ると、彼も手を振り返して、こちらに向かって歩きだした。コーデリアは甥っ子たちに視線を戻した。「みんな、ついてきてくれてありがとう。もう帰っていいわよ。寄り道しないでね」

「男の人と待ち合わせをしてるなんて知らなかったよ」トーマスが言った。

「こうなると、話はまったく違ってくるよね」フィリップの顔には大人びた笑みがあった。

「あら、そう?」コーデリアは用心深く答えた。

ヘンリーがにんまりとした。「これに比べたら、ひき蛙なんてかわいいもんだ」

コーデリアは渋面をつくった。「一シリングずつあげるわ」

「二シリングにして」エドワードが言う。

「四シリングだ」ヘンリーがさらに金額を上乗せした。「ひとりひとりに」

「わかったわよ」コーデリアは歯ぎしりせんばかりだった。またしてもこちらに選択の余地はない。「お金は明日払うわ。ただし、さっきの約束を全部守れたらよ」顎をつんとあげて、一行がやってきた方向を示した。「さあ行って」

来たときよりもはるかに意気揚々と、少年たちは引きあげた。安堵《あんど》のため息をついて、コーデリアは前に向きなおった。

「こんばんは、ミス・パーマー」ウォーレンが彼女の両手を取って、瞳をのぞき込んできた。「迎えにも行かずに申し訳ない。お宅に向かって歩きかけたが、おそらく来てはもらえないような気がして」

そのまなざしを目にした瞬間、コーデリアは息が止まりそうになった。「なぜそんなふうに思ったの？」

「もう一度会うなんて正気の沙汰《さた》じゃないと言っていたから。だから、分別を取りもどしてしまったかもしれないと思った」

コーデリアは笑顔で彼を見あげた。「取りもどしていないわ」

「よかった」

お愛想や美辞麗句とは無縁の、平凡なひと言だった。それなのに、コーデリアはかつてないほど強烈に心を揺さぶられた。「長くはいられないの」

ウォーレンが肘を差しだした。「では、われわれも陽気な人々に加わって音楽を楽しもう」

「ええ、それがいいわ」腕を組んで、ふたりは桟橋に向かって歩きだした。「それに、レディ・コーデリアとミスター・シンクレアに関する情報交換もしなければ」

「いや、その話は今夜はやめよう」彼女の両手を包むようにして、ウォーレンがじっと顔を見つめた。「今夜はべつの話題がいい」

「ええ、あなたがそう言うなら」コーデリアは内心考え込んだ。まさにこの日、ウォーレンのことを自分は何も知らないのだとあらためて胸に刻んだばかりだ。でもいまこの瞬間は、腕を組んで歩くだけでほかには何もいらないと思えた。手を握る行為は少し行きすぎだけれど。「旅行はお好き、ミスター・ルイス？」

「大の旅行好きとは言えないが、旅の楽しみの半分は目的地に到着するまでの過程にあると思う」しばらく考えをめぐらせる。「旅行の経験は豊富なほうじゃないし、そのほとんどが仕事がらみだが、イタリアはとても気に入ったよ。ほかにもいつか訪れてみたい場所が世界には数えきれないほどある」

「行きたい場所を書きだして一覧表にするといいわ」教師のような口調で言っていた。

それを聞いてウォーレンが笑いだした。「いまのはレディ・コーデリアが旅行者へ与える忠告かい？」

「ええ、そのとおり。実に当を得た忠告だわ。でも、一覧表を作成したら実行しなくては意味がない。行きたい場所があるのに、夢がかなわないまま人生を終えるなんて悲しすぎると思うの」

「レディ・コーデリアのお供で、きみもいろんなところへ旅したんだろうね」

「ええ、わたしはとても恵まれているわ。エジプトのピラミッドも、ローマのコロッセウムも、ギリシアの古代遺跡も、全部この目で見られたのだから」

「どこかお気に入りの場所はある？」表情をうかがうような調子で尋ねられた。

「いまは特にないけれど、まだ行っていない場所がたくさんあるわ。といっても、旅と冒険に明け暮れる日ももう終わりよ」

「なぜ？」

「なぜって……」コーデリアは言葉に詰まった。実際の自分とは違う人間になりすまして、自然なやりとりを続けるのは思っていた以上にむずかしい。注意しないとすぐにぼろが出る。「レディ・コーデリアが結婚したら、当然ながら、もうこれまでみたいな旅行三昧《ざんまい》の暮らしはできなくなるからよ。もちろん彼女も同じ。ミスター・シンクレアが大の旅行好きなら話はべつだけれど」

「あいにく、彼は旅行を移動の手段としてしか見ていない」ウォーレンは残念そうに首を振った。「もしこれまでどおりに旅行ができるとしたら、きみはどこへ行きたい？」

「南米をこの目で見てみたいわ。アマゾン川に、コロンビアの野生の蘭《らん》の花畑。それに西インド諸島やアフリカの密林にも興味がある」さらに考え込んだ。「あと中国も」

ウォーレンが含み笑いをした。「一覧表は作成ずみなんだね」

「もちろんよ」

「そのなかにボルティモアの名はある？」

「いいえ。でも、アメリカは入ってる」

「ボルティモアも加えるべきだ」

「ええ、そうね」コーデリアは弱々しい声であいづちを打った。まずい、とてもまずい。何か言うたびに、みずから墓穴を掘っているようなものだ。たとえ不本意であっても、このはらはらするような冒険はもう終わりにすべきなのだ。深く息を吸った。「ミスター・ルイス——」

「ミス・パーマー——」同時に言いかけたウォーレンが、笑いを含んだ声で促した。「お先にどうぞ」

「いいえ」むしろほっとして、コーデリアは発言の権利を相手にゆずった。「さっきからわたしばかりおしゃべりしてるわ。いま、何を言おうとしたの？」

「実は」ウォーレンは慎重に切りだした。「ぼくたちは明日、ブライトンを発《た》つことになった。朝の列車でロンドンへ帰るんだ」

「そうなの」どう返せばよいのかわからずに、コーデリアは押し黙った。ふたりのあいだに距離を置くのは賢明な考えだ。こちらとしても、もう二度と会えないと告げるつもりだったのだから。おまけに、ミスター・シンクレアとの問題をどう解決すべきか、まだ答えが出ていない。決断を先送りするための言い訳としてウォーレンを利用しているのは、自分の目にも明らかだ。それ以上の意味などあるはずがない。「ではこれで――」

「きみはいつロンドンへ戻る？」

「わたし？」首を横に振った。「あと二、三週間は帰らないわ」

「それなら、ぼくがまたブライトンに戻ってくるよ」

「それは……楽しみね」コーデリアは気弱な笑みを浮かべ、深々と息を吸った。「でも、あとひとつ、どうしても話しておかなければならないことが――」

どこかから聞こえてきた大声に、ウォーレンが何事かというように首をのばして周囲を見渡した。「なんの騒ぎだろう」

「何かしら」コーデリアは体の向きを変えて、人ごみに目をこらした。

ひどく腹を立てた様子の大男が、逃げようとしてもがく少年の襟首をつかんでいる。周囲にいる数人の少年が、とらえられた仲間を助けようとしていた。

「大変！」コーデリアは息をのんだ。「あの子は、わたしの――じゃなくて、レディ・コーデリアの甥っ子よ！」

「こんな時間に外で何をしてる？」

「いとこたちといっしょに、わたしをここまで送ってきてくれたの。でも、まっすぐ家に帰る約束だったのよ」コーデリアは思わず彼の腕をつかんだ。「ウォーレン、悪いけど――」

「もちろんまかせてくれ」口もとを固く引き結んだウォーレンは、足早に人垣をかき分けて前に出た。コーデリアは急いであとを追った。

「その子から手を放せ」威圧的な声と物腰でウォーレンが命じた。

体格では劣るものの、男は引き下がらなかった。「この小僧が、おれのポケットから財布をすろうとしたんだ」フィリップをつかんでいる手をいくぶんゆるめたものの、放そうとはしない。

「ぼくじゃない！」必死に訴えるフィリップのまなざしを見た瞬間、この子はうそをついていないとコーデリアは確信した。フィリップが首をぐいと横にひねった。「やったのはあいつらだ」

視線の先を追うと、甥たちよりもっとみすぼらしいなりをした少年たちが笑いながら見物していた。姿を見られたことに気づいた瞬間、少年たちはすばやく群集のなかに紛れ込んだ。

「この子に間違いないのか？」強い調子でウォーレンが男に詰め寄った。圧倒的な迫力だ。

「いや、ことによると違うかもしれないが」男が歯切れの悪い口調でつぶやいて、フィリップを解放した。「でも、また悪さをしてるところを見かけたら、当局に通報してやるからな」

「ええ、ぜひそうして」コーデリアは甥たちを厳しい目でにらんだ。

「ミス・パーマー、この子たちを連れて先に帰ってくれないか。片をつけたら、ぼくもあとを追いかける」励ますようにフィリップに笑いかけ、コーデリアのほうに押しだしてから、ウォーレンは男に向きなおった。

「おじさん、名前が――」そう言いかけたエドワードが、またもやヘンリーに肘でつつかれた。「いてっ。やめろよ」

「さあ、みんな。いっしょに帰るのよ」少年たちに囲まれるようにして、コーデリアは歩きだした。そしてウォーレンに話を聞かれる心配のない場所まで来ると、雷を落とした。

「まっすぐ家に帰る約束だったでしょ！」

　エドワードが丸い目を向けてきた。「あの人、ミス・パーマーって呼んだよ」

「叔母さんのこと、サラだと思ってるんだ」ヘンリーが探るようなまなざしでコーデリアを見た。子どもには似つかわしくない深い洞察の光がそこにあった。

「聞き間違いよ」コーデリアはまともに相手にせずにやり過ごそうとした。

「聞き間違いじゃない」トーマスが反論した。「はっきり言ってたよ。ミス・パーマーって」

「もうその話はおしまい」コーデリアはきつい口調でさえぎった。「いますぐ家へ帰るのよ。列を乱すようなまねをしたら、今夜のことをお母さんに言いつけるから」

「いや、言いつけたりしないさ」やけに自信たっぷりにヘンリーが言った。「そんなことをしたら、ぼくたちも叔母さんが何をしたか、お祖母さまに言いつけることになる」

「できればそうしたくはないけどね」フィリップが残念そうに首を振った。

「でも、しかたない」エドワードが言う。

コーデリアは歩みを止めて少年たちをにらみつけた。「あなたたち、何が望みなの？」

仲間たちで視線を交わし合った末に、ヘンリーがにんまりして要求を突きつけた。「ひとりにつき丸々一ポンド」

「それに、最初に約束した四シリングも忘れないでよね」フィリップが念を押す。

まったく海賊並みの悪辣《あくらつ》さだ。「あなたたち、悪知恵だけはよく働くのね」

トーマスが後方にさっと目をやった。「あの人が来るよ。話に乗るのか乗らないのか、早く決めたほうがいいんじゃない？」

「こっちに選択の余地がないのはわかってるくせに。でも、払うのは明日よ」悔しさのにじむ口調でコーデリアは言った。「さあ、行って。わたしたちの十歩前を歩いて、まっすぐ家に入るのよ。もしひとりでも姿をくらましたりしたら、取り引きはなかったことにするから。今夜のことをお母さまに言いつけるならそれでもかまわない。そのかわり、あなたたちも覚悟するのね」

少年たちがいっせいにうなずいて歩きだした直後に、ウォーレンが追いついてきた。

「うまく片はついた？」コーデリアは彼の顔を見あげた。

「男に硬貨を数枚やったら、勘違いだったと認めたよ」ふたりは腕を組んで、少年たちのあとについて歩きはじめた。「なかなか頼りになる子どもたちじゃないか」

「本性はかなりあくどいのよ。まさに海賊だわ」

ウォーレンがおかしそうに笑った。「まさか。ちょっとやんちゃなだけだよ」

「それはどうかしらね」そう言って、コーデリアはふっとため息をついた。「さっきのあなた、あの子にとてもやさしかった」

ウォーレンは控えめにほほえんだだけだった。

「子どもにはいつもあんなにやさしいの？」

「子どもだけでなく、子犬にもやさしい」

コーデリアは思わず吹きだした。「ミスター・ルイス」息を整えて言いなおした。「ウォーレン」

「なんだい？」

「助けてくれてほんとうにありがとう。いくら感謝してもしきれないわ」

「きみに貸しができたと思うと、なかなか気分がいい」冗談めかして返したウォーレンは、やがて真顔になった。「でも、今夜のことは全部ぼくの責任だ」

「なぜ？　あの子たちを連れていったわたしが悪いのよ」

前を歩いていた少年たちが庭門に到着し、すべるような動きでなかに入る様子が暗がりのなかでうっすら見分けられた。コーデリアはほっと胸をなでおろした。

「家の前で待ち合わせをして、ぼく自身が桟橋までの護衛役をすべきだった。あるいは」ためらうような間があいた。「正式に訪問して、外出の許可を求めるべきだった」

「そんな必要はないわ。それに、もうすんだことよ」話題を変えたいばかりに、コーデリアは軽く受け流した。やがて門に到着し、彼のほうに体を向けた。「もう一度お礼を言うわ、ミスター・ルイス。あなたがいなかったらどうなっていたか――」

「ミス・パーマー。いや、サラ」ウォーレンが彼女の顎を指の背でそっと持ちあげて、顔を近づけた。「きみに打ち明けたいことがある」

「打ち明け話なんて聞きたくない」かぼそい声でコーデリアは答えた。心臓がすさまじい速さで打っている。

「でも、そうはいかないんだ」彼の唇がコーデリアの唇を軽くかすめた。「ぜひとも、正式な形できみを訪問したい」

コーデリアはごくりと唾をのみ込んだ。「本気なの？」

「もちろん」唇を軽く触れ合わせたまま、ウォーレンがささやいた。「ロンドンから戻ったら――」

「わたしたちもロンドンへ行くのよ」反射的にそう口走ったコーデリアは、できるならいまの言葉を取り消したいと願った。

「ほんとうに？」ウォーレンがわずかに体を起こした。「ひと月近くブライトンに滞在すると聞いた気がするが」

「ええ、そう言ったけど……忘れてたのよ」いったい何を忘れるというの！「レディ・コーデリアが、出版社の人と会うことになっているの。そう、その用事よ」

「なるほど」ウォーレンが小さく笑って、手を下におろした。「それならロンドンで会えるね」

「ええ、たぶん」その声は妙なかすれを帯びていた。彼に背を向けて、門の取っ手をつかむ。

「ミス・パーマー」後ろからそっと呼びかけられた。取っ手をつかんだ手が止まった。

「〝たぶん〟じゃない。約束だ」

いけないと頭ではしっかり認識しながら、コーデリアは彼のほうを向いた。昔から自制心が強いほうではない。「ミスター・ルイス」

「なんだい、ミス・パーマー？」

気がついたときには、彼の首に腕をまわして唇を引き寄せていた。きつく抱きしめられ、思いのたけを吐きだすような熱いキスを返されると、コーデリアの情熱はいやがうえにも高まった。くちづけがさらに濃厚になり、彼の貪欲《どんよく》な唇が冒険と危険の香りのする禁断の果実をむさぼるように味わい尽くす。この瞬間、コーデリアはこれ以上ありえないほど鮮明に悟った。どんな代償を払おうと、どんな結果が待ち受けていようと、わたしはこの腕に永遠に抱かれていたいと。

だいぶたってからウォーレンが身を離し、じっと顔を見つめた。「またロンドンで会えるね」

「ええ、もちろんよ」コーデリアはそっとつぶやいた。そう答えるしかなかった。たったいま、レディにはあるまじきやり方で、自分から熱いキスをしただけでなく、相手からも熱く返されたのだ。キスなら前にもしたことがあるけれど、こんなふうに脚ががくがくするような体験は初めてだ。

「それではまた、サラ」ウォーレンが後ろへ下がって、彼女のために門を開けた。

「それではまた」コーデリアがため息をついてなかへ入ると、外側から門が閉じられた。

ぐったりと門に寄りかかって、コーデリアは呼吸を整えようとした。

大変な過ちを犯してしまった。ロンドンへ行くなんて、なぜ言ってしまったのだろう。家を訪ねてくるようにけしかけたのも同然だ。本来なら、今夜ですべてを終わりにするつもりだった。それなのに、かえって離れられなくなってしまった。指先で唇に触れてみた。彼の唇のぬくもりがまだ残っている。あの人はわたしに何をしたの？　あれはただのキス。これを境に、未知のすばらしい何かが始まるわけでは決してない。だめ、そんなことが許されるわけがない。それでも、どうすればこの状況から抜けだすことができるのか、さっぱり見当がつかなかった。

さらに悪いことに、どこかでこの状況を楽しんでいる自分がいた。

若い時分に外国語を修得する機会に恵まれなかった場合は、知性やたしなみが欠如していると思われないように、訪問先の国の言葉を多少でも学んでおくとよいでしょう。

『英国婦人の旅の友』より

7

親愛なるレディ・コーデリア

ブライトンの歴史を講釈していただいてまことに感謝に堪えませんが、実は歴史にはあまり興味がありません。はるか昔のできごとなど、現代に生きるわれわれにはあまり関係がないと思うのです。また、英国に到着して以来、次のような印象がぬぐえなくなりました。あらゆる場所に充満する歴史の重みに押しつぶされて、人々の進歩への意欲は息を断たれてしまったのではないか、と。懐古趣味にふけるこの国とは対照的に、わが国には将来への展望があり、国民はしっかりと未来を見すえて……。

ウォーレンはやはり聡明《そうめい》な男だ、とダニエルも認めないわけにはいかなかった。ウォーレンがロンドンへやってきて同居を始めた当初、彼が毎日の習慣にしている早朝の散歩は時間の無駄だとダニエルは高をくくっていた。ところがいまは、たとえウォーレンが付き合ってくれなくても、ひとりで早朝の早歩きを楽しんでいる。帰国後も続けようと思っているほどだ。まず第一に体によい。ことに海辺の空気がたっぷり吸えるブライトンでは健康の増進にもってこいだ。だがそれだけでなく、脳が活性化されて、ものごとを冷静に考えられるという利点があることにダニエルはすでに気づいていた。ここはひとつ熟慮に熟慮を重ねるべきだ。できるだけ心を冷静に保つ必要がある。なぜなら、昨夜はひどく軽率なふるまいをしてしまったからだ。

まったくばかなまねをしたものだ。正式に訪問したいと言いだすなんてどうかしている。こんなまるで脳からの指令とは関係なしに、言葉が勝手に口から飛びだしたかのようだ。こんなおかしなふるまいに及んだことは過去に一度もない。だがそれを言うなら、サラ・パーマーのような女性に出会ったことも一度もないのだ。とはいえ、これまで出会った女性やキスをした相手と彼女のどこがそれほど違うのか、ダニエルは自分でもうまく説明できなかった。言うまでもなく美人で、うっとりするような緑の瞳の持ち主だが、緑の瞳をした美人なら過去に何人も会ったことがある。おそらくは独立心の強い、あの個性豊かな性格に惹《ひ》かれているのだろう。あるいは、言葉では説明のつかない何か、どう名づけてよいやらわからない何かが存在するのかもしれない。

分別のある人間なら、サラのことを考えても無益だと理解できるはずだ。だいたい、言葉を交わしたのもわずか数回ほどにすぎない。それなのに、頭に浮かぶのは彼女のことばかり。これほど気持ちが混乱し、じれったい思いをするのは初めてだ。やはりロンドンの屋敷を訪ねて、うそをついていたことを告白したほうがよいのだろう。べつの女性との結婚がなかば決まっているのに、これ以上の交際を続けるわけにはいかない。実のところ、いまの自分には誰とも真剣な交際をするつもりはないのだが。

今後の方針が定まったところで、ダニエルはさわやかな潮風を胸の奥に吸い込んだが、なぜだか少しも気分がよくならなかった。反対に、みぞおちの奥にずっしりと重いものを感じた。真実を告げたら、サラには徹底的に嫌われるだろうが、そうされても文句は言えない。そしてもし、最終的にレディ・コーデリアと結婚することになったら……。雇人というより家族の一員に近いサラとは、新妻をともなって英国を訪れるたびに顔を合わせることになる。やはり、誰かが傷つく前に決着をつけるべきだ。すでに手遅れでなければ。

ひとりになりたい人間にとって、早朝のブライトンの遊歩道ほど理想的な場所はない。鴎《かもめ》の群れのほかに目に入るのは、舟を出す準備に余念のない漁師たちだけだ。

「ミスター・ルイス」聞き覚えのある声に呼びかけられて振り向くと、サラがつかつかと歩み寄ってくるところだった。明るい黄色のドレスに同色のパラソルという姿は、まさに夏の化身そのものだ。そんな詩的な幻想を脇《わき》に置いて、ダニエルは彼女が近づくのを待った。

妙なことに、小躍りするようなわくわく感と、暗く沈み込むような陰気な気持ちが同時に胸に押し寄せる。

帽子に手をかけて挨拶《あいさつ》した。「おはよう、ミス・パーマー。こんな早朝に散歩をするのには、何か理由でも？」

「理由はあなたよ、ミスター・ルイス」迷いのない口調でそう言って、サラが彼を見あげた。「ごいっしょしてもかまわない？」

「ああ、もちろん」ダニエルは腕を差しだして、並んで歩きだした。「しかし、まさかこんなところで出会うとは思っていなかったから、不意打ちを食らったような気分だ」

「あら、そう？　それはよかったわ」笑いを含んだ声だった。

「どうしてぼくがここにいるとわかった？」

「毎朝の散歩を日課にしている人は、ブライトンへ来ても習慣を変えないはずだと推理したのよ」沖へ漕《こ》ぎだす漁船の群れに目をやる。「息をのむほどすばらしいひとときね。何もかもがこんなにも静かで安らかさに満ちているのに、それでいて輝きと希望にあふれている。鴎の鳴き声もいつもほどけたたましくない。あなたはそう思わない？」

「まさに同感だ。でも、ぼくが散歩を日課にしていることを知っていたとは驚きだね」

少しためらったのちに、サラは肩をすくめた。「何かの話の流れで、あなたが自分で言ったのよ」

「ああ、もちろんそうだろうね」あたりさわりなく応じたものの、本心では納得していなかった。とはいえ、べつにこだわるような問題ではない。「ぼくのことはさておき、きみはなぜわざわざここへ？」

「ゆうべのお礼をもう一度言いたかったの。とても楽しかったわ」

「ぼくもだよ。あっという間のひとときだったが」

「それに、お話ししておきたいことがあったから」しばし言葉がとぎれる。「家を訪問したいというお申し出について」

「それが何か？」

「ミスター・ルイス。はっきり言って、それはあまりいい考えではないわ」

「というと？」理由は違うにしても、自分でもまったく同じ結論に至っていたのだが、ダニエルは意外そうな声音を装った。

「正式な形であなたが訪問してきたら、おたがいにばつの悪い思いをすることになるからよ」

「なぜ？」ダニエルは反射的に問い返した。自分で思っている半分の脳味噌《のうみそ》でもあれば、口をつぐんでいたものを。

慎重な口ぶりで、サラが語りだした。「伯爵家でのわたしの立場はかなり特殊で、だから……あなたとの交際が知れたら、いろいろ面倒なことになるのよ。レディ・コーデリアの将来が決着するまでは、わたしたちは会うのをやめたほうがいいと思うの」

「納得できないね」

「してもらえるとは思ってなかったわ」ちらりと顔を見あげた。「ただ、わたしの意思を尊重して、黙って願いを聞き入れてほしいの」

「それはあんまりだ、ミス・パーマー」

「ええ、そうよね、ミスター・ルイス」サラが深々とため息をついた。「あんまりなのはわかってる。でも、人生とはそういうものよ」

「きみの願いを黙って聞き入れるつもりはないと言ったら？　きみの願いに耳を貸すつもりなどまったくないと言ったら？」知らぬ間に言葉が口から飛びだしていた。まったくどうかしている。こちらから切りださなくてはと思っていた言いにくい話を、すべて相手が代弁してくれたのだ。本来なら喜ぶべきではないか。それでも、ダニエルはこの結論を本心では望んでおらず、黙って受け入れることはできなかった。

「あなたはわたしが見込んでいたほど立派な人間ではないということになるわ」

「ぼくという人間を、きみはまだよく知らない。もしかしたら、きみが知る誰よりも卑劣な男かもしれない」

「ありえない。子どもを救う現場を目撃したわ」サラは首を振った。「こちらにはいろいろと込み入った事情があるのよ、ミスター・ルイス」

「ウォーレンと呼んでほしい」ダニエルは彼女の手を握った。「ぼくたちは友だちだろう？」

「ええ、友だちよ。その気持ちは変わらない。ただ……」ためらうような間があいた。「さっきも言ったように、いろいろ込み入った事情があるの。そして、あなたと過ごす時間が長くなればなるほど、さらに事態はこじれていく」

事実はそれ以上に込み入っているのだが、それでもやはり彼女の言うとおりだ。「これだけは知っておいてほしい、サラ。ぼくは美人と見ればキスするような男じゃない」

「それを聞いて安心したわ」サラが口もとをほころばせた。「あなたにも知っておいてほしい。わたしもハンサムな海賊と見ればキスするような女じゃないわ」

ダニエルは快活に笑った。「ぼくたちには共通点がたくさんあるようだ」

「いいえ、ウォーレン。ミスター・ルイス」歩みを止めたサラが一歩あとずさり、まっすぐに瞳を見つめてきた。「共通点は何もない。ただ……うわついた一時の感情に突き動かされているだけ」

ダニエルは眉をあげた。「うわついた感情で何がいけない？」

「いけないのよ」サラがパラソルを持ち替えて、海に目をこらした。「わかってほしいの。わたしにはレディ・コーデリアとご家族に対する恩義があるから、こういう勝手なまねは許されないのよ。少なくともいまは」すばやくダニエルに視線を走らせる。「これまではそういったことを無視してやってきたけれど、もうこれ以上は無理」

「なるほど」

「納得してくれた？」

「いや、納得はしていない」皮肉めいた笑いがもれた。

「もしお付き合いしても未来はないのよ」その目に宿る悲しげな光を目にした瞬間、つらい思いをしているのは自分だけではないことをダニエルは悟った。たしかに、このまま交際を続けても何も実を結ばない。

とはいえ……。「もしルールを変えれば」

「なんですって？」疑問でいっぱいの表情で、サラが眉をあげた。

「いや、ちょっとね。たいしたことじゃない」呼吸を整えて、ダニエルは続けた。「それなら、これでお別れかい？」

「ええ、残念だけど」

そのとき、唐突にある思いがダニエルの心を直撃した。もう二度と会わないと約束するのが正しい選択だとしても、自分としては彼女をあきらめたくない。少なくとも、いまはまだ。「意思を尊重してほしいときみは言った。それなら、ぼくの意思も尊重してもらいたい」

サラがゆっくりと首を横に振った。「賢明な考えとは思えないわ」

「賢明であろうとなかろうと、そんなことはどうでもいい」

「だけど――」

「きみはゆうべ言ったね。ぼくにいくら感謝してもしきれないと」

「言ったけど、それが何か？」用心深い声音になっていた。

「約束するよ。正式に家を訪ねたり、友情以上のものを期待したりはしない。でもせめて、ぼくの意思を尊重して、友人として会うことだけは許してくれないか」

「友人として？」

「友情を築いたと言ったのはきみだ。それとも、あれは口先だけの言葉だった？」

「いいえ、もちろん本心からの言葉よ。でも――」

「純粋な友情であれば続けても問題ないはずだ。違うかい？」

サラが彼を凝視した。「これが純粋な友情と言える？」

「言えるとも」ダニエルは強い調子で断言した。「少なくとも、そうでないとは言いきれない」

「その言葉を素直に信じる気にはなれないし、あなた自身も本心では信じてないと思う。危なっかしい考えよ、ミスター・ルイス。いい結果にはならないわ。でも、友情の範囲を超える付き合いをしないと固く決意していれば……」まじまじと彼を見て、ふうっとため息をついた。「昔から大英博物館のエジプト展示室が大好きで、日ごろからよく行くの。こんどの木曜にも行くつもりよ」

「三日後だね？」

「ええ、木曜日。混雑を避けるために、いつも早い時間に行くわ」

「混雑を避けるのは賢明だ」

「そこでもし友人にばったり出会ったとしたら……」肩をすくめる。「そういうことは、自分ではどうしようもないわよね」

「ああ、なすすべがない」

「ただし」断固とした口調だった。「友人にはお行儀よくふるまってもらわないと」

「もちろんだ」

「眉をひそめるような行為は二度としないこと」

「エジプトの巨大神像の陰で抱き寄せるようなまねとか？」

「ええ、そういうことよ」

「熱くとろけるようなくちづけをするとか？」

サラがじっと見あげた。「そんなことは言語道断」

「キスで酔わせて、ひとりでは立っていられないくらいにめろめろにしてしまうこととか？」ダニエルは緑の瞳をのぞき込んだ。「そんなきみをとろけそうな目で見つめることとか？」

「そう」息づかいが荒くなる。「絶対にだめ」

「よくわかった」ダニエルはにっこりと笑ってみせた。「このぼくも、何かのついでに大英博物館の近くを通りかからないとはかぎらない。こんどの水曜日だったね」

「木曜よ」

「ああ、そうだった。そしてもしエジプト展示室にたまたま足を踏み入れて、友人とばったりでくわすようなことがあったら、いかなる衝動にも身をゆだねずに、古代文化に関する学術的な意見の交換に専念するよう心がけるよ」

「あやしいものね」サラがつぶやくように言った。眉根を寄せて、彼の顔をじっと見つめる。「あなたみたいにいらいらさせられる人は初めてよ」

「おまけに簡単なことでは引き下がらない」

「だからいらつくのよ」きつい調子で言い返す。「それに、人の気持ちをかき乱す」ふっとため息をついた。「ごきげんよう、ミスター・ルイス」そう言って体の向きを変え、歩きだした。

ダニエルは喉の奥で笑った。「ごきげんよう、ミス・パーマー」

遊歩道を離れ、やがて道路を横断して家に入る彼女の後ろ姿を、ダニエルはじっと見つめた。そこで笑みが消えた。いったい自分はどうしてしまったのか。いつから考えなしの愚か者になったのだ。つらい思いをして真実を打ち明けるまでもなく、きれいに別れる絶好の機会を相手が差しだしてくれたというのに、それをふいにしてしまった。一瞬の躊《ちゅう》躇《ちょ》もなく、捨て去ってしまった。

魔法にかけられたのだ。そうとしか思えない。ミス・パーマーの緑の瞳には、何かの魔力が宿っている。その魔力に自分はとらえられたのだ。この賭《かけ》は呪《のろ》われているに違いないとノークロフトに語ったが、これが何よりの証拠だ。当初から、ダニエルは自分がいちばん長く独身生活を謳歌《おうか》し、賭の勝者になることを確信していた。疑問の余地はないと思っていた。ところが現在の自分は、ある女性と婚約寸前でありながら、べつの女性によってこれまでの考えを根底からくつがえされそうになっている。なぜなら、サラ・パーマーのような女性と付き合うには、結婚するしかないからだ。

たとえ男の側が、結婚などごめんだという考えの持ち主であっても。

「今日、ロンドンへ戻るわ」朝食の席で、コーデリアはできるだけさらりと切りだした。「ある出版社がわたしの書いたものに興味を示しているので、担当者に会ってみようと思うの。もちろんサラもいっしょよ」

横目でコーデリアを見たサラは、うっすらとほほえんだだけで発言は控えた。ここは自分の出る幕ではないと判断したようだ。

「あら、それはやめたほうがいいわ」笑顔を崩さずに母親がそう言って、トーストののった大皿を長女のアミーリアにまわした。

母親の反応は予測がついていたので、コーデリアも事前に反論を用意していた。まず第一に、自分はもう二十五歳で小さな子どもではないのだから、いくら末っ子であっても大人として扱われるべきだ。実際のところ、この押し問答にはもういいかげんうんざりしている。そして大人である以上、ロンドンに戻りたいと本人が願うなら、そうできない理由はない。第二に、自分はラヴィーニア叔母とサラとともに、世界各地を旅した経験がある。旅先では一人前の大人として責任のある行動をしてきた。ロンドンまでの二時間の汽車の旅など、旅のうちにも入らない。第三に、ええっと、第三の理由はすぐには思いつかなかったが、その場になれば何か出てくるだろう。「なぜ――」

「なぜいけないの、お母さま?」さりげない調子でアミーリアが尋ねた。「コーデリアはもう子どもじゃないのよ。二十五だもの」

「わたしも同感。本人がロンドンへ戻りたいと言うなら、そうさせてあげるべきよ」エドウィナが加勢した。「べつにひとりで行くわけじゃなし。道中はサラがいっしょだし、ロンドンの屋敷には召使いが大勢いるわ」

母親とコーデリア、そしてサラの三人は、驚愕《きょうがく》の表情でアミーリアとエドウィナを凝視した。コーデリアの記憶にあるかぎり、姉たちが自分の味方をしてくれたことは過去に一度もない。さらに驚いたのは、第一の理由から、自分では思いつかなかった第三の理由に至るまで、姉たちがきちんと提示してくれたことだ。あの人たちはわたしのことなど何もわかっていないと思っていたから、感激もひとしおだった。

新聞を読んでいる父親は、いつもながら、食卓で交わされる妻と娘たちの会話にはまったく無関心の様子だ。

「でもねえ、嫁入り前の娘が家族と離れてロンドンで過ごすなんて感心しないわ」母の口調に迷いはなかった。「世間さまがなんと思うかしら」

「世間の見方がいま以上に悪くなることはないと思うけど」エドウィナが言った。「コーデリアは昔から勝手気ままにやってきたじゃないの。旅行をしたり記事を書いたり、うちの誰よりも自由に行動してるわ」

「そのせいでどうなったか見てごらんなさい」母はひるむ様子もない。「いまごろは家庭を持って、子どもが何人かいてもいいはずなのに」

「それでも、毎日がとても楽しそうよ」アミーリアが末の妹に視線を向けた。「どう、人生は充実してる？」

「そんなこと、考えたこともなかったわ」コーデリアはしばし思いをめぐらせた。「そうね、これまでのところ、わたしの人生は充実してると思う。もちろん結婚はしたいけれど、これまでみたいにあちこち旅行もしたいのよ。結婚したら旅行はできなくなるでしょう」

「何事にも犠牲がつきものよ、コーデリア。たやすいことではないけれど、人は何かを断念しなければならないときがあるの」ものわかりの悪い人間に言い聞かせるような口調で母が言った。「人生で何もかも手に入れることはできないのよ」

「なぜできないの？」アミーリアが異を唱えた。

「なんだか不公平だわ」エドウィナが加勢する。

母の声が裏返った。「不公平ですって？」

アミーリアがうなずいた。「そう、不公平よ」

「人生とはそういうものですよ。公平という言葉は耳に快いけれど、現実の生活にはなんの役にも立たない」女王もうらやむような威厳のあるしぐさで立ちあがった母親は、娘たちを睥睨《へいげい》した。「コーデリアはロンドンには戻りません。ミスター・シンクレアのもとに嫁ぎます。婚礼の日が来るまで、すなわち親のすねをかじっているあいだは、言いつけに従ってもらいます」優雅に会釈して、また席についた。

「いまさらそんなことを言っても手遅れのような気がするけど」エドウィナがぽつりとつ

ぶやいた。

「なんですって?」母が聞きとがめた。

「お母さま」なだめるような調子でアミーリアが口をはさんだ。「コーデリアはいつだって自分の思うとおりにやってきたわ」

コーデリアは眉根を寄せた。「そんなことないったら」

アミーリアは寛大な笑みを妹に投げかけた。「コーデリア、わたしたちはそんなあなたをずっと見守ってきたのよ。もちろん、あからさまに親に盾突くようなまねはしないにしても、最終的には、いつも自分の好きなようにやってきたじゃないの」

「まったく好き勝手のしほうだいよね」言葉はきついが、エドウィナの顔にはそれをやわらげるような笑みがあった。「ときどき、あなたのことがうらやましくてならなかった」

「うらやましい?」コーデリアは目を丸くした。「わたしのことが?」

「もちろんよ」アミーリアが続けた。「わたしたちがおそらく一生訪れることのない世界各地の名所旧跡に、あなたは実際に足を運んでいる。近ごろではどの女性誌を開いても、あなたの書いた記事が目に飛び込んでくる。あなたの人生はわくわくするできごとの連続なのに、わたしたちの日常は平凡そのもの。そりゃあ夫や子どもたちを愛しているけれど、わたしたちの目にあなたの生き方はまぶしく映るのよ。自分の夢や希望、あるいは心の声に、正直に耳を傾けて行動しているところが」

「わたしはパリで絵の勉強をしたかった」エドウィナがコーデリアに耳打ちした。

「ビーはよく言ってたわ。ギリシアで古代遺跡を発掘したかったって。そしてわたしは……」アミーリアが大きく息を吸った。「カメラの技法を学んで、自分で写真を撮ってみたかった」

母親が恐怖の面持ちで目を見開いた。

隠しきれない笑みがサラの顔をよぎった。

「そんなこと、思ってもみなかった」コーデリアの声はかすれていた。

「ええ、無理もないわよね」アミーリアがテーブル越しに手をのばして、末の妹の手をなでた。「コーデリア、あなたとわたしでは十一歳の年の差がある。ウィニーとビーとわたしは年が近いから、それだけ結束の輪も固かった。あなたを仲間に入れてあげなかったことをいまとなっては悔やんでいるけれど、だからといって、あなたに関心がなかったわけではないし、本心では誇らしく思っていたのよ。それに、あなたにはサラがいて、わたしたちよりずっといい話し相手になってくれた」

「それでも、何をいまさらと言われるかもしれないけれど、あなたに対する応援の気持ちをわたしたちも示すべきだと思うようになったの」エドウィナが母親の視線を正面からとらえた。「ベアトリスとも話し合って、三人で同じ結論に至ったのよ。ミスター・シンクレアとの縁談をコーデリアに押しつけるべきじゃないわ。だって彼女の人生ですもの」

「なんですって?」母親が眉を吊《つ》りあげた。

父親が手にしている新聞がかさかさと鳴った。

「間違っていると思うの」勇気を振り絞るように、アミーリアが深呼吸をした。「大事な娘を、余分な家畜みたいに物々交換するのと同じよ」

サラがひゅっと息をのんだ。

「それはまたすてきなたとえだこと」コーデリアは小声でつぶやいた。

「しかも相手はアメリカ人よ、お母さま。アメリカ人よ」アミーリアはアメリカ人という言葉を、野蛮人や人食い人種と同類だと言わんばかりに、さもいやそうに口にした。「そんなひどいまねがどうしてできるの？」

「親として当然だからよ」母親がぴしゃりと答えた。「良縁を求めているこの子にとって、こんな機会はめったにないわ。さっきあなたも言ったとおり、この子はこれまで自分の好きなように生きてきた。そろそろ家族の一員としての責任を果たしてもいいころよ。それに、本人もつい五分ほど前に結婚したいと認めたばかりじゃないの」

「それは自分の選んだ相手と、という意味よ」エドウィナが鼻で笑った。「わたしたちみたいに」

「でも、あいにくそういう相手とはまだ出会っていない。コーデリアは自分の力で夫を見つけることができないまま、そうしたくてもできるはずのない年齢に猛烈な勢いで近づきつつあるのよ」威嚇するようなしぐさで母親が首を振る。「頭のよさが鼻につくような女性でも、器量さえよければ男性は大目に見てくれる。いまならコーデリアもまだ間に合うわ。でもこのまま年を重ねていったらどうなるかわかる？　頭でっかちの年増《としま》に興味を示す物好きがどこの世界にいるというの」

「それにしてもアメリカ人よ、お母さま」アミーリアは非難のまなざしを向けた。

「裕福なアメリカ人ですよ。そこのところを忘れないように」母親は鼻息荒く告げた。

「コーデリアを妻として養っていくには莫大《ばくだい》な費用がかかるのよ。国籍はともかく、貧乏人では話にならない。やはりそれなりの資産をお持ちの方でなければね」

ウォーレンのおもかげがコーデリアの頭をよぎった。彼は貧しくはないし、将来有望だけれど、母は意見を異にするだろう。裕福なアメリカ人なら結婚相手として認めてもらえるが、働いて生計を立ててきたアメリカ人ではそうはいかない。この食卓でのやりとりにウォーレンの出番があるはずもなく、コーデリアは名残惜しい気持ちで彼のおもかげを頭から追いやった。

「ええ、たしかに貧しい暮らしは似合わない」エドウィナが言った。「それを言うなら、わたしたちみんなそうだけど」姉をちらりと見て、合図をするようにうなずいた。

「お母さま」アミーリアが慎重な口ぶりで切りだした。「わたしたち、ウィニーとビーとわたしの三人は、経済的な意味で恵まれている。だから――」

「三人ともしっかりしてるから、いいお相手を選ぶことができたのよ」母が辛辣《しんらつ》な調子で指摘した。

「それぞれの夫に相談した結果、話がまとまったの」アミーリアは背筋をのばして、母親を正面から見すえた。「お父さまの事業を立てなおすのに必要な資金はわたしたちで工面するから、コーデリアとアメリカ人との縁談はなかったことにしてほしいの」

しばしのあいだ、誰も何も言わなかった。母親は唖然《あぜん》とし、サラは控えめな驚きの表情をまとい、コーデリアはうろたえていた。気前のよい申し出そのものより、姉たちが自分のためにそこまでしてくれたという事実が信じられなかった。どちらかというと、嫌われていると思っていたのだ。

「おまえたちの心遣いはとてもうれしいよ」父親が顔の前から新聞をおろした。「ご主人たちにわたしからの感謝の気持ちを伝えてほしい」思案顔で紙面をたたんだ。「たしかに、資金援助をしてもらえば当座は助かるが、それで問題がすべて解決ということにはならない。解決のためのいちばんの頼みの綱が、ミスター・シンクレアの父親との今回の取り決めだ」食卓を囲んだ女性たちの顔を見まわした。「もうひとつ、みんなによく理解してほしいことがある。厳しい状況ではあるが、誰もコーデリアに縁談を押しつけてはいない」末娘と視線を合わせた。「最終決断は本人の手にゆだねられている。おまえたちが指摘したように、本人の人生だからね。自分の将来にとって、そして関係者全員の将来にとって、最善の選択をしてくれるものと信じているよ」

コーデリアは弱々しくほほえんだ。真の意味での選択の余地がいまの自分にあるだろうか。きっと今回の縁談はなかったことにできる。そんな楽観的な見方が頭のなかで広がりはじめていたが、それは単に、海賊を思わせる黒い瞳のおもかげに翻弄《ほんろう》されて思い描いた甘い夢にすぎなかったようだ。

「ちょうど明日、わたしも所用でロンドンへ行く予定だ」父親が続けた。「もしコーデリアとサラが出発を明日に延ばすことができるなら、喜んで同行しよう。わたしはその翌日にブライトンへ戻ってくる」

母親があえぐような声を出した。「屋敷にふたりを置き去りにするつもり？」非難するように目を細くした。「ミスター・シンクレアはどう思われるかしらね」

「ミスター・シンクレアはそんなことを気になさらないだろう」きっぱりとした口調で父が言った。

「なんといってもアメリカ人だもの」アミーリアが声をひそめてつぶやいた。

「それに、屋敷には召使いが大勢いる。若い娘がふたりきりで留守番をするわけじゃない」そこまで言って、父親は譲歩するようにため息をついた。「妹のラヴィーニアがちょうどロンドンに滞在中だから、なんなら屋敷に泊まりに来るよう頼んでもいい」

母は不機嫌そうに唇を固く引き結んだが何も言わなかった。しかし、あとで父とたっぷり話をするであろうことはコーデリアにも予測がついた。

その後の食事は沈黙のうちに終わった。きっとみんなも自分と同じように、さまざまな考えが頭をめぐっているのだろう。ウォーレンに事実を打ち明けて、ふたりの関係はもう終わりだと告げなくては。そう思うと奇妙な痛みが胸を刺した。こんなふうに感じるなんてばかげている。あの人とは何度かおしゃべりをして、たった一度、軽いキスをしただけだ。実際のところ、軽いというのはうそだけど。唇が重なった瞬間を思い起こすと、体の内側が火のように熱くなる。でも、自分がどんなふうに感じようと、このすばらしい冒険はもう終わりなのだ。こんな茶番を始めるべきではなかった。最初から、こんなことをしたらろくな結果にならないとわかっていた。軽薄で無責任な行為で、場違いなほどの胸のときめきをもたらしはしたが、それは本来あってはならないことだった。

それに、過去のふるまいがときに一人前の大人としての基準に達していなかったにせよ、両親には大人として扱ってもらいたい。姉たちの言うとおりだ。自分は好き勝手のしほうだいで、さしたる苦労もなくつねに望むものを手に入れてきた。その自分を守るために、この日は姉たちが立ちあがってくれたのだ。

さしものコーデリア・ヴィクトリア・ウィリアムズ・バニスターも、大人になるべきときが来たのだ。大人にはある種の責任がつきものだということを理解すべきときが。その責任を引き受けるべきときが。

そしておそらく、ミスター・ダニエル・シンクレアと顔を合わせるべきときが。

8

世界各地には太古同然の生活を現在も続ける人々がいます。分別のある旅行者なら、そんな彼らの暮らしを見下すのではなく、伝統を重んじる精神の表れとして尊敬の念を抱くべきです。われわれの文化と異なっていても、価値が劣るわけではないのですから。

『英国婦人の旅の友』より

ミスター・シンクレア

歴史にご興味がないと知って、大変残念に思いました。お国の歴史の浅さを考えれば、まあそれも無理のないことでしょうが。わが国で尊重されている豊かな伝統を持ち合わせていらっしゃらないのは、むしろ悲しむべきことのようにわたしには思えます。この国では進歩への意欲が息を断たれていると、たいそう流麗な文章でご指摘いただきましたが、大博覧会の評判がお国には届いていないのでしょうか。もしかしたら、大英帝国が現在どこまで領土を広げているかご存じないのかも……。

ロンドンへ戻った翌日、ダニエルはクラリッジ・ホテルの特別室の前に立ち、扉をノックする勇気をふるい起こそうとしていた。勇気というのは大げさかもしれないが、それなりの心の準備が欠かせないのは事実だ。父親と顔を合わせるのは数カ月ぶりで、前回イタリアで会ったとき、父はいまは亡きある英国紳士の令嬢とダニエルとの結婚が決まったと一方的に伝えてきたのだ。その縁談からダニエルが逃れることができたのは、たまたま運が味方してくれたからにすぎない。

「ルールを変えてみせる」ダニエルは声に出さずにつぶやいた。

父を愛していないわけではないが、何につけても意見が合わないのだ。とりわけダニエルの人生に関しては、考え方がまるでかみ合わない。ダニエルがレディ・コーデリアのやんちゃな甥《おい》っ子たちと同じくらいの年ごろから、父とは言わば交戦状態だった。いまさら助けを求めるのは生易しいことではない。

ダニエルは大きく深呼吸をして、扉をノックした。もう一度ノックしようとしたとき、いきなり扉が開いた。

「はい？」戸口に立った長身の女性が、横柄なまなざしを投げてきた。目つきが鋭く、髪は自然ではありえないようなあざやかな赤毛で、肌にはしみひとつない。ダニエルより十歳以上年上ということはないだろう。うわ、これが話に聞いた新しい母親か、と思わず胸のなかでうめいた。「何かご用？」女性が問いかけた。

ダニエルは空咳《からせき》をした。「ミスター・シンクレアの客室はこちらだとうかがったのですが」

「ええ、そうだけど」女性の視線がダニエルの全身を好奇心もあらわになぞった。ダニエルはもじもじと足を踏み替えたくなるのをこらえた。「あなたは？」

「ダニエル・シンクレアです」

完璧《かんぺき》な形をした女性の眉が大きく弧を描いた。「あなたが息子さん？　お父さまにぜんぜん似てないのね。よかったこと。お入りなさい」

ダニエルが足を踏み入れたのは、豪華なしつらえをほどこした広々とした居間だった。扉を閉めた女性は、彼の手から帽子を受けとった。「さあ、かけて、ミスター・シンクレア」自身は椅子に腰をおろして、すぐそばのソファを指さす。「それともダニエルと呼んだほうがいいかしら？　もう家族ですものね」

「ええ、もちろん……」しかしこちらからはなんと呼べばよいのか。相手だって〝お母さま〟とは呼ばれたくないだろうし。「ええっと、ミセス・シンクレア」

「ミセス・シンクレア？」女性がおかしそうに笑った。「まさか、このわたしがミセス・シンクレアと呼ばれる日が来るとは思わなかったわ」

「どうお呼びすればよいかわからなくて」ダニエルはぼそぼそと言い訳した。

「パレッティ伯爵夫人と呼んであげて」右手の開け放した扉の奥から、べつの女性がそう叫ぶ声が響いた。「あるいはアーシュラと」

アーシュラと呼ばれた女性がダニエルのほうに体を傾けて、色気たっぷりの声音でささやいた。「アーシュラおばさんと呼んでちょうだい」

跳ねるように立ちあがったダニエルは、声のした扉のほうに向きなおった。赤褐色の髪に小柄でふくよかな体つきの中年女性が、親しみのある笑みを浮かべてゆっくり近づいてきた。「彼女の姉は〝お騒がせ〟と呼んでいるけれど。わたしはフェリス・ディメキュリオ・シンクレア」

ぽかんと見つめていたダニエルは、その様子がいかに間が抜けて見えるか気づいて、口もとを引きしめた。

小柄な女性が彼の手を両手で包み込んだ。瞳は明るい青の濃淡で、もうひとりの女性のような派手な印象はないものの、やはりかなりの美人だ。「お父さまの妻だから、あなたにとっては……」女性が声をあげて笑った。「この言葉がふさわしいかどうかわからないけれど、継母《まま はは》になるわね。お見受けしたところ、あなたはもう継母が必要な年齢ではないようだけれど。フェリスと呼んでくださってもかまわないけど、友人たちには昔からディジーと呼ばれているわ」

「ぼくもそう呼ばせてもらいます」

「期待を裏切ってしまったようね？」青い瞳におもしろがるような光がちらついた。

「オペラ歌手だとうかがっていましたので」

「ええ、そのとおりよ。少なくとも、以前はそうだったわ」

「オペラでソロのパートを受け持つソプラノ歌手と、その他大勢の合唱団員とでは天と地ほどの違いがあるのよ。そこのところ、ほとんどの殿方はよくわかっていないようだけど」アーシュラが辛辣《しんらつ》な調子で言った。

デイジーが内緒話をするように顔を近づけてきた。「ひと声でグラスが割れるところ、見たい？」

アーシュラがうんざりしたような声を出した。「遠慮しときなさい。後片づけが大変よ」

ひと呼吸置いて言い添える。「まあ、ちょっとした見ものだけどね」

ダニエルは思わず笑っていた。「ぜひとも拝見したいところですが、お楽しみはまたの機会に取っておきます」

「じゃあまたいずれ。それはそうと」妹の向かいの椅子にかけたデイジーが、すわるようダニエルに手ぶりで指示した。「お父さまはじきにお帰りになるわ。それまで、おたがいのことをもっとよく知り合いましょう」

父親の再婚相手がこんなに魅力的で感じのよい女性だったことに軽いとまどいをおぼえながら、ダニエルは腰をおろした。

「知りたいことがたくさんあるでしょうね。当然だと思うわ」デイジーは思いやりのあるまなざしで彼を見た。「その年齢で新しい母親と対面するのは妙なものよね」

「ええ、たしかに」ダニエルは控えめに同意した。それでも、相手がアーシュラでなかっただけ運がいいと思わなければ。「実の母親の記憶はほとんどありません。正直なところ、父が再婚するとは思ってもみませんでした」

「わたしだって、再婚するつもりはなかったのよ」デイジーが肩をすくめた。「ごく若いころに天才的な指揮者と結婚したの。でも夫は、ある悲しい事件で命を落として――」

「妻を寝取られて嫉妬《しっと》に狂った男に、剣でひと突きにされたのよ」世間話でもするような軽い調子でアーシュラが明かした。「まあ、同情の余地はないけどね」

デイジーが黙りなさいという目で妹を見た。「結婚してまだ二年もたっていないころで――」

アーシュラはなおも言った。「だから自業自得だっていうのよ」

「それからは、仕事だけに情熱を注いできたわ」

「有名なんですか？」ダニエルは深く考えずに尋ねた。「失礼な言い方をしてすみません。オペラには詳しくなくて」

「超有名人よ」アーシュラの言葉には力がこもっていた。

「いやね、そんなことないわよ、アーシュラ。でも、そう言ってもらえると悪い気はしないわ」デイジーは妹にやさしく笑いかけた。仲が悪いように見えて、実際は強い絆《きずな》で結ばれているのだ。「有名かどうかという件に関しては、ヨーロッパのオペラ界ではかなり名が知られているというところかしら。批評家たちはいつも好意的な記事を書いてくれるし、指揮者や、それにもちろん聴衆の受けもいいわ。まあ有名人と言えるかもしれない。でも当然ながら、すべておしまいよ」

「気の毒に」アーシュラがつぶやいた。

ダニエルは眉根を寄せた。「なぜおしまいなんですか?」

驚きがデイジーの顔をよぎった。「決まっているでしょう。お父さまと結婚したからよ。一家の主婦になって、家事を切り盛りするのがいまから楽しみだわ。わたしはそういう経験をしたことが一度もないから。今後、歌声を披露するのは慈善関係の催しだけにするつもりよ。アメリカに帰国して新生活を始めるのが待ちきれないわ」

「もともとフィラデルフィアの出身なの」アーシュラが言い添えた。「ふたりとも、人生の大半をイタリアで過ごしてきたけれど」

「それに、母親役を体験できるのがとても楽しみよ。おまけに、いつかはきっと孫を抱くこともできる」口もとがほころぶ。「わたしは昔から母親になりたかったから、ずいぶん時間はかかったけれど、ようやく夢が実現してうれしいわ」

「アーシュラおばちゃまのお膝でぴょんぴょんさせてあげてもよくってよ」瞳をあやしくきらめかせて、アーシュラが声をかけてきた。

「やめなさい、アーシュラ」デイジーがたしなめた。「誤解されたらどうするの。あなたがからかってるんだってこと、普通の人にはわからないのよ」

「からかうですって?」アーシュラが眉をあげた。「ええ、もちろんそうよ」身を乗りだして、ダニエルの膝に手を置く。「わたしって、人をからかうのが好きだから」

「注意してね。アーシュラはハンサムな若者と見ればちょっかいを出さずにいられない性分なの」デイジーは厳しいまなざしで妹をにらんだ。「でも、甥を誘惑してはいけないことくらい、わきまえてるわよね」

「ええ、当然でしょ」叔母になりたての女性が、彼の膝から手をどけて不満げにつぶやいた。「でも、なぜいけないのかよくわからないけど」

「なぜなら、不適切で人の道に反する行為だし、そんなことをしたら相手がひどく気まずい思いをするからよ。彼とは親戚《しんせき》になったのよ。親戚を誘惑するようなまねは慎むべきだし、それに」ここでいちだんと声に力を込めた。「わたしの命令だから」

「あらあら、それじゃあしかたないわね」アーシュラが目玉をぐるりとまわしてみせた。

「妹のこと、大目に見てやってね。この人には道徳観念や社会常識といったものが……まあとにかく普通じゃないの」

「でも、誰とでもすぐに打ち解ける気安い性格よ」アーシュラが自分で言って、挑戦するように姉に笑いかけた。「だっていまは独身だし」

「打ち解けるというのがどういう意味かはともかく、結婚に関してはかなり打算的なほうね。これまでのお相手はいずれも立派な財産と地位に恵まれた、かなり年上の男性ばかりだった。結婚歴は三度だったかしら？」

「ええ。でも、最後の夫には本気で惚《ほ》れてたのよ」アーシュラがため息をついた。「パレッティ伯爵はすてきな人だった。なのにあんなに早死にしてしまうなんて」

「お年を召した方なら当然だと思うけど」デイジーの声には揶揄《やゆ》の色があった。

「失礼かもしれませんが、ひとつお訊《き》きしてもいいでしょうか」ダニエルはデイジーのほうを向いて、慎重に切りだした。「なぜうちの父と結婚したのですか？」

「失礼だなんてとんでもない」デイジーがにこやかに応じた。「理由としてはありきたりだと思うけれど」

「なんといってもお金持ちだもの」アーシュラが言う。

「ええ、でもお金ならわたしもたっぷり持ってるから、理由にならないわ。もちろん、それなりの資産がない人とは結婚しなかったでしょうけど」デイジーはゆっくりと首を振った。「経済的に恵まれている女性は、言い寄ってくる相手が財産目当てではないかとつねに警戒する癖がついてしまうの。お父さまの場合、その点は悩む必要がなかった」

しばらく黙って考えをめぐらせる。

「お父さまとわたしはそれほど年が離れていないので、ごく自然に話が合う。ものごとの嗜好《しこう》や考え方もとてもよく似ているのよ。でもそれ以上に、心が広くてやさしい人だわ。思いやりがあって、知的で、楽しい性格よね」ダニエルの瞳を正面から見つめた。「よく笑わせてくれるものだから、こちらは少女みたいな気分にさせられるのよ。わたしはお父さまを心から愛しているの。これからの毎日を幸せに過ごしてもらうために、どんなことでもするつもりよ」

ダニエルは思わず問い返していた。「いまの話は、ハロルド・シンクレアのことですか？」

「ええ、そうよ。間違いないわ」デイジーがおかしそうに笑った。「あなたの目には、ま

ったく違う人間に映るんでしょうね。この数年、あなたがた父子《おやこ》はあまり親しい関係にな
かったようだから」
「おっしゃるとおり、あまり親しい関係にはありませんでした」
「だから、あなたがとつぜん訪ねてくれてびっくりしたのよ。うれしい驚きというのかし
ら」
「それはこちらも同じです」ダニエルは小声でつぶやいた。とはいえ、おかげでいくぶん
父親と顔を合わせやすくなった。義理の母の出現はまったく予期していなかったが、再会
の気まずさをやわらげてくれるのは間違いない。「父はそう思わないでしょうが」
「何を言ってるの」デイジーが笑顔でたしなめた。「喜ぶに決まってるわ。あなたのこと
が自慢でたまらないのよ」
「そうなんですか?」またもや予期せぬ展開だ。
「もちろんよ。あなたが知らなかったなんて信じられない」
「まさかそんなこととは――」
「それなら、しっかり胸に刻むことね」憤然とした調子でデイジーは言った。「あなたの
ことはお父さまからいろいろ聞かされたわ。学業を終えたあとは、経済的にもほかの面で
も親の支援を退けて独力でやってきたこと。お母さまのご実家からの少額の遺産を元手に
して事業を立ちあげたこと。お父さまの財産はいずれすべて自分のものになるのに、それ
を待たずに独り立ちして事業を始めたこと。野心満々のあなたを見ていると自分の若いこ

ろを思いだすとお父さまは何度も話していたわ。あなたが自分そっくりだと思っているのよ」

「ぼくが？」ダニエルの声はかすれていた。自分が父親に似ていると思ったことはただの一度もなかった。

デイジーが深々とうなずいた。「将来の統合をめざして中小の鉄道会社を買い取るという計画は、実に立派だとしか言いようがないとべた褒めだったわ。あなたのことを、鉄道王ヴァンダービルトになぞらえたことさえある」

「ほんとうですか？　いや……驚いたな」父が自分を誇りに思っていてくれたこともそうだが、事業の内容を詳細に把握しているのも意外だった。「なんでそんなに詳しく知ってるんだろう」

「あきれた人ね、ダニエル。お父さまは有力な実業家よ。立場上、そういう情報は全部耳に入ってくるわ。ことに物資の運搬や人間関係に関して、知らないことは何ひとつない」身を乗りだしてきて、彼の手に自分の手を重ねた。「でも心配は無用よ。あなたの事業が秘密厳守を要するものかどうかよく知らないけれど、あなたの利益をそこなうような不用意な発言は誰に対しても決してなさらないから」

「そんなことは思ってても――」

「ええ、もちろんそうよね」デイジーが手を引っ込めて、椅子のなかで背筋をのばした。「お父さまがきわめて頑固で、自分の間違いを容易に認めない人だということはよくわかってる。その点に関しては、あなたもお父さまそっくりみたいね」

アーシュラがしゃっくりのような奇妙な声を出した。姉にぎろりとにらまれると、咳払いをしてごまかしたが、やはり耐えきれずに喉の奥で小さく笑った。

「父といっしょにしないでください。ぼくは間違いに気づけば、素直に認める人間です」

ダニエルの口調はわれしらず、言い訳めいた響きを帯びていた。

「よく聞いて、ダニエル。わたしはずっと母親になりたかったと言ったけれど、それにはわけがあるの。長いあいだ、アーシュラとわたしはふたりきりで生きてきた。妹の結婚は、いつだって長続きしたためしがない。だから本物の家族がずっとほしかったのよ。いまはお父さまがわたしの家族よ。そしてあなたも」瞳に力を込めた。「家族間での反目はわたしが許しません」

「許さない？」用心深い口調でダニエルはくり返した。ほかになんと言えばよいかわからなかった。「言うまでもないが、ぼくは大人ですよ。子どもじゃない」

「それなら子どもっぽいふるまいはやめることね」デイジーがぴしゃりと言った。「あなたもお父さまも、どちらも大人にならなければ」口調をやわらげて、じっと瞳をのぞき込む。「あなたは三十代。お父さまは五十の坂を越えたわ。いつかこの世からいなくなる日が来るのよ。いまこそ仲直りのチャンスよ。いまならまだ間に合う」

その言葉がいかに真理を突いているか、ダニエルは突如として悟った。まさにその実例をまのあたりにしたばかりではないか。友人のナイジェル・キャヴェンディッシュは、ひと月ばかり前に父親を亡くした。長いあいだ、父にとって自分は不肖の息子だとキャヴェンディッシュは信じていた。そうでなかったと知ったのは比較的最近のことだ。しかし、父親が亡くなる前の最後の数カ月間にふたりは歩み寄り、心を通い合わせることができた。そうすることができてほんとうによかったと、キャヴェンディッシュはことあるごとに語っていた。

父親との時間に限りがあるという事実に、ダニエルはこれまで考えが及ばなかった。誰でもいつかは死ぬ。それはもちろん承知しているが、父との関係のなかで死を意識したことはなかった。実際のところ、父のたび重なるおせっかいに腹を立ててばかりで、その先にあるもののことまでは思いが至らなかった。

「ダニエル」おだやかだが真剣な声でデイジーがさとすように言った。「こんな機会は二度とないかもしれない。この機会を逃したら、いいこと、きっといつか後悔する日が来るわ」

キャヴェンディッシュも同じことを言っていた。もし父親と和解していなかったら、きっと一生悔やんでいただろうと。

ハロルド・シンクレアが息子に対して犯した罪は、許せないほど極悪非道なものだろうか。もちろん答えは否だ。父の最大の罪は、息子にとって有利な結婚をさせようと固く決意していること。しかし、これまでの流れを客観的に、大人の目で見るなら、父がいつも息子のためを思って行動してきたのは明らかだ。親であればわが子のためにおせっかいを焼きたくなるのも当然だろう。いつかダニエルも親になれば、きっと息子の幸せを第一に考えて行動するようになる。その場合、息子より自分のほうが判断力においてまさると考えても不思議はない。

となると、ふたりのあいだの真の問題はべつのところにあるようだ。一人前の大人であるダニエルが、反抗的な若者のような目で父親を見てきたことが問題なのかもしれない。少年時代と相も変わらぬ尖《とが》った反応をしてきたことが。だからこそ、家族の価値に気づかせてくれる第三者が必要だったのだ。シンクレア父子の未来を変えてくれる人間が……。この女性がいなかったら、ダニエルもいまさら和解しようという気にはならなかっただろう。デイジーを前面に押しだしてきたのは、父親にしてはまれに見る賢明な策だ。彼自身にとっても、息子にとっても。

「おっしゃるとおりです」ダニエルはふうっと息をついた。

デイジーが輝くような笑みを向けてきた。「わかってくれてよかった」

「姉にめぐり合えて、あなたは運がよかったわよ」アーシュラが言った。

ダニエルは頬をゆるめた。「ほんとうにそうですね」ひと呼吸置いて続けた。「しかし、歩み寄るのは口で言うほど簡単なことじゃない」

くだらない、という調子でデイジーは手を振った。「それは当然よ。でもじっくりと話し合った結果、お父さまは努力すると約束してくれたわ」

「それならぼくも負けないように努力しますよ。とはいえ――」

鍵《かぎ》が差し込まれ、回転する音を耳にして、ダニエルは立ちあがった。不安と期待が胸のなかでせめぎ合う。どんな再会の場面がくり広げられるのか、まったく予測がつかない。デイジーのほうをうかがうと、励ますようにほほえみかけてくれた。

扉が開き、ハロルド・シンクレアがつかつかと客室に入ってきた。

「ダニエル！」父の顔に大きな笑みが広がった。息子のほうに歩みかけて、ためらうように立ちどまる。

「父さん」ダニエルは父の前に進みでた。「会えて……うれしいです」口に出して初めて、自分が本心からそう思っていることを悟った。

父の笑みがさらに大きくなった。息子に近寄って手を取り、両手で包み込む。「わたしも会えてうれしいよ」

自分よりはるかに小柄な父親をじっと見ているうちに、ダニエルは不思議な安堵《あんど》感に包まれて胸がいっぱいになった。この広い世界で、この人だけは自分を守ってくれると無条件に信頼していた幼いころの感情がよみがえる。無論のこと、当時の父は現在のような恰《かっ》幅《ぷく》のよい頭のはげかかった紳士ではなかったが。

ダニエルは心からの笑みを浮かべた。「十歳は若く見えますよ、父さん」

父がくつくつと笑った。「すばらしい女性に愛されたおかげだよ。髪が以前のようにふさふさになるのは無理だが、それ以外は……」身を乗りだして、そっと耳打ちした。「すっかり若返った気分だよ。もっと早く出会えなかったのが返す返すも残念だ」

「なかなか得がたい女性です」

「いや、まったく」父親が体を起こして、息子をまじまじと見た。「それに引きかえ、おまえは十歳は老けて見えるぞ。働きすぎじゃないのか」

「もうすっかり中年の気分ですよ」ダニエルは皮肉めいた口調でこぼした。「おっしゃるとおり、働きすぎです」

「ひとつ忠告して――」

「ハロルド」いさめるような声音でデイジーが注意した。

「ああ、すまない」父が背筋をのばして息子の顔を見あげた。「ダニエル、話したいことがある。もしおまえがいやでなければ」

「いやだなんてとんでもない」ダニエルはきっぱりと答えた。

デイジーが腰を浮かしかけた。「アーシュラとわたしはちょっとそこまで――」

「いやいや、こういう機会が持てたのもみんなきみのおかげだ、デイジー。最後まで見届けてもらわないと困る。それに……」きわめて親密な笑みをそっと妻に投げかけるその様子は、ふたりが大恋愛の末に結ばれたことを物語っていた。そのくせ息子の結婚に関しては愛の要素をまったく無視しているのだから皮肉なものだ。ダニエルはそう思わずにいられなかった。「これは父子だけの問題ではない。きみもいまでは家族の一員なんだからね」

「ええ、それはよくわかってる。でもやはり内輪の話だから、アーシュラが同席するのはちょっと……」あてつけがましく妹を見た。「アーシュラ、急がないと約束に遅れるわよ」

「約束は取り消したわ」アーシュラは大きく手を振り動かして、きっぱりと答えた。

デイジーの目が鋭さを帯びる。「何か用事があったんじゃない？」

「いいえ、まったく」アーシュラはあでやかな笑みを浮かべて全員の顔を見まわした。

「用事も約束も予定も何もなし」

「だとしても――」

「あなたの新婚の夫にして傲岸不遜《ごうがんふそん》な父親が、顔立ちはよいけれど恩知らずな息子との長年の軋轢《あつれき》を乗り越えて、いよいよ和解しようというのよ。そんな感動的な場面を見逃すなんて考えられない。もっともあなたがこう考えているなら話はべつよ」芝居っ気たっぷりに目を見開く。「このわたしは、あなたがようやく手に入れた家族の一員ではない。血のつながった妹だけど、ごみみたいな扱いをしてもべつに心は痛まないってね」

「もう、いいかげんにしてよ、アーシュラ。そんなに芝居がからなくたっていいわ」デイジーはため息をついて、夫の表情をうかがった。

「かまわないよ」父がそう言って、小声で付け加えた。「よくも悪くも、家族は家族だ」

ダニエルは笑みをこらえて真顔を取りつくろった。

アーシュラがにんまりとした。「部屋の片隅で子鼠《こねずみ》みたいにおとなしくしてるから。きっとみんな、わたしがここにいることも忘れてしまうわよ」

「ありえないと思うが」ソファに腰をおろした父が、隣にすわるようダニエルを促した。

デイジーも先ほどまでかけていた椅子に戻った。「聞いてくれ、ダニエル。デイジーとわたしはこの問題について何度も話し合った。家族のあり方に関して、デイジーは非常にはっきりした考えを持っている」

「そのようですね」ダニエルは継母にほほえみかけた。

「そして見抜いた。おまえとの関係がぎくしゃくしていることが、わたしの頭上に重くのしかかっていることを」

「あなたの心によ」デイジーが指摘した。

「わたしの心にだ」父はため息をついた。「それだけじゃない。その原因の大半は、わたしの側にあると見ている」

ダニエルは驚きのあまり目をみはった。「ほんとうに？」

「ああ、ほんとうだ。だからこの際、ある提案をしたいと思う。デイジーにはすでに約束したことだが、今後は求められないかぎり、よけいな忠告はしない。わたしの意見のほうがおまえの意見より正しいと確信していても、それを口に出すのは控える。そして、今後もし機会に恵まれても、おまえに縁談を勧めるのは慎む」

ダニエルは呆然《ぼうぜん》として父を凝視した。「本気ですか？」

少し言いよどんでデイジーを横目で見た父は、気弱にほほえんだ。「ああ、本気だ。約束するよ。たやすいことではないが、約束はかならず守る。これまでしてきたことはすべて、おまえによりよい人生を送らせたいという親心ゆえだった。自分と同じ過ちをくり返させたくなかったんだ。でもデイジーのおかげでようやく目が覚めたよ。おまえはもう立派な大人で、自分のことは自分で決められる。その事実をこちらも受け入れなくてはいけないとね。いや、悪気はなかったんだ。子を思う親なら当然のことだと思っていた」

デイジーが咳払いをした。

「しかし違う意味に解釈されてもしかたがないという事実にようやく気づいた。つまり……」天井をあおぐまねをする。「横暴で、冷酷で、押しつけがましい行為だと」

「そうですか」ダニエルはゆっくりと言った。まさか父がこんなことを言いだすとは思ってもみなかった。

「だから提案というのはこういうことだ。わたしは変わるように努力する。いや、きっと変わってみせる」

ダニエルは言葉もなかった。

「わたしはおまえの人生の一部になりたいし、うっとうしい人間だと思われたくない。だがもちろん、おまえがわたしの意見や資金援助を求めたいとき、あるいはただの雑談でもいい、会いたくなったらいつでも大歓迎だ。なんにせよ、とにかくすべてはおまえの意思しだいだ」

「わかりました」ダニエルは深々と息を吸った。「父さん、実はひとつお願いがあります」

「お願い？」父親が探るような目で彼を見た。これまで息子からは何も求められたことがなく、ましてお願いなどされるのは初めてだった。「言ってごらん」

「今回の縁談はなかったことにしてほしいんです」

「今回の縁談？」額にしわを寄せて考え込んだ父親の瞳に、ややあって理解の光が灯《とも》った。「ああ、マーシャム卿《きょう》との取り決めのことか」

ダニエルは眉根を寄せた。「ほかにも取り決めがあるんですか？」

「いや、もちろんない。これだけだ」

「それなら、この件をなんとかしてください」

「ダニエル、できるものならしてやりたいが……」

「でも無理だと？」ダニエルの声が高くなる。

「約束したんだ」父は申し訳なさそうに首を振った。「いまさら取り消すわけにはいかない」

「取り消してほしいとは言ってません。ルールを変えてほしいだけです」

「ルールを変えるとは？」用心深い口調で父親が問いかけた。「どういうことかわかるように説明してくれ」

「マーシャム卿との取り引きは、こちらにとって有利な内容ですか？」

「非常に有利だ。先方が多少の財政難に陥っていなければ、とうてい実現はしなかった。それ以外の点では、安定した会社だからね」

「では、もし先方に適齢期の令嬢がいなくても、取り引きするつもりがあると？」

「ああ、あるとも」父はおもむろに答えた。

「もし令嬢が望まないなら、マーシャム卿は結婚を強いることはないでしょう」

「だから？」

「家の資産を守るためには自分が結婚するしかないと令嬢は思い込んでるんです」

「続けてくれ」

「すでに交わした取り決めからこちらが結婚の条項を撤回すれば、令嬢は結婚の重圧から逃れられます」

父親はしばらく考え込んだ。「この問題について、おまえは相当考え抜いたようだな。具体的に、どういうふうに持っていくべきだと思う？」

「マーシャム卿にこう伝えればいいのです。家どうしのつながりができるのはすばらしいことだと思うが、仕事の関係はあくまで仕事だけにとどめるべきであり、人を駒《こま》のように使うのは誤りだと確信するに至ったと」ダニエルは得々と語った。「なので、合併の話には現在も乗り気だが、両家の縁談についてはなかったことにしてほしいと」

父親が探るように目を細くした。「で、わたしがそう確信するに至ったわけは？」

「そのわけは……」ダニエルは即答できずに口をつぐんだ。

「そのわけは」アーシュラがぐいと身を乗りだした。「ごく最近、自分自身が愛する女性と結婚して幸せになったからよ。だから息子に同じ機会を与えないのは不当だと気づいた」

三組の瞳が驚愕《きょうがく》の表情でアーシュラを見つめた。

「ブラボー、アーシュラ」デイジーがつぶやいた。「すばらしい観察力ね」

アーシュラは肩をすくめて姿勢をもとに戻した。「一目瞭然《りょうぜん》じゃないの」

「一目瞭然かもしれないが、実際にはそれほど簡単な話ではない」父親が言った。「今回の縁談だが、令嬢の名前はなんといったかな」

「レディ・コーデリアです」

「そう、レディ・コーデリア。実は、この話を持ちだしたのはマーシャム卿のほうで、わたしじゃないんだ」そう打ち明けてから、しぶしぶと付け加えた。「まあ、こちらも渡りに船だと思ったがね」

「そのときはまだ仕事にどっぷりとつかっていて、人間的な感性を取りもどしていなかったからよ」デイジーが夫を弁護した。「こんな取り決めが交わされているのを知って、わたしはお父さまとこれまでにないほど真剣に話し合ったのよ」

「それはどうも」ダニエルは椅子から立ちあがって室内を歩きまわった。「しかし、話し合うだけでは解決にはならない」

デイジーが鼻にしわを寄せた。「どうやら、なんとしても今回のお話を断りたいみたいね」

「もちろんですよ」ダニエルはむきになって説明した。「相手は二十五歳で、アマゾネスばりに頑丈でたくましい肉体の持ち主ときている。おまけに、本まで執筆している」

「頭のよすぎる女性が家にいたら、それは不愉快よね」アーシュラが声を落としてつぶやいた。

新しく叔母になった女性を、ダニエルは軽くにらんだ。「頭のよさは問題ありません。それどころか、結婚するなら聡明《そうめい》な女性に限ると昔から決めていました。ただ、その相手は誰かから押しつけられるのでなく、自分で見つけたいんです」

「よくわかるわ、ダニエル」なだめるような口調でデイジーが言った。「それで、レディ・コーデリアとは顔を合わせたの？」

「直接顔を合わせたというわけではないんですが」ダニエルは言葉をにごした。

父が渋面をつくった。「どういう意味だ？」

ダニエルは肩をすくめた。「手紙のやりとりをしているんです。でも、彼女の遠い親戚で、付き添い役をしている女性とは会いました。ミス・パーマー。サラ・パーマーです。すてきな女性です」強いまなざしでアーシュラを見すえる。「頭のよさにかけては誰にも負けない」

父親と義理の母が目配せを交わした。デイジーが慎重な口ぶりで問いかけた。「そのミス・パーマーという女性に、あなたは好意を持っているようね」

「ええ、持ってます。とても気に入ってます。実際のところ……」

実際のところ、なんだ？　あのときの自分は衝動に駆られて、正式に訪問したいとサラに申しでた。もちろん本気だった。あの瞬間には、その行動がどんな結果をもたらすかなど、気にも留めなかった。そのあとキスをされて、頭の機能がほとんど麻痺《まひ》してしまった。意識にあるのは重なった唇の感触と、ぴったりと押しつけられた体のしなやかさ、そしてこの女性こそ運命の相手に違いないという確信にも似た強い思いだけだった。結婚などごめんだというものの信念は、出る幕がなかった。翌朝、正式に訪問するのはやめてほしいと言われたときも、気持ちがくじけることはなかった。むしろ、みずからの感情を殺してまでも、レディ・コーデリアとその家族に対する責任をまっとうしようという精神の気高さに、彼女に対する尊敬の念がさらに増した。

しかし、サラの雇主にして遠い親戚、そして親友でもあるレディ・コーデリアの問題を片づけないかぎり、こちらとしては手の打ちようがなく、彼女に本名を明かすことさえできないのだ。

「なんだかやけにおもしろくなってきたわね」アーシュラが、ひとり言のようにつぶやいた。

「何か言った？」デイジーがきつい目で妹をにらんだ。

「いえいえ、わたしは何も」アーシュラは何食わぬ顔で否定した。「何も言ってない。ひと言も」

「実際のところ、の先を聞かせてもらおう、ダニエル」父が催促した。

「実際のところ」ダニエルは慎重に言葉を選んだ。「現段階では、サラ――ミス・パーマーに対する気持ちが自分でもしっかり把握できていません。だから、それをぜひ突きとめてみたいんです」

「だが、レディ・コーデリアの問題が解決するまでは動くに動けない。なるほど。そんなことになったのもすべてわたしのせいだ。できることなら助けてやりたいが……」父が気落ちした様子で肩をすくめた。包み隠さず打ち明けると、今回の取り引きはマーシャム側にとってだけでなく、わたしにとっても必要なのだ」いったん口をつぐみ、しばらくしてから言い添えた。「そしておまえにとっても」

「ぼくにとって必要なのは、身を固めたくなったそのときに、妻となる女性をみずから選ぶ自由。言い換えれば、商取り引きの一部としてついてきた女性を無理やり押しつけられないことです」

「まさに非人間的な悪行のように聞こえるわね」アーシュラが言う。

「それがおまえにとって救いになるかもしれないんだぞ」父が低くつぶやいて、それからダニエルの視線をとらえた。「今日、おまえのほうから出向いてくれて好都合だった。実は、急を要する知らせがあるので、会いに来るようおまえに連絡しようと思っていたところだ」

　ダニエルはいぶかるように目を細くした。「どんな知らせです？」

　父親が注意深いまなざしを息子に注いだ。「今朝、ニューヨークの関係者から手紙が届いた。そこにはおまえの将来設計にとって気がかりな情報がいくつか記されていた」

「ぼくの将来設計？」ダニエルの胃のなかで、不安の芽が小さくうごめいた。「ぼくの将来設計とはどういう意味ですか」

「鉄道開発のことだよ」父親が身を乗りだして、極秘事項を明かすように声をひそめた。

「おまえはすでに所有している会社と実質的に支配権を握っている数社のほかに、さらに三社の買い取りについて仮契約を交わしてあるそうだな。その話に、邪魔が入りそうなんだ」

「まさかそんな」ダニエルは信じられないという面持ちで首を横に振った。「ありえない。しっかりした取り決めをすでに交わしたんですから」

「大量の札束の前では、いかなる取り決めも蜃気楼《しんきろう》と化すものだ」

父から聞かされた衝撃的な話に実際になぐられたかのように打ちのめされ、ダニエルはなすすべもなく父を見つめた。問題の三社は、立地条件や将来性を含め、あらゆる要素を長期にわたって綿密に調査分析し、選び抜いたものだ。どの会社も、ダニエルとウォーレンが描いた壮大な計画にまさにぴったりだった。計画の初期段階であればある程度の変更は可能だったろうが、いまとなっては、三社どころか、そのなかのわずか一社でも失えば致命傷になりかねない。

「あの三社を手に入れられないとなると……」ダニエルは慎重に言葉を選んだ。「計画は破綻《はたん》します。ウォーレンとぼくはすべてを失うことになる。ふたりの財産も未来も、そしてぼくらを信じて投資してくれた友人たちの資金も」

「多額の資金を早急に用意する必要がある。猶予はせいぜい二、三カ月というところだ」

父の声には厳しい響きがあった。「それと、帰国の準備をしたほうがいい。遅くともひと月以内には出発できるように」

「父さん」ダニエルは父の目を正面から見つめた。ひどく言いにくかった。「助けてもらえないでしょうか」

父がむずかしい顔をした。「できるなら助けてやりたいが、自由になる金はほぼすべてマーシャム卿との取り引きで消えてしまう。こっちの件が片づいたら、できるだけの援助はさせてもらうよ。だがそれには半年ほどかかるだろう」

「あいにく、それでは間に合いません」具体的な数字を父は挙げなかったが、自分がどれほど多額の資金を必要としているか、ダニエルはかなり正確に見当がついていた。

「父親のマーシャム卿の経済状態とは関係なく、レディ・コーデリアにはたっぷりした持参金が用意されており、彼女と結婚した相手がそのすべてを相続することになる」唐突に父が告げた。

デイジーがあえぐような声を出した。「まあ、ハロルド」

ダニエルは心を鬼にして尋ねた。「たっぷりとはどれぐらいですか？」

「父親によれば、すこぶる多額だそうだ。結婚の誓いを交わせば、正式におまえのものになる」

「ハロルドったら」デイジーが夫をにらんだ。「お金目当ての結婚を勧めるなんて信じられない」

「世の中にはもっとひどい理由で結婚する人がいくらでもいるわよ」アーシュラの声音からおもしろがるような響きが消えていた。

「わたしは現実的な解決策を勧めているだけだ」父の口調に迷いはなかった。「第一、持参金の話を持ちだしてきたのは花嫁の父親だ。言わば報奨金だな。もともとは、大叔母のひとりから贈られたものらしい。令嬢自身がこの話を知っているかどうか定かではないが」ダニエルのほうを向いた。「だが、さっきおまえはこう言わなかったか？　もし令嬢が望まないなら、マーシャム卿は結婚を強いることはないだろうと」

「ええ、言いました。だからぼくはミス・パーマーを通じて、自分が彼女にふさわしい人間ではないと伝えようとしたんです」

　デイジーが目を丸くした。「ダニエルったら！」

「よくもまあ、そんな悪知恵が働くものね」アーシュラもあきれ顔だ。

「話をまとめよう、ダニエル。レディ・コーデリアがおまえとの結婚を拒否しても、マーシャム卿の会社との取り引きが最後まで遂行されるようわたしは最善を尽くすつもりだが、結婚の話が消えればおそらく成立しないだろう。マーシャム卿は令嬢の結婚を強く願っている。しかも、おまえ以上の候補は存在しないらしい」

「なんともありがたいことです」ダニエルはぼやいた。

「だから、いくら助けてやりたくても今回はどうすることもできないんだ。いまのおまえにとって最も賢明な道は――」

「レディ・コーデリアと結婚することですね」そうする以外に方法はないのだというあきらめにも似た感情がダニエルの胃の腑《ふ》に広がり、それとともに、痛いほどの喪失感が胸を突いた。

「ミス・パーマーのことはどうするの？」デイジーが尋ねた。「レディ・コーデリアをあやつるための道具として利用されたことを知ったら、きっと気を悪くするわよ」

「彼女が気を悪くする理由はほかにもあるんです。そっちはまだ罪が軽いほうだ」ダニエルは小声で言った。

その顔をデイジーがまじまじと見た。「ほかにも問題があるというの？」

「まあ、問題と呼んでも差し支えないでしょう」ダニエルは髪をかきむしった。「ミス・パーマーはぼくをべつの人間と取り違えてるんです」

アーシュラはいまにも吹きだしそうだ。「まさにドラマみたいな展開ね」

父が真顔で尋ねた。「おまえを誰と取り違えてるんだ？」

ダニエルは仏頂面で答えた。「ウォーレンと」

「さっきもその名前が出たわね。ウォーレンってどなたなの？」デイジーが夫に問いかけた。

「ウォーレン・ルイス。ダニエルの右腕ともいうべき人物だ。実に有能な若者だよ。大枚はたいても引き抜きたいくらいだ」息子に視線を移す。「ミス・パーマーは、なぜおまえをウォーレンと取り違えたんだね？」

「長い話ですよ」

「時間ならたっぷりあるわ」アーシュラが楽しげな調子で言った。

デイジーが妹をにらんだ。「おとなしくしてる約束でしょ」

「わかってるけど、黙って見てるなんてとても無理よ」アーシュラは無造作に肩をすくめた。瞳のなかで笑みがはじけた。「オペラよりはるかにおもしろいんだもの」

旅先での印象やそのときどきに頭をよぎった思いを書きとめるために、日誌を持ち歩くことをお勧めします。帰国後に思いだそうとしてもすでに記憶はおぼろ。そんなことではあまりに残念です。

『英国婦人の旅の友』より

9

帰宅して数時間後、コーデリアは書斎の扉の前を行きつ戻りつしていた。さんざん悩んだ末の行動だった。

ロンドンへの汽車の旅は、異様な暑さをべつにすれば、何事もなく平穏に過ぎた。父は新聞を読みふけり、サラはいつも持ち歩いているお気に入りの詩集に夢中だったので、コーデリア自身はカイロのバザールの様子を思い起こそうとした。しかし地べたに商品を並べ、その中央にあぐらをかいて商売に精を出す物売りや、山羊《やぎ》皮の袋に汲《く》みたての水を入れて運ぶ人たちの姿は、いつしか意識のなかから消えていた。

ウォーレンに事実を打ち明ける前に、あるいはダニエル・シンクレアといよいよ顔を合わせる前に、父親と一度腹を割って話をする必要がある。ミスター・シンクレアとの結婚をコーデリアが承諾するか否かで何がどう変わるのか、父はあまりはっきり語らなかった。この取り決めが一家にとってどの程度重要なものなのか、この際、正確に知らなくてはならない。もし結婚を断ったらどんな結果が待ち受けているのかも。すべてはコーデリアの意思しだいだと父は言ったが、詳しい状況を知らずに軽々しく返事はできない。

とはいっても、コーデリアの側に選択の余地があるわけではない。父が心から愛してくれていることは疑う余地がなく、その父がこういう取り決めを交わしたこと自体、事態の深刻さを物語っている。避けようのない運命を、自分は先延ばしにしているだけではないか。そんな懸念がコーデリアの胸をよぎった。家族の将来がこの結婚にかかっているのなら、自分としても現実を受けとめるしかない。喜び勇んでというのは無理にしても、せめてしっかり胸を張って役目を果たすのだ。黒い瞳の海賊のことは記憶の彼方《かなた》に押しやって……。

背筋をぴんとのばして扉を強く叩《たた》き、父が応答するのを待って書斎に入った。

「こんばんは、お父さま。ちょっとお話ししてもかまわないかしら」

机に広げた新聞から、父が顔をあげた。「もちろんだとも」

コーデリアは部屋を横切って、机の正面に置かれた椅子に近づいた。父と差しで話をするときのお決まりの席だ。

すわるよう父が手ぶりで示した。「いつ会いに来るかと思っていたよ」

「そうなの？」用心深い口調で答えて、コーデリアは椅子に腰をおろした。

「話というのは例の縁談のことだろう？」

「ええ、そうだけど。どうしてわかったの？」

「察しはついていたよ。実のところ、もっと早く何か言ってくると思っていた。この件について、これまでおまえは不自然なほどに固く口を閉ざしていた」探るようなまなざしで娘を見た。「なぜなのか不思議に思ったよ。なんらかの策を弄《ろう》してこの結婚から逃れようとしているのではないかと疑ったほどだ」

コーデリアは驚きの表情を装った。「わたしが？」

「そうだ」父の口調に迷いはなかった。「なぜいままで何も言ってこなかった？」

「なぜかって？」

父はうなずいた。「理由があるんだろう？」

「文句を言っても始まらないと思っていたのよ。しばらく様子を見るべきだと思ったの。でも、そのあいだにじっくりと考えたわ」深々と息を吸った。「お父さま、わたしはもう子どもじゃないのよ」

「ああ、それは昨日も聞いた」

「決断をくだす前に、この取り引きがどれほど重要な意味を持つのか、ほんとうのところを知りたいの」コーデリアは父の瞳をまっすぐ見つめた。「もしこの話がだめになったら、どんな結果になるの？」

「その点はすでに明らかにしたはずだが」

「もっと具体的に教えて。家の経済が赤字に転落するみたいな話だったけど、そんな漠然とした言い方ではよくわからない。夜会用のドレスを新調するのを控えればいい程度なのか、マーシャム館を手放さなくてはならないほど深刻なのか」

「わが家の事業に関して、おまえはどの程度知っている？」

「ほとんど何も知らないに等しいわ」少し間を置いてコーデリアは続けた。「でも頭は鈍くないほうよ」

父が頬をゆるめた。「ああ、もちろんだ。いいだろう。では最初から説明しよう」机の上で両手を組んで、しばらく頭のなかで考えをまとめた。「マーシャム伯爵家には二百年近い歴史がある。だが青年時代のわたしは、この国における貴族社会の繁栄は終わりに近づいていると見てとった。変わりつつある時代のなかで生き延びるためには、われわれも変わらなくてはならないと考えたんだ。当然ながら、父親は意見を異にしていた。あらゆる意味で過去にどっぷりとつかっていたから、これまでのやり方が通用しなくなるという事態が想像できなかったんだろう。ともかく、わたしは多方面の事業への投資を始めた。莫大《ばくだい》な利益を生むもの、さほどではないもの、結果は実にさまざまだった。だが最終的には海運業に的を絞るようになり、現在までのところ、満足のいく業績をあげてきた。ところが、また時代の変化というやつに見舞われた。うちが所有している船舶のほとんどは風力がたよりの木造船で、大型帆船の出番は今後もあると個人的には見ているものの、将来的にはやはり汽船が……」

続く三十分ばかり、父は帆船と汽船のそれぞれの長所や短所について語り、当面の問題点をていねいに解説した。汽船は石炭を燃料として運ぶ必要があるが、航海日数の正確さにおいてまさっていること。外輪に代わるスクリューが開発されたこと。蒸気機関の重量を支えきれないという事実のほかにも、木造船にはさまざまな懸念材料があること。専門的な話だったが、父が言わんとするところは理解できた。話が終わるころには、コーデリアは問題の全容を把握し、父の会社とミスター・シンクレアの父親との会社との合併が単にすぐれた思いつきというより、あらゆる面での救済策になることを確信した。

「おまえの姉さんたちからの申し出は実にありがたいが――」

「ええ、同感よ」

「が、根本的な解決にはならない。それに引きかえ、父親のミスター・シンクレアには潤沢な資金があり、手を組めばうちの船舶も最新型に改造できる」

「よくわかったわ」コーデリアはゆっくりと言った。「今回の取り引きが先方のご子息とわたしとの結婚を条件としている以上、真の意味で選択の余地はないわね」

「選択の自由を奪うつもりはないよ、コーデリア。あくまでおまえの気持ちしだいだ」

「そうはいっても……」

「わかっておくれ。わたしにとってもつらい決断だった。だからこそ、なかなか話を切りだせなかったのだ」口調は深刻そのものだが、目は笑っていた。「お気に入りの娘を、余分な家畜みたいに物々交換するのは心が痛む」

コーデリアはうれしそうに眉をあげた。「わたしはお気に入りの娘?」

父が喉の奥で笑った。「昔からそうだった。でも姉さんたちには内緒だぞ」しばし間を置く。「この結婚によっておまえも得るところが多いだろうが、おまえのような女性と結婚できるとはミスター・シンクレアは果報者だ。おまえはわたしがつくりあげた最高の作品だ」

コーデリアは鼻にしわを寄せた。「お母さまは違う意見をお持ちよ。まともな結婚もできない落ちこぼれとしか見ていないわ」

「まあ、あまり視野が広いほうではないし、あらゆる意味で過去に生きている人だからね。女性の価値は結婚相手で決まると思ってるんだ」

「お父さまは?」

「わたしはおまえが立派な大人の女性に成長してくれてうれしいよ。砂漠で駱駝《らくだ》に乗ったときの体験記や、パリの上空を飛行船から眺めたときの記事はとても楽しく読ませてもらった。おまえのことを心から誇らしく思うよ。しかし残念ながら、現実の世界で独身女性に与えられた道はきわめて限られている」

コーデリアはため息混じりに嘆いた。「そんなの不公平だわ」

「ああ、そのとおりだが、いくら不平を言っても事態は好転しない」父は慎重に話を進めた。「この結婚が自分の将来にどんな影響を及ぼすか、考えてみたことはあるかね?」

「いやというほど」

「若い女性が恋愛結婚にあこがれる気持ちはよくわかるが、おまえは愛する相手にめぐり合わなかった」注意深いまなざしで娘を見た。「何かわたしが知らないことがあるなら話はべつだが」

「いいえ」ウォーレンのいたずらっぽい笑顔が脳裏をよぎった。といっても、彼を愛しているわけではない。愛とは甘く安らかな感情で、疑念や迷いとは無縁のはずだ。ウォーレンのことを考えるたびに、コーデリアの胸は激しく乱れて心もとなさに襲われる。こんな感情が愛であるはずがない。さらに悪いことには、ウォーレンとのことは何もかもうそのうえに成り立っている。ふたりのあいだにあるものがなんにせよ、愛でないことはたしかだ。コーデリアは頭のなかから彼の姿を押しやり、胸を刺す奇妙な痛みには気づかないふりをして、弱々しく笑った。「お父さまが知らないことなんて何もないわ」

「それなら現実に目を向けよう。おまえは結婚したいと言っていたね」

　コーデリアはこっくりとうなずいた。

「する以上は、条件のよい結婚をすべきだ。はっきり言って、相手にはおまえに必要なものすべてをまかなえるだけの資力がなければならない。ダニエル・シンクレアはその条件を満たしている。おまえが愛してやまない旅行の費用も彼なら出せる。立派な屋敷に大勢の召使い、それに美しい衣装も」

「特に帽子には目がなくて」コーデリアは小声でつぶやいた。

「帽子というやつは、目の玉が飛びでるほど高価だ」父はまじまじと娘を見た。「もし結婚しないとしたら、いったいどうやって暮らしていくつもりだね、コーデリア？」

「一生独身でいたら、という意味？」

父がうなずいた。

「さあ、わからないわ」コーデリアはしばらく考え込んだ。「たぶんあちこち旅をして――」

「結婚の見込みがないとなれば持参金に手をつけてもかまわないだろうが、それでも一生分の生活費や旅行費用にはまるで足りない。こちらのふところもいつまで持つかわからないよ」

「物書きとして独立して――」

「食費にも事欠くようになるのが落ちだよ。物書きの収入など、高が知れている」

「悲しい話ね。それなら家庭教師に――」

父が笑みをかみ殺した。「ああ。姉さんたちの子どもの扱いに四苦八苦しているところを、何度も見せてもらったよ」

「わたしってどこかおかしいのかしら、お父さま」コーデリアは眉根を寄せた。「自分の子どもはほしいくせに、あの子たちはあまりかわいいと思えないの」

父が声をあげて笑った。「誰だってわが子はかわいいと思うものだ」

「となると、家庭教師にも向かないということね」またも考えをめぐらせる。「サラみたいな付き添い役ならできるかも」

「サラは手本にならない」父が真顔になった。「ここはひとつ率直に話そう、コーデリア。サラを付き添い役にしたのは、ひとえにあの娘《こ》の自尊心を守るためだ。われわれの好意に全面的に甘えようとしない態度は立派だと思うし、本物の娘と同じ扱いをして生活費のすべてを負担するより給料を支払うほうが安あがりなのは事実だが、実際のところ、サラはなんでもおまえの言うなりで、お目付け役としての職務を忠実に果たしているとは言いかねる」

「お父さまったら！」

「どうやら異論があるようだな」

コーデリアは興奮してまくしたてた。「そうよ。あまりに打算的な物言いだわ」

「それは悪かった」父が小さく笑った。「まあいずれにしろ、サラが付き添い役を続けるのもそう長いことではないだろう」

コーデリアは驚いて目を丸くした。「それはどういう意味？」

「いや、べつに根拠があるわけじゃない」父は娘の問いかけを手で振り払った。「単にそんな気がしただけだ。それで、ミスター・シンクレアとの文通はどんな具合だ？　おおよその人となりは把握できたかね？」

わかったのは、すごくいやなやつだということだけよ。胸のなかでそう言って、コーデリアは肩をすくめた。「紙の上でならどんな人物にでもなれるのよ、お父さま。文面で人柄を判断するなんて無謀だわ」深々と息を吸い込んだ。「そろそろ直接顔を合わせるべきときね」

「それはよかった」驚きもあらわに父は言った。「家のみんながブライトンから帰ってきたら……そうだ、夕食会を開こう。双方の家族をまじえて。お母さんはきっと喜ぶぞ。おまえとミスター・シンクレアにとっても、なごやかな雰囲気のなかで顔を合わせたほうが何かとやりやすいだろう」

コーデリアは作り笑いをした。「それはすばらしい考えね、お父さま」探るような目で父が瞳をのぞき込んだ。「いろいろとすまないね、コーデリア。だが、こうするのがみんなにとっていちばんいいと思うんだ」

コーデリアは無意識に椅子の肘掛けの布地を指先でつまんだ。「ええ。大人になるってそういうことよね」

「そういうこととは?」

「つまり、最善の道を選ぶことよ」父の目をまっすぐに見て、つんと顎をあげた。「自分の気持ちはあとまわしにして」

「どうすべきか皆目わからないんだ、ウォーレン」ダニエルは事務室の端から端へ行きつ戻りつしていた。

「そいつはあまり正確な言い方じゃないな」ウォーレンが控えめに指摘した。

ダニエルは足を止めて友人を凝視した。「どういう意味だ？」

「つまり、きみはどうすべきかちゃんとわかってる」ウォーレンは肩をすくめた。「ただ、そうしたくないだけだ」

「そりゃあしたくないさ」ダニエルはふたたび歩きだした。歩いているほうがよい考えが浮かびやすいたちで、いまは真剣に考えなければならない問題がいくつもある。「結婚願望など最初からないし、まして相手は自分が選んだ女性ではない。いくら父が交わした商売上の取り引きのため、資金ぐりのためだとはいえ――」

「ぼくたちの将来設計、そして評判を守るためだ。きみの全財産と、投資家たちから預かった資金を守るためでもある。投資家のなかにはきみが〝友人〟と呼ぶ連中も少なからず含まれている」

ダニエルは手で髪を梳《す》いた。「いまのぼくに選択肢があるか？」

「これまでと同様、選択肢ならいくらでもあるじゃないか、ダニエル。まずひとつ、父親どうしの取り引きは予定どおりに遂行されることを期待して、自分は結婚には値しない男だとレディ・コーデリアに信じ込ませるための工作を今後も続ける。成功すれば父上は資金を自由に使えるようになり、こちらに助けの手を差しのべてくれる。まあそのころには万事手遅れで、ぼくらは貧乏になってるだろうが」ここまで言って、ウォーレンは眉をひそめた。「いや、貧乏になるのはぼくだけだ。大富豪の御曹司というきみの立場は変わらないから、みじめな負け犬ではあっても、父上からの援助は期待できる」わざとらしく身震いしてみせた。「自尊心はぼろぼろになるだろうが」

「きみだって貧乏にはならないよ」無造作に手を振って、ダニエルは友人の説を否定した。「きみを雇う絶好の機会を父が見逃すものか。きみのことをすごく高く買ってるんだ。それに、ぼくたちのことを負け犬と思うような人じゃない」

ウォーレンが眉をあげた。「父上も変わったかもしれないが、それ以上にきみが変わったようだな」

「両方だと思う」ダニエルはため息をついて、近くの椅子にどさっとすわり込んだ。「デイジーのおかげで、父はぼくの人生に干渉すべきではなかったと悟った。そしてぼくは、父がそうしたのは親心だったと理解できた。相違点より共通点のほうが多いことに気づいたし、いまはおたがいに大切な家族だと心から思っている」

ウォーレンは友を凝視した。「今朝の話し合いは、想像以上に実り多かったものと見える」

「親友にでも認めるのは楽じゃないが、ぼくは親に対してひどい態度をとっていた」

「ことにその親友が、以前からその事実を見抜いて、ことあるごとに忠告していたとなると――」

「ああ、わかってる。きみの忠告に素直に耳を貸すべきだった」

「父上のことだけじゃない。ほかにもいろいろと知恵を授けてきた。でも認めるよ。きみが正しかったことがひとつだけある。レディ・コーデリアと結婚する以外に選択肢はない。

いさぎよく腹をくくるんだな」ウォーレンは肩をすくめた。

「きみが前向きに受けとめてくれてよかった」

「べつにそういうわけじゃない。気の毒だと思うが、ここはひとつ個人的感情を脇《わき》に置いて、聖なる婚礼の祭壇にきみをいけにえとして差しだすよ」

「なんと気高い犠牲的精神」

「ああ、同感だ」ウォーレンが気遣うように友を見た。「しかし、もっと救いようのない事態になっていたかもしれないんだから」

「自分が交わしたわけでもない約束を果たして、本来なら受けるに値しない金を手に入れるために、会ったこともない女性と結婚すること以上に救いようのない事態があるか？」ダニエルは語気荒く尋ねた。

「たとえば恋に落ちるとか」ためらうような間があいた。「つまり、ミス・パーマーと」

ダニエルは色をなして反論しかけたが、やがてまともに相手にするまでもないと言いたげに肩をすくめた。

机のいちばん下の引き出しから酒のボトルとグラスを二客取りだしたウォーレンは、その場で酒を注《つ》いで立ちあがると、部屋を横切って片方のグラスを差しだした。

手にしたグラスを不審そうな目で見たダニエルは、視線を友人に移動させた。「いつから机にウイスキーを隠しておくようになった？」

「今朝、きみが父上に会いに行った直後からだ。喜んでもらえると思って」

「泣けてくるね」ウォーレンが椅子を引き寄せて腰をおろし、友人をまじまじと見た。「質問に答えてないぞ」

「質問された覚えはない」

「それならいまから尋ねる」ダニエルと視線を合わせた。「きみはミス・パーマーに惚《ほ》れたのか？」

「まさか、やめてくれ」強いアルコールが喉を焼く痛みさえほとんど感じないままに、ダニエルはグラスの中身をいっきに空けた。「それこそ愚の骨頂だ」

「それなら近ごろのきみの行動は、知性の鑑《かがみ》だとでもいうのか？」

「そうは言わない。たしかに好意は抱いている。しかも大いに」口に出して言ってしまうと、自分が彼女のことを心から好ましく思い、ともに過ごす時間を楽しんでいることにあらためて気づかされた。彼女と散歩をしておしゃべりを交わすのは、ほかの何にも代えがたいほど心躍るひとときだ。思えばこれまで女性とは夜会の席や通りで顔を合わせた折などに軽い世間話を交わす程度で、心を割って話をしたことはなかった。おまけに彼女とのキスといったら……。この感情は好意以上のものかもしれない。「知れば知るほど、好感度が増していく」

「それが最大の問題点だ」ウォーレンが静かな声で言って、ダニエルのグラスにおかわりを注いだ。

「問題点?」きょとんとしていたダニエルはやがて、かねてからのウォーレンの警告が何を意味していたのかを悟った。「彼女への愛が芽生えると?」

ウォーレンがうなずいた。「それだけならまだいい」

「彼女もぼくを愛するようになるというのか」ダニエルは低くうめいた。いったい自分はなんということをしでかしたのか。

「すでに手遅れか?」

「いや、まさか」ダニエルは口早に否定した。「分別のある女性だから、安易な感情に流されることはない。たしかにキスはしたが――」

「キスをしたのか?」

「ぼくからじゃなく、向こうからしてきたんだ。無論、お返しはしたが」

信じられないと言いたげにウォーレンが目を丸くした。「それこそ特別の感情を抱いている証拠じゃないか。分別のある若い女性が、好きでもない相手にキスすると思うか?」

「しかし、正式に訪問するのは遠慮してほしいと言われた」ダニエルはあわてて付け加えた。

「正式に訪問したいと申しでたのか?」

「ちょっとした気の迷いで」

ウォーレンが鼻で笑った。「よく言うよ」

「ああ、そうだ。ぼくはひどいへまをした。それは認める」椅子から腰を浮かすなり、ダニエルはグラスを手にしたまま歩きはじめた。「真実を知ったらサラはぼくを軽蔑《けいべつ》するだろうが、そうされても文句は言えない。レディ・コーデリアに関しては――」

「もしミス・パーマーがきみにキスされたことをレディ・コーデリアに話したら――」

「キスしてきたのは向こうだ」ダニエルはなおも言い張った。「しかも大いなる熱情を込めて」

「始めたのがどちらであろうと、それがどんなキスであろうと、レディ・コーデリアが理解を示してくれるとは思えないね」ウォーレンはあてつけがましくグラスをかかげた。

「それを理由に、縁談を断ってくるかもしれないな」

「なんとも皮肉な話じゃないか」ダニエルは手のなかでグラスを揺すった。「結婚しないわけにはいかないと腹をくくったそのときになって、この縁談から逃れる完璧《かんぺき》な方法を思いつくとは」ウイスキーを飲み干すと、ウォーレンの机に近づいて、ボトルから勢いよく注いだ。「もっとも、ぼくの計画もそれなりに功を奏してはいる。これまでのやりとりから察するに、レディ・コーデリアは遠からずぼくとの関係を断つつもりだったに違いない。相手のいやがることばかり書くものだから、先方はぼくのことを傲慢《ごうまん》でひとりよがりの、実に不愉快な性格だと思ってる」

「理想的な組み合わせだな」

「さあ、そいつはどうかな」ダニエルはどさっと椅子にすわり込んだ。

「それで、きみは彼女のことをどう思ってるんだ?」

アマゾネス並みに頑丈な肉体を旅行服に包み、杖《つえ》と方位磁石を手にしていかめしい表情を浮かべた女性の姿を、ダニエルは思い浮かべた。「手紙の文章はうまい」

ウォーレンがおかしそうに笑った。「当然だろう」立ちあがり、自分の机まで行って大量の雑誌の束をつかむと、ダニエルの机にどさっと置いた。「これを見ろ」

あまりの量にダニエルは目をむいた。「いったいなんだ?」

「女性雑誌さ」椅子に戻ったウォーレンは、空になったグラスを満たした。

いちばん上にあった『婦人の部屋』なる月刊誌をダニエルは横目で見た。「気持ちはうれしいが、最新ファッションにはあまり興味がない」

「その雑誌には、きみに関係のある人物が書いた記事が載ってるんだよ」ウォーレンは咳《せき》払《ばら》いをした。「フィアンセさ」

ダニエルは表紙をめくった。「なぜきみがこんなものを持ってる?」

「役に立つんじゃないかと思って」いったん言葉を切った。「ぼくも拾い読みしてみた」

そう言った友人の姿をダニエルはまじまじと見た。「そのわりに、あいかわらずやぼったい格好をしてるな」

「その意見には賛成しかねるが、まあそれはこの際どうでもいい。こっちだって隅から隅まで目を通したわけじゃない」天をあおぐまねをした。「ぼくが読んだのは、レディ・コーデリアが担当した記事だけだ。女性の読者向けに書かれてはいるが、観察力が鋭くて描写が実に正確だ。正直な話、とても楽しく読ませてもらったよ」ウォーレンは喉の奥で笑った。「機知に富んでいるうえに、文章が生き生きしている。イタリア人の伯爵夫人が初めて駱駝に乗ったときのエピソードなど、思わず吹きだしたよ」

「そうかい」ダニエルは気のない調子であいづちを打った。頭のなかに住み着いたアマゾネスが、得意げに笑ってみせた。

「物書きの知り合いはいないが、作品を読めば、作者の人物像がかなり正確に把握できるはずだ」ウォーレンはウイスキーを口に運んだ。「記事を読んで、ぼくは好感を抱いた」

「そいつはいいや。じゃあきみが結婚するんだな」ダニエルは友人に向かってグラスをかかげた。「ぼくはきみになりすましていたんだから、きみはぼくになればいい」

「死ぬまでずっとか?」ウォーレンは首を横に振った。「せっかくだが遠慮するよ。ぼくには自分なりの計画がある。ことに、遠くない将来において結婚する相手については他人の指図を受けたくない。さらに言うなら、そのときが来たら、相手の女性をミセス・シンクレアでなくミセス・ルイスと呼びたい。きみの厚意には重ねて感謝するが」

ダニエルは肩をすくめた。「名案だと思ったんだけどな」

「気持ちはわかる」

長いあいだ、どちらも無言だった。あらゆる問題の解決策が書かれているかのように、ダニエルはグラスを凝視した。グラスの底を見つめて一時的に悩みから逃れるにはそれなりの代償が必要なことは、過去の経験から知っている。それでも、せめていまだけは、やけ酒をあおるのが正解だと思えた。だからグラスをあおってウォーレンに差しだし、さらにおかわりを求めた。

なぜこんな愚かなまねをしてしまったのか。ウォーレンの前では否定したが、サラに対して抱いてはならない感情を抱いているのは事実だ。もちろん最初はそんなつもりはなかったが、現実にはそうなってしまった。

こうなることを予期すべきだったのだろうか。人生とはこれほどにも意外性に満ちたものなのか。何もかもが順調に進み、仕事もうまくいって、あと少しでアマゾネスとの結婚から逃れられると思った矢先、緑の瞳をした美しい女性に意味ありげに見つめられて、すべてがめちゃめちゃになった。いや、意味ありげに見つめたのはこちらかもしれない。だとしてもあんまりだ。とはいえ、東洋では人の魂は生まれ変わると信じられており、どんな境遇に生まれるかは前世で犯した罪によって決まるのだそうだ。「前世でよほど悪いことをしたらしい」

ウォーレンがあきれたように言った。「前世のせいにするのは無責任じゃないか」

「ああ、それもそうだな」ダニエルはふうっとため息をついて、男まさりのアマゾネスとの結婚を初めて本気で考えてみた。当然ながら理想の花嫁とはほど遠いだろうが、こちらが勝手に想像しているほどひどくはないかもしれない。多少の面倒や不快な体験をひっくるめて旅行を心から楽しんでいるところをみると、寛大で良識をわきまえた人間ではあるらしい。しかし、きらきらした緑の瞳や、冷えきった心も温めずにおかない笑顔の持ち主かどうかとなると……。

「一刻も早く真実を打ち明けないとまずいぞ」ウォーレンがさりげない調子で言った。「つまり、ミス・パーマーに。これ以上引き延ばすわけにはいかない」

「ああ、わかってる」

「レディ・コーデリアの婚約者として彼女と顔を合わせたくはないだろう」

「もちろん、それだけは困る」サラのあの緑の瞳に、驚愕《きょうがく》と傷心の表情が浮かぶのを想像しただけで、ダニエルは心臓をひと突きにされる思いがした。真相を知ったら、裏切られたと感じるのは当然だ。もし反対の立場なら自分だってそう思うだろう。

「いつ伝える?」

「このボトルが空いたら」ダニエルはつぶやいた。大量の勇気をかき集めなければ、サラに会いに行くことなど不可能だ。レディ・コーデリアと顔を合わせる心の準備さえまだできていないのだ。深呼吸をしてボトルをつかんだ。「明日だ。明日、サラに会って打ち明ける」

「今夜のうちに彼女に話すのはどう考えても無理そうだな」ウォーレンが皮肉たっぷりに指摘した。

「話をするどころか、彼女のことを考えるのも無理だね」ダニエルは友人をじっと見た。「そうだ、ウォーレン。今夜は飲み明かそう」

10

旅には驚きと発見がつきものです。その多くがきわめてすばらしいものである半面、ときにはわずらわしく不快なできごとに遭遇することもあります。

『英国婦人の旅の友』より

親愛なるレディ・コーデリア

よくよく考えてみますと、前回さしあげたお便りはいささか仰々しく、尊大な響きを帯びていたのではないかと案じております。言うまでもないことですが、当方にそのような意図はまったくありません。しかしながら、わが祖国と国民については大いに誇りに思っております。さる政府による目にあまる圧政の束縛からわれわれが脱したのは、わずか七十八年前にすぎません。さらに今世紀に入り、また同じ海外の強国による行きすぎた行為から国民と国土を守る戦いを強いられました。一度ならず二度までも、あなたが世界最強と形容する国家と対決し、勝利を収めたのです。この見方は尊大というより現実的というべきで……。

マーシャム卿《きょう》がロンドンにかまえる壮大な屋敷の玄関の間で、ダニエルはいらいらと歩きまわりたくなる衝動をこらえた。しかし、待たされる時間が長くなればなるほど、こちらとしては心の準備ができるというものだ。サラの支度が整うまでここで待つように指示した執事は、いかにも疑わしげな目でダニエルを見ている。みずからをこの屋敷とそこに住まう人間の監視役と任じているに違いない。きっとアメリカ人に偏見があるのだろう。あるいは単にダニエルが気に入らないのかもしれない。頭痛がするうえに、心臓のあたりが妙に重く感じられて、ダニエル自身もいまの自分はあまり好きになれなかった。

なんの前触れもなく、いきなり正面玄関の扉が大きく開いて、金髪で長身の男性が勢いよく入ってきた。

「若旦那《だんな》さま」執事があえぐような声を出した。「お帰りになるとは存じませんでした。何も聞いておりませんでしたので。まさかいきなり――」

男性が愉快そうに笑った。「おまえのびっくりした顔を見ると、してやったりという気分になるよ、ホッジズ」

「若旦那さまにはかないません」ホッジズと呼ばれた執事はしばらく呆然《ぼうぜん》としていたが、やがて落ち着きを取りもどした。「ご家族のみなさまはブライトンにおいでです」

「毎年、この季節の恒例行事だからね」男性が含み笑いをした。「まず屋敷にちょっと寄って、それからぼくもブライトンへ出発しようと思ってね」

「旦那さまは昨日こちらにおいでになりましたが、今朝、レディ・コーデリアとミス・パーマーを残してブライトンへ戻られました。のちほど叔母上がお見えになる予定です。レディ・コーデリアは仕立屋にお出かけで、あと数時間はお帰りになりません」ここでホッジズは意味ありげに間をあけた。「しかしながら、ミス・パーマーはご在宅です」

「そいつはよかった」男性がにんまりとした。「ミス・パーマーを呼んできてくれたまえ、ホッジズ」

ミス・パーマーを呼んでくる？

「すでにお声はおかけしてあります」ホッジズがあてつけがましくダニエルを見たので、金髪の男性が初めて彼の存在に気づいた。

「こんにちは」ダニエルは前に進みでた。

「こんにちは」いくぶん冷ややかではあるが感じのよい声で男性が挨拶《あいさつ》した。「失礼だが、前にどこかでお会いしたことがあるだろうか」

「いや、ないと思う」手を差しだした。「ダニエル・シンクレアです」

「クレズウェル子爵です」相手がダニエルの手を握った。「ダニエル・シンクレアだって？」

ダニエルはうなずいた。

眉根を寄せていたクレズウェルが、ふいに晴れ晴れとした表情になった。「例のアメリカ人か」

「たしかにアメリカ人だが」ダニエルはおもむろに言った。「噂《うわさ》は聞いているよ」

こんどはダニエルが眉根を寄せる番だった。「噂を?」

「ああ、そうだ。ノークロフト卿とは古い付き合いで、定期的に手紙をやりとりしている。ぼくは一年以上、国を留守にしていたものだから」子爵はおかしそうに笑った。「きみとノークロフトとあと数人の仲間で、非常に興味深い賭《かけ》をしたそうだね」

「例のトンチンのことか」ダニエルはほろ苦い笑みを浮かべた。「あの賭は呪《のろ》われているに違いない。残っているのはノークロフトとぼくだけだ」

「ウォートンのことは知っていたが、キャヴェンディッシュの話は耳を疑ったよ。最後まで残るのは彼に違いないと踏んでいたのにな」そう言ってから、賞賛のまなざしでダニエルを見る。「ノークロフトたちは、きみがアメリカで進めている鉄道事業に投資したそうだね。かなり大きな利益が見込めるとか」

「ああ、そのとおりだ。きみも一枚加わるのはいかがかな?」

「できればそうしたいところだが、ぼくの自由になる金はわずかなものだし、実家の財政は現在のところいくぶん緊迫状況にあるんだ」クレズウェルは長々と息を吐いた。「実に残念だよ。状況が許すならぜひ――」

「ウィル?」はっとしたような女性の声が、階段の方向から聞こえてきた。

ダニエルはウィルと同時に顔をあげた。どこかで見たことのあるブロンドの女性が、片足を引きずるようにして階段をおりてきた。

「サラ！」

サラだって？

ウィルがはじかれたように前へ出ると、女性が彼の腕に倒れ込んできた。ホッジズはさりげなく視線をはずしたが、その口もとには笑みに似たものが刻まれていた。ダニエルと従僕はぽかんとしてふたりを見つめた。

しばらくして、業を煮やしたダニエルが咳払《せきばら》いすると、抱き合っていたふたりはしぶしぶと体を離した。

「あらまあ」ミス・パーマーと呼ばれた女性が、目を丸くしてダニエルを凝視した。「ここで何をしていらっしゃるの？」

「ミス・パーマーを訪ねてきました」ダニエルは一語一語を明瞭《めいりよう》に発音した。「ミス・サラ・パーマーを」

「こちらの女性がミス・サラ・パーマーだ」ウィルが言った。「サラ、この人は知り合いかい？」

「いや」先まわりしてダニエルが答えた。

「なんというか、微妙なところね」ミス・パーマーが必要以上にゆっくりとした口調で答えた。

ウィルが問いただすような目で女性を見た。「微妙とはどういう意味だ？」

困り果てた様子で女性が肩をすくめた。「ひと言では説明できないわ」

「あなたは書店にいた女性だ」ダニエルは言った。

その発言はどちらにも黙殺された。

疑惑の暗い影が子爵の顔を包んだ。「サラ、たしかにぼくは長いあいだ国を離れていた。それでも、気持ちは通じていると信じていた……」

女性がまじまじと彼を見た。「妬《や》いているの?」

「当然だろう」

ダニエルはウィルのほうに身を寄せて、小声で耳打ちした。「この女性とは口をきいたこともない」

またもや黙殺された。

ミス・パーマーの目が鋭さを帯びた。「わたしのことが信用できないの?」

「もちろん信用してる。ただ、状況が状況だからね」ウィルは呼吸を整えた。「でも、そんなことはどうでもいい。この男がきみにとってどういう存在であろうと――」

「赤の他人だ」ダニエルはなおも言い張った。「彼女とはなんの関係もない。正式に会ったこともないんだから」耳を傾ける者はない。

「そんなことはどうでもいい。ぼくはきみを愛してる、サラ。準備が整いしだい結婚したい。この男やほかの誰かと何かがあったとしても気持ちは変わらない」

「ほかの誰かですって?」ミス・パーマーが眉を吊《つ》りあげた。「許すというの? 誰かと何かがあったとしても？」

「ここは慎重に、クレズウェル」ダニエルは耳打ちした。ようやく子爵がこちらの存在に気づいてくれたようだ。「どう答えてもきみに勝ち目はない」

しばらく沈黙した末に、ウィルが深々と息を吸い込んだ。「許されなければならないことなど、きみは何もしていない。何やらまぎらわしい状況ではあるが、おたがいを思う愛情の深さにぼくは揺るぎない自信を持っている。だから何もかもきちんと説明がつくものと信じているよ。サラ、きみはぼくの生涯ただひとりの女性だ。これまでもきみを信じてきたし、その気持ちは今後何があろうと変わることはない」

「上出来だ」ダニエルは小声で言った。

ミス・パーマーがウィルをひたと見つめて表情をゆるめた。「とても感動的な答えだったわ」ため息混じりにつぶやく。「たしかに、少しばかり誤解を招きかねない状況ではあるわね」

「少しばかりだって？」ダニエルは思わず鼻で笑った。「はっきりさせてほしいね。ミス・サラ・パーマーなる女性がほかにもいるのかどうか」

「いまはいないけど」用心深い口調だった。

「もうひとりのミス・サラ・パーマーなどいるものか」ウィルがきっぱりと言った。「この女性こそ唯一のミス・サラ・パーマーだ」

「それがね、そうとも言いきれないのよ」煮えきらない口調で答えたミス・パーマーが、ひとつ深呼吸をした。「ちょっと込み入った事情があるの。ウィル、こちらはミスター・ルイスよ」

ウィルが眉根を寄せた。「いや、そうじゃない」

「まあ、いろいろ事情があって」ダニエルは消え入りそうな声で言った。

混乱した表情で、ウィルがダニエルとミス・パーマーを交互に見つめた。「いったいどうなってるんだ。いろいろな事情はいいから、とにかくほんとうのところを話してくれ」

「正直なところ、ぼくにもわけがわからない」ダニエルは弱々しく首を振った。

「それなら最初から整理してみよう。ぼくに関しては疑問はない。正真正銘のクレズウェル子爵で、ここは両親の家だ。この女性の身元も知っている。ミス・サラ・パーマーだ。彼女のほかにサラ・パーマーなる女性は存在しない。そしてきみはダニエル・シンクレアと名乗っている」

「うそよ」ミス・パーマーが強く異議を唱えた。「この人はミスター・ルイス。ミスター・シンクレアの秘書だわ」

「いや、違うんだ」ダニエルはしぶしぶと白状した。「ぼくがダニエル・シンクレア本人だ」

「そんな話、信じられないわ」

「そう言われても、事実は変えようがない」

サラの顔から血の気が引いた。「まさかそんなことが」

「今日お邪魔したのはミス・パーマーに会うためだ。こちらのミス・パーマーではなく、もうひとりのミス・パーマーに」ダニエルはあわてて言い添えた。

「もうひとりのミス・パーマーなどいるものか！」ウィルが声を荒らげた。

「実は、そのあたりは微妙なところなのよ」新たにミス・パーマーと判明した女性が子爵の顔を見て告げた。「あなたは眉をひそめるかもしれないけれど、話を聞けば納得してもらえると思うわ」次にダニエルのほうを向いて、嫌悪感をあらわにした視線を投げつける。

「あなたも眉をひそめるかもしれないけれど、身から出た錆《さび》だと思うことね」

「いいから話してくれ、サラ」ウィルが催促した。

「すべてはコーデリアが始めたことなの」ミス・パーマーはそう切りだした。

「やっぱりそうだったか」ウィルが言う。

「アマゾネスだ」ダニエルは彼に耳打ちした。

「なんだって？」

「アマゾネス。杖《つえ》を手にして世界各地をのし歩く勇猛果敢なご婦人さ」ダニエルは心得顔にうなずいた。

ウィルがすごむように目を細くした。「ちなみに、そのアマゾネスはぼくの妹だぞ」

「それはまことに遺憾なことだ」

「きみが遺憾に思うのはアマゾネスと呼んだことか、それとも彼女がぼくの妹だからか、どっちだ？」次にウィルは、疑惑の目をミス・パーマーに向けた。「もっともこの瞬間だけは、答えが後者だとしても同意せざるをえない。サラ、いったいどういうことだ？」

「話せば長くなるわ」ミス・パーマーは小声で言って、あてつけるようにダニエルを横目で見た。「それに、状況はわたしが思っていた以上に複雑みたい」

ウィルが胸の前で腕組みをした。「時間ならたっぷりある」

ダニエルもウィルにならって腕を組んだ。「こちらも付き合うよ」

「わかったわ」ミス・パーマーはしばらく黙って考えをまとめた。「そもそもの発端は、あなたがたのお父さまが吸収合併の取り決めを交わして、その条項の一部に両家の縁組が含まれていたこと」

ウィルが目を丸くした。「ぼくが取り引きの材料に？」

「あなたじゃないわ」ミス・パーマーがあきれて天井をあおぐまねをした。

「やれやれ」ダニエルが言う。

「もちろんコーデリアよ。ところが、一家の命運はこの取り引きの成否にかかっていると言いながら、フィリップおじさまは縁談を承諾するかどうかの最終的な決断を本人にまかせたの。コーデリアとしては、ダニエル・シンクレアがどういう人間か知らずに決断をくだすことはできないと考えた。そのための最良の方法は使用人に話を聞くこと。だからこの人に近づいたのよ」ダニエルを手で示す。「ミスター・ルイスだと思い込んで」

ウィルが手をあげて制した。「そのミスター・ルイスというのはきみの秘書なんだね？」

ダニエルはうなずいた。「秘書であり、弁護士であり、長年の友人であり、いつかは共同経営者となる人間だ」

「ついでに付け加えると」ミス・パーマーがダニエルをにらみつけた。「あなたは彼女の誤解を正そうとしなかった」

「ぼくを責めるのはお門違いだ。そもそもこんなごたごたを引き起こしたのは誰だ？　近づいてきたのはどっちだ？」

「勘違いだと、なぜその場で言わなかった？」ウィルが詰問した。

ダニエルは相手を凝視した。「公園を歩いていたら緑の瞳をしたすごい美人が近づいてきて、きみのことを誰かべつの人間と勘違いして話しかけてきたとする。そんな場合、きみならどうする？」

「ああ、それは悩むだろうな」ウィルはぽつりと本音をもらしたが、ミス・パーマーにすばやい視線を投げかけるなり、別人のように胸を張った。「もちろんぼくならその場で相手の間違いを訂正していた」

「ああ、そうだろうよ」あやしいものだと思ったが、ダニエルはとりあえずそう言っておいた。とそのとき、ミス・パーマーの――どうやら本物のミス・パーマーらしい――言葉が何を意味するかを悟って、はっとした表情になった。「つまり、ぼくがずっと会っていたあの女性が、本物のレディ・コーデリアだったのか？」

「あなたのことをミスター・ルイスだと思い込んで、何度か会っていた女性のことかしら？」ミス・パーマーがいかにも作り物めいた愛想のよい声で尋ねた。「そう、それがレディ・コーデリアよ」

「会っていたとはどういう意味だ？」ウィルが渋面をつくった。

「二度だけよ」ミス・パーマーがあわてて言いつくろった。「礼儀作法に反するようなことは何もしていないわ。会った場所は公園と書店だし」

「それに、ブライトン」ダニエルは小声で言い添えた。

ミス・パーマーが驚いて目を丸くした。「あなたはブライトンまで来てたの？」

「海辺の空気を吸いにね」ダニエルはウィルを横目でうかがった。「すがすがしくて健康増進に役立つから」

「そんなのは理由にならない」ウィルが探るような目を向けてきた。「きみは妹を追ってブライトンまで行ったのか？」

「とんでもない」ひどい言いがかりだと言わんばかりにダニエルは否定した。「ブライトンまで行ったのはミス・パーマーに会うためだ。その女性が実はきみの妹だったとしても、それはぼくのせいじゃない」ミス・パーマーに視線を転じる。「間違いないんだろうね」

「本物のミス・パーマーがわたしひとりだということが？　もちろんよ。間違いないわ」

「それならぼくが会っていた女性は――」

「会うという言葉が具体的に何を意味するのか、まだ返事を聞いてないが」ウィルはまだぶつぶつ言っている。

「魅力的で、才気煥発《かんぱつ》で、うそやごまかしが嫌いなあの女性は――」

「わたしがあなたの立場なら、うそやごまかしが嫌いという言い方はここでは控えるけど」ミス・パーマーが痛いところを突いた。

「ああ、もっともだ」昨夜の深酒のせいで、肉体がまともに機能していないようだ。ミス・パーマーによって知らされた衝撃的な事実が、いまだに信じられなかった。「つまり、こういうことだろうか。ぼくがミス・パーマーだと思っていた女性は、実際にはレディ・コーデリアだった」

「あなたはあまり頭の回転が速くないんじゃないかしら」ミス・パーマーが辛辣《しんらつ》に言い放った。

ダニエルはむっとして言い返した。「論理と道理がものを言うまともな世界であれば、頭の回転は速いほうだ。愛らしくて誠実な女性が突如として旅行好きのアマゾネスに変身してしまうような、支離滅裂な世界でなければ」

ウィルが不快そうな顔をした。「きみはなぜさっきからそんな呼び方をする？」

「いや、べつにたいした意味はない」ダニエルはいらだたしげに手を振った。「レディ・コーデリアについて、つまり自分自身について彼女が語るときの口ぶりから、勇猛果敢なアマゾネスの姿が脳裏に浮かんだ。いまではそのイメージが頭に焼きついて離れなくなった」

少し離れた場所で鼻を鳴らすような音が聞こえた。ダニエルが目をやると、執事のホッジズが目の前の状況をひそかに楽しんでいるらしく、顔の表情を変えないまま、瞳をきらきらと輝かせていた。

「遊び半分で妹に言い寄ろうとしてるんじゃないんだろうね」表面上はおだやかにウィルが尋ねた。

「もちろん違う」ダニエルは反射的に答えた。「本気だからこそ、こうして訪ねてきた」

「でもなぜ訪ねてきたの？」ミス・パーマーが不審そうな顔をした。

「なぜかって？」ダニエルは相手をじっと見た。「もうこれ以上うそをつきたくないから。すべてを打ち明けるべきだと判断したからだ」

「いまごろそんなことを言っても遅すぎると思うわ」

「そんなことはない。今日ここへ来たのは、すべてを告白するためだ。だましていたことを打ち明けて許しを請うつもりだった。しかし彼女のほうもぼくをだましていたとなると……」サラ、いや、コーデリアは、思っていたより手ごわい相手だった。自分と同じたくらみを企てるとは実に大胆で勇敢な性格で、逆に興味をそそられる。冒険心に富んでいるところも好感が持てる。男にとって挑戦しがいのある女性だ。決して扱いやすくはないが、きっと飽きることもない。「怒り心頭に発しても不思議ではないが、むしろ痛快ささえ感じる」われにもあらず頬がゆるんでいた。

「まるでフランス喜劇だな」ウィルが含み笑いをした。

「笑いごとじゃないわ」ミス・パーマーは厳しい見方をしていた。「コーデリアは徹底的にあなたを嫌っているわよ」

「いや、それはない。彼女がぼくを嫌うもんか」

「ミスター・ルイスとしてはともかく、ダニエル・シンクレアとしてはお先真っ暗ね。あんな感じの悪い手紙を見たのは初めてだと言ってたわ」

「そういう作戦だったんだ」

「作戦とは？」ウィルが問いただした。

「賭の話をご存じなら想像がつくと思うが、ぼくは結婚にあまり関心を持っていなかった。ことに、当人の意見も求められずに進められた縁談には。しかし、結婚したくないと妹さんに直接言うのは、さすがにためらわれる」

ミス・パーマーが鼻で笑った。「ええ、もちろんそうよね。正直に言ったら無作法だもの」

「まさにそのとおり」ダニエルは悪びれずに認めた。

「でも、無作法のほうがまだましじゃないかしら。鼻持ちならない気取り屋と思われるよりは」ミス・パーマーが詫《わ》びるような表情で子爵をちらりと見た。「コーデリアがそう言ったのよ。あなたがうそをついていたとわかったら、彼女はどう思うかしら」

「人のことを言える立場だろうか」

「つまり、あなたがたふたりはとてもお似合いってことじゃない？　鼻持ちならない気取り屋と――」

「勇猛果敢なアマゾネスか」ウィルが何食わぬ顔であとを引きとった。

引きつったような妙な音がホッジズの喉の奥で響いた。

「嫌われるようなことを手紙に書けば、先方から結婚を断ってくると思った」ミス・パーマーの責めるようなまなざしを、ダニエルは正面から受けとめた。「こちらから断るより、相手が断るように仕向けたほうが親切だと思ったんだ」

「ふん」ミス・パーマーがあざけるように笑った。

「なるほど」ウィルが考え深げにつぶやいた。「どうやらかなり込み入った状況のようだ。ミスター・シンクレア、この問題の解決に向けてさらなる話し合いを続けるなら、何か飲み物があったほうがよさそうだ。どうだい？」

「飲み物というのがぼくが想像しているとおりのものなら、ぜひいただこう」

「ホッジズ」ミス・パーマーが執事に指示した。「お茶の用意をしてちょうだい。客間でいいわ」

「いや、書斎にしてくれ、ホッジズ。それからお茶はひとり分でいい」ウィルがミス・パーマーにやさしく笑いかけた。「この手の話し合いにふさわしいのは書斎だ。それに、お茶より強い飲み物が必要になるよ」

「ええ、あなたの言うとおりね」ミス・パーマーはにこやかに答えたが、そのにこやかさはうわべだけのようにダニエルの目には映った。彼女のあとについて、ふたりは書斎へと向かった。

ウィルが小さく笑ってダニエルに耳打ちした。「きっと優秀な伯爵夫人になるぞ」

「いささか末恐ろしいほどだ」ダニエルは小声であいづちを打った。

「母がみっちり仕込んでくれたからね」

　暖炉の近くに三人は腰を落ち着けた。大量の書物が並べられた広々とした書斎は、床から天井まで届く大きな窓の手前に机と数脚の椅子、暖炉の正面にソファと安楽椅子が配置され、部屋の反対側には横長の大きな書き物机が据えつけられていた。サラが、いやコーデリアが、そのテーブルに向かって旅行記をしたためている姿が目に浮かぶようだとダニエルは思った。侍女がミス・パーマーのためのお茶を運んできたあと、ホッジズが男たちにウイスキーを注《つ》ぎ、デカンターをコーヒーテーブルに置いて静かに部屋を出ていった。

内心は興味津々のはずだが、そんな表情はみじんも見せなかった。

　ウィルが探るようなまなざしでダニエルを見た。「それで、今後の計画は？」

「具体的な計画は何も」ダニエルはしばらく考え込んだ。「ここへ来たのは、真実を打ち明けるためで――」

「すばらしい思いつきだこと」ミス・パーマーが皮肉った。

「しかし、いまは……」ダニエルは言葉をにごした。

　ウィルが額にしわを寄せてグラスを口に運んだ。「こういう状況においては、正直がかならずしも善とはかぎらない」

　ミス・パーマーがひゅっと息をのんだ。「ウィリアム！　なんてことを言うの」

「いや、ミスター・シンクレアの言うとおりだ。もし彼が正直さにこだわるあまり、あなたとは結婚したくありませんとコーデリアに伝えていたら、あの子はきっとひどく傷ついただろう」ダニエルの目をまっすぐ見つめる。「妹のことをきみはどう思っている?」

「ここは正直に言うべきだと思うのでありのままに打ち明けるが、自分でもよくわからないんだ」ダニエルはいったん言葉を切った。「あの女性に好意を持った。だから思いを告白しようと決意したし、正式に家を訪問したいと申しでた」

「そんな話、わたしは聞いてないわ。ブライトンの話も、あなたが家を訪ねてくることも、何も知らなかったのよ」ミス・パーマーが早口でまくしたてた。「前はなんだって打ち明けてくれたのに。きっと仕返しをしてるんだわ。文通相手が誰か、わたしが教えないものだから。わたしには秘密の求婚者がいると思ってるのよ」

「まあ、事実だからしかたがない」ウィルが秘密めいた笑みを彼女に投げた。「もっとも、父はぼくたちの気持ちを知っているし、母もうすうす感づいているようだ」ウイスキーを口に含み、探るような目でダニエルを見た。「きみもしっかりした計画を立てるべきだ、シンクレア」

「実は、いくつか考えてはみた」ダニエルの声は自嘲《じちょう》の色を帯びていた。

「水ももらさぬ完璧《かんぺき》な計画でなければ」

「そう、だから悩んでるんだ。どんな忠告でもありがたく拝聴する。いろいろあったが、とにかくきみの妹さんと結婚する以外に選択肢はないとぼくは覚悟した。ところがあれよあれよという間に状況が変わって……」あのサラが、あのすてきなサラが、アマゾネスだったとは……。ダニエルは思わず苦笑した。「わが身を犠牲にすると思っていたのがばかみたいだ」

「コーデリアには思い知らせてやらないと」ウィルが厳しい口調で言った。

ダニエルは肩をすくめた。「いや、こちらにも非はあった」

「きみの場合は女性の美貌《びぼう》にころりと参ってしまっただけだ。無理もないと思うよ」

「男というのはこれだから」ミス・パーマーはあきれ顔だ。

「実のところ、この数分ですべてが変わった」ダニエルは慎重に話を進めた。「ぼくがここへ来たそもそもの理由は、ミス・パーマーだと信じていた女性に真実を打ち明け、そのうえでレディ・コーデリアに正式に自己紹介するためだった」

「そしていまは？」ウィルがおもむろに尋ねた。

「いまは」ダニエルは途方に暮れたふうに首を振った。「もうお手上げだ」

「妹に好意を持ったときみは言ったね」

「好意を持った、というより、持っている」ためらうような間があいた。「そんな言葉では言い表せないほどに」

「だまされていたことを知っても、気持ちは変わらないのか？」

「変わるのが当然かもしれない」ダニエルはじっと考えをめぐらせた。特別の感情を抱くようになった女性が、いつまでもそばにいてほしいと願う女性が、仕組まれた結婚の当の相手だったというのは、信じられないほどの幸運だ。おまけにどこか笑いを誘う話でもある。「ところが実際のところ、彼女という人間に前よりもっと興味をそそられるようになった」

「正気とは思えない」ミス・パーマーが辛辣な調子で言って、カップを口に運んだ。「あなたがたふたりは実にお似合いだわ」

「妹のことで、きみに知っておいてほしいことがある」ウィルが切りだした。「あれは五人きょうだいの末っ子だ。姉たちは三人ともずっと年上なので、コーデリアが幼いころの遊び相手といえばぼくだけだった。もちろん、サラが家に来るまでの話だが。そんなわけで、コーデリアはいくぶん甘やかされて育った」

「いくぶん？」ミス・パーマーが声をひそめてつぶやいた。

「いや、べつに駄々をこねて周囲を困らせるわけじゃない。そういう意味ではないが、どんなことでも最後には自分の思うとおりにしてしまうんだ。ことに父親に取り入るのが得意でね。実に巧妙に相手をその気にさせるものだから、いつのまにか、砂漠で駱駝《らくだ》に乗るという無謀な旅に出ることを父も許してしまうというわけさ。しかもサラまで連れていくんだからね」

「エジプトはなかなか気に入ったわ」サラが控えめに口をはさんだ。「駱駝はご遠慮したいけれど」

「それに、女性にしては独立心が強すぎる。気性だけならまだしも、行動力も並はずれている。男なら長所になるところだがね」ウィルは肩をすくめた。「いったん旅の楽しさを知ると、まるで天職を見つけたみたいに夢中になった。そのせいで、ますます独立心に磨きがかかった」

ミス・パーマーがダニエルのほうに身を乗りだして耳打ちした。「旅行にはある種の自由がつきものなのよ、ミスター・シンクレア。ことに女性にとっては。このわたしでさえ、古代ギリシアの遺跡を歩きまわっているあいだは、ロンドンの町なかでは経験したことのない解放感と自信のようなものを実感したもの。夢中になるのも無理ないと思うわ」

「でもきみは夢中にはならなかった」かすかな不安のにじむ声で、ウィルが念を押した。花嫁となるはずの女性が妹のようになったら困ると思っているのだろう。

「ええ、もちろんよ、ウィル。わたしが夢中なのはあなただけ」ミス・パーマーがそつなく答えた。

「模範解答だね」ダニエルは小声で言った。

ミス・パーマーが得意げな笑みを投げてよこした。

ウィルは満足そうな表情で、ダニエルに注意を戻した。「これまでのコーデリアは、きわめて礼儀違反と見なされるような問題を起こしたことがなかった」確認を求めるようにミス・パーマーを見やり、相手がうなずくのを待って話を続けた。「雑誌に記事を書いたり本を執筆したりするのをべつにすれば、スキャンダルの種になるようなふるまいとは無縁だった」

「それも時間の問題だったと思うけど」ミス・パーマーがつぶやく。

「ぼくの知るかぎり、妹は評判に傷がつくようなまねは何ひとつしていない。とっぴな行動はいろいろあったかもしれないが、異性関係で妙な問題を起こしたことは一度もなかった」ダニエルの視線をとらえた。「これまでは」

子爵のあてつけを聞き流して、ダニエルはウイスキーを口に運んだ。「それで、どんな方法で思い知らせるべきだと？」

「いい考えを思いついた」ウィルが頬をゆるめた。「いっさい何もしないでほうっておこう」

ミス・パーマーが割って入った。「そんなのだめよ。コーデリアには事実を知る権利があるわ。それに……お仕置きを受けるべきよ」

「いや、まだそこまでする必要はない」ウィルが首を横に振った。「このまま、芝居を続けさせてやろうじゃないか」

「つまり、ぼくは何も告白せずに、これまでどおりに彼女との付き合いを続けるべきだと？」ダニエルはおもむろに尋ねた。

「そうだとも。いつか本人も自分が引き起こした事態の深刻さに気づくときが来る。きみが言ったように、すべてはコーデリアが始めたことだ。当人がけりをつけるのが筋だろう。真実を打ち明けるべきなのは彼女であってきみではない」ウィルは喉の奥で笑った。「いい薬になるよ」

「それは名案だ、クレズウェル。大いに気に入ったよ」ダニエルは新しい友人に向かってグラスをかかげた。「自分で思いつかなかったのが悔やまれる」

ミス・パーマーが非難の色もあらわにウィルに抗議した。「この人は見ず知らずの他人よ。なぜそんなに簡単に信頼できるの？　大切な妹の心をもてあそぼうとしているかもしれないのに」

「人を見る目には自信があるんだ。心配はいらない。おそらく、いつかは義理の弟になる人間だ。信頼するのが当然じゃないか」ウィルは自信に満ちた笑みをダニエルに向けた。

「それに、この男のことはノークロフトが高く買っている。彼の言うことに間違いはない。ぼくの目にシンクレアは立派な人間だと——」

「でも、うそをついていたのよ！」

「先にうそをついたのはコーデリアだよ。あの子もじきに二十六だ。こんな事態を引き起こした責任を自覚すべきだ」

「それならこの人の責任はどうなるの？」

「すべてを告白するために、今日ここへ足を運んでくれたじゃないか。偽りを改めるための、最初の一歩を踏みだしたんだ。過去の罪は許されてしかるべきだと思う」ここでダニエルのほうを向いた。「ぼくの考えた筋書きを説明しよう。きみは妹がミス・パーマーだと信じているふりをしたまま、熱心に言い寄るんだ。だました相手が自分との結婚を真剣に考えていると思わせてやるのさ」

「実際、家を訪問したいと申してでた」ダニエルはぼそぼそと言った。

ミス・パーマーがふん、と鼻を鳴らした。

そんな彼女をウィルが横目で見た。「きみにもある程度、協力してもらうよ」

「わたしにまでうそをつけというの？」ミス・パーマーが胸の前で腕組みをした。「悪いけどそんなことできないわ」

「うそをついてほしいとは言ってない」ウィルは口早に付け加えた。「作り話をする必要はないんだ。ただ、今日聞いたことは胸にしまっておいてほしい」

ミス・パーマーが額にしわを寄せた。「そうはいっても……」

「妹だって、きみにすべてを打ち明けたわけじゃないだろう」ウィルが容赦なく指摘した。

ミス・パーマーがふっとため息をついた。「まあ、それはそうだけど」

「じゃあ協力してくれるね？」

「ある程度は」ウィルのグラスをひったくるようにつかみ、中身をいっきに飲み干すと、グラスをテーブルに叩《たた》きつけて子爵を見た。「でも、単刀直入に尋ねられたら、そのときは正直に打ち明けるからそのつもりでいてね」

ウィルはとまどった表情で目を見開いている。独立心の強い、わが道を行くタイプの妹が、愛する女性に与えた影響のほどを推し測っているのだろう。「いいだろう」

「この計画がうまくいくとはわたしには思えないのよ」ミス・パーマーがダニエルの視線をとらえた。「協力を約束する前に、あなたもよく考えることね」

「ぼくは――」

「何を迷ってるんだ、シンクレア。ほかにどんな道がある？」ウィルは自分のグラスにまた酒を注いだ。「もしきみから打ち明けたら、妹は自分のことを棚にあげてきみを悪者にするに違いない。もしきみが妹をうまく丸め込んで、うそをついていたことを告白させたとして、そのあとで事実を打ち明けたら、妹はばかにされたと感じて激怒するだろう。どっちを選ぼうときみに救いはない」

ダニエルはあんまりだというふうに眉をあげた。「それじゃあ、何もしないのが最良の策だというのか？」

「最良とは言わないが、ほかの方法よりはましだ」ウィルはダニエルを正面から見つめた。

「ゲームだと思えばいい」

「チェスか何かの？」思わず皮肉な口調になる。

「そう、まさにそうだ」ウィルが喉の奥で笑った。「本人はまだ知らないが、彼女には王手がかかっていて、進退きわまっている。シンクレア、早まってはいけない。ここは向こうの動きを待つべきだ」

「ああ、おそらくきみの言うとおりなんだろう」最初のうちは子爵の提案が魅力的に思えたが、自分でまいた種なのだから助け船を出すべきではないというやり方が妥当なものかどうか、ダニエルのなかでしだいに迷いがふくらんできた。われながら、いやになるほど優柔不断だ。だが考えてみれば、これほど深刻な状況に身を置いたことがないのだからしかたがない。いまのところ、ウィルの提案の上を行くような名案は思いつかなかった。それに彼の言うことにも一理ある。この時点でへたなまねをすると、彼女との将来は露と消えてしまうのだ。

「覚悟のほどは?」ウィルが答えを促した。

「たしかにいまの段階でぼくがすべてを告白したら、彼女を優位に立たせることになる」ダニエルは慎重に言葉を選んで続けた。「ふたりの将来にとって、それは考えものだ」

いったいいつから彼女との将来を考えるようになったのか、自分でもよくわからない。おそらく、サラ、いや、コーデリアを正式に訪問したいと申しでた瞬間に何かが大きく変化したのだろう。あるいはもっと前、彼女を追ってブライトンへ行く決意をしたとき。あるいは書店で会ったときか。いや、あの緑の瞳をのぞき込んで、自分ではそうと理解しないままふたりの将来を垣間見た瞬間に、こうなることが運命づけられたのかもしれない。彼女と出会ってからの自分は、結婚したくない人間らしからぬ行動をとりつづけてきた。ロマンティックな人間ならこんなふうに表現するかもしれない。ものわかりの悪い頭を、ハートが導いてくれたのだと。

重要なのは、自分が何を求めているかを知ることだ。義務感からでなく、本心で何を望んでいるのかを。やがて出た結論は自分でも意外なものだった。名前がサラであろうと、コーデリアであろうと、ともかくあの女性を永遠に手放したくない。永遠が意味するものはひとつだ。しかし、事態は当初考えていた以上に複雑なものになっている。今後の展開は予断を許さない。

必死に避けてきた相手が、必死に追いかけまわしてきた当の女性と同一人物だったとは、皮肉にもほどがある。ウォーレンが知ったらひとしきり大笑いしたあと、身から出た錆だと言い放つに違いない。こうなったら、なんとしても彼女の心をとりこにするのだ。こちらの心は、すでに彼女のものなのだから。

「芝居を続けるだけでは足りないような気がする。なんとかして、彼女の愛情をつかまえなくては」ダニエルは深々と息を吐きだした。「ミス・パーマー、何か助言をもらえないだろうか」

「助言？」探るような表情でまじまじとダニエルを見てから、相手は観念したようなため息をついた。「何が知りたいの？」

「レディ・コーデリアをあなた以上によく知っている人はいない」ダニエルは身を乗りだすようにして、正面から瞳を見つめた。「鼻持ちならない気取り屋が勇猛果敢なアマゾネスの愛情を勝ち得るにはどうしたらいいと思う？」

11

現代文化に劣らぬ豊かな魅力に満ちあふれた古代遺跡を訪れる際は、その土地の歴史をしっかり予習しておくことをお勧めします。

『英国婦人の旅の友』より

ミスター・シンクレア

このような状況でなければ、前回のご発言は礼儀知らずの野蛮人のたわごとかと思ってしまうところですが、歴史の浅い国でお育ちになった方であれば、尊大さと正確さとをはき違えるのも無理からぬこととお察しします。けれど誇りに関しては、どうぞお間違えなきよう。過去に勝利を収めた回数が数えるほどしかない以上、自慢したくなるお気持ちも理解できます。しかしながら、数世紀に及ぶ勝利の歴史を持つ者にとっては、その詳細を述べることなど、とてもはしたなく感じられるのです。そもそも、何を例に挙げればよいのでしょう。一三五六年のポアティエの戦い？　あるいは一五八八年のスペイン無敵艦隊の敗北？　もっと新しいところでしたら、ワーテルローにおけるナポレオンの大敗とか？

私見ですが、権威に対する反抗心や、傲慢《ごうまん》な物言い、そして感謝や尊敬の念の完璧《かんぺき》な欠如といったものは、誇りよりむしろ気恥ずかしさを呼び起こすのではないかと……。

「こんなことってある？　いちばん近くにいたわたしが、最後まで何も気づかなかったなんて」コーデリアは客間を行きつ戻りつした。「わたし以外は、みんな知っていたの？」

ラヴィーニア叔母はソファに腰を落ち着けて、ブランデーをたっぷり入れた紅茶をすすっている。「まあ、みんなというわけではないけど」

「お父さまは知ってた？」

「そりゃあもちろん。それに、とてもお喜びよ」

「お母さまは？」

「手放しで賛成というわけではなかったわね」思案顔でラヴィーニアは語った。「少し不安もあったようだけど、根が楽天的な人だから」

コーデリアは胸の前で腕を交差させ、射るような目で叔母を見た。「叔母さまも知っていたの？」

「サラとウィルの様子を見れば、誰だってわかりますよ。少なくとも、何かあると思うはずだわ」

「わたしは何も感じなかったわ」実際の話、この日、仕立屋から戻ったコーデリアは、兄のウィルがインドから帰国していただけでなく、兄とサラが結婚するつもりだと知って、半端でない衝撃をおぼえたものだ。サラの謎《なぞ》の求婚者とはウィルだったのだ。どうやら、ウィルが国を離れるずっと前からおたがいに淡い思いを抱いていたのだが、一年間の手紙のやりとりを通じて淡い思いが揺るぎない愛情に変化したらしい。「なぜわたしには見えなかったの？」

「人はね、自分が見たいものしか見ないからよ」ラヴィーニア叔母はお茶を口に運んだ。

「ほら、手品師のトリックと同じ」

「それにしても、いちばんの親友よ」コーデリアは叔母の隣に沈み込むようにすわった。

「何か気づいていてもよさそうなのに」

「そうね」ラヴィーニア叔母が無造作とも思える口調で指摘した。「気づかなかったのは、要するに自分には無関係の問題だったからじゃないかしら」

コーデリアは眉根を寄せた。「それ、どういう意味？」

「コーデリア、あなたはすばらしい女性よ。聡明《そうめい》で、文才があって、おまけに容姿にも恵まれている。だけど、どう言えばいいのかしら」慎重に言葉を選んで叔母は続けた。「決して冷淡というのではないけれど、あなたは自分のこと以外にはあまり関心がないでしょう」

コーデリアは衝撃に体を貫かれる思いだった。「わたしが自己中心的な性格だというの？」

「いいえ、そうじゃない。あなたは昔から思いやりがあって、やさしい心根の持ち主よ。ただ、ものすごく……」叔母は言いにくそうに言葉を絞りだした。「自我が強いのよ。何があろうとわが道を行くタイプ。ほかの人にはほかの人なりの好みややり方があるなんて想像したこともないんじゃないかしら」

「そんなこと、考えたこともなかった」コーデリアは叔母の言葉を頭のなかでかみしめた。認めるのは容易ではないが、たしかに叔母の言うとおりだ。サラのことを心から大切に思っているのは事実だが、いつだって自分がいちばんで、自分の考えや好みをすべてに優先させ、彼女が本心で何を求めているかなど考えもしなかった。いまのこの瞬間だって、本来なら親友と兄の幸せを願うべきなのに、もちろんふたりには幸せになってほしいけれど、それ以上にサラが隠しごとをしていたことに腹を立てている。「これからはもっと大人になるわ」叔母の視線をとらえた。「でもね、わたしが自我の強すぎる性格だということはよくわかったけど、サラが秘密を打ち明けてくれなかったと思うとやはり傷つくのよね」

「元気を出しなさい。誰でも秘密のひとつやふたつはあるものよ」ラヴィーニア叔母は姪《めい》の手をとんとんと叩《たた》いた。「どんなにお上品なレディだって、人に言えない秘密はある。隠しごとのないレディなどいるもんですか。秘密の中身が世間に知れたら、もう二度とお上品とは呼んでもらえなくなるレディを何人も知ってるわ」

「誰のこと？」

ラヴィーニア叔母が高らかに笑った。「他人の秘密を明かすのはご法度。軽々しく口にするものではないからこそ秘密なのよ。それに、わたしはとっておきの内緒話が大好き。こっそり教えてもらった秘密を、たとえあなたにでももらしたりしたら、今後は誰も打ち明けてくれなくなるわ」

「それはそうね。叔母さまには秘密がある？」

「もちろんよ。秘密ならいくらでもある。人に知られてもかまわないような罪のない秘密から、少しばかりばつの悪い秘密、それに、醜聞すれすれのいかがわしい秘密もかなりたくさん」叔母は涼しい顔で言ってのけた。

うすうす感づいていたことではあったが、コーデリアは目を丸くしてみせた。

「あなたにも秘密はあるでしょう？」

「いいえ、わたしには秘密なんてない」あせって答えた。ブランデーのデカンターを取りあげ、紅茶のカップに盛大に注ぐ。「ぜんぜん。ひとつも。何もなし。秘密なんてありません」

「ほんとに？」ラヴィーニア叔母の視線がコーデリアのカップに移動する。「秘密を守ることにかけて、わたしほど信頼できる人間はいないわよ」

「人に知られては困るような秘密ができたときのために、その言葉を胸に刻んでおくわ」陽気に返して、コーデリアは紅茶を喉に流し込んだ。

言うまでもなく、ウォーレンのことは誰にも知られてはならない重大な秘密だ。いまごろ彼の手もとには、明朝の大英博物館での再会を念押しした短い手紙が届いているはずだ。

レディらしからぬ大胆な行為だが、彼が屋敷を訪ねてくるような事態はなんとしても避けたかった。ことに、ウォーレンの雇主と結婚する以外に道はないと悟ったいまとなっては、そんな危険を冒すわけにはいかない。家を訪ねることは控えるとウォーレンは約束したが、黒い瞳のなかできらめいていたのは、その気になったら何をしでかすかわからないと思わせる危険な光だった。やはり本性は海賊なのだ。

「それなら何を悩んでいるの？」

こんなときに自分の問題を持ちだすのは気が引けた。「べつに、悩みなんてないけど」

「ほんとうに？　裕福なアメリカ人で、しかも大富豪の御曹司でもある男性との縁組が整いつつある若い女性としては、いろいろな疑問や思いが胸に渦巻いて当然だと思うけど」

「縁談の件、知ってるの？」

ラヴィーニア叔母が片眉をあげた。「べつに秘密じゃないでしょう？」

「家族のあいだではね。でも、世間には知られたくない」コーデリアは鼻にしわを寄せた。

「なんだか気恥ずかしくて」

「何が気恥ずかしいの？」

「父親が選んだ夫と結婚するなんて……」思わず小さく身震いした。

「ねえ、コーデリア。おおかたの女性にとって、最初の結婚はそういうものだったのよ。昔はね、夫を自分で選ぶなんて言語道断だと思われていた。結婚とは、政治や財政上の結びつきを得るための手段だったの。両親がすべてを取り決めるのがあたりまえで、当事者の意見など聞いてさえもらえなかったわ」

「そんな時代に生まれなくてよかった」

「ところが、そんなふうにして誕生した夫婦のほとんどが、とてもうまくいっていたの」

呼吸を整えるような間があいた。「あなたが生まれるずっと前の話だから、おそらく聞いたことがないと思うけど、わたしの最初の結婚もお見合いのようなものだった」

「そうなの？」

「わたしと彼の両親は、昔からわたしたちを結婚させるつもりだったのよ。ふたりがそのことを知ったのは、わたしが社交界にデビューしたあとのこと。ひとめ見てチャールズが気に入ったので、こちらとしても縁談に文句をつけようとは思わなかったけど」ラヴィーニア叔母はなつかしそうに口もとをゆるめた。「彼とならいつまでも幸せに暮らせたと思うわ。でも残念なことにチャールズは、それは男っぷりがよくて楽しい性格だったけど、頭のできは見かけほどよくなかったのね。悲劇というより喜劇としか言いようのない事故で命を落としたわ」

コーデリアは驚いて目を見開いた。「いったいどんな死に方をしたの？」

「もう、その話はしないことにしてるの」ラヴィーニア叔母は質問を手で払いのけた。

「これだけ長い年月がたっても、考えるとむかっ腹が立ってね。もしいまも生きていたら、なんでそんなばかなまねをしたのよと、きっと責めたてていたわ。あまりの愚かさに殺意さえ抱いたかも」

「そうなの」コーデリアはあいまいにあいづちを打ちつつ、チャールズ叔父がどんな死に方をしたのか、母親から聞きだすことができるだろうかと頭の隅で考えていた。

「それでも、彼が死んだことで、わたしは好きなように生きる自由を手に入れた。二番めの夫は、これもあなたが生まれる前の話だけど、イタリア人で、最高にロマンティックな人だった。考えてもみて。再婚したときのわたしは、いまのあなたより若かったのよ。マルチェロは背が高くて、誰よりも格好がよくて、それまで見たこともないような漆黒の瞳の持ち主だった。そのなかで溺《おぼ》れてしまいそうになるほど黒々とした瞳が想像できる？」

すぐさまウォーレンの黒い瞳が思い浮かび、コーデリアはこくりとうなずいた。

「もし結婚生活が長く続いたら、彼はおそらく浮気をしていたわ。そういう人なのよ。でも結婚して一年半がたったころ、ローマ郊外にある彼の別荘の庭で情熱的なひとときを過ごしていたわたしたちは、とつぜんのひどい嵐《あらし》に見舞われたの。マルチェロは病気になって、まもなく息を引きとった」ラヴィーニア叔母はため息をついた。夫の死を悲しんでいるのか、情熱的なひとときの記憶に身をゆだねているのか、コーデリアにはどちらとも判断がつかなかった。

「そのあとウォルターと再婚したの。彼はとってもいい人で、最高の話し相手でもあり、愉快な性格で、もったいないくらいにわたしを愛してくれた」

「ウォルター叔父さんなら覚えてるわ」

「彼との結婚生活は二十年近く続いたから、ほかの誰よりも、ウォルターがなつかしく思える。でも、どの結婚も、どの夫も、いまになってみるといい思い出だわ」叔母はコーデリアの手をさすった。「ことにチャールズは忘れられない。あの結婚に関しては、わたしの意見などほとんど無視されたも同然だったけれど」

「でも、彼のことが気に入ったのよね」

「お父さまの話によると、あなたは今回の縁談のお相手のダニエル・シンクレアにまだ会っていないそうじゃないの。会いもしないで、なぜ気に入らないとわかるの？」

「直接顔を合わせてはいないけれど、手紙のやりとりをしてるから」コーデリアは不快そうな表情で説明した。「これまでのところ、あまり好感は持てないわ。正直な話、傲慢で感じの悪いやつよ」

「けっこう。まるで英国紳士みたいじゃないの」ラヴィーニア叔母はポットを持ちあげて自分のカップに紅茶を注いだ。「彼がアメリカ人だからいやがっているのではないかと、少し心配していたの」

「とんでもない。アメリカ人は大好きよ」コーデリアの声は、妙に切ない響きを帯びていた。好きなアメリカ人はただひとりで、今回の縁談の相手ではない。咳払《せきばら》いをして気持ちを静めた。

「そう」ラヴィーニア叔母が紅茶にブランデーを加えた。「何かほかに話したいことがあるんじゃない？」

「いいえ」ためらいの間があいた。「ええ、実はそうなの」いくら口が堅いと保証されても、大事な秘密をおいそれと明かすわけにはいかない。それに、へたに打ち明けたら、ラヴィーニア叔母がやっかいな立場に追い込まれることになる。それでも、やはり何か助言はほしい。「ちょっと考えてるのよ……小説でも書いてみようかなって」そう、これで行こう。「旅行記とかではなくて、筋のある物語を」

「ミスター・ディケンズの作品みたいな?」

「まさにそう。ヒロインはその……ある国のお姫さまで、ひとりの騎士と出会うんだけど、いろいろな事情があって、彼の前では正直な身分を明かさないの。ええっと、自分の侍女のふりをするのよ。最初はごく軽い気持ちで始めたことだったの」コーデリアは早口で言い添えた。「単なるいたずらというか」

ラヴィーニア叔母がうなずいた。「よくあることよね」

「でも何度も会ううちに、お姫さまは騎士に好意を抱くようになる。正直で思いやりのある人だとわかったから。だから彼に真実を打ち明けるべきなんだけど、どうもその勇気が出なくて」

「それはなかなかやっかいね」ラヴィーニア叔母がつぶやいた。

「さらに込み入った事情があるの」

「込み入った話は大好きよ」

「周囲はお姫さまが結婚することを望んでいるの……公爵と。それが不愉快なやつでね。騎士はその公爵に仕えているのよ」

「あらあら、複雑だこと」

「それだけじゃないの。もし公爵と結婚しないと、お姫さまの家族、じゃなくて国は滅びてしまうのよ。つまり財政的な意味でね。彼女はみなしごだから家族はいないんだけど」やれやれ。こんな話ってあるのかしら？「為替相場とか負債とかいろいろな要素がから み合って、このまま何も手を打たなければ彼女の国は大変なことになってしまう」

「とんでもなくひどいことにね」ラヴィーニア叔母が考え深い表情でうなずいた。「波瀾《はらん》万丈なほど物語は盛りあがるものよ」

「まだあるの」

「あら、わくわくするわ」

「万一、財政上の問題が奇蹟《きせき》的に解決しても」コーデリアは言葉を切って、考えをめぐらせた。「たとえば、大昔の宝物が発見されるとかして。そう、それがいいわ。でも、たとえそうなっても、騎士はお姫さまの花婿にふさわしい相手ではないのよ」

「いったいなぜ？　悪党なの？」

「いいえ、まさか」コーデリアは首を横に振った。「だってこの物語のヒーローよ」

「そうね。正直で思いやりのある人ですものね。きっと顔立ちもいいんでしょうね」

「それはもう」

「やさしくて正義感が強くて眉目《びもく》秀麗でなければ、ヒーローにはなれないわ」笑いながら叔母は促した。「先を続けて」

「公爵でなくても、お姫さまの結婚相手は王族の一員でなくてはならない。騎士は平民なのよ」

「それは問題ね」ラヴィーニア叔母が眉根を寄せた。「お姫さまは騎士を愛してるの？」

「本人にもよくわからないみたい。恋愛経験がないから」

「じゃあ、まずその点をはっきりさせないとね」少し考えて付け加えた。「よい作品に仕上げるには」

「ええ、そうよね」

「で、その先は？　どういう結末？」

コーデリアはため息をついた。「さあ、わからない。まだそこまで書いてないし。でも、ほんとうの意味でお姫さまに選択の余地はないと思う」横目で叔母を見た。「何か知恵を貸してもらえるかもしれないとちょっぴり期待してたんだけど」

「そうねえ。国のために自分の幸せを犠牲にするという道もある。お姫さまだって、すべてが手に入るわけではないのだから」

「お姫さまという立場には、重い責任がつきものよね」みぞおちに重いものがつかえるのを感じながら、コーデリアはつぶやいた。「この物語に出てくるお姫さまは、国に対して自分が負っている義務を強く意識しているの」

「それは見あげた心がけだと思うけど、お姫さまにとってはあまり幸せな結末とは言えないわね。彼女が大昔の宝物を発見するという筋書きにしたら？」

「あいにくお姫さまはそこまで利口じゃないのよ」

「困ったわね」ラヴィーニア叔母はしばらく考え込んでいた。「彼女が実際は侍女ではないと知ったら、騎士はどんな反応を示すかしら？」

「眉をひそめるに決まってるわ。公爵への忠誠心が強い人だから。それに、だまされていたと知ったら気分を害するでしょうね」

「いずれにしても、いつかはわかってしまうことよ。ばれないうそはないというでしょ」ためらいの間があいた。「悪いことは言わない。お姫さまは自分で真実を打ち明けることね」

「そうすべきなのはわかってるけど、怖くてできないのよ」ため息混じりの声になる。「騎士に特別の感情を抱いていることに、お姫さまは自分でもようやく気づきはじめたばかりだから。たとえ結ばれないことがわかっていても、彼を失いたくないんだわ」

「騎士に宝物を発見させて、ついでに身分も変えてしまったらどう？　実は、長らく行方不明になっていた王子だったという設定に」ラヴィーニア叔母はしたり顔で笑った。「お姫さまが身分を偽っていたこともきっと許してくれるわ。だってヒーローですもの。ヒーローというのは、愛する人の過ちを快く許すものよ。それに、お姫さまが身分を偽っていたのは、ひとえに騎士を失いたくなかったからでしょう。ふたりはお姫さまの国を平和に治めて、いつまでも幸せに暮らしましたとさ」

「ええ、そういうのもありよね」コーデリアは気弱にほほえんだ。

「でなければ、実際には公爵がそれほど悪い人じゃなかったとか」

「そうはならないの」

「まあ、あなたの言うようにお姫さまに選択の余地がないのなら、その状況のなかで最善を尽くすことね」

「ええ」コーデリアはかすかに顎を持ちあげた。「本人も承知してると思う」

「ただの小説じゃないの。お話なんだから、なんだって好きなようにすればいいのよ」

「もちろんそうよね」

「コーデリア」叔母が探るような目を向けてきた。「ミスター・シンクレアと無理に結婚する必要はないのよ。お父さまの事業が資金難に陥るのはこれが初めてではないし、今回の取り引きの結末がどうであろうと、将来の安定が約束されたわけじゃない。よけいなお世話かもしれないけれど、もしこの結婚では幸せになれそうにないと思うのなら、お父さまにきちんと話しなさいな」

「いいえ、ラヴィーニア叔母さま。話ならもうしたわ。この縁談の成就をお父さまが強く願っているのは、わたしのためでもあるの。実際にそのとおりなんだと思う。やはり結婚はしたいし、これほどの良縁に恵まれることはたぶんもう二度とない」コーデリアは意識して晴れやかな笑みをまとった。「まだ時間はあるわ。再来週、みんながブライトンから戻ってくるまでに結論を出せばいいんだから。それまでに何が起こるかわからないし」

「もしかしたら宝物が見つかるかもね」

それに、平民が王子になることだってあるかも……。そんな妄想をコーデリアは振り払った。「望みは捨てないでおくわ」

ラヴィーニア叔母がコーデリアの手に自分の手を重ねた。「お姫さまも楽じゃないわね」

コーデリアは無理して笑った。「そんな。ただの物語よ、叔母さま」

「ええ、もちろんわかってますよ」手を引っ込めたラヴィーニア叔母は、その手でカップを持ちあげた。「でもわたしにはこう思えるのよ。もしお姫さまが国のために自分の幸せを犠牲にするつもりなら、せめて限られた時間を心の命じるままに過ごすべきだって。騎士とふたりで、楽しい思い出をたくさんつくるのよ」コーデリアの瞳をのぞき込む。「もちろん、礼儀作法に反する行動や、悪い噂《うわさ》のもとになるようなまねは禁止よ。王立公園や王宮での舞踏会などの、人目のある場所で会うの。お姫さまにも多少の自由はあっていいはずだし、すてきな思い出だって必要よ。でも、お姫さまの評判に傷がつくようなことがあってはならない」

コーデリアはゆっくりとうなずいた。「ええ、もちろん」

「それならこんどは新しい本のお話を聞かせてちょうだい。お父さまから聞いたけど、出版社が興味を示してるそうじゃないの。その後、話は進んでいるの？　それからコーデリア、お茶を飲みなさいな」ラヴィーニア叔母はにこやかにほほえんだ。「びっくりするほど元気が出るわよ」

「エジプトへ戻った気分？」ウォーレンの声が背後から響いた。しかし声を聞く前から、彼がそこにいることがコーデリアにはなぜかわかった。

　圧倒的な存在感を有する巨大彫刻や、体の一部が欠けた王や神官の像がずらりと並んだ大英博物館の広大なエジプト展示室で、生身のウォーレンの存在を肌で感じたのは奇蹟にも等しい。特別の感情がなければありえないことだ。

「いいえ、あいにく。いくらなんでもそれは無理よ」コーデリアは残念そうなため息をついた。「エジプトは最高だった。過去に訪れたどこよりも気に入ったわ」肩越しに振り向いてウォーレンを見た。黒い瞳でほほえみかけられたとたん、心臓の鼓動が跳ねあがった。

「でも、すばらしい場所はほかにもある。たとえば、ペトラってご存じ？」

「いや、聞いたことがない」

「アラビア半島にある都市で、あれこそまさに驚異の景観ね。薔薇《ばら》色の岩から彫りだしたお墓や宮殿が町を埋め尽くしているの。光線の加減で、その岩が微妙に色を変えて光るのよ。大変な苦労をしないとたどり着けないけれど、その価値はあるわ。そういう場所に身を置くと、魔法の存在を信じずにはいられなくなる」

「きみは魔法を信じるかい、サラ？」

　あらら、拍子抜けするほどあっさりとサラと呼ばれてしまった。わざとらしさのみじんも感じられない、ごく自然な調子で。でも、考えてみれば当然かもしれない。キスをした仲なのだし、正式に家を訪問したいと申し込まれたのだ。こちらも心のなかでは彼をウォーレンと呼んでいる。しかも近ごろは、彼のことを考えてばかり。

「ウォーレン、魔法の正体は、自分の見たいものだけを見て、見たくないものを見ないこと。言うなれば、単なる事実誤認よ」言い終わらないうちに取り消したくなった。これではまるで頭のがちがちな家庭教師だ。「それでも、魔法の存在を信じたくなるというより、魔法でなければ説明がつかないような場所が地球上にはいくつもあるわ」

「魔法でなければ説明がつかない、か。そいつはいいね」陽気な笑い声をあげたウォーレンがいったん言葉を切った。「人間関係にも魔法は存在するだろうか」

「人間関係?」コーデリアはさりげない調子を装った。「それはつまり、恋愛という意味?」

「さあ、自分でもよくわからない」ささやくような声だった。じっと瞳を見つめられた瞬間、ふたりのあいだにあるものの正体に相手も確信が持てずにいることをコーデリアは悟った。

「ウォーレン、歴史はお好き?」張りつめた空気を破るために、唐突に問いかけた。

「大昔に死んだ人間の名前や、過去の戦の年月日を暗記するのが好きかって? いや、あまり好きじゃない。学生時代、あんな退屈な科目はないと思っていたよ。でもこれはべつだ」ふたりの周囲に立ち並ぶ古代エジプトの王や王妃の像を、ウォーレンは手ぶりで示した。「なんというか、血が通っている」

「そうでしょう。だからわたしは旅が好きなのよ。地球上には、何世紀も前の生命がいまも息づいているような土地がたくさんある。そういう場所に身を置くと、歴史を旅している気がするの」

「じゃあきみは歴史が好きなんだね」

「好きよ。外国旅行などしたことのなかった時分から、過ぎ去った遠い時代に心を引かれていたわ」横目で彼を見る。「この国はすばらしい歴史に恵まれていることだし」

「ああ、その点は言われなくても承知している」ウォーレンが小さく笑った。「どんな鈍い人間だってわかるさ。ロンドンは古い都市だから、町並みがどんなに近代的になっても、やはり歴史の重みを感じずにはいられない。すごいことだと思うよ」

「残念ながら、ミスター・シンクレアはそう考えていないわ」冷ややかな口調になった。「レディ・コーデリア宛《あて》の手紙によると、歴史や伝統にはまるで興味がないんですって。英国の歴史や文化も無価値だと思っているとか」

長いあいだウォーレンは無言だった。「心にもないことを言ってるだけだよ」

コーデリアは取り合わなかった。「まさか、ありえない」

「わかってあげてくれないかな。おそらくミスター・シンクレアは怖がってるんだと思う」

「怖いって、何が怖いの？　まさかレディ・コーデリア本人のことじゃないでしょうね」

「この状況さ。こんなことを言っても信じてもらえないかもしれないが、今回の縁談に関しては彼もとまどっているんだ」

「いちばん大きな犠牲を強いられるのは彼女よ。会ったこともない男性との結婚を迫られているばかりか、生まれた国を離れて、知らない国で一生暮らすことになるかもしれないのだから」

「彼の立場だって決して楽じゃない。本人の意思とはまったく関係なく、父親が交わした取り決めのせいでこんな立場に置かれてしまったんだからね。それでも、父の約束を反故《ほご》にするわけにはいかない」ウォーレンは肩をすくめた。「それに、困惑しているのはおたがいさまだ。彼は会ったこともない女性との結婚に、控えめに言っても、不安を抱いている。祖国とはまったく異なる環境で、妻が幸せに暮らしていけるかどうか確信を持てずにいるんだ」

「妻の幸せを気にかけているの？」

「大いにね」やけに力強くウォーレンは断言した。「ほかにも心配の種はある。夫婦間にいつかは愛情が育つのか、それともおたがいに反発しながら一生を過ごすことになるのか。そんな事態になったら悲惨だからね。彼としては自分が不幸な人生を送ることも望まないし、不幸せそうな妻の姿も見たくない。そうはいっても、名誉を重んじる人間である以上、今回の縁談を自分自身でどうこうできるわけでもない」しばらく言葉がとぎれた。「決定権はレディ・コーデリアにある。決めるのは彼女だ」

「お姫さまだって、すべてが手に入るわけじゃない」コーデリアは口のなかでつぶやいた。

「失礼。何か言った？」

「いいえ、何も」深々と息をついた。「彼女に選択の余地はないのよ、ウォーレン。父親どうしの取り決めがあるうえに、一家の経済状況は逼迫《ひっぱく》しているの。そのことを考えたら、結婚を断るなんてとても無理だわ」鼻にしわを寄せる。「そんな勝手なまねはできない。自分の望みしか考えないなんて」

「彼女の望みとは？」

「女性なら誰でも望むものよ。愛し愛されて結婚すること」

「それは意外だな。今回の問題に愛は関係ないときみは言ったはずだ」

「それはそう。でも、相手と直接顔を合わせる日が近づくにつれて、やはり愛情は欠くべからざる要素だと考えるようになったのよ」

長い沈黙が続いた。「父親どうしの取り決めから、もし結婚の条項が削除されたら――」

「うれしさのあまり、その場で踊りだすでしょうね」気づくと、思ったままに口にしていた。「ミスター・シンクレアもほっとするかしら？」

「どうだろう」ゆっくりとした口調だった。「最近では彼女に尊敬の念を抱きはじめているような印象をぼくは受けた」

「尊敬の念ですって？」素直には信じられなかった。「文面からは、そんな気配はまるでうかがえないようだけど」

「ときおり、愚かなふるまいをしでかす男だからね」

「ときおり？」

「簡単には抜けだせないようなやっかいな状況に自分を追い込む傾向があるという評判だ」

「それなら、ふたりはお似合いかもしれないわ」コーデリアは小声で言った。

「じゃあぼくたちは?」視線がからみ合った。どこまでも深い一途《いちず》なまなざしを目にした瞬間、コーデリアはまたしてもへなへなと崩れ落ちそうになった。そして、われながらばかげていると思いつつ、そうなってもかまわないと思った。「ぼくたちはお似合いだろうか」

「そんなこと、考えたこともなかったわ」うそだった。

「ぼくたちには共通点がたくさんあると思う」

「そう?」

ウォーレンが身を寄せてきて、ひそやかな声で言った。「どうやらきみに恋をしたらしい」

胸の鼓動が速まる。

「それだけじゃない。きみもぼくに恋してると思う」

「その見方は少しばかり……自信過剰じゃないかしら、ミスター・ルイス」

ウォーレンが頬をゆるめた。「案外、図星だったりして」

「もしわたしが恋していたらどうなの?」コーデリアはつんと顔をあげた。

「きちんと話し合うべきだと思わないか?」

「おたがいに、相手のことはほとんど何も知らないのよ」

「否定はしないんだね」

否定すべきだと頭では理解しているのに、なぜだか言葉が出てこなかった。「おたがいに、相手のことはほとんど何も知らないのよ」


「肝心なことはわかっている」すでに決意を固めた人間の口調だった。

取り合わずに、コーデリアは続けた。「あなたが何を好きで何を嫌いか、そういったことをわたしは何も知らないわ」

「いいだろう」ウォーレンはしばらく考え込んだ。「ぼくは甘いものが好きで、上質の葉巻と極上のコニャックも好きだ。歴史に関しては、本で読むだけではあまり興味が湧《わ》かないが、そのすばらしさが体感できる環境に身を置くと感動する」

思わず笑みが浮かんだ。「それはもう知ってるわ」

「旅行は好きだが、そろそろふるさとが恋しくなってきた。ぼくが生まれたのはセントデニスという小さな町で、実家はいまもそこにあるが、ぼくは何年も前からボルティモアで暮らしている。すてきな町だよ。観劇が好きで、ことにシェイクスピアには目がない。誘われればオペラにも出かけるが、あまり熱心なファンではない。この点については今後、方針転換を迫られることになるかもしれないな。自分がひとりっ子だったから、大家族にあこがれている。それに大きな犬もいいね。小型犬なんか飼っても時間の無駄だ」

コーデリアは思わず吹きだした。

「人生は思うように進んでいるし、将来の展望にも満足している。自分の手で築いた鉄道網がやがて発展して、人や物資を短時間で効率的に目的地に運ぶ日が来ると思うと、うれしくなる。未知の土地を旅行するのは楽しいが、そこへ行き着くまでが大変だというのはきみも認めるだろう?」

「ええ、でも大変だからよけいにわくわくするのよ」

「観光旅行ならそうかもしれない。しかし何かの用事で移動する場合は、わくわく感より利便性のほうが優先する。そう思わないか?」

しばらく考えたのちに、コーデリアはうなずいた。「たしかにそうね」

「ほかにぼくが好きなものといえば……」展示室の遠くの一点を見つめて、ウォーレンが考え込むように額にしわを寄せた。「雪が降る直前の、身の引きしまるようなすがすがしい空気のにおい。それから、神の怒れる手のごとく大海原を激しく吹き荒れる嵐。それから……」目と目が合った。「嵐の前の海の色を思わせる緑の瞳」視線が口もとに移動する。「はねつけるべきか受け入れるべきか、決めかねているような唇」

唇をかみたくなるのをコーデリアはこらえた。

「どう見ても奇妙な形なのに、きみがかぶると少しも滑稽《こっけい》に見えない帽子の数々。それに、癖のある髪」手をのばして、おかしな角度に飛びだしているひと房の髪を耳の後ろにかけた。「まるで、妙な帽子の内側に押し込まれるのはごめんだと主張しているみたいだ」喉の奥で小さく笑う。「その気持ちはよくわかるが」

「最新流行のデザインなのよ」その声は言い訳のように響いた。

「決然とした表情で肩をそびやかすところや、つんと顎をあげる癖、それに頑固そうなそのまなざしも好きだ」顔を近づけて声を落とす。「それに、抱き寄せてキスしたとき、まるであつらえたようにきみの体がぼくの腕のなかにすっぽりと収まるあの感覚がたまらない」

コーデリアは言葉もなく見つめた。

体を起こして、ウォーレンが笑いかけた。「次はきみの番だ。ミス・パーマー、きみは何が好き？」

「わたしが好きなのは……ええと……」コーデリアはごくりと唾《つば》をのみ込んだ。こんな会話を交わすなんてばかげている。わたしが何が好きだろうと、ふたりの関係に未来はないのだ。「まず旅行。それから歴史。それに……帽子」なんだか頭がまともに働かない。心にあるのはただひとつ。展示室を見てまわっている観光客の目の前で、オシリスやホルスをはじめとする多くのエジプトの神々が目を光らせているこの場で、彼の腕のなかに飛び込んでしまいたいという強い欲求だけだった。でも、いまはそんな心の声に耳を傾けている場合ではない。すぐさままわれ右をして、古代エジプトの栄光が色濃くただよう聖なる広間を駆け抜け、何があっても止まらずにどこまでも走りつづけて、海賊を思わせる黒い瞳と、そのまなざしが語りかけてくる甘い約束から逃げるべきだ。

とはいえ、お姫さまにもすてきな思い出ぐらいあっていい。

「秋、それにシャンパン、それからチョコレートも好きよ。ほかに好きなのは……」しばらく考えをめぐらせた。「初めて訪れた町や国で、通りを曲がった先に何があるんだろうと想像するときの胸のときめき。旅先で目覚めたとき、自分がいまどこにいるのか一瞬わからなくなるあの感覚も好きよ。すぐにここはアテネだとかローマだとかウィーンだと思いだして、そこからまた新たな冒険の一日が始まるの。大海原から朝日がのぼる光景も、海面に太陽が沈む光景も、どちらも見ることができてよかった。博物館が好きなのは、偉大なる先人たちの前では自分の存在がいかにちっぽけなものか理解できるから。どこまでも広がる砂漠の端に立つと、神が創造した世界のなかでは自分など吹けば飛ぶような存在だと気づかされるのよ」ゆっくりと笑みを浮かべた。「それに、洋上を吹き荒れる嵐も好き」

「それから?」含みのある問いかけだった。

「それから」深く息を吸ったコーデリアは、頭のなかで響く警告の声を無視して、思うままを口にした。「この飢えを満たせる人間はほかにいないと言いたげに、あなたがわたしを見るときの熱いまなざしが好き。黒々としたあなたの瞳も気に入っているし、その瞳を見つめるには思いきり上を向かなくてはならないところも、いよいよ見つめ合うと体の内側がとろけそうになる感覚も好き。あなたの笑い声を聞くと胸がときめくし、なぜだかわからないけど、姿を見なくてもあなたの気配を感じとれるの。それから、キスされると外の世界はすべて消えてしまうみたいな、あの感覚もすてき」じっと目を見て、黒い瞳から放たれる熱に溶かされないように気持ちを引きしめた。「抱き寄せられるとすっぽり体が収まって、ここが自分の居場所だと感じるわ」

ウォーレンがゆっくりとほほえんだ。「これでおたがいのことがよくわかったね、ミス・パーマー」

「そのようね、ミスター・ルイス」

「でも、もっと学ぶべきことがある」

「ええ、もちろん」

「それにはかなり長い時間がかかる」ためらいの間があいた。「おそらく何年も」

「とても長い時間ね」これ以上、こんな会話を続けるわけにはいかない。コーデリアはひとつ大きく息を吸った。「ミスター・ルイス」

「ミス・パーマー」ふたりの声が重なった。一拍置いてウォーレンが続ける。「ぼくは決めた――」

「あなたに言わなくてはならないことが――」

「やはりこうするしかないと――」

「これ以上お付き合いを進める前に――」コーデリアは言葉を切った。「ふたり同時にしゃべっていたら、何ひとつ問題を解決できないわ」

「解決すべき問題はたくさんある」ウォーレンがぼやいた。「しかし、ここはそんな話し合いにふさわしい場所ではない」

何千年も秘密を守りつづけている石像たちを、コーデリアは見渡した。「ええ、そのようね」

「正式に訪問するのは遠慮してほしいときみが思っているのは承知している。きみの立場を考えれば、やむをえないと思う」

「ええ。立場上、いろいろやっかいなのよ」小声で言った。

「それでも、ぼくは明日、きみの家を訪ねようと思う」きっぱりとした声だった。「正直なところ、このゲームには飽きてきた」

「そうなの?」コーデリアは作り笑いをした。「わたしは胸躍る冒険だと思っていたけど。終わらせてしまうのはもったいないわ」

「ああ、たしかに最初はそういう面もあったし、終わらせるのが惜しいとは思う。ただ、冒険の醍醐《だいご》味はその始まりにあるような気がするんだ」にっこりと笑いかけて、腕を差しだす。「しかし現在の話はこれぐらいにしておこう。このすべてについて、ぼくよりきみのほうが詳しいはずだ」

コーデリアは驚いて目を丸くした。「すべてって、なんのこと?」

「石像に、彫刻に、古代エジプト遺跡のさまざまな破片」おもしろがるような目で見つめてきた。「なんだと思った?」

「わたしだって石像や彫刻のことだと思ったわよ。だって……結局はそういうものが冒険の本質を体現しているのだから。ええ、たしかに詳しいわ」内心うめきたくなった。とても教養ある女性の受け答えとは思えない。「古代エジプトに特に精通しているわけではないけれど、それでもまあ知識はあるほうね。それに、言うまでもなく現代のエジプトについても」

「それなら、ミス・パーマー」もったいぶった口調でウォーレンが切りだした。「厚かましいお願いですが」目と目が合った。「ぼくの案内役になっていただけますか？」

たっぷりと視線をからませてから、コーデリアはゆっくりとほほえんだ。「ええ、喜んで。ミスター・ルイス」彼の腕を取って、すぐそばの石像を指さした。「ではここから始めましょう。カルナックで発見されたこの像は、トトメス三世のものだと考えられ……」

それからの数時間、コーデリアはエジプトの王や神々で埋め尽くされた展示室を案内してまわった。人間や鷹《たか》の頭をしたいくつものスフィンクスのあいだを通り抜け、リュキア地方の展示室ではクサントスで発見された大理石像を鑑賞した。エジプト彫刻と、優美さが際立つギリシア彫刻の違いについて、ふたりは議論を交わした。あれやこれやで、コーデリアはこのうえなく楽しいひとときを過ごすことができた。ウォーレンは知的な質問を投げかけてくるうえに、鋭い観察眼の持ち主で、独特のユーモアのセンスに恵まれていた。まさに理想的な組み合わせだ、とコーデリアはあらためて思った。だから何かが変わるというわけではないけれど。

この日はふたりで過去をさまよい歩いた。明日はきっと将来のことが話題にあがるに違いない。となると、すべてを打ち明けて、ふたりに未来はないことを伝える機会は今晩しかない。その結果、きっと誰かが悲しい思いをする。彼の心を傷つけてしまうかもしれないと思うと、コーデリアは胸が痛んだ。

傷つくのは彼だけではないと悟って、また胸が痛んだ。

12

英国人の感性に照らし合わせると、現地の人々の習慣はときに不快なものに映るかもしれませんが、そういうときこそ、自分がよその国を訪れている客人であることを思い起こして、忌憚《きたん》のない意見や感想は胸にしまっておくようにしましょう。

『英国婦人の旅の友』より

親愛なるレディ・コーデリア

先日はご気分をそこねるようなことを書き連ねてしまい、まことに申し訳なく思っております。おっしゃることはよくわかりました。ご意見に全面的に賛成はできませんが、おたがいのものの見方や考え方が、それぞれの国が持つ歴史や置かれた状況によって形作られたものだという説はそのとおりだと思います。偏った愛国心から、前回は両国の堅固な結びつきより対立面を強調するという愚を犯してしまいました。どうかお許しください。

重要なのは相違点でなく類似点だと思います。実際、両国には多くの共通点が……。

ウォーレンとミスター・シンクレアが借りている家の数軒手前に停《と》めた馬車のなかで、コーデリアは勇気をふるい起こした。彼が自宅に訪ねてくることだけは、なんとしても食いとめなければ。家にはホッジズのほかにラヴィーニア叔母とサラ、それにいまはウィルまでいる。ころ合いを見計らって自分から打ち明ける前に、そのなかの誰かがウォーレンに真実を明かしてしまわないともかぎらない。それでなくてもやっかいな状況なのに、そんなことになったら最悪だ。やはり、いまのうちに自分で告白するしかない。これ以上引き延ばすのは不可能だ。

長身で黒みがかった髪の男性が家の外へ出てきた。きっとこれがミスター・シンクレアだ。たしかに顔立ちは整っている、とコーデリアは内心しぶしぶと認めた。まあ、鼻持ちならない気取り屋と結婚しなくてはならないのなら、せめて顔ぐらいはよくないとね。とはいえ、届いたばかりの手紙はこれまでの調子とは一転して、歩み寄るような友好的な文章でつづられていた。たぶんウォーレンの言うとおりなのだろう。今回の縁談について、相手もこちらに負けないほど大きな不安を抱いているのだ。家族がブライトンから戻り、ミスター・シンクレアと直接顔を合わせるときまで、あと二週間ある。それまでにはこれも縁だと観念して、定められた運命を粛々と受け入れられるようになっているかもしれない。

今夜こそ、ずるずると先延ばしにしてきた計画を実行に移すのだ。そしてもうひとつ、解決すべき大きな問題がある。わたしはウォーレン・ルイスを愛している。それも狂おしいまでに熱烈に。その相手に今夜、別れを告げなくてはならない。

ミスター・シンクレアとの結婚を断ることも不可能ではない。一家の経済にとっては打撃だが、おそらく破産まではしないだろう。それでも家族は、特に父は、これまでコーデリアの望むものすべてを与えてくれた。父のおかげで旅行もできた。あらゆる意味で、世界を与えてくれたのだ。せめてもの恩返しに自分ができるのは、眉間《みけん》のしわの原因となる気苦労の種をひとつでも減らし、伏し目がちのその瞳に希望の光を灯《とも》すことではないか。娘なら、いや大人なら、いやお姫さまなら、それが義務と心得るべきだ。

やはり手遅れになる前に、ウォーレンに事実を告げるしかない。

コーデリアは御者の助けを借りて馬車を降りた。ステップをあがって正面玄関の扉をノックする。付き添い役もなしに未婚女性がひとりでよその家を訪ねるのは礼儀作法に反するが、いまさらそんなことを気にしても始まらない。愛している男性に、自分が別人のふりをしていたことを打ち明け、おまけにべつの男性との結婚が決まっていることを伝えなければならないのだ。しかもその相手は彼の雇主であり、親友でもあるという事実を……。数分後には、もう顔も見たくないと冷たく告げられて、胸が張り裂けるような思いを味わうことになるのだろうが、それもすべて身から出た錆《さび》だ。

扉を開けた執事に、愛想よくほほえんでみせた。「ミスター・ルイスにお会いしたいのですが」

値踏みするような目で彼女を見た執事は、立派な家柄の女性だと判断したらしく、玄関の間へ招き入れた。「あいにくですが、お嬢さま、ミスター・ルイスは外出中です」

コーデリアは混乱して尋ねた。「それは何かの間違いじゃありません？」

「間違いではございません。わずか二分ほど前に、この扉から出ていかれました」

「二分ほど前ですって？」執事を凝視した。「さっき出ていった方がミスター・ルイスだというの？　ミスター・ウォーレン・ルイス？」

「こちらにお住まいの、ただひとりのミスター・ルイスです」

「外出なさったのはミスター・シンクレアではなくて？　あなたは何か勘違いしているのでは？」

執事が鼻で笑った。「わたくしは勘違いなどいたしませんよ、お嬢さま」

「ほかに出ていった人は？　つまり、この数分のあいだに」

「人の出入りはございませんでした」

背筋が寒くなるような筋書きが頭の片隅にちらついた。うそ、何かの間違いに決まっている。「それなら……ミスター・シンクレアはご在宅？」

「はい、事務室においでです」

「念のためにおうかがいするけれど」内緒話をするように、コーデリアは声をひそめた。「彼とミスター・ルイスは似ている？」

「背の高さと体格だけでなく、髪と目の色も似ていらっしゃいます。実の兄弟のようでございますよ、お嬢さま」頭を寄せ、相手に合わせて声をひそめる。「もっとも、信頼できる筋から聞いた話ですが、アメリカ人だからといって誰もがみな似通っているわけではないそうです」

「それを聞いて安心したわ」コーデリアはしばらく考え込んだ。でもまさか、そんなことはありえない。「ところで、ミスター・シンクレアは海賊のような雰囲気の持ち主かしら」

執事の眉が弧を描いた。「海賊ですか？」

「顔に傷がある？」自分の右眉のすぐ上を指で示した。「このあたりに」

「はい、ございます」

「そうだったの」衝撃のあまり、コーデリアは満足に息もできなかった。ウォーレン・ルイスだと思っていた男性が、実際はダニエル・シンクレアだった？　あのダニエル・シンクレア？　例の縁談の相手？

「お嬢さま？」

魅力的な海賊が、鼻持ちならない気取り屋と同一人物だった？　このわたしをずっとだましていた？　あざむきつづけていた？　文字どおり、海賊並みのあくどさだ。

「ご気分でもお悪いのではありませんか？」遠慮ぎみに、執事が心配そうな声をかけてきた。「お顔の色がすぐれませんが」

「あらそう？」コーデリアはうわの空だった。

ウォーレンだかダニエルだか知らないが、その男はわたしにキスをしたのだ。なんて厚かましい！　キスをされただけならまだしも、相手がダニエル・シンクレアだとは知らずに、こちらからもお返しをしてしまった。相手はウォーレン・ルイスだと思っていたのだ。温厚で正直なウォーレン・ルイスだと。

それなら、ダニエル・シンクレアは誰にキスしているつもりだったのだろう。まさか縁談の相手とは思っていないはずだ。それどころか、まったくべつの女性だと承知のうえでキスしたのだ。サラ・パーマーと。許せない。とんでもない悪党だわ！　こちらも縁談の相手とは異なる男性とキスしたけれど、それはごく軽い過ちで、大騒ぎするようなことではない。あざむいていたのはこちらも同じだけれど、そんなことは関係ない。コーデリアの怒りに火がついた。猛烈に腹が立ってならなかった。

「ご気分がよくなられましたか？」

「え、なんですって？」

「お顔に赤みが戻ってきましたので」執事はまだ心配そうだ。「それでも、少し腰をおろしてお休みになられたほうがよろしいのでは」

「ご親切にどうも。でもだいじょうぶよ」コーデリアはきっぱりと答え、その言葉に偽りがないと知った。どうやら、ここまで激しい怒りに包まれると、かえって心がしんと静まり返るらしい。新たに判明した事実を頭のなかで整理して対策を練るには好都合だ。

それにしても、こんなばかな話があるだろうか。あれだけどきどきはらはらさせられたというのに、結局は結ばれるべき相手と恋に落ちていたのだ。そうとわかると、許せないという気持ちがひしひしと胸に押し寄せた。

ひとつ大きく息を吸って、とっておきの笑みを執事に投げかけた。荷物運びや門番、それにホテルの支配人相手に使えば、最上のサービスが提供されること間違いなしの必殺技だ。「あなたのお名前を教えてくださる？」

「ギリアムです、お嬢さま」

「では、ギリアム。お手数だけどミスター・シンクレアに伝えてくださるかしら。ミス・パーマーがミスター・ルイスに会いに来ましたと」

「もちろんかまいませんが、ミスター・ルイスはお留守です」

「そのことは、わたしもあなたも承知しているし、おそらくミスター・シンクレアもご存じでしょうけど、わたしが知っているという事実を彼は知らない。わたしが知っていることは、ここだけの秘密にしていただきたいの」

ギリアムはしばらくぽかんとしていた。「仰せのとおりに」

「それから、どんなことを耳にしても驚いた顔をしないで」

「お嬢さま。アメリカ人が屋敷の借り主になればいろいろ奇想天外なできごとが起こりますが、わたくしは個人的な感情を決して顔に出しません。それでは失礼いたします」そう言うと、執事は玄関の間を横切ってある部屋の前で立ちどまり、扉をノックしてから室内へ入った。

何があっても動じないあの落ち着きぶりが、コーデリアはうらやましかった。ここはひとつ冷静にならなくては。予想外の展開に、なんだか頭がついていかない。

お姫さまだってすべてが手に入るわけじゃないなんてうそばっかり。すべてを手に入れることは可能だし、かならず手に入れてみせる。平民のふりをしていた騎士は、実は王子だったのだ。しかし身分を偽った者は代償を支払うことになる。具体的に何を求めるべきかまだわからないが、過去の経験から、ここぞというときに名案がひらめくことをコーデリアは確信していた。

ギリアムが玄関の間に戻ってきた。「お帽子とマントをお預かりいたしましょうか」

「ええ、どうも」コーデリアはリボンをほどいて帽子を差しだし、丈の短いマントを脱いでから、少し考えて手袋もはずした。

うやうやしく受けとったギリアムは、すべてを従僕に手渡した。「いましばらくお待ちくださいませ」事務室らしき部屋へまた戻っていったが、彼が室内へ姿を消したあとの扉はかすかに開いたままになっていた。コーデリアは部屋に近づいた。

「茶色でございます」ギリアムが答える声が聞こえた。「金色と茶色を見間違えることはございません。ミス・パーマーの髪は濃い茶色でございます」

ウォーレン──というよりダニエル──の問いは、はっきり聞きとれなかった。

「緑です」ギリアムがさらに答えた。「間違いなく緑です。非常にめずらしい色合いだと存じますが」しばらく間があいた。「さあ、嵐《あらし》の前の海を見たことはございませんので」

コーデリアは扉から離れた。ウォーレン、いや、ダニエルは、ウォーレンとの面会を求めてきた女性の髪と目の色を尋ねているのだ。いったいなぜ……。

即座に答えがひらめいた。本物のサラはブロンドで、茶色い瞳をしている。でも、ウォーレン、いや、ダニエルがそのことを知っているはずがない。もし知っているとしたら、その理由は……。

ひとつしかない。本物のサラ・パーマーと会ったことがあるのだ。ということはつまり、彼はこちらの正体を知っている。

コーデリアはうねるような憤《ふん》怒《ぬ》の波に襲われた。人をばかにするにもほどがある。問題は、彼がいつから知っていたかだ。そして、こちらはどんな対抗手段をとるべきか。

玄関の間に戻ってきたギリアムが、コーデリアを事務室に案内して、外から扉を閉めた。ウォーレン――実際にはダニエルで、コーデリアの心のなかの呼び名もダニエルに変わりつつある――が、机の奥からこちらに向かって歩いてきた。上着をつけず、シャツの衿《えり》ボタンをはずしたその姿は、ゆったりとくつろいで、女心をそそる魅力にあふれている。

だがその顔にあるのは、驚きとかすかな不安をたたえた自信なさげな笑みだった。「サラ、びっくりしたが、来てくれてうれしいよ」

その瞬間、コーデリアはどうすべきか悟った。気持ちのおもむくままに行動すればよいのだ。彼にはいい薬になる。

「ウォーレン！」飛ぶように部屋を横切って、コーデリアは彼の腕のなかへ飛び込んだ。

「サラ」ダニエルが言いかけた瞬間、唇が押しつけられた。驚きが歓《よろこ》びへ、そして欲望へと変化していく。耐えがたいほどの切迫した欲望へと。彼女の唇は温かくふっくらとして、くちづけには熱い思いがこもっていた。思わず抱き寄せたダニエルは、感極まってわれを忘れそうになった。ほてった体が密着し、唇が貪欲《どんよく》に押しつけられる。初めて会ったときから、この女性と愛を交わしたいと思っていた。ようやく夢が……。

いやいや、とんでもない。いったいおまえは何をやってるんだ？　何を考えてる？　実際のところ、何も考えていなかった。そのせいで、これまで何度へまをしてきたことか。

首にまわされた二本の腕をそっとはずして、一歩後ろへ下がり、彼女の手を両手で握った。「コー、いや、サラ」きっぱりとした口調で呼びかけた。内心ではこの女性のことをコーデリアと認識するようになっていたが、表向きはサラと呼ぶべきだ。今朝、悪戦苦闘してそのことを頭に叩《たた》き込んだのだ。「こんなことは礼儀作法に反するよ。ついでに言うなら、きみがここへ来たことも問題だ。付き添いも連れずにひとりきりで」

「ああ、ウォーレン、ウォーレン、ウォーレン」悩ましくため息をついて、彼女がまつげをぱちぱちさせた。「礼儀作法なんか気にする段階はとうに過ぎているんじゃないかしら。あなたはそう思わない？」

「いや、なぜそんなふうに思うのかな」用心深くダニエルは答えた。

「いやねえ、ウォーレン。これまでだっていつも秘密の逢引《あいびき》だったじゃないの」そう言われればたしかにそうだ。

「たとえそうでも、会うのはいつも人目のある場所だった。不適切なふるまいは何ひとつしていないと主張することも可能だ」このもったいぶった物言いはなんだ。どうやら英国暮らしが長くなりすぎたようだ。

彼女が顔を近づけてきた。「それは残念ね。そう思わないこと、ウォーレン？」

「残念とは、何が？」

「あら、わかってるくせに。ウォーレンったら」

ダニエルは彼女をじっと見た。「なぜそんなに名前を連呼する？」

「あなたの名前が好きだからよ。舌の上をころがる感じがたまらないわ。ウォー」そこまで言って大きく息を吸い込み、後半をゆっくりと発音した。「レン」

ダニエルはごくりと唾《つば》をのんだ。ただの名前がこれほど官能的に聞こえるとは。

「あなたの名前ってほんとうにすてきよね、ウォーレン」ため息のようにそっとつぶやく。「すばらしい名前だわ。力強くて男らしくて正直で。ドイツ語で忠誠心を意味することを知ってた？　人柄そのものよね」

「ただの名前だよ。たとえば……ダニエルと同じ。ダニエルはすてきな名前だ。意味は……」意味など知らなかった。

「神がわたしを裁くという意味よ。ヘブライ語で」天真爛漫《らんまん》な表情で相手は笑った。天真爛漫すぎて、なんだか怖かった。

「つきつめて考えれば、神はすべての人を裁くんじゃないかな」ゆっくりと反論を試みた。

「それならみんなダニエルと改名すべきね」彼女があでやかな笑みを投げてよこした。「でも、かなり紛らわしい状況になるわよ。ダニエル・シンクレア、ダニエル・ルイス、ダニエル・パーマー、ダニエル・なんとか、ダニエル・かんとか。どこを見ても周囲はダニエルだらけ。ダニエルと呼ぶと、みんなが返事をする」

ダニエルは思わず頬をゆるめた。「そんなばかな」

「でも、笑える」握られていた手を引き抜いた彼女は、その手を彼の胸に置いて、ため息混じりに告げた。「それでも、わたしは神の怒りより忠誠心のほうが好き」

ダニエルは不満げに眉をひそめた。「さっきは、神がわたしを裁くという意味だと言ったのに」

「審判のあとには恐ろしい罰が待っているのよ」強調するようにダニエルの胸をとんとんと叩いて、それから背を向けた。「もっとも、どんな名前でもたいした違いはないと思うけど」

「シェイクスピアも同じ考えだった」自信がないときは、古典を引き合いに出せば間違いない。そういう意味でシェイクスピアほど出番の多い作家はおらず、現在のダニエルほど自信のない人間もいまだかつて存在しなかった。たとえ呼び名がなんであろうと。「〝名前になんの意味がある？　薔薇《ばら》の花をべつの名前で呼んでも、甘い香りに変わりはない〟」

「あらまあ、シェイクスピアのお出まし？　思いがけないときにわたしが現れたものだから、こちこちになってるのね」彼女がにんまりと笑った。「そういうところもかわいいわ。

でも、シェイクスピアを引用するなら……」ひょいと肩をすくめる。「どんな状況であろうと、その場にぴったりのせりふがいくらでもある。そうねえ」いったん言葉を切って、人差し指の先で顎を軽く叩いた。「〝すべての人を愛し、少数の人だけを信頼し、誰にも害をなさないように〟。これは『終わりよければすべてよし』のせりふ。それから〝正直にまさる宝はない〟というのもあるけど。これも『終わりよければすべてよし』からよ」問いかけるように眉をあげた。「はい、どうぞ」

「どうぞって何が？」

「こんどはあなたが引用する番よ。何かひとつぐらい思いつかない？」

「何も浮かばないな」

「シェイクスピアが好きなのかと思ったのに」壁に並んだ額入りの版画を見るともなく見ながら、彼女は室内を歩きまわった。「それに、始めたのはあなたよ」

「シェイクスピアは好きだが、べつに何かを始めたつもりはなかった」声が弁解の色を帯びる。「この状況にふさわしいシェイクスピアの引用なんて思いつかないよ」彼女がここへ来た理由を推測するだけで頭はいっぱいなのに、シェイクスピアのことなど考えられるわけがない。頭は疑問で渦巻いている。相手の目的は何か。どうすれば追い返すことができるのか。うまく追い返せなかったらどんなことになるのか。そんな思いを隠して、ダニエルは眉間にしわを寄せ、賢そうに聞こえるせりふを記憶の底から探った。「これがいい。〝かわいそうに、ヨリック。よく知っていた男だよ〟」

「ヨリックのことをそんなによく知っていたとは思えないけど」小声でつぶやきながら、彼女がウォーレンの机の上に視線を走らせた。「正確な引用はこうよ。〝かわいそうに、ヨリック。知っていた男だよ、ホレイショー〟」

「わかってるって。ちょっと度忘れしただけだ。『ハムレット』のせりふだろう」

「よくできました、ウォーレン。正解よ。こんなせりふもあるわ。〝何かが腐っている。このデンマークでは〟」彼を横目で見て、にっこりと笑った。「わたしたち、デンマーク人じゃなくて運がよかったわね」

「ああ、そうだね」

「でも、デンマークは大好きよ。一度しか行ったことはないけれど、腐敗した印象はまるでなかった」

「ぼくは一度も――」

「これ、あなたの机?」ウォーレンの机を手ぶりで示した。

「ああ」ダニエルはうなずいた。「そうだが」

「わたしが入ってきたとき、あなたはもうひとつの机に向かっていなかった？　あれはミスター・シンクレアの机でしょう？」

「両方使ってるんだ」ダニエルはあわてて言いつくろった。「業務内容によって、あっちへ行ったりこっちへ行ったり」

「素人考えだけれど、そのやり方はあまり効率的じゃなさそうね」あくまでさりげなく、彼女は室内を歩きまわった。

「いや、このやり方がきわめて効率的なんだ。重要書類を動かさなくてすむから、紛失する心配もない」力強くうなずいたが、われながらばかげた言い訳に聞こえた。

「まあ、それは知らなかったわ」

「サラ」ダニエルはひとつ大きく息を吸った。「なぜ訪ねてきた？」

「なぜかって？」彼女が机の端を指でなぞった。

「そう、なぜ？」

「あなたに会いたかったからよ、ウォーレン」

「今朝会ったばかりだ」

首をかしげて、つつましく目線を落としたまつげの下から見あげてくる。「そうかもしれないけど、はるか昔のような気がするの」

「それでも、今朝は今朝だ」意図したよりきつい調子になった。

相手は気にする気配もない。「あれでは物足りないわ。かえって刺激されただけよ」少し間を置いた。「欲望を」

「なんだって？」

「いやね、そんなぎょっとした顔をしないで」にこやかな笑顔は、まるで世間話でもしているかのようだ。「会いたかったと女性に言われた経験がないわけではないでしょうに」

「問題は〝会いたかった〟の部分じゃない。〝欲望〟のほうだ」

「なんだか興味をそそられない？」自分でも信じられないというふうに首を振った。「何かに対して、わたしが欲望を持つことがあるとは夢にも思わなかった」視線を合わせる。「すごくうれしいわ」

ダニエルは眉根を寄せて相手を凝視した。「なんだって？」

「ウォーレン、用心しないとそんな顔になってしまうわよ」

「何が言いたいのかさっぱりだ」

「つまりね、いまのその表情はあまり魅力的とは言えないから、男前という評判をそこねたくないなら――」

「とぼけるのはやめてくれ。ぼくが言ってるのはそのことじゃない」

「あなたは仕事ではやり手なのに、ごく簡単なことが理解できないみたいね。きっとひどく驚いたせいよ。まったく予期していないところへ、わたしが現れたものだから」考え深い表情で額にしわを寄せる。「それなら、もう少しゆっくりことを進めたほうがよさそうね」

「ことを進めるとは？」

質問は無視された。「でもその前に、少し喉が渇いたわ」

「お茶を持ってこさせよう」

「ねえ、ウォーレン。夜だというのにお茶はないでしょう。ブランデーにすべきよ」室内をざっと見まわす。「それに、事務室というのも芸がない。あなただって、ずっとこの部屋で過ごすわけじゃないでしょう。客間があるはずよね。こんなに事務的な雰囲気じゃなくて、もっと……くつろげる場所が。楽しい場所と言い換えてもいいけど。客間のほうがずっと居心地がいいと思うわ」

「この上に専用の客間と私室がある」気づいたときにはそう答えていた。

一秒たりとも、相手は迷う気配を見せなかった。「よかった。話し合うことがたくさんあるの。でも仕事がらみの話ではないから、もっとくつろげる場所のほうがありがたいわ。あなたさえかまわなければ」

「ああ、べつにかまわない」かまう、大いにかまうよ、と本来なら言うべきだった。それでも、彼女が何をたくらんでいるのか、それを知りたい気持ちはある。用心を怠ってはならないとは思うが、ダニエルはまだどこかで高をくくっている部分があった。なんのかのといっても、相手は立派な家柄の、育ちのよい令嬢なのだ。

出口に向かって歩きだした彼女が、肩越しに後ろを振り返って、思わせぶりにささやいた。「では、行きましょうか」

「なんだかいやな予感がする」口のなかでつぶやきつつ、ダニエルはあとに従った。

育ちのよい令嬢ではあるが、相手は独立心の強い性格で、これまですべて自分の思いどおりにしてきた人間だ。腹のなかでいったい何をたくらんでいるのやら、それが問題だ。彼女が別人になりすましていたことをこの場で指摘して、茶番を終わらせることも可能だが、そうなればこちらもうそをついていたことを認めなくてはならず、よい結果になるとは思えない。博物館で会ったとき、こちらはあと一歩で告白するところだったのだ。しかし、ここはコーデリアの出方を見るべきだという彼女の兄の提案にダニエルは同意した。そもそもこの茶番を始めたのはコーデリアなのだから、彼女が決着をつけるのが筋だという意見にも賛成した。当然の報いだ。それはそうなのだが、彼女の兄もこんな事態は予測していなかったはずだ。とはいえ、こちらから真実を打ち明けないという約束を破るわけにはいかない。ダニエルとしては、コーデリアの次なる一手をじっと待ち受けるしかなかった。

ブランデー入りのデカンターを持ってくるようギリアムに言いつけたあと、コーデリアの手を取って階段をのぼり、専用の客間へ案内した。ソファや数脚の椅子や小さな机が過不足なく配置された、だだっ広い部屋だ。まるでホテルのように味気ない、とあらためてダニエルは思った。自分らしさがみじんも感じられない。ふだんは忙しすぎて意識しないが、ふるさとを恋しく思うのはウォーレンだけではないと思い知るのはこんなときだ。とはいえ、いまのこの瞬間は、私物が何ひとつ置かれていない無個性な空間がありがたく思えた。

コーデリアが室内を見まわした。「ミスター・シンクレアのお部屋もこの階に？」

「いや、この上だ」

「そうなの？　変わってるのね。普通は、家の主人が下の階を使って、使用人や召使いは上階で寝起きするものよ」

「ミスター・シンクレアは高いところからの眺めが好きなんだ」ダニエルは早口で言い添えた。「外国で暮らすアメリカ人としては、上から見おろすという行為は階級社会に慣れるために役立つからね。もっとも、ダニエル・シンクレアはあらゆる面でぼくを同等に扱ってくれる。違うとしたら財産の額くらいのものだ」

「なんて進歩的な人かしら」

客間へ入ってきたギリアムが、デカンターとグラスをのせた盆を置いて出ていった。故意に扉を少し開けたままにして。あとで特別手当をはずんでやること、とダニエルは頭の片隅に書きとめた。

「とはいえ」ダニエルは机に歩み寄って、二客のグラスに酒を注《つ》いだ。「あと数年して、開発中の鉄道事業が成功したら、総資産額におけるふたりの差はさほどではなくなる」

「あなたにも資産があるの？」コーデリアがそばへ来てグラスを受けとった。「ないと思っていたわ、ウォーレン」ブランデーをひと口飲んで、グラスの縁越しに彼を見る。「あるのは未来への展望だけかと」

「未来への展望はきわめて明るい」きっぱりと答えた。

「でしょうね。でも机上論はべつにして、あなたはどんな将来を思い描いているの？」

「将来か」ダニエルはおもむろに言った。「将来を予測することなど誰にもできない」

「でも、こうなりたいという望みがあるでしょう？」コーデリアがさりげなく彼のそばから離れた。「展望のほかに」

「望み？」

「そう、望み。鉄道王になることのほかに、人生にどんな望みを持っているの？」出口に近づき、足でそっと押して扉を閉める。

「何をしてる？」

「べつに」扉に寄りかかって、コーデリアはブランデーを口に運んだ。「何も」

「評判が気にならないのならかまわないが――」

「ならないわ」ゆっくりとした笑みが顔に広がる。「あなたは？」

「もちろん気になる。噂《うわさ》の種になりかねない」

「ミスター・シンクレアの秘書と、レディ・コーデリアの付き添い役の仲が？」肩をすくめた。「そんなこと、誰も興味を持たないわ」

「それでもやはり――」

「話題を変えようとしてる」糾弾するようにグラスを向けてきた。「その手は通用しないわよ」謎《なぞ》めいたきらめきが緑の瞳に宿っていた。決意、もしくは覚悟、もしくは欲望。みぞおちに妙な緊張が走るのを感じて、ダニエルはブランデーをぐいとあおった。

ゆったりとした足取りでコーデリアが近づいてきた。「ウォーレン、あなたの望みは何？　何を願っているの？」

願いはひとつだ。頼むからぼくをウォーレンと呼ぶのはやめてくれ！　そんな内心の叫びを押しとどめて、ダニエルはグラスに酒を注いだ。

「あなたの夢は？」正面で彼女が立ちどまった。官能的な低い声で尋ねる。「求めるものは？」

「ぼくが求めるもの？」声がかすれていた。

コーデリアが腕をのばして、ダニエルの背後にある机にグラスを置いた。「あなたは何がほしいの？」

「さっきも訊《き》いたね」

「何度でも訊く価値があるわ」彼の手からグラスを引き抜き、ひと口飲んでから、コーデリアは唇と唇を軽く触れ合わせた。強い酒によるほてりと生身の女性のぬくもりが渾然《こんぜん》一体となって、すさまじい力で襲いかかってきた。

ダニエルは後ろの机に両手をついた。体重を支えるためでもあり、抱き寄せたいという誘惑を封じるためでもあった。このままでいたら、いくらコーデリアに経験がないとはいえ、欲望にはちきれそうなことを見抜かれてしまう。「ぼくを誘惑するつもりか、ミス・パーマー？」

「そんなつもりはなかったけれど」その言葉を裏づけるように、緑の瞳は驚きの色を帯びていた。「もしかしたら頭の片隅にあったのかも」しばらくじっと彼の顔を見つめてから、やんちゃな笑みを浮かべた。「そうよ、とびきりの名案だわ」

ダニエルは震えがちの息を大きく吸った。「考え抜いた末の行動ではないと？」

「ウォーレン、わたしはいつも考えてばかりだった。もういいかげんうんざりよ。次の旅行先を考える。ものを書く――つまり、レディ・コーデリアが旅行記を執筆する手伝いをする。いまわたしが何を考えているか知りたい？」

　ダニエルは彼女を凝視した。「さあ、知らないほうがいいような気もする」

「こう考えているのよ。二十六年近い人生で初めて、家族以外の男性とふたりきりになったって」彼のグラスを手に取って、ブランデーをたっぷりと口に含んだ。「おいしくて強いお酒を手に、誰にも邪魔される心配のない密室にふたりきりでいる」

「このままではまずいよ」せめて扉を開けるべきだ。あるいは、彼女を追い返すとか。少なくとも、ふたりのあいだに数センチの空間をあけるべきだ。しかし、コーデリアの緑の瞳には、男心をがっしりととらえて放さない圧倒的な力がたたえられ、抵抗しようという気持ちはダニエルのなかからしだいに消え失《う》せた。彼女の手からグラスを取りもどし、残りを飲み干すと、空のグラスを後方の机に置いた。

　彼女にそんなつもりがあったか否かに関係なく、あたりには誘惑の気配が紛れもなくただよっていた。手で触れ、味わい、感じられるほど濃厚に。

　コーデリアが首に両腕をまわしてきて、また唇を軽く触れ合わせた。「どうすべきかしら」

「扉を開ける。そしてきみを家へ送り届ける」ダニエルは彼女の体に腕をまわした。「おたがいに分別を取りもどさないと」

「なぜ？」軽く唇を触れ合わせたまま、ため息混じりの声でささやく。

「そうだ。なぜだろう」そうつぶやいて、ダニエルは唇を強く押しつけた。ぴったり重なった唇の感触をじっくりと味わう。ブランデーの濃厚な味、かすかな薔薇の香り。最初は味と香りを楽しむだけで満足だと思えた。ところが彼女が口を開き、舌と舌が出合うと、うねるような興奮に体を貫かれた。激しい欲望に身がよじられる。

唇を顎の線に沿って移動させ、耳たぶを甘がみした。あえぐような声をもらして首を後ろにそらしたコーデリアの、うなじと喉にくちづけする。両手で肩にしがみつく様子から、欲望のとりこになっているのは自分だけではないと知れた。もう一度体を引き寄せて唇を重ねた。こんどはさらに強く執拗《しつよう》に、そして貪欲に。彼の首筋の髪に指を巻きつけて、コーデリアも負けずに積極的に応《こた》えた。

彼の口から唇をずらし、頬に押しあててささやく。「扉を開けるつもりは断じてないから」

ダニエルは躊躇《ちゅうちょ》したが、魅力的な女性を前にした男の力など知れている。「ああ、開けるべきじゃない」

おまけに、いずれにしろこの女性と結婚するのだ。結ばれるのが今夜であっても明日であっても来月であっても、たいした違いではないはずだ。首から肩にかけての曲線に唇を這《は》わせると、彼女が小さく身を震わせるのがわかった。

「いますぐ家へ帰るつもりもないわ」

「決めるのはきみだ」ダニエルも息をはずませていた。もし彼女さえよければ、明日結婚したっていい。いずれにしろ、真相を知った彼女がどんな反応を示そうが、もうこうなったら自分と結婚するしかないのだ。なぜなら、まもなく彼女の純潔は失われる。それもこの自分によって。コーデリアは海賊に貞操を踏みにじられるのだ。いまのダニエルは、実際に海賊になったような気分だった。両手が彼女の背中をさすらう。

「それに、分別を取りもどしたいとも思わない」コーデリアがつぶやいた。

「取りもどしたくても、もう無理だ」頭の大部分は情熱と欲望とで霞《かすみ》がかかったようになっているが、いくぶん明晰《めいせき》さを保っている脳の片隅では、自分と結婚する以外に道はないと知って彼女が喜ぶとはかぎらないと警告する声がかすかに響いていた。とはいえ、いずれにしても真の意味で彼女に選択の余地はないのだ。家族に対する責任を考えるなら、自分と結婚するほかない。その瞬間、頭の隅の声が追い討ちをかけるように付け加えた。意識のうえでは彼女はほかの男とベッドをともにしようとしているのだ、と。その声を、ダニエルは黙殺した。

ふたたび唇に戻り、さらに激しく求めたが、まだまだ物足りなかった。コーデリアの反応にどこか狂乱じみた激しさが加わり、どうにも制御しようのない情熱の炎に全身が包まれたようになった。

やがて重なっていた唇を乱暴に引きはがして、コーデリアはあえぎあえぎ言った。「何枚も重ね着しているの。手を貸してもらわないと脱げないわ」

「喜んで手伝わせてもらうよ」ダニエルは彼女の体をさっと回転させて、身ごろの背中についている留め具をすばやくはずした。「本来なら抗議すべきだろうが」いつもはこの種の作業は苦手なのに、今夜はなめらかに指が動いた。「ぼくを誘惑しようというきみの行為に対して」

「わたしがあなたを誘惑するですって?」官能的な低い声で彼女は笑った。

「そうだとも」肩から脱がされたドレスは、ヒップをかすめて足もとに落ちた。「考えなおすならまだ間にあう」ペチコートの紐《ひも》をほどき、下穿《ドロワーズ》きのボタンをはずして、ドレスの上に落ちるにまかせる。

「あなたを誘惑することを?」コーデリアが鼻で笑った。「とんでもない」コルセットの前面についている留め具と格闘する。「でも、誘惑ならあなたのほうがずっと経験豊富だわ。わたしが初心者だということは一目瞭然《りょうぜん》のはずよ」

「それにしては手際がいい」ダニエルは頭からシャツを脱いで、床に投げ捨てた。

「そうでもないわ」声に狼狽《ろうばい》の色が混じる。「コルセットなら毎日脱ぎ着しているのに、なぜかうまくはずせないの」

「ぼくにまかせて」ダニエルは彼女の前に膝をついて、残りの留め具をはずした。コルセットは、かぱっと開いて床に落ちた。

薄地のシュミーズを通して、褐色の胸の頂と、脚のあいだのほの暗い茂みが見てとれた。両手を腰にまわして体を引き寄せ、胸の谷間にキスをする。背中から腿へ向かってゆっくりとおろしていった両手が、シュミーズの端に達し、素肌に触れた。はっとあえぐような声がもれた。

「あざやかな手つき。よほど経験豊富なのね」

こういう質問にはへたに答えないほうがよいと判断するだけの知恵はあったので、ダニエルは黙って両手を腿に沿ってずらしていき、魅力的な丸みを帯びた尻にあてた。絹のようにやわらかい素肌の感触に、思わず息をのむ。さらに体の脇《わき》に沿って手を上にあげていくと、乳房の下側に指が触れた。

小さくあえぐような呼吸をくり返しつつ、コーデリアは身じろぎせずに、期待に満ちた様子でされるがままになっていた。シュミーズの下で、ダニエルは両の乳房をてのひらで包み、たっぷりとした重量感を心行くまで味わった。薄い布地の下で男の手が胸を包む光景は、どこかひどく興奮をそそるものがある。両手の親指で乳首をころがすようにすると、つぼみはしだいに硬さを増した。片手を腰のくぼみに置いて身をかがめ、片方の乳首を布地ごと口に含んでゆっくりとじらすように吸うと、コーデリアの口から歓びのうめきがもれ、肉に食い込むほどの力で肩にしがみついてきた。もう一方の乳房に移動して愛撫《あいぶ》を加えるうちに、コーデリアはいまにも崩れ落ちそうになった。

ダニエルは背筋をのばして彼女の瞳を見つめた。「結婚のこと、考えてみた?」

欲望で酔ったような目をして、コーデリアは彼の裸の胸を指先でなぞった。「この数分はすっかり忘れていたわ」

ダニエルはボタンをはずしてズボンを脱ぎ捨てた。「考えたほうが——」

「いいえ。このところ、考えることといったら結婚のことばかり。今夜はあなたとわたしのことしか考えたくないの」手の先をダニエルの胸から腹へとすべらせながら、品定めするような視線を投げかけてくる。ダニエルは両手で裸体を隠したくなった。「あなた、真っ裸ね」

素肌を這う指先の感触に、われを失うまいと気を引きしめる。「それはわかってる」からかうように腹の上に線や円を描く自由奔放な一本の指が、男の証《あかし》のわずか上をかすめ、ダニエルはその手をつかみたいという衝動を必死にこらえた。初心者にしては、天賦の才能に恵まれているとしか思えない。

「地球上には、裸同然で暮らす種族があちこちにいるのよ。知ってた？」その声はどこか放心したような響きを帯び、軽やかで好奇心に満ちた指先は無情な愛撫を続けていた。

ダニエルは歯を食いしばって耐えた。「そういう人たちが暮らす土地は、きっと冬も温暖なんだろうな」

コーデリアの視線が脚のあいだの高まりに移動した。「ええ、きっとそのせいね。あなたは裸だって言ったかしら」

「ああ、聞いた」ほとんど言葉にならなかった。

「なんだか不公平よね」彼の目を見て、いたずらっぽい笑みを浮かべた。シュミーズを頭から脱ぎ捨てる。「これでいい？」

「いいかだって？」これよりすばらしいものがこの世に存在するとは思えない。コーデリアの肉体は、まさに男が夢に見るとおりの、めりはりのある官能的な曲線で成り立っていた。象牙色の肌はピンクの陰影《ぞうげ》を帯びている。ダニエルはこの姿を拝めただけで本望だと……。いや、もっと完全に自分のものにしたくなった。

「さあ、これでわたしも裸よ」

「まだストッキングをつけている」ダニエルは彼女の体をすくいあげて寝室へ向かった。

「わかってると思うが、面倒なことになる」

「それなら喜んでストッキングを脱ぐわ」

ダニエルは寝室の扉を足で蹴《け》って開けた。「ぼくが言ったのはそのことじゃない。わかってるくせに」

「かもね。でも、こうも思うのよ」耳たぶを軽くかまれると、熱い欲望がダニエルの体を貫いた。「それも楽しいかしらって」

13

旅行の醍醐味《だいご》は、思いもよらぬ発見と、次の角を曲がった先には何があるのだろうという期待感にこそ存在するのです。

『英国婦人の旅の友』より

親愛なるミスター・シンクレア

謝罪は受け入れましたので、もうこの件について何もおっしゃる必要はありません。むしろ、わたしのほうこそお詫《わ》びしなければと強く感じています。失礼なことを申しあげたというのではなく、あなたのご意見に対してあまりに狭量に過ぎました。祖国が成し遂げてきた業績に誇りを抱くのは人間として当然のことで、あなたはその思いを大いなる情熱をもって表現したにすぎません。

情熱とは賞賛すべきもので……。

欲望にほてった手脚をからませたまま、ふたりはベッドに倒れ込んだ。コーデリアにとって、男性とこれほど密着した経験はかつてなく、まして一糸まとわぬ姿で抱き合うなんて初めてだ。なんだか妙な気分だが、同時に、いままで味わったことのない解放感に包まれていた。キスをされたことなら何度もある。けれど、ダニエルがくちづけした場所や、これからするであろう場所に、男性の手や唇が触れたことは一度もない。

まさにいま、ダニエルはうなじから喉にかけてキスの雨を降らせていた。その手は両の乳房にごく軽く触れているだけだが、それもまた妙に刺激的だった。やはり、女を歓《よろこ》ばせる技にたけているのだ。彼の腕に身を投げだしたときのコーデリアには、誘惑するつもりなどなかった。ウォーレンに対してここまで好意を持っていることを見せつければ彼にとっていい薬になる。その程度の軽い考えしか持っていなかった。

片方の乳首を口に含んだまま、ダニエルの手が下腹に向かってゆっくりと移動していく。コーデリアははっと息をのんだ。誘惑がこれほどわくわくするものだと知っていたら、最初から意図的にしていたのに。単なるお遊びが、どの時点で真剣なものに変わったのか、自分でもよくわからない。以前は存在することも知らなかった脳の奔放な部分が、理性や分別をいつ追いやってしまったのか見当もつかない。空気が変わったのはたぶん、誘惑するつもりなのかと彼が尋ねたあのときだ。あるいは、強烈な欲望を感じて下半身がかっと熱くなった、あの瞬間かもしれない。

彼の手がさらに下のほうをさまよい……コーデリアはすべてがほしくなった。実体験はなくても、すべてというのが何を意味するかは知っている。以前は気色悪いと思ったものだが、こういう状況になってみると、とてもすてきなことに思えた。ふだんはいたって優等生的な生活をしているが――ここで彼の手が脚のあいだに達し、コーデリアは思わずあえいだ――たまには奔放にふるまうのも悪くないと思える一方で、やり方には自信がなかった。それでも彼のベッドに全裸で横たわり、同じように裸の彼は、思わず目をみはるような欲望の証《あかし》を文字どおりこちらに向けて、舌で乳房を愛撫《あいぶ》しながら脚のあいだに手をのばしてきている。この状況から判断するかぎり、すべて順調に運んでいると考えてよいのだろう。結局のところ、この人と結婚するのだ。道徳的な観点から見れば決して褒められたことではないけれど、彼に純潔を奪われるのが今夜だろうともっと先であろうと、大差はないと思えた。奪われているのではなく押しつけているのだと言われても文句は言えない状況だが。

コーデリアが以前から気づいていた脚のあいだの特に敏感な部分を彼の指が探りあてた瞬間、体がびくりとした。思わずその手をつかんだが、押しのけはしなかった。やはり、根が奔放なのかもしれない。自然に開いた脚のあいだを、責めさいなむような調子で指がゆっくりと移動する。コーデリアは息をあえがせ、体を弓なりにして、彼の手を強く体に押しつけた。なめらかさを増した指が、リズムを速めて往復する。こらえきれないほどの官能の波に襲われて、コーデリアの感覚は体内で高まっていく興奮の渦と、歓びの源である脚のあいだの一点だけに集中した。呼吸が切れ切れになり、彼の手の感触と、解放への切迫した願いのほかには何も存在しなくなった。

いきなりダニエルが手を止め、抗議する暇もあらばこそ、脚のあいだに膝をついて、高まったものをゆっくりと彼女のなかに導き入れた。押し広げられる感触はあったが、おそらく馬や駱駝《らくだ》や驢馬《ろば》に乗り慣れているおかげだろう、思ったほどの困難もなく受け入れることができた。旅というのは何かと役に立つものだ。たしかに、ちょっぴり違和感はあるし、体の中心が大きなもので満たされているのは妙な感じだけれど、不快ではない。さらに、ふたりの体が完全にひとつになると、聞かされていたほど痛くないと気づいた。実際のところ、痛みはまったくなく、えもいわれぬ不思議な感じで、決して不快ではない。彼がゆっくりと後ろに下がり、また満たした。不快だなんてとんでもない。同じ動作がくり返される。不快どころか、なんだかすごく気持ちがいい。

動きが速くなってきた。さらに快感が増していく。コーデリアは腰を突きあげてねだった。ふたりは呼吸を合わせ、太古からの人間の本能に根ざした原始のダンスに身をゆだねた。コーデリアの肉体は歓びに打ち震え、もう少しで手が届きそうな何かを求めてのぼりつめていった。未知の何か、想像を超えた何か、とびきりすばらしい何かを求めて。ほてった肌の重なり合いにわれを忘れ、熱い血のたぎりに、さらにつのっていく欲望に溺《おぼ》れた。感じるのはとろけるような官能のうねりだけだ。空気を求めてあえぎ、解放を強く願いながら、もっと激しく欲した。こんな感覚が存在するとはこれまで夢にも思わなかった。彼の動きが激しくなると、それに応《こた》えるように自然に腰が突きあがる。とつぜん体のなかで火花が炸裂《さくれつ》し、絶頂の波が次から次へと押し寄せた。耳の奥で血管がどくどくと脈打ち、ぼんやりとした意識のなかで、彼がうめいて小さく身を震わせるのを感じた。ほどなく震えはやんだが、荒い息づかいはまだ続いている。彼の心臓の鼓動をじかに感じ、そのぬくもりに体の内も外も満たされているという充足感にコーデリアはひたった。身も心もひとつ。これほど満ち足りた気分は生まれて初めてだ。

すべてが終わり、ダニエルはかたわらにごろりと横たわったが、その姿勢のままコーデリアの体をいつまでも抱きしめていた。だいぶたって、ようやく普通に呼吸ができるようになったコーデリアは、あらためて自分が置かれた状況に考えをめぐらせた。これからどうすべきだろう。

真実を打ち明けるという手もあるが、先方はすでに真実を知っているのだ。それに、こちらとしても誘惑するつもりはなかったものの、なんらかの教訓は与えるつもりだった。結果として教訓になったとは言いがたいが、こちらとしては学ぶべきものが多かった。いまもまだ愛の行為の余韻で体がほてっているが、それなりの報復は成し遂げたと思っている。悔しいけれど、いまは彼の腕のなかで丸くなっているのがあまりに心地よくて、それ以上の何かをする気になれない。

「ぼくたち、話し合うことがいろいろあるね」ダニエルがそっとささやいた。

「あら、そう?」胸に頭をのせていると、ふたりの心臓の鼓動が同じリズムで打つのが聞こえる。

「ああ、そう思う」

「何について？」

「さあ、なんだろう。たとえば古代エジプトにおける死者の埋葬の方法やリュキア彫刻について」

コーデリアは声をあげて笑った。「その話ならもうすんだわ」

「それなら過去ではなく未来の話をしよう。多くの場合、過去を清算しないと前へは進めないものだが」いったん言葉を切る。「秘密を打ち明けたり告白したりするのに、これほどおあつらえむきの機会はない」

「告白ですって？」コーデリアはさっと身を引いて横向きになり、頭を肘で支えた。「つまり、わたしたちが犯した罪のこと？」

「ぼくたちの罪も含めて……ほかのことも」ゆっくりとした口調だった。

「ふたりで罪を犯したのはよくわかってるわ。それにしても楽しい罪だった」いたずらっぽい笑みを投げかけた。「そのことは神さまだってよくご存じだから、いまさら告白しても意味がない。世間の人たちに対しては、あなたさえかまわなければ、このことは内緒にしておきたいわ」

「世間の人たちはどうでもいい。ぼくが言いたかったのは、おたがいに打ち明け合うという意味だ。もし告白すべきことがあるなら」

「それならあなたは何か告白すべきことがあるの？　心の内をさらけだして、秘密をすべて打ち明けるつもり？」コーデリアは探るような目で彼を見た。

たしかに彼をだましていたが、それを言うなら相手だって同罪だ。むしろ、こちらが身分を偽っていることを知っていながら知らないそぶりをしてきたのだから、なおさらたちが悪い。なぜだか、コーデリアにはその点が何より腹立たしく思えた。人をばかにするにもほどがある。やはり、何か思い知らせてやらなければ。この人と生涯をともにすることに少しも不満はないけれど、最初から優位に立たせるのは大きな誤りだ。

もちろん、彼のほうがいますぐこの場で何もかも告白するなら、こちらだってすべてを認めるのにやぶさかでない。そして謝罪のひとつもしよう。それぐらいは譲歩してあげてもかまわない。

「じゃあどうぞ」コーデリアは明るい声音で言った。「告白して」

相手はしばらく無言だった。「告白するようなことはべつにない」

コーデリアはまじまじと相手の顔を見た。「まったく何も？」

ゆっくりと首が左右に振られた。「何も」

「あら、それはがっかりね」軽い調子で言ったが、実際はひどく失望していた。いつしか、この場でゲームを終わりにしてもかまわないという気持ちになっていた。そうすれば、愛する人に心から愛していると伝えられる。あなたと結婚すれば、父親やほかのみんなが喜ぶし、わたしも幸せになると伝えられる。「人の秘密を聞くのが大好きなのに」

「きみは何か秘密があるのか？　何か打ち明けたいことでも？」ダニエルがさりげなく問いかけてきた。

「秘密ならいくらでもあるし、打ち明けたいことも山ほどあるわ」コーデリアは嫣然《えんぜん》とした笑みを投げかけた。相手がその気なら、こちらも演技を続けるまでだ。でも、勝つのはわたし。有利な立場を利用しない手はない。上体を起こして、ベッドの端にさっと移動した。「まず最初に打ち明けるのはこれよ。もう遅いから、家を抜けだしたことに誰かが気づく前に帰らないと」下着を捜して床に目を走らせたが、身につけていたものはすべて客間に脱ぎ散らかしたままだった。

困ったことになった。裸でベッドから飛びだすなんて耐えられない。ダニエルが見ている前で裸体をさらしただけでなく、誰にも見せたことのない場所までその手で触れられたのだから、考えれば妙な話だけれど。

ダニエルが鼻で笑った。「そんなのは打ち明け話のうちに入らない」

「それならもうひとつ。あなたが見ている前で、生まれたままの格好で脱いだ衣類を捜して歩くのはなんだかきまりが悪いわ」

コーデリアの〝告白〟を笑い飛ばしたダニエルは、上掛けをさっとめくってベッドから出た。いささかのためらいも見せずに、豪快な足取りで部屋を横切る。恥ずかしいという感覚などまるでないようだ。これがアメリカ人気質というものなのだろう。その肉体はほれぼれするほどみごとで、本人もそれを意識しているようだ。この人はいったい何者、という疑問がコーデリアの頭をかすめた。親しくなるにつれて好感度が増していく、心やさしく快活で聡明《そうめい》な男性？　それとも、手紙から受けた印象どおりの鼻持ちならない気取り屋？

ああ、大変。わたしはなんということをしてしまったのだろう。

コーデリアはみぞおちがよじれそうになった。情熱に浮かされて無分別なまねをしたことは過去に一度もない。だいたい、情熱というものが何かも知らなかった。いつかは結婚する相手だとわかっているからこそ、欲望に身をまかせてしまったのだ。でも、それは言い訳にはならない。理性を失ってはいけなかった。頭も心も冷静でいるべきだった。純潔を失った。彼に奪われた、というより自分から身を投げだしたのだからなおさら始末が悪い。

客間から戻ってきたダニエルが、腕にかかえていたコーデリアの衣装をベッドにどさっと置いた。ダニエルはすでに着替えをすませていた。客間のほうを顎で示す。「もし向こうで待っていたほうがよければ――」

「ええ、お願い」ほっとしてコーデリアは言った。「でも、手伝ってもらわないと着られないわ」

「いつでも手助けさせてもらうよ」にんまりとして、ダニエルは部屋を去った。

コーデリアは急いで下着を身につけ、コルセットを締めて、ドレスに袖《そで》を通した。それから客間に移動する。「さっきほどいた紐《ひも》を結んでくださる？」

「喜んで」ダニエルが後ろにまわり込んで、身ごろの紐を結んだ。

不思議なことに、あれだけ濃密なひとときを過ごしたにもかかわらず、こうして身支度を手伝ってもらっている時間のほうがよりいっそう親密度が増すような気がする。彼を身近に感じ、強い絆《きずな》で結ばれている感じがする。ちょっぴり打ち明け話をしたのがよかったのかもしれない。隠しごとがひとつもなくなったら、さぞや心が晴れ晴れするだろう。客観的に言うなら、このお芝居を始めた張本人が片をつけるのが筋だ。容易なことではないが、いつまでも先延ばしにするわけにはいかない。ここへ来るまでは、ほんとうのことを言えば彼を傷つけることになると案じていた。でも、彼もうそをついていたことがわかり、さらにはこちらの芝居を見抜いていたことが明らかになったいま、もう何も気にする必要はない。それどころか、いつかはふたりで笑って話せる日が来るだろう。

コーデリアはひとつ大きく息を吸った。「打ち明けたいことがあるの」

「ほう?」

「わたし、あなたに小さなうそをついていた」

「うそを?」

「別人になりすましていたのよ」

「そいつは驚きだ」ダニエルが首の後ろにキスをした。「さあ、すんだよ」

いざとなると、すんなりと言葉が出てこない。コーデリアは勇気をふるい起こして、体ごと彼のほうを向いた。「わたしはサラ・パーマーではないの」顎をつんとあげて、正面から瞳をのぞき込んだ。「レディ・コーデリア・バニスターよ」

「ほんとに?」驚きの仮面をつけたまま、ダニエルがかすれ声でつぶやいた。「まさに衝撃の告白だね」

「それだけ？」催促がましい口調になる。

「唖然《あぜん》として言葉もないよ」いかにもとまどっているかのように、ダニエルが眉根を寄せた。くさい演技。これでよく、長いあいだ別人のふりをしつづけることができたものだ。

「まさかそんなことは思いもしなかった」

コーデリアはまじまじと彼の顔を見つめた。こちらは正直に打ち明けたのに、なぜこの人はお芝居を続けるの？　いったい何をたくらんでいるのやら。「それで、何か言いたいことは？」

「もちろんあるとも」深々とうなずいた。「なぜミス・パーマーになりすましていた？」

「魔が差したというのかしら。悪いことをしたと思ってるわ」悪いことをしたのはわたしだけじゃないけど、と声に出さずに言い添える。

「そうだね。おかげで何かと面倒なことになりそうだ」非難がましくダニエルが首を横に振った。そんなことが言える立場？

「面倒なことに？」思わず声が高くなった。「そうね、たしかに面倒なことになるわ。わたしはあなたを愛してしまったし」その瞬間、効果的な反撃の方法を思いついた。「愛してるわ……ウォーレン」

案の定、ぎょっとした表情が彼の顔をよぎった。「ほんとに？」

「もちろんよ。こんなふうに感じたのは生まれて初めてだわ。それにあなたも今朝、言ってたわよね。きみはぼくに恋してると思うって。さらにこうも言ったわ」顔を近づけて、唇を軽く触れ合わせた。「あなたもわたしに恋をしたって」

「そんなことを言ったかもしれないな」自信なさげな声だった。

コーデリアはかっと目を見開いた。「本気じゃなかったの？」

「いや、もちろん本気さ」

「よかった」屈託のない笑顔を浮かべてみせた。「それなら何も問題なしね。わたしはあなたを愛してるし、あなたはわたしを愛してる。それに、こういう事態になったからには」手ぶりでベッドを示す。「あなたの言う将来とは、結婚を意味していると理解していいんでしょうね」

「決まってるさ」力強い口調でダニエルは断言した。「結婚する気がなかったら、こんなまねはしていないよ。ぼくは高潔な人間だからうそはつかない」

コーデリアは無言で眉をあげた。

「基本的にうそはつかないという意味だ」声が迫力を失う。

「あなたが高潔で正直な人間だということはよくわかってるわ、ウォーレン」コーデリアは彼のシャツの衿《えり》をまっすぐに直した。「家族にもそう話すつもりよ」

「なんだって？」恐怖にも似た何かが、彼の瞳できらめいた。

「話さないわけにはいかないわ。それも、早ければ早いほどいいと思うの」見えない糸くずを肩から払った。「こうなったからには、予想外の事態に発展しないともかぎらないし」

「結婚だけじゃなくて？」

　辛抱強い笑みを投げかける。

「子どものことを言ってるんだね。もちろんわかってるさ」

「その点に関しては幸運を祈るしかないわね。できれば正式に結婚するまで子どもはほしくないけれど。計算が合わないと噂《うわさ》されるのは願い下げよ」ひょいと肩をすくめた。「そうでなくても、うちの家族にとっては大変な衝撃なんだから。まあ、無理もないけれど」

「無理もないとは？」

「忘れたの？　わたしはミスター・シンクレアと結婚することになってるのよ。父の事業は危機に瀕《ひん》しているし、ほかにもいろいろと事情があって」大げさにため息をつく。「当然ながら、うちの母はわたしが良縁に恵まれて、爵位を持つ貴族か、少なくとも資産家に嫁ぐことを願っていた。でも、あなたは前途有望な若者だわ。きっといつかは認めてもらえるわよ。もし認めてもらえなくても、わたしたちはアメリカで暮らすのだから、あまり気にする必要はないし」ここまで言って、はっとしたように息をのんだ。「仕事を失うようなことにはならないわよね。ミスター・シンクレアはあなたを首にしないかしら。彼がそこまで執念深い性格じゃないことを願うわ。だって、あなたは彼の花嫁を盗んだわけだし」さも不愉快そうな顔をする。「もっとも、あんな鼻持ちならない気取り屋と結婚する気はこちらにもなかったけれど。あんな人、大嫌いよ」

「いや、首にはならない」ダニエルは気弱にほほえんだ。

「では、ウォーレン。悪いけど外まで送ってくださる？　通りに馬車を待たせているの」頬をぴしゃりと叩《たた》いてやりたい気持ちをぐっとこらえて、コーデリアは最後にもう一度彼のシャツをなでつけた。「予定より長居してしまったけれど、それでも……」愛情を込めたまなざしで彼を見つめた。「すばらしい夕べだったわ」

「実にすばらしかった」ダニエルはおうむ返しにくり返した。

気の毒に、ひどく口に合わないものを食べたような情けない表情をしている。いい気味だ、とコーデリアは胸のなかでつぶやいた。彼は消化不良ぐらいで文句を言える立場ではない。

無事に馬車の座席に収まって帰途についたとたん、コーデリアは顔に貼《は》りつけていた笑顔の仮面を取りはずした。なぜダニエルは芝居を続けたのだろう。なぜ真実を明かそうとしないのだろう。こちらは勇気をふるって正直に打ち明けたというのに。本来なら、いまごろはふたりで将来の計画を立てているはずだった。それなのに、いまはみじめな気持ちでいっぱいだ。彼のほうも同じ気持ちだとはとても思えない。

こうなったらしかたがない。こちらが愛しているのは彼がなりすましている人物だと思わせておこう。実際の自分は嫌われていると信じさせておくのだ。

いまのところ、どちらも紛れもない事実だった。

「さあ、これで事情はすべて説明した。意見でも忠告でもなんでもいいから聞かせてくれないか」ノークロフトの家の書斎を、ダニエルは落ち着かなげに歩きまわった。「ウォーレンに相談するわけにはいかない。そもそもの最初から、この計画には欠陥があると指摘されていたんだ」

「欠陥はひとつやふたつじゃなさそうだな」そばを通り過ぎたダニエルに、ノークロフトはウイスキーのグラスを差しだした。

「それにウォーレンのやつ、きっと大笑いして、まともにしゃべることもできないだろう」

「こっちだって、吹きださないように必死にこらえてるんだ」ノークロフトが小声でつぶやいた。「まさか彼女の兄さんに相談するわけにはいかないしな」

ダニエルは渋面をつくった。「そいつはやめたほうが身のためだ」

横長の書き物机の端に腰を預けて、ノークロフトは笑みをこらえた。「どうあがいても手遅れという気がするが」

ダニエルは横目で友人を見た。「相談できるのはきみだけだ」

「そいつは光栄だ」ノークロフトがウイスキーをすすった。「事情はわかったが、まだきみが話していないことがひとつある。ゆうべ、おあつらえ向きの機会に恵まれたのに、なぜ真実を告白しなかった？」

「なぜだろう」自分でも納得がいかなかった。「博物館で話そうとしたんだが、なんだか場違いな気がして言いそびれた。そしてゆうべは、彼女が告白したあと、いまこそ打ち明けるべきだと頭では思ったが……身がすくんで言えなくなった。話すべきだとわかっているのに、言葉が出てこなかったんだ。卑劣なやつだと思われそうで――」

「別人になりすまして彼女を誘惑したことを言ってるのか？」

「まあ、そうだ」ためらうような間のあと、ダニエルは続けた。「もっとも、誘惑したのはむしろ彼女のほうだが」

「生娘が男を誘惑するという話はめったに聞かない」

「彼女は特別だ」実際の話、コーデリアはきわめて積極的で、驚くほど誘惑の技にたけ、圧倒的な力で迫ってきた。だからといって言うなりになるべきではないし、断固として抵抗すべきだった。しかし欲望には勝てなかった。ダニエル自身、ごく最近まで気づいていなかったが、初めて会ったときから彼女には欲望を抱いていた。もちろん、遊び半分で手を出したわけでは決してない。いずれは結婚する相手なのだ。

「さらにまずいことに」ノークロフトがダニエルに向かってグラスをかかげた。「きみはレディ・コーデリアではなく、ミス・パーマーを誘惑したことになっている」

「しかし、実際は彼女が誰か知っていた」ダニエルはあわてて弁解した。

「でも先方はそのことを知らない。彼女が打ち明けて初めて知ったと思っているはずだ」

「弱ったな。そこまで考えてなかった」

「ここが大事な点だぞ」

「この苦境から抜けだす唯一の方法は、実は彼女の正体を知っていたと認めることだ」首を振り振り、ダニエルは言った。「でも、そんなことをすれば事態はさらに悪化する」

「救いようのない立場だな」

「そのあと、彼女は愛してると言った」

「どっちのきみを？」

「ウォーレンだ。彼のためなら喜んですべてを投げだす覚悟だ」ダニエルはウイスキーに口をつけた。「ぼくのことは嫌ってる。つまり、ダニエル・シンクレアのことは」

「こう言ってはなんだが、真実を知ったらもっと嫌われるぞ」ノークロフトはやれやれという調子で首を振った。「いずれにしろ、いつかは事実が明らかになる。そうなったら半端なことではすまないだろう」

「死ぬまでウォーレン・ルイスのふりをして暮らすなら話はべつだが」

「ああ、そいつはいいね。だが現実的ではない」ノークロフトはしばらく考え込んだ。

「ぼくにはこう思えるんだ。きみが直面している最大の問題は、別人になりすましていることではなく――」

　問いかけるように、ダニエルが眉をあげた。

「もちろんそれも重大な問題ではある。しかしもっと深刻なのは、彼女が間違った相手を愛してしまったことだ」

「それならもしも……」ダニエルの頭の片隅で、ある計画の片鱗《へんりん》のようなものがかすかに明滅しはじめた。「彼女が間違った相手を嫌いになって、正しい相手を愛するようになったら？」

「正しい相手も間違った相手も同一人物なのに？」

「簡単なことじゃないのはわかってる」ダニエルは小声でつぶやいた。

「簡単なものか。そんな甘いことを言っていられる時期はとうに過ぎた」

「ウォーレンがひどい人間だと思うように仕向けたらどうだろう。こんな男とは結婚したくないと思うような何かをでっちあげるんだ」

「たとえばどんなことだ？　妻帯者で、子どもが十人いるとか？」

ダニエルは目を輝かせた。「そいつは名案だ」

ノークロフトは取り合わなかった。「ばかばかしい」

「ぼくとは、いや、やつとは二度とかかわり合いを持ちたくないと思わせるんだ。そうすれば、ぼくにとっては未来への道が開ける」

「いいか、忘れるなよ。いつかは直接顔を合わせるときが来るんだ。そうなったらまやかしは通用しない」

「ああ。でもそのころには彼女はウォーレンのことなど忘れて、ぼくを愛してるはずだ。いつかは何もかもが笑い話になるさ」

ノークロフトがまじまじと友を見た。「とても正気とは思えないね」

「まあね」ダニエルはしばらく考えをめぐらせた。「彼女とは手紙のやりとりをしてるんだ。時間さえかければ、手紙で相手の心をつかむことも可能だが、いかんせん、そんな悠長なことをしている暇がない」

「しつこいようだが、もう一度言わせてくれ。いつかは彼女と直接顔を合わせる日が来るんだぞ。きみ自身として」

「それはわかってる」いらだちの混じった口調でダニエルは切り返した。「何か方法があるはずだ……」ふいに答えがひらめいた。「正体を明かさずに顔を合わせたらどうだ？」

ノークロフトはあきれ顔だ。「こんどは誰になりすますつもりだ？」

「誰にも。ただ、顔を見せなければいい」

「どうすればそんな芸当が可能だ？　鉢植えの陰にでも隠れるつもりか？」

「そんなばかな。おまけに、うまくいくはずがない」ダニエルはじっくりと考えをめぐらせた。「五月に開かれた仮面舞踏会を覚えてるか？」

「覚えてるが、それがどうした？」ノークロフトの声は用心深い響きを帯びていた。

「それだよ」ダニエルはおもむろに告げた。「求めていた答えは、仮面舞踏会だ」

「衣装もつける本格的なやつか？」

「そこまでやる必要はない」考えれば考えるほど名案に思えてきた。「仮面だけでいい」

「つまりきみに必要なのは仮面舞踏会というわけか」

「そのとおり」得意満面の笑みを浮かべる。「水ももらさぬ計画とはこのことだ」

「あいにくだな。仮面舞踏会はめったにあるものじゃない」

ダニエルは友人の顔を正面から見すえた。「そこできみの出番だ」

「ぼくの出番？　ぼくとしては、きみの愚痴に耳を傾けることが唯一の役割だと思っていた。もしかしたら、気の利いた忠告のひとつやふたつは与えられるかもしれない。言うなれば、知的助言というやつだ。ぼくにできるのはせいぜいそんなものだ」

「いや、もっと役に立つ方法がある」

ノークロフトがいぶかしげな目で友を見た。「役に立つとはどういう意味だ」

「ノークロフト、仮面舞踏会を開いてくれ」

「冗談じゃない」ノークロフトは首を横に振った。「仮面舞踏会の開き方など何も知らないし、そもそも舞踏会を主催した経験など一度もない」

ダニエルは気を悪くしたふうを装って、なおも迫った。「ぼくたちは友人じゃなかったのか？」

「友人であることは否定しない」憤慨してノークロフトは言い返した。「酒を飲むのも、カード遊びをするのも、くだらない賭《かけ》に興じるのも、いつもいっしょだ。そして夜更けまで遊んだあとは、おたがいに無事に帰宅できたかどうか確認し合う。アメリカではどうか知らないが、この国では、友情——男の友情——とはそういうものだ。おたがいのために仮面舞踏会を開く習慣はない」

「緊急事態でも？　ここぞという重大局面を乗りきるためでも？」

「無理だね。おまけに、仮に協力したくても、ぼくはそっちの方面にはまるでうとくて、何をどうすればいいのやら——」

「ああ。しかしきみの母上はよくご存じだ」

「たしかに、うちの母は派手な催しを開くのが大好きだが、門外漢のぼくだって知ってる。この手の催しには長い準備期間が必要なんだ。何カ月にも及ぶ準備期間が。しかしきみは一刻も早く仮面舞踏会を開きたがっているようだ」

「芝居が長くなればなるほど、事態は泥沼化していく」ダニエルは友の目を見つめた。

「さらに、忘れてはならない重要な点がもうひとつ。彼女のことを本気で好きになったのはもちろんだが、それだけでなく、事業を成功させるためにも、きみたちからの投資を無駄にしないためにも、彼女が相続するはずの遺産がいまのぼくには必要不可欠なんだ」

「それを聞いたらむげには断れない」

「明日なら理想的だが来週でもかまわない。仮面舞踏会の日取りだが」

「それは無理だよ」しばしの沈黙ののち、ノークロフトはふたたび口を開いた。「仮に可能だとして、なんと言って母を説き伏せる？」

「さあね。母親を知らずに育ったぼくには女親の扱い方など皆目わからない。でもきみは経験豊富なはずだ。こちらは新しく母となった女性に会ったばかりだが、なかなか母性愛豊かな人物と見た」ダニエルは書斎を行きつ戻りつした。事情を説明すれば、デイジーは喜んで協力してくれるだろう。しかしノークロフトの母親となると、まったくべつの話だ。唐突に足を止めて友人を凝視した。「緊急事態だということを強調すればいい」

「なんだって？」

「きみの母上が特に力を入れている慈善事業は何かあるかい？」

「数えきれないほど」

「そのなかで、緊急の資金援助が必要なものは？」

「どの団体もいつだって資金援助が必要だ」

「それなら、母上のお気に入りの慈善活動への資金援助を目的とした仮面舞踏会ということにすればいい」ダニエルは窓辺に寄り、眼下に広がる庭園を手ぶりで示した。「ランタンや何かであたりを照らして、戸外で開くのもいいな。戸外での催しなら、それほど大がかりな準備はいらないだろう」

「そうだな」考え深い表情で、ノークロフトはウイスキーを口に運んだ。「考えとしては悪くない」

「そいつはどうも」ダニエルは謙虚な口調で礼を言った。「切迫した状況に追い込まれるとひらめくタイプでね」

「いや、なかなかの名案だよ。案外うまくいくかもしれない。うちの母は、常識で考えれば無理に決まっているような難題に挑戦するのが大好きなんだ。いとこの結婚式を手配したときの早業をきみも覚えてるだろう」

「主催者はきみの母上で、肩入れしている慈善事業のための舞踏会という名目にすればいい。そして資金提供者は……」効果的な間を置いて続ける。「ミスター・ハロルド・シンクレア。有名なオペラ歌手の特別出演つきだ」

ノークロフトが目を丸くした。「父上が資金を提供するって?」

「費用を全額負担するのはもちろんのこと、かなりの額の寄付も期待できる」

「きみたち父子は折り合いが悪いと聞いてきたが」

ダニエルは肩をすくめた。「和解したんだ」

「でも、そこまでやってくれるか?」

「ぼくの助けになると思えば飛びついてくるさ。息子から協力を求められたら悪い気はしないはずだ」ダニエルは余裕の笑みを見せた。「それに、きみの母上は伯爵未亡人だ。大がかりに触れまわらなくても、爵位を持った紳士淑女が大勢つめかけるのは間違いない。父は大喜びするよ」

「まあ、そうだろうな」ノークロフトが探るような目でダニエルを見た。「しかし、現在は財政的なゆとりがないと聞いた気がするが」

「ぼくが必要とするだけのものを用立てるのは不可能だが、父にとってこの程度の出費は痛くもかゆくもない」

「おまけにオペラ歌手に出演してもらえるのか?」

ダニエルは頬をゆるめた。「ぼくの新しい母親はフェリス・ディメキュリオだ。先日、顔合わせをしたよ」

ノークロフトは唖然としている。「知らないあいだにいろいろ進展があったようだな」

ダニエルは喉の奥で笑った。「いろいろとね」

「まず母に相談しないと。この計画を実行するなら、遅くとも明日には招待状を発送する必要がある。あいにく、母の友人の多くはこの時期ロンドンを離れているが、逆に言えば、市内で催される社交行事はあまり多くないから、残っている人間はあらかた顔を見せるだろう」

「それに、なんといっても慈善活動のためだからな」ダニエルはひとつうなずいて、ウイスキーを飲み干した。「では、ぼくはこれで失礼する。慈善舞踏会の後援者となることを父に伝えて、新しい母親には歌声を披露してもらえるかどうか、おうかがいを立ててみるよ」

「これ以上話を進める前に、ひとつ知りたいことがある」

「なんでも訊《き》いてくれ」

「ゆうべ、レディ・コーデリアに真実を打ち明けられなかった事情はよくわかった。しかし、それなら今日言えばいいじゃないか。何もかもすっかり打ち明けるんだ。これ以上芝居を続けたら、事態を悪化させることになりかねないぞ」

「そうかもしれない。でも聞いてくれ、ノークロフト」ダニエルは正面から友の目を見た。「真実を告白するのは怖いんだ。彼女を失うことになるかもしれないと思うと恐ろしくなる。彼女はウォーレン・ルイスを愛しているつもりだが、実際に愛している相手はぼくだ。名前は偽ったにしても、ぼくは人格まで偽ったことはない」

「そのあたりは微妙なところだな」

「わかってる」ダニエルは説明の言葉に窮してしばらく考えをめぐらせた。「別人になりすましているあいだも、ぼくはいつも自分自身でありつづけた。そんなぼくを彼女は愛したんだ。名前がどうであろうと、愛した相手はぼくだという事実を彼女に理解させたい。ダニエル・シンクレアとして、彼女の心を射止めたい。そのためには、本来の自分として彼女と言葉を交わす必要がある。それが可能なのは、仮面をつけて顔を合わせることだ。これまでとはべつの、もうひとつの仮面を」

「彼女と結婚するつもりなんだな?」

「承知してもらえたらすぐにでも」

「単に金のためではなく?」

「彼女の持参金がなければやっていけないのは事実だが……」ダニエルは肩をすくめた。

「できるなら金の話を抜きにして今回の話を進めたかった」

「彼女をよほど愛してるんだな」ノークロフトが含み笑いをした。「こんな愚かなまねをするのは、恋している男だけだ」

ダニエルは口もとをほころばせた。「褒め言葉と思って聞いておこう」

「わかってるんだろうな。ぼくはたったひとりで例のコニャックを味わうことになるんだぞ」

「すまない。しかし、世界でただひとりの運命の女性を見つけたら、どんな代償を払っても射止めるべきだ。みすみす逃すようなまねをしたら、それこそ愚か者だよ」

「きみは愚か者になるつもりはないと見える」

「単なる愚か者じゃない」ダニエルは首を横に振った。「彼女を逃したりしたら、救いようのない大ばか者だ」

14

備えあれば憂いなし。身のまわりの品だけでなく知識も鞄《かばん》に詰めて旅に出ましょう。

『英国婦人の旅の友』より

仮面舞踏会の魅力は、仮面さえつければどんな人物にでもなりすますことができること。ベッドに広げた三着のドレスを前に、コーデリアは今晩の慈善舞踏会にふさわしい一着を決めかねていた。真っ先に、右側のピンクのサテン地のドレスを候補からはずす。これは父親を喜ばせたいときに着るドレスだ。あまりにかわいくて、無邪気で、清らかすぎる。今晩、自分が演じる女性のイメージは正確に把握している。そこにかわいさが入り込む余地はない。

ダニエルがどんな人物になりすますつもりか、それはまたべつの問題だ。

彼のことを考えただけで、コーデリアの脈拍は跳ねあがった。真実を知ってからの二週間、彼に会いたくなかったわけではない。専用の馬車で彼の家に向かいそうになるのを、ぎりぎりのところでこらえたことも一度や二度ではなかった。ありったけの自制心をかき集めて、会いたい気持ちを抑えた。こんな妙な気分は味わったことがない。まるで魔法でもかけられたような不思議な気分……。彼がほしい。たくましい腕に抱かれ、ベッドをともにしたい。うそをついていた罰として、頬を思いきり叩《たた》いてやりたい。そして許してあげたい。昼間はつねに彼のことが意識の片隅にあり、夜は夢に出てくる。ひとつには、毎日のように届く手紙のせいだ。楽しくて知性のきらめきに満ち、そのうえロマンティックな味つけがされた大量の手紙。いまは先方の出方を待つべきだと心得ているが、じっと待つには二週間はあまりに長かった。やはりあの男は血も涙もない海賊だ。

中央の黄色いモアレ地のドレスは、色合いがあざやかで、やたらに陽気で快活な印象を与える。母を喜ばせたいならこのドレスを選ぶところだが、今夜の目的にはまるでそぐわない。おまけに、両親とも今夜の舞踏会は欠席だ。あまりお堅いドレスも困るが、快活すぎるのもちょっと……。

とはいえ、コーデリアもこの二週間を無為に過ごしたわけではない。ミスター・ダニエル・シンクレアに関するありとあらゆる情報の収集をみずからの任務と課したのだ。旅行先の下調べをする要領で、まあ今回は旅行先でなく永住地ということになるが、彼という人間について徹底的に調べてみた。いずれ結婚する相手に関していろいろ知りたがるのは当然のことだと周囲の誰もが受けとめたせいで、情報収集は驚くほど容易だった。コーデリアに付き添って帰宅したときからすでに三度、ロンドンとブライトンを行き来している父親は、シンクレア父子について知っていることを包み隠さず話してくれた。事業計画や将来の見通しについてダニエルが話していたことが誇張ではないと知って、コーデリアはほっとした。少なくともこの部分は事実だった。たいした男だと父もいたく感心し、さらには末娘が家族としての責任を果たす気になったばかりか、この縁談にすっかり乗り気なのを知って喜んでいた。父の安堵《あんど》には、実はもうひとつ理由があった。一家がロンドンへ戻った翌日に、両家の顔合わせの食事会を開くことを、母親がすでに計画していたからだ。

例によって使用人や召使いはすぐれた情報源で、自称女好きのダニエルが、実際はミスター・ルイスともども仕事一辺倒の静かな日々を送っていることが明らかになった。好感度がさらに高くなった。

兄のウィルからは、非常に興味深い情報を聞かされた。それまで誰も噂《うわさ》ひとつ聞いたことのなかった慈善舞踏会への招待状がコーデリアのもとへ届いたあとのことだ。舞踏会の主催者であるレディ・ノークロフトの子息ノークロフト伯爵は、ダニエルの鉄道事業に投資しているばかりか、親しい友人でもあるそうだ。さらに、ノークロフトとダニエルは、どちらがより長く独身でいられるか賭《かけ》をしているのだが、どうやらノークロフトが勝者になる見込みが強くなった。昔から結婚に対する反発がいちばん少なかったノークロフトが最後まで残るとはなんとも皮肉な話だ、と兄は笑いながら付け加えた。

しかし、いちばん役に立つ情報を掘り起こしてきてくれたのはラヴィーニア叔母だ。招待状が届くやいなや、ラヴィーニア叔母は古くからの友人であるレディ・ノークロフトを家に訪ねた。いくら恵まれない人々への緊急支援という名目があるにしても、これほど唐突に舞踏会を開くのは尋常ではなく、そこに叔母はゴシップのにおいを嗅《か》ぎつけたのだ。きっと裏に何かいきさつがあるはずだと推理し、その予感はあたっていた。道を誤った娘たちや、家のない孤児たち、はたまた道を誤ったうえに住む家も身寄りもない娘たちのための資金調達を名目としたこの急な催しを開くよう母親をけしかけたのは子息のノークロフト卿《きょう》で、そしてこれは内密の話だが、費用は全額ミスター・シンクレアの父親が負担するそうだ。それだけではない。仮面舞踏会という形態はノークロフト卿の発案によるものだという。そしてラヴィーニア叔母は、最後に目をきらきらさせて、とっておきのニュースを披露した。父上だけでなく、ミスター・ダニエル・シンクレアも出席するそうよ。ますますおもしろくなったわね。

ええ、ほんとうに。

パリから取り寄せた緑色のシルクのドレスに決まりだ。いままでうじうじと迷っていたのがわれながら不思議に思える。このドレスは何カ月も前に届いていたのだが、思ったより大胆な感じに仕上がってきたせいもあって、人前で身につけたことはまだ一度もない。気に入らないというのではないが、ここぞという機会が訪れるまで取っておくことにしたのだ。おそらく未来の花婿となる男性であり、すでに愛している相手、なおかつうそをつきとおしている男と顔を合わせる仮面舞踏会こそ、まさにおあつらえ向きの機会だ。今夜、彼は真実を語るだろうか。仮面を脱いで、何もかも告白するだろうか。それとも、あくまで他人のふりをする？　お芝居を続ける？　顔を隠している以上、どんなことも可能なはずだ。

舞踏会の話を最初に聞いたとき、コーデリアはラヴィーニア叔母と同様、数カ月に及ぶ準備期間をかけずに大がかりな夜会を催すのはレディ・ノークロフトらしくないと思ったが、すぐにその考えを払いのけた。招待状が届いたのは、ダニエルとベッドをともにしたわずか二日後で、さまざまな不安や心配事が胸に渦巻いている時期だった。しかし、今回の催しにダニエルの父親が関与していることや、ダニエルとノークロフトが友人どうしであること、また、仮面舞踏会という形はノークロフトの強い意向を受けて決まったことを知った瞬間、すべての謎《なぞ》が収まるべきところに収まった。

賭《か》けてもいい。黒幕はダニエルだ。仮面の陰に隠れて、未来の花嫁と対面しようとしているのだ。コーデリアが愛している相手はウォーレンだと本気で信じているせいだろう。いや、愛している相手はウォーレンになりすましているダニエル自身だとわかっているが、そのからくりをこちらが見抜いていることに気づいていないのかもしれない。そう考えると完璧《かんぺき》に筋が通る。完璧とは言いすぎかもしれないが、これまでの状況から見れば格段の進歩だ。

なんだか愉快な展開になってきた。

できるなら、事の真相を誰かに話したい。とはいえ、ラヴィーニア叔母がどれほど自由な精神の持ち主でも、いくら口が堅くても、年の離れた親類の女性には言いにくいこともあるし、すべてをわかってもらえるとは思えない。

以前は無二の親友だったサラとは、ウィルが帰国してからおたがいに話らしい話をしていない。当然ながら、サラは暇さえあればウィルのそばで過ごしている。それだけでなく、まるで隠しごとでもあるみたいに、コーデリアのそばにいるとどこか落ち着かなげな様子だ。無理もない。門番役の従僕からひそかに聞いた話を料理人助手がコーデリアの侍女にこっそり教えた情報によると、ウィルが帰国した日、ひとりのアメリカ人紳士がサラに会いに家を訪ねてきたそうだ。従僕によれば、サラとアメリカ人の身元について双方に誤解があったらしく、両人とウィルの三人はかなり長いあいだ書斎にこもって話し合いをしていたという。そのことについて、サラからはひと言の説明も報告もない。どうやら、彼女が忠誠を尽くす相手は本来のコーデリアでなく、その兄である愛する男性に移ってしまったらしい。コーデリアにとってサラは誰よりも大切な友人だから、ふたりの幸せを心から祝福したいのは山々だが、物心がつくころから続いていた親密な関係を失ったと思うと、やはり悲しく思わずにいられない。もうこれで、心を割って相談できる相手はひとりもいなくなった。相談したうえで意見されても、素直に耳を傾けることはしないだろうが、それでもひどく寂しい気がする。とはいえ、サラは幸せでいっぱいなのだから、多少の寂しさは我慢する以外にないとコーデリアは自分に言い聞かせた。

緑色のシルク地のドレスに、そっと指を走らせた。博物館で会った時点でダニエルがすでに真実を知っていたと気づいたときは、激しい怒りが込みあげてきた。あのときの彼の言葉は、何ひとつ信じられない気がした。けれど、新しい情報が次々に耳に入ってくるうちに、受けとめ方にも変化が生じてきた。彼が名前を偽ったのは事実だが、彼自身について語った言葉のすべてが口から出まかせとは思えない。模範的な人間とは言えないにしても、眉をひそめるような言動を見聞きしたことは一度もない。こちらが彼をウォーレンだと思い込んでいたときと同様、良心的で礼儀正しい人間だ。一生を託すことができる人だ。

扉をノックする音が響いた。

それにしても、さっさとすべてを告白してしまえばよいものを、なぜこんな手の込んだまねをするのか、コーデリアには彼の真意がはかりかねた。

「コーデリア？」扉がわずかに開き、隙間《すきま》から長姉のアミーリアが頭をのぞかせた。「ここにいたの？」

「そうだけど、いったいどうしたの？」コーデリアは驚いて目を丸くした。意外な人物のお出ましだ。アミーリアが扉を押しあけて部屋へ入ってきた。すぐ後ろにはエドウィナの姿もある。「何かあったの？　あと数日は帰らないと思っていたのに。どうやって戻ってきたの？　お母さまもいっしょ？」

アミーリアが用心深い手つきで帽子を脱いだ。「みんなが戻るのは明日。わたしたちは朝の列車で到着したの。お母さまはまだブライトンよ。それから、〝久しぶりに会えてこちらもうれしいわ〟」

「実は、慈善舞踏会に招待されたのよ」果物の皮をむくようなしぐさで、エドウィナが手袋を引きおろした。「慈善の催しには、何をおいても顔を出さないとね」

「ほら、わたしたちって慈善活動にものすごく熱心だから」アミーリアはにこやかにほほえんだ。「それに、ビーが手紙で泣きついてくるのよ。赤ちゃんがいまにも生まれそうだから一刻も早くロンドンへ戻ってきてって」

エドウィナが鼻で笑った。「たしかにお腹《なか》は小山ぐらいの大きさだけど、賭けてもいい。生まれるまであと優にひと月はかかるわね。まあ、こちらも大人だから面と向かってそうは言わなかったけど。だってあとが怖いし」顔をしかめてそう言うと、エドウィナは帽子を取った。「ここへ来る前に、ちょっと寄って顔を見てきたのよ。このところ、かなり気が立ってるみたい」

「そうね。わたしもつい先日、様子を見てきたところよ」

「でも、おかげでロンドンに戻るための恰好《かっこう》の口実ができたわ」アミーリアは帽子と手袋を衣装だんすの上に置き、室内をぶらぶらと歩きまわった。「このお部屋、わたしが使っていたころと少しも変わっていないのね」

それには答えずにコーデリアは問いかけた。「戻ってきたのは慈善舞踏会のためだけ？」

エドウィナが陽気に笑ってみせた。「ほかにどんな理由があるというの？」

コーデリアは探るような目で姉たちを見た。ふたりのことをすべて理解しているとは言いがたいが、それでもどこか様子がおかしいのはわかる。「何をたくらんでるの？」

「疑《うたぐ》り深い子ね」同意を求めるような調子でアミーリアがエドウィナにつぶやいた。「こんなに疑り深いとは思わなかった」

エドウィナが首を振った。「やっぱり事実だったのよ」

「やっぱりって、なんの話？」

アミーリアの視線が室内をすべるように移動した。「でも昔は壁が黄色じゃなかったかしら」

エドウィナも目を走らせる。「そうだったわね。だけど、このピンクもすてきだわ」

「なんの話よ」コーデリアは答えを迫った。

「思ったとおり、あなたは頭がよくて察しがいいってこと。それだけ」アミーリアは窓の外に目をやった。「あなたがブライトンを去ってから、ふたりでいろいろ考えたのよ」

「そして話し合った」エドウィナが言い添える。

「話題はあなた」いとも無造作にアミーリアは言った。

「わたし？　それ、どういうこと？」コーデリアは慎重に言葉を返した。

アミーリアが深々とため息をついた。「わたしたち、あなたとあまり親しくしてこなかったことを悔やんでいるの。なんというか――」

「あなたを仲間はずれにしていたことを」エドウィナは古びたソファに腰を落ち着けた。

「あなたのこと、のけ者みたいに扱ってた」

「のけ者だなんて思ったこともないわ。でも、せっかくだからこの機会に……」

「ビーとも話し合ったのよ。彼女も賛成してくれた」エドウィナが肩をすくめた。「あの調子だから話を進めるのは大変だったけど」

「わたしたち、あなたに償いをしたいの」アミーリアがきっぱりと言った。「あなたももうすぐ結婚するわけだから、共通の問題もたくさん出てくるし」

「いろいろ助けになってあげられると思うのよ」エドウィナが励ますように笑いかけた。「新居の整え方や、召使いの監督の仕方、ほかにも役に立てることはいくらでもある」

アミーリアがコーデリアの視線をとらえた。「それに、夫の操縦法も」

「夫を操縦することがいかに大切かを知ったら、きっとびっくりするわよ」エドウィナがため息混じりに告げた。「でも、三人の経験を合わせれば大きな力になれると思うの」

「あなたはアメリカで暮らすことになるわけだけど、みんなで手紙を書くわ」

「それも毎日。でなければ毎週」

「これからは、姉妹の絆《きずな》をもっと強いものにするのよ」アミーリアが誇らしげに宣言した。

「おたがいになんでも打ち明け合うの」

「どんなふうに毎日を送っているかとか、どんなことを考えているかとか、すべて伝え合うのよ。悩みも、秘密も……」

「そう、それがいいわ」エドウィナがソファのあいている座面をとんとんと叩いた。「おすわりなさいな、コーデリア。さっそく始めましょう」

用心深い表情を崩さずにコーデリアは腰をおろした。「始めるって、何を？」

「秘密を打ち明け合うのよ、もちろん」

「秘密なんてないわ」コーデリアは首を横に振った。「そんなものあるもんですか。断じてない。あったらいいけど。秘密があればきっとわくわくするし、秘密のひとつもないなんて、なんだか恥ずかしい気がするけれど、あいにくひとつもないのよ」にこやかにほほえんでみせた。

姉たちが目配せを交わした。アミーリアはひとつため息をつくと、たっぷりしたスカートのどこかから小さなポーチを取りだした。化粧台の前へ行き、ポーチの口を開いてさかさまにする。数枚の硬貨が音をたてころがりでた。

コーデリアは眉根を寄せた。「なんなの？」

「四ポンドと十六シリングの残りよ」

「四ポンドと十六……」その金額が何を意味するか、コーデリアは即座に理解した。「あらまあ」

「血に染まったお金よ」おどろおどろしい声音でエドウィナが告げる。

「ばかばかしい。単なる賄賂《わいろ》よ」アミーリアはあきれたという顔で天井を見あげた。「うちの息子たちが約束を果たさなかったのは、正直、恥ずかしいことだと思う」

「金額が少なすぎたのよ。わたしたちがあなたとウィルに支払っていたくらい気前よく与えていたら……」エドウィナが声をひそめてつぶやいた。

「まあそれはそれとして」アミーリアが近くの椅子に腰をおろした。「あの子たち、白状したのよ。みんなである場所まであなたを送っていったら、男性が待っていたそうね」

「あの子たち、そんなことを言ったの？」コーデリアの声から強気な響きがかき消えた。アミーリアはそんな妹を注意深く観察した。「しかも、その男性はあなたをミス・パーマーと呼んだとか」

「あたりが暗かったから」弱々しいつぶやきになる。

「さらには」わざとらしい間を置いて、エドウィナが続けた。「その男性はあなたにキスをした」

「あの子たち、わたしを見張ってたの？　信じられない！」コーデリアは怒りにわれを忘れそうになった。「まっすぐ家へ帰る約束だったのよ。わたしはあの子たちを信用した。きっぱり約束したんだから。それなのに、平気でうそをついてお金を取るなんて、小さいなりをして立派な悪党だわ」

「頭を冷やしなさいな、コーデリア。相手は子どもよ。しかも男だもの。多少のずるはしかたがない」アミーリアは肩をすくめた。「なりは小さくても男の本質は変わらないのよ」

「行く末が思いやられるわ」エドウィナがつぶやいた。

「あの子たちの問題はこの際置いておくとして、とにかくわたしたちは知ってしまったのよ」アミーリアは末の妹のほうへ身を乗りだした。「何か困ったことがあるなら相談してちょうだい。スキャンダルの種になりかねない事件に巻き込まれているなら」

「あるいは、夢みたいにすてきな体験をしているなら」エドウィナが姉を横目で見て、小さく身をすくめた。「もちろん、よい子はそんなことをすべきじゃないけれど」

「わたしたち、お説教するために来たんじゃないのよ。力になりたいの」アミーリアは身を乗りだしてコーデリアの瞳をまっすぐ見つめた。「ブライトンで言ったことはすべて本音よ。あなたはもう大人だから、自分のことは自分で決められるはず。何があろうと、わたしたちはあなたの味方よ」

「それに、息子たちに比べてずっと口が堅い」エドウィナがにんまりとした。「しかも賄賂を払う必要もない」

アミーリアがうなずいた。「つまり、かなりお得な話だということよ。姉妹として信頼してもらえたら、それでいいの」いったん言葉を切る。「まだそこまでの信頼関係は成り立っていないけれど、こちらも精いっぱい努力するつもりよ。どう、話してみる気になった？」

「どう？」エドウィナも声を合わせる。

「どうって言われても……」コーデリアはふたりの姉を交互に見つめた。彼女たちを信頼できるという保証はないが、かといって、信頼してはならない理由も見あたらない。ダニエルのことを誰かに相談したいのは事実だ。それに、姉たちの秘密守秘能力が息子たちといい勝負だとしても、いまさらどうということはない。ふたりがこうまで言ってくれるのだから、ここは気持ちよく厚意を受けとろうとコーデリアは心を決めた。「話せば長くなるわ。それに、いろいろと込み入ってるの」

アミーリアは彼女の手をやさしく叩いた。「覚悟はできてるから安心して」

「それに、少しばかり後ろめたい部分もあるし」コーデリアはしおらしく付け加えた。

「あら、それは楽しみ」エドウィナがやんちゃな笑みを浮かべた。「ぜひ聞かせて」

コーデリアは深呼吸をした。「そもそもの発端は、お父さまが持ってきた縁談で……」

それからまたたく間に、公園でダニエルをウォーレンと取り違えたときの話から、彼が別人になりすましていることに気づいたいきさつ、そして今夜の舞踏会は彼の差し金に違いないと考えていることまで、すべてを説明し終えていた。ベッドをともにしたくだりは省略した。いくら信頼のおける姉たちにでも、そこまで打ち明ける必要はない。「まあ、そんなところかしら」

「あなたの見方に賛成よ」アミーリアが考え考え言った。「今夜の催しには、まず間違いなくミスター・シンクレアが一枚かんでると思う。それに、あなたの言うとおり、いまは先方の出方を待つべきだわ」

「そうだけど」エドウィナがコーデリアの視線をとらえた。「こちらとしてもなんらかの作戦を考えておかないと」

「ええ、考えてるわよ」緑色のシルクのドレスに、コーデリアはすばやく目をやった。「彼にすべてを打ち明ける心の準備はできてるの。場合によっては、謝罪もするわ。でも――」

「そうするのは彼が謝ってからにすべきよ」アミーリアの声は断固とした調子を帯びていた。「先に謝ってはだめ。そんなことをしたら、結婚生活は悲惨なものになる。いったん夫に支配権を握らせたら、軌道修正に大変な苦労をすることになるわよ」

「それに、自分が間違っていたと認めてもだめ」エドウィナが言った。「絶対にね」

「でも、実際にわたしが間違っていたら？」

「そんなの関係ない。だけどね、自分が間違っていたとは認めずに、形だけ詫《わ》びるという芸当も可能よ」ひとつうなずいて、エドウィナが続けた。「賢い女性なら、夫の操縦法としてまずそのやり方を学ぶべきね」

「要はこういうことよ、コーデリア」アミーリアが付け加えた。「自分のほうが偉いんだと思わせてあげるの。一家の主人は自分だ、一国一城のあるじだと信じさせてあげるのよ」

「なんだか姑息《こそく》な感じがするわ」

「いいこと、わたしたちが生きているこの世界は男性に都合よくできている。そのことを、あなたは誰よりも身にしみて知ってるはずよ。もし男に生まれていたら、仕事をしてお金を稼いで、それ以外の時間は旅行でもなんでも好きなことをして過ごせる。でもね、女だって完全に無力というわけではない。とはいえ、この世で自分の居場所を確保するためには、使える武器はすべて活用しなくては」意味ありげなまなざしで、アミーリアは妹を見た。「多少姑息な手段を使うことくらい、あなたが気にするとは思えないわ」

「正直なところ」コーデリアはおずおずとほほえんだ。「べつに気にはならないけど」

「よかった」アミーリアがにっこりと笑った。「それで、今夜の件だけど――」

「でもその前に、肝心なことを確認しておかないと」エドウィナの顔には懸念の色があった。「問題のアメリカ人との結婚はほとんど決まったようなものだけど、コーデリアは本心からそれを望んでるの？　彼を愛してるの？」

いかにも驚いたというふうにアミーリアは目を丸くした。「そんなこと、いまさら確認するまでもない。愛する男のためでなかったら、女がここまで危険を冒すもんですか」コーデリアの瞳を正面から見つめる。「そして男も、愛する女のためでなかったら、ここまで手間暇をかけるわけがない」

「ほんとうにそう思う？」

アミーリアは自信満々の様子でうなずいた。「わたしの言うことに間違いはないわ」

「別人だと思い込んで、わたしは彼に恋をした」コーデリアはしみじみと心のうちを明かした。「そしていまは正体を知ってしまったけれど……」鼻にしわを寄せる。「気持ちは何も変わらない。変わったのは彼の名前だけ。彼のいない人生なんて想像できないし、そんな人生は送りたくない」

「大変けっこう」エドウィナが満足そうにうなずいて腰を浮かせるのを見て、アミーリアとコーデリアもそれにならった。「では、決まりね」

「今夜の件だけど」アミーリアが帽子と手袋を手に取って、出口のほうへ歩きかけた。「前回会ったときから何も変わったことはないというふうに、さりげなくふるまうのよ。彼の正体には気づいていないふりをするの。あちらも仮面をつけているのだから、べつにむずかしいことではないはずよ」そう言って、妹をすばやく抱擁した。「くれぐれも忘れないように、コーデリア。いましばらくはじっと動かずに、ミスター・シンクレアの出方を見守るのよ」

「そろそろ行かないと」エドウィナもコーデリアを抱きしめた。「ふたりとも、今夜の衣装をどれにするか、まだ決まってないのよ」持ち物を手にして出口へ向かった。

扉を開けたアミーリアが、最後に愛情のこもった笑顔を投げてよこした。コーデリアの喉の奥に熱いものが込みあげた。生まれて初めて、姉たちからのけ者扱いをされずに、心からの愛情と親密さを示してもらえた。ようやく、ほんとうの意味でバニスター姉妹の仲間入りができた気がする。こう実感できるまでにずいぶん長い年月がかかったが、年の差を考えればやむをえないことなのだろう。ともかくこうして、姉たちと強い絆で結ばれることができたのだ。コーデリアはうれしさと同時に、感動すらおぼえていた。

「それからもうひとつ」アミーリアが顎の先でベッドを示した。「あの緑色のシルクになさいな。最高の武器になるわ」

レディ・ノークロフトはまさに奇蹟《きせき》を成し遂げた。

ノークロフト邸のテラスと庭園を見渡したダニエルは、あたかもみずからの手でこの奇蹟を実現させたような誇らしい思いに包まれた。みずからの手でという部分はもちろん錯覚にすぎないが、しつらえが完璧であることに変わりはない。

広間とテラスを仕切る扉はすべて開け放たれ、室内と戸外とが自然に溶け合っているかに見える。軽食と飲み物のテーブルは広間の一方の端に置かれ、反対側にはデイジーが美声を披露してくれる場合に備えて椅子が幾列にも並べられていた。一歩外へ出ると、テラスの上に張りだしたバルコニーで奏でられる音楽が、あたかも天上からの調べのように舞いおりてくる。テラスから外に向かって張りめぐらされた無数のランタンによって、庭園内は明るく照らしだされていた。

集まった顔ぶれも会場の豪華さに引けを取らない。誰もがロンドンを離れて地方の領地で過ごしているこの時季に舞踏会を開いても、名のある人たちの出席は見込めないのではないかとノークロフトの母親は危惧《きぐ》していたが、その心配は杞憂《きゆう》に終わった。季節はずれの舞踏会にはそれなりの魅力があるようだ。

十五分ほど前に到着したコーデリアを即座に見つけたダニエルは、知り合いに挨拶《あいさつ》しながらテラスの縁に沿ってゆったりと歩く彼女の姿をひそかに目で追っている。ダニエルがまた人違いをしないようにとの心遣いから、コーデリアとミス・パーマーが今晩それぞれ身につける衣装の色を、ウィルが事前に知らせてくれた。ウィルはいいやつだ。じきに親戚《しんせき》になる男がこうして好意を示してくれるのは幸運の証《あかし》とも思えた。

とはいえ、ダニエルの目から見ると、ウィルはあまり分別のある人間とは思えない。人前であんなドレスを着用することを妹に許可するとは、いったい何を考えているのか。最新の流行だかなんだか知らないが、肩はむきだしのうえ、身ごろの襟ぐりは許しがたいほど深くて、肌が露出しすぎている。ここにいる女性のほぼ全員が肩をむきだしにして、胸のふくらみがいまにもこぼれんばかりに襟ぐりの深いドレスを着用しているが、そんなことは関係ない。問題はコーデリアだ。ぼくの大切なコーデリアだ。おまけにあの色ときたら！　これまで何かの色がとりたてて刺激的だと感じたことはなかったが、青みを帯びた明るい緑色のシルクは挑発的なことときわまりない。あの色合いのせいで、コーデリアの茶色い髪はなおさら深みを増し、ピンクがかった肌はなおさら白くなめらかに映る。まったくあきれたものだ。責任ある立場の兄が、よくも許したものだ。会場に集まった男たちは、なぜ彼女のもとに群がろうとしない？　どうにも納得できずにダニエルは首を振った。数人の英国人とは親しい友人になったが、やはり彼らの考えていることは理解できない。この国には教養のある男がうなるほどいるのに、コーデリアが二十五歳という年齢になるまで、なぜみんなほうっておいたのだ？　しかし、身近にある宝石に彼らが気づかずにいてくれたのは、こちらにとって幸運というしかない。

コーデリアが足を止めて数人の客と言葉を交わす様子をダニエルはじっと見つめた。ノークロフトとウィルには、なんらかの作戦を立てて臨むべきだと言われた。だがあいにく、名案と言えるようなものは何も思いつかない。ウィルに指示されたとおり、ウォーレンになりすましたまま、彼女の気持ちをなんとかして本物の自分に向けさせるだけだ。いったいどうすればそんなことが可能なのかわからないが。ともかく、最高に魅力的にふるまって心をつかむのが第一歩だ。少しでも好意を持ってもらえたら、すべてを告白してもそっぽを向かれずにすむだろう。もしかしたら、大目に見てあげようという気持ちが彼女のなかに芽生えるかもしれない。それどころか、おもしろがって笑いだすかもしれない。彼の場合はそうだった。

とはいえ、自分をだましていた相手に純潔を捧《ささ》げた女性の気持ちが、男の自分に理解できるはずもない。

ダニエルは勇気をふるい起こして、彼女がいる方向に歩きはじめた。臆病《おくびょう》な性格ではないつもりだが、コーデリアに真実を打ち明けると思うと、さすがに身がすくみそうになる。悪くすれば彼女を失うことにもなりかねず、彼女がいかに大切な人間かをようやく理解したいまとなっては、そんなことはとても耐えられない。さらに、コーデリア自身はおそらくまだ知らない遺産の問題がある。それがあればダニエルとしては非常に助かるが、彼女を失わずにすむなら、迷うことなくあきらめるつもりだ。だが一方、ふたりが無事に結婚式を終えてボルティモア行きの船に乗ってしまうまで、遺産の話が彼女の耳に入らない可能性もある。今週中の出発に向けて、ウォーレンはすでに準備を進めている。沈黙は小さなうそに等しいという考えを、ダニエルは頭から払いのけた。彼女が遺産の話を知るころには、愛情の対象はウォーレンからダニエルに移っているはずだ。結局のところ、彼女が愛しているのはこの自分であり、以前と何かが違うとすれば、それは名前と地位だけだ。それに、すべての要素を客観的に比較するなら、花婿としての条件はウォーレンより自分のほうが格段に上だ。いつかはきっと彼女もわかってくれるだろう。

それまでに絞め殺されずにすめば。

コーデリアに背後から近づいたダニエルは、身をかがめて首筋にキスしたいという衝動をこらえた。可能なかぎり魅力的な笑みを顔に貼《は》りつける。「失礼ですが、この曲を踊っていただけませんか？」思いきって名前を呼んだ。「レディ・コーデリア」

彼女が振り向いた。「あら、仮面をつけた意味がなかったようね」思わずどきっとするようなまなざしで彼の顔を見あげる。「ミスター・シンクレア」

ダニエルは内心ほっとして小さく笑った。どうやら心配するほどのこともなかったようだ。「なぜぼくだとわかった？」

「こちらも、同じことをお尋ねしたいわ」

目を閉じていてもきみだとわかる。部屋の反対側にいようと、町のはずれにいようと、海の彼方《かなた》にいようと……。心のうちでつぶやいてから、声に出して答えた。「かならず見つけると決意していたから」

コーデリアは礼儀正しくほほえんだ。「さすがだわ。切れ者なのね」

「有能さにかけては誰にも負けない」有能さにかけては誰にも負けない？　ダニエルは自分自身に嫌気が差した。そうじゃない。ここで求められているのは有能さではなく人間としての魅力だ。「グラスが空だね」近くを通りかかった給仕に合図して、空になった彼女のグラスを返しておかわりを受けとり、ついでに自分用にひとつ取った。

「なるほど、手際がいいこと」コーデリアがつぶやいた。

「しかも思いやりがある」うっかり口走っていた。

「ええ、もちろん。実に思いやりがある」コーデリアが声をあげて笑った。無理もない。これではばか丸出しだ。

この場で必要なのは、魅力的に見せること。そう自分に言い聞かせて、ダニエルはグラスをかかげた。「気持ちのいい夏の宵に飲むシャンパンは格別だ」

「いつだって格別よ」グラスを軽く触れ合わせて、コーデリアはシャンパンを口に含んだ。

「さっきの質問の答えは?」言い終わらないうちに、ダニエルは悔やんだ。しつこく答えを迫ったりしたら、魅力的とは思ってもらえない。

「どの質問のことかしら、ミスター・シンクレア?」

「なぜぼくだと見抜いたのか、その理由を知りたい」平板な声を心がけたが、どうしても期待の色が声ににじみでてしまう。彼女がすべてを知っている可能性は、わずかでもあるのだろうか。もしそうであれば、こんな苦労をしなくてもすむのだが。

「発音のせいよ、ミスター・シンクレア」そっけなく言われて、ダニエルの心はしぼんだ。

「仮面で隠れているのは目だけ。アメリカふうの発音はごまかしようがないわ。それに、お父さまをべつにすれば、アメリカ人のお客さまはほかにひとりも出席していないようだし」

ダニエルは弱々しくほほえんだ。「われわれアメリカ人はみんな同じ声に聞こえると誰かに言われたよ」

「そういえばそうね。不思議だわ」

　彼女が知っているふたりのアメリカ人は同一人物なのだから、同じ声に聞こえるに決まっている。もっと慎重に会話を進めなくては、とダニエルは心した。「お会いできるのを楽しみにしていた」

「あらあら、ミスター・シンクレアったら。たとえ善意のうそであろうと、うそや欺瞞《ぎまん》でお付き合いを始めるのはいかがなものかしら」

「きみに会うのを楽しみにしていたのは事実だ」ダニエルは言い張った。

「でも、そのための努力は何ひとつしていない。あなたはロンドンの屋敷を訪ねてきたこともなければ、ブライトンの家にも顔を出そうとしなかった」

「実は……」ダニエルは咳払《せきばら》いをした。「ブライトンでは体調を崩していたものだから」

「その後、具合はいかが？」

「快調だ。元気はつらつだよ」

「きっとブライトンの海辺の空気のせいね。とても――」

「すがすがしいから？」

　コーデリアが首をたてに振った。「まさにいま、わたしもそう言おうと思っていたところよ」

　これはいいぞ。ほっとしたダニエルは、内緒話をするように顔を近づけた。「ぼくたちには共通点がたくさんありそうだ」

「ブライトンの空気を形容するのにすがすがしいという言葉を使ったこと以外に？　あえて言うなら、いまのところ、ほかにはいかなる共通点も見出《みいだ》せないけれど」

「まだ気づいていないだけだよ」

「文通を始めて、もう何週間にもなるのよ」

この作戦も失敗だ。ダニエルは慎重に言葉を選んだ。「たしかに、最初のころのぼくの手紙はなんというか――」

「思いやりに欠けていた？　感じが悪かった？　非常識だった？」

「あれでも抑えたつもりだった」消え入りそうな声で言った。

「信じられない」

話題を変えたほうがよさそうだ。「ひとつ質問してもいいだろうか、レディ・コーデリア」

「ええ、もちろんよ、ミスター・シンクレア」

ダニエルは彼女をじっと見つめた。「ぼくたちの縁談について最初に聞かされたとき、きみはどう思った？」

「夜会にふさわしい美辞麗句をちりばめた礼儀正しいお返事と、虚飾を排した本音と、どちらがお望み？」

ダニエルは喉の奥で笑った。「美辞麗句をちりばめた礼儀正しい答えのほうがありがたいが、せっかくの機会だから、本音を聞かせてもらったほうがおたがいのためだと思う」

「まったく同感よ、ミスター・シンクレア」まっすぐ見つめてきた。「正直なところを言うと、父が娘の人生を好きなようにあやつることができると考えて、結婚まで決めてしまったことを、わたしは不快に感じたわ」

「それで、いまは？」

「いまは、定めだから受け入れるしかないと覚悟しているけれど、やはり不愉快なことに変わりはない」

「定めか」ダニエルはゆっくりと言った。「つまり、ぼくと結婚するつもりがあると解釈していいんだろうか」

「もう、情緒も何もない人ね、ミスター・シンクレア。それに、ぐさっと本質を突いてくるところがとてもアメリカ的だわ。ロマンスや甘い言葉のようなくだらないことに時間を割くのは無駄でしかない。魅力的に見せようという努力はいっさい不要だと考える」

ダニエルは眉根を寄せた。「つまり、さっきの言い方は魅力を欠いていたと？」

「残念ながら」

「その気になれば、ぼくだってきわめて魅力的に見せることができる」これでは気を悪くしていることが見え見えだ。

「あらそう？」

「ああ。魅力に欠けると女性から文句をつけられたことは過去に一度もない」

コーデリアが彼の腕に手を置いて、哀れむような調子で言った。「初めての顔合わせだから緊張するのも無理ないわ。今夜のあなたが魅力に欠けるのはきっとそのせいよ」

「緊張などしていない」思わずむっとして言い返す。

「こうしたらどうかしら、ミスター・シンクレア。無理をしないで、いつもの自分らしくふるまうのよ。魅力的に」

そう言われれば、たしかにそのとおりだ。少し肩に力が入りすぎていた。それでも、魅力的であることに変わりはない。言わば、持って生まれた才能のようなものだ。ダニエルはシャンパンをひと口飲んで、しげしげと相手を観察した。「きみにもぜひ知っておいてほしい。ふだんのぼくは率直で魅力的な人間だと思われている」

「そうでしょうね。それを聞いてほっとしたわ。女なら誰だって魅力的な男性が望みよ。わたしも例外ではないわ」

「それなら、ロマンスに関しては?」

「そうね、生涯をともに過ごすなら、ある程度のロマンスもあったほうが好ましい」

「なるほど」ダニエルはいったん言葉を切り、慎重な口ぶりで続けた。「つまり、ぼくたちは生涯をともに過ごすものと考えていいのだろうか?」

コーデリアが笑った。「あなたってしつこい性格ね」

「何か目標があるときは、そうだね、簡単にはあきらめない」

「目標? もしわたしのことを意味しているなら光栄だわ。あなたの魅力のとりこになってしまいそう」長いことダニエルを見つめた。「答えをいますぐ知りたい?」

「ああ、ぜひ」

「せっかちな人ね、ミスター・シンクレア」

「そんなことはない。ふだんのぼくはきわめて辛抱強いほうだ。しかし、今夜はいつもと状況が違う。自分の運命を知りたがっているからといって、責められるいわれはないはずだ」

「運命ですって？」コーデリアがシャンパンを口に運んだ。「なんだか深刻すぎて恐ろしいわ」

ダニエルは含み笑いをした。「その気持ちはわかる」

「やはりあなたも恐ろしいと思うのね。自分ではどうすることもできない事情のために、ろくに知らない相手と結婚させられるんだもの」ため息をついた。「無理もないと思うわ」

「そう感じたのは最初のうちだけだ」ダニエルはあわてて言い添えた。「でもいまは」彼女の手を取って唇にあてる。「いまはこう思う。ものごとは、期待が少ないほどうまくいくものだと」

「あらまあ、ミスター・シンクレア。実に魅力的でロマンティックな殺し文句だこと」

「まあね」ダニエルは得意げな笑みを浮かべた。握っている彼女の手を下におろしたが、放そうとはしなかった。礼儀には反しているが、コーデリアはいやな顔をしなかった。脈があるしるしだ。「それでは、レディ・コーデリア、ぼくと結婚してくれますか？」

「魅力的でロマンティックというのは訂正するわ」コーデリアが手を引き抜いた。「こんなやり方ではだめよ、ミスター・シンクレア。夜会はまだ始まったばかりなのに、これほど重大な決断をくだせるわけがない」

「くだせない？」

「もちろんよ。これではまるで、第一幕が始まった直後に劇の結末を知るようなもの。本の第一章を読み終わらないうちに最後のページをのぞくようなものだわ。いろいろ事情があったにしろ、わたしたちはまだ会ったばかりよ」

「会ったといっても仮面越しだが」

「ともかく、あなたと顔を合わせる前になんらかの結論を出していたとしても、この夜会が終わったころには、まったく違う決断が引きだされるかもしれない。それに、むやみに結論を急いだりしたら、お楽しみの一夜が台なしになってしまう。先行きがわからないからこそ楽しいのよ」

ダニエルは苦笑いを浮かべた。「先行きがわからないのは好きじゃない」

「それなら、いい経験になるわ」コーデリアはきっぱりとうなずいて、シャンパンを口に含んだ。

「でも、今夜のうちに教えてもらえるんだろうね」

「もう結論は出ていると思っているようだけど、そうとはかぎらないのよ。今晩のなりゆきしだいで考えが変わるかもしれない。礼儀正しい言葉づかいのなかにひそかな暗示や約束が織り込まれた意味深長な会話を夜どおし続けたら、どんな気分になるかわからないわ」

「うっとりするような舞台設定も必要なんだろうね」

「もちろんよ」コーデリアは口もとをほころばせた。「できるなら星空の下で——」

ダニエルは空を見あげた。「ここは星空の下だよ」

「どこか遠くから甘い調べが流れてきて」

バルコニーの方向を顎で示した。「音楽もある」

「そしてダンス。いっしょに踊ったこともない人と結婚するわけにはいかないもの」

「その点は改善の余地がある」シャンパンを飲み干すなり、ダニエルは彼女の手からグラスを引き抜き、二客のグラスを手すりに置いて、腕を差しだした。「折よくウィンナワルツが流れている。実は、ワルツは得意なんだ」

「まあ、あなたの言うとおりね。わたしたちには共通点があったわ」コーデリアが彼の腕を取った。「ワルツって、その昔は慎みに欠けた下品なダンスだと考えられていたのよ」

ふたりはフロアに進みでた。「その理由はわかるよ」

「ほんとに?」コーデリアが右手を彼の肩に置いた。その瞬間、素肌を指が這《は》う感触がダニエルの脳裏によみがえり、筋肉がぴんと張りつめた。

「ああ、ほんとだ」ダニエルは右手で彼女の左手を握り、左手を腰の後ろのくぼみに軽く添えた。

「わたしには少しも下品に思えないけれど」

「そうかい、レディ・コーデリア？」彼女を腕のなかに抱き寄せた瞬間、ダニエルは欲望に全身を貫かれた。この欲望以上に慎みに欠けたものがこの世に存在するだろうか。「ひんしゅくを買う心配をせずに、美しい女性を人前で堂々と腕に抱けるんだから」さらに引き寄せて、じっと顔を見つめた。「病みつきになりそうだ」

コーデリアはそっけなく返してきた。「こんなにぴったりと抱き寄せるのは礼儀違反よ、ミスター・シンクレア」

ダニエルは彼女の耳に口を寄せた。「承知のうえさ、レディ・コーデリア」

「腕をゆるめて。本気で言ってるのよ、ミスター・シンクレア」

「ああ、そうすべきなのはわかってる」ダニエルはやんちゃな笑みを浮かべずにいられなかった。「だが、そうする気はさらさらない。いまも、そしてこの先も永遠に」

そう言うなり、コーデリアを抱いたまますべるような動きで踊りだした。ふたりして音楽のうねりに包まれた瞬間、ダニエルは大きな感動に包まれた。三拍子の調べ、くるくる回転するダンスの輪、夜空、そして腕には愛する女性。これほど完璧な瞬間があるだろうか。愛する相手と踊っていることにはまだ気づいていないとしても、この女性も間違いなく自分を愛している。

時間の問題だ。いつかはきっと気づいてくれる。その点については確信があった。コーデリアが縁談の相手だと判明し、それに加えて事業のために緊急な追加資金が必要だと知ったとき以来、これほど何かを強く確信したことはない。コーデリアが声をあげて笑った。

ダンスが楽しくてはしゃいでいるのか、何か本人にしかわからない理由で笑っているのか判断がつかないが、どちらだろうとかまわない。ともかくいっしょになって笑った。この瞬間だけは、何もかもが完璧だと思えた。

曲は終わりに近づいたが、ダニエルはいつまでも彼女を放そうとしなかった。コーデリアも抱かれるままになっていた。

やはり今夜、真実を打ち明けてしまおうか。そういう計画ではなかったが、もともと、確固とした考えがあったわけではない。この問題を早く解決すれば、それだけ早く新たな人生に乗りだすことができる。それだけ早く、彼女を自分の腕に、ベッドに、人生に迎え入れることができる。

ようやく腕を放して、ダニエルは彼女を見つめた。「とても楽しかった、レディ・コーデリア」

「ええ、同感よ、ミスター・シンクレア」

「ふたりにとって初めてのダンスを、ぼくはいつまでも忘れないよ。星空の下で、快い夏の夜に踊ったことを」

つかの間、コーデリアが彼を凝視した。「おめでとう、ミスター・シンクレア。いまのは最高に魅力的なせりふだったわ」

仮面の下でダニエルは眉をあげた。「でもロマンティックではなかった?」

「もちろんロマンティックだったわ」コーデリアの声は満足そうな響きを帯びていた。作戦は期待以上に成功したようだ。

ダニエルは深呼吸をした。「話し合うことがたくさんあるね、ぼくたち」

「ええ、そうね」コーデリアの視線が彼の背後をさまよった。「でも、みんな広間に向かってるわ。余興が始まるみたい。わたしたちも行かないと——」

「いや、やめよう」ダニエルは早口で言うと彼女の手を握り、テラスの階段をおりて庭園へ向かった。

「でも、すばらしい女性歌手が歌声を披露するとか——」

「その歌声を堪能《たんのう》できる機会を、きみだけのためにいつかお膳立《ぜんだ》てするよ」肩越しに振り向いて言った。

途中、広間へ向かう人々とすれ違った。あのふたりはなぜ反対の方角へ向かうのかという好奇のまなざしや、あの長身で黒みがかった髪の男性は、おしゃれではあるがいささか大胆すぎる緑色のドレスの女性と何をするつもりだろうというぶかるような視線を、ダニエルは肌で感じた。コーデリアのことに関してはいつも失敗ばかりしてきたが、今夜の舞踏会に仮面をつけてきたのは正解だった。

「どこへ行くつもり？」

「ふたりきりで話す必要がある」

「さっきもふたりきりで話していたわ」

「人に聞かれる心配のない場所でないと。これから話し合うのは非常に重要な問題だ」

具体的な計画は立てていなかったものの、ダニエルはコーデリアが到着する前に庭園をぶらついて、おおよその地図を頭に入れていた。ほかの道と同様にランタンで明るく照らされてはいるが、この小道の先にはベンチの置かれたひっそりとした空間があり、肌もあらわな恋人たちが抱き合うギリシア彫刻がロマンティックないろどりを添えている。「さあ、こっちだ」

「ちょっと待って」握られていた手をコーデリアは引き抜いた。「子どもみたいに手を強く引かれて庭園を歩かされるのはごめんよ。それからもうひとつ言いたいことがあるの、ミスター・シンクレア」

「ダニエルだ」

「え、何？」

「ダニエルと呼んでくれないか。ぼくたちが置かれた状況を考えるなら、おたがいに姓でなく名前で呼び合うべきだろう。たったいまから、ぼくのことはダニエルと呼んでほしい。ぼくはきみをコーデリアと呼ぶ」

コーデリアが胸の前で腕組みをした。「コーデリアと呼ぶ許可を与えた覚えはないけど」

「それでも、ぼくはコーデリアと呼ぶ」ダニエルは強い調子で言い返したが、話に気持ちを集中させることがしだいにむずかしくなってきた。組んだ腕によって押しあげられた彼女の胸に、目が吸い寄せられてしまう。「だからきみにもダニエルと呼んでもらう」

「わかったわ。それならこれでどう？」ほとんど吐きだすような調子で、コーデリアが彼の名を呼んだ。「ダニエル」

「すばらしい。舌の上を軽くころがる感じがたまらないね」ダニエルは辛辣《しんらつ》に切り返した。

「もう一度言ってもらえるかな」

コーデリアがまじまじと見つめてきた。確信はないが、唇の端がわずかに持ちあがったようにダニエルの目には映った。「ダニエル」残念なことに、コーデリアは組んでいた腕をほどいて、手首に紐《ひも》で結びつけていた扇をぱっと開いた。「知ってるかしら。あなたの名前はヘブライ語で神の怒りを意味するのよ」

「いや、神がわたしを裁くという意味だ」

「間違いない？」

「ああ」ダニエルはきっぱりと答えた。

コーデリアが軽蔑《けいべつ》の色もあらわに鼻で笑った。「あなたを裁くのは神だけじゃないわ」

「どういう意味だろうか」

「つまりね、あなたの所業を裁く人間は大勢いるということ。あなたのお父さましかり、投資家しかり、それにわたし――」

「きみ？」

「例の手紙よ」扇を突きつけた。

「ああ、もちろん。きみの言うとおりだ。その点は謝罪しなければならない、コーデリア。最初のうちは、きみに嫌われたほうがおたがいのためだと考えたんだ。そうすればきっと縁談を断ってくると思って」

「なるほどね」長いあいだ、コーデリアは考えをめぐらせていた。「たしかに利口なやり方だわ。実を言うと、わたしも同じことを考えついたけれど、実行するのは控えたの」

「礼儀知らずの野蛮人呼ばわりしたくせに」思わず反論する。「あれで控えたとはよく言うよ」

「あの表現を使ったのは手紙のなかだけよ、ダニエル」高慢な調子でコーデリアは切り返した。「あなたのことを誰かに話すときは、鼻持ちならない気取り屋という言い方を愛用していたわ」

ダニエルは小さく笑った。「ぼくの作戦は期待以上の成果をあげたようだ」

「そうよ。なんていやなやつだろうと思って、こっちこそ結婚なんて願い下げだという気持ちになった。だけど、あなたの言うとおり。それなりの理由があってのことだから」

「たとえそうでも、心から申し訳ないと思っている」

「それに引きかえ、最近の手紙は……」意に反したような笑みがコーデリアの頬に刻まれた。「感じがいいわ。魅力的と言ってもいいくらい」

「おまけにロマンティックだろう?」ダニエルはにっこり笑った。

「ロマンティックな部分も、多少はあったかもしれない」

「今後はもっと精進するよ」

コーデリアが考え深い表情になって扇で顔をあおいだ。「つまり最初は、この結婚から逃れようと思っていたのね」

少なくともこの問いに対しては正直に答えるべきだ。「認めるよ。逃れようとした」

「それなら、こういうことかしら。なんとかして魅力を振りまこうとする今晩の様子と、最近の手紙の文面から察するに、あなたは考えを変えたのね」

「きみが変えたんだよ、コーデリア」ダニエルは彼女のそばへ寄って手を取った。

「会ったこともないのに、なぜそんなことが可能なのかしら」コーデリアは用心深い口調で疑問を口にした。

「文章を読んだから」

「なんですって？」

「きみが書いた旅行記事を読んだんだ。かなりの数の女性誌をあさるはめになったよ」

「それで？」

「気に入った。洒脱《しゃだつ》な文章に、鋭い観察力。実によく書けていると思う。きみに無礼な手紙を送っておいてこんなことを言うのもなんだが、文章には人柄が出るというのが、かねてからのぼくの持論でね。あの一連の記事の書き手に、ぼくは好意を持った。しかも大いに。何か運命の糸のようなものを感じるんだ。ああいった文章を書く人となら、一生をともに過ごしても決して後悔することはないと自信を持って断言できる」

「あらまあ」コーデリアは声にならない声でつぶやいた。「まさかそんなことを言ってもらえるとは」

「ロマンティックな告白だろう？」ダニエルは得意そうにほほえんだ。

「ええ、心底びっくりよ」

「もうひとつ言っておきたいことがある。ぼくが目を通した女性誌で紹介されていたドレスはどれも――」空咳をする。「きみが今夜身につけているものほど大胆ではなかった。今後、そのドレスを着用するのは見合わせたほうがいいね」

コーデリアが彼を凝視した。「わたしの着るものについて指図するつもり？」

「いや、あくまで控えめに指摘しているだけだ。そのドレスはあまりに……あまりに刺激的だと」

「ダニエル」手にしている扇で彼の頬をばしっと叩いてやりたいという衝動を懸命にこらえているらしく、コーデリアが大きく息をついて、それから一歩後ろへ下がった。「万一結婚することになったら、あなたの意見や提案にわたしは喜んで耳を傾けるし、ときには指示をあおぐこともあるかもしれない。でも、鉄道と同じ程度にファッションに詳しくなるまでは、ドレス選びによけいな口出しは不要よ。このドレスはフランス製で、目の玉が飛びでるほどお高いうえに、最新流行のデザインで、わたしが着ると最高に見栄えがするの。もう二度と着ないほうがいいなんて、ばかなことを言うのもいいかげんにして」

「ばかなことかもしれないが、言わずにはいられない。なぜなら、そのドレスを目にした男はひとり残らず、その下にある完璧な肉体を想像せずにいられなくなるからだ」ダニエルは一歩前に出た。「それだけじゃない。男なら誰だって、その完璧な肉体をわがものにしたくなる」

「はっきり言って、それって――」

「コーデリア、これまでぼくは嫉妬《しっと》深い性格ではないと思っていたが、ここは正直に認めよう。きみのことになると、嫉妬としか言いようのない感情に襲われてしまう」口に出した瞬間、それがかけ値のない真実であることをダニエルは悟った。なかでも最もねたましい相手が、もうひとりの自分だとしても。「今夜会ったばかりでこんなことを言うのは変かもしれないが、きみのことをよく知っているような気がする」

「わたしが書いた記事を読んだからよ」コーデリアの口調から先刻までの強い調子が消えていた。

「ああ、もちろん」それだけじゃない。博物館の通路を何時間も歩きまわったり、浜辺を散歩したり、さらには桟橋で事件に巻き込まれたこともあった、と心の声がささやく。

「そこまで何もかも話すのは、秘密を持ちたくないから？」

「もちろんだとも」言うまでもなく、ほかにも打ち明けなくてはならないことがあるが、出だしとしてはまあまあだ。そして、いまのところうそはついていない。「コーデリア、ぼくに好意を持てそうかい？　いつかは好きになってもらえるだろうか」

「いつかは？　さあ、先のことはなんとも――」

「つまり、きみの気持ちはすでにべつのどこかへ向けられているのだろうか。ぼく以外の何かに」

「だったら何？　わたしたちの縁談は取り引きの一部にすぎないのよ。気持ちや愛情の入る余地はないわ」

「だとしても、結婚相手を好きになれたら、そのほうが望ましい」

「望ましいけれど、必須《ひっす》条件ではない」

「きみにぼくを好きになってもらいたい、コーデリア」

「好きにならないわけがないわ、ダニエル」コーデリアがあでやかな笑みを投げかけた。

「あなたは率直で感じのいい人よ」

ダニエルはひとつ大きく息を吸った。「きみに話さなくてはならないことがある」

「どうぞ」

「ちょっと言いにくいことなんだ」もし許してくれなかったらどうしよう。

「とにかく話を聞かせて、ダニエル」

「しかも、あまり愉快な話じゃない」彼女が愛している相手はあくまでウォーレンであり、自分など眼中になかったらどうしよう。

「それなら、さっさとすませてしまうに限るわ」

言ってしまえ、ダニエル。さっさと言うんだ。「実は、ウォーレンのことなんだ」真実を明かしたとたん、輝ける未来がぱっと消えてしまわないともかぎらない。

「彼がどうかしたの？」コーデリアが身を乗りだしてきた。

「ウォーレンは……」

「ええ、なんなの？」彼の胸に扇を押しあてて、じっと顔を見あげる。

「ウォーレンは」ダニエルはもう一度くり返して、彼女を見つめた。その瞬間、自分が思っていたほど勇敢な人間ではないことを悟った。恐怖のあまり、胃の腑《ふ》が引き絞られる。ところが次の瞬間、思いもよらぬ言葉が口から飛びだしていた。「ウォーレン・ルイスには妻がいる」

15

現地の人々の風習や祝いの席に加わるよう求められたときは、尻込みせずに、積極的に参加しましょう。

『英国婦人の旅の友』より

「なんですって？」

コーデリアは唖然《あぜん》としてダニエルを凝視した。何が重要な問題よ。秘密を持ちたくないと言っておいて、よくもこんな作り話を聞かせられるものね。あまりにばかばかしくて、笑う気にもなれない。

「ウォーレン・ルイスには妻がいる」重大な失言をしたあげくに、いまさら取り消すわけにもいかずに困り果てている者の口調で、ダニエルはつぶやいた。

コーデリアは用心深い態度を崩さなかった。「なぜわたしに言うの？」

ダニエルが肩をすくめた。「きみは知るべき立場にいるから」

仮面の下の目が細められる。「なぜ？」

「なぜってきみは――いや、きみの付き添い役のミス・パーマーは、彼と会っているみたいだし」

「彼と会ってるですって？」コーデリアは驚いたふりをした。「会ってるとはどういう意味？」

「密会をしてるんだ。人目をしのんで」

「つまり、逢引《あいびき》ということ？」

「そのとおり」ダニエルはうなずいた。「しかも、きわめて不適切な関係を持っているらしい」

「なのに結婚してるのね」いかにも衝撃を受けたという声音を装って、コーデリアは近くのベンチにすわり込んだ。どうも腑《ふ》に落ちない。なぜダニエルはうそをついていたことを素直に認めずに、〝ウォーレン〟を悪者に仕立てあげようとするのだろう。こちらと同様、真実を告白するのが不安なのかもしれない。それにしても、〝ウォーレン〟に関するこの作り話はあまりにばかげている。これではまるで……。次の瞬間、ひらめいた。この人は本気でやきもちを焼いているのだ――しかも自分自身に！　考えてみれば、彼女が愛を告白した相手は〝ウォーレン〟だった。ウォーレンへの愛情が冷めれば、その愛情はそのままダニエルとしての自分に振り向けられるだろうと彼は計算したのだ。コーデリア自身が考えそうな筋書きだ。天才的な名案かもしれないが、救いようがないほど間が抜けている。

「あらまあ」

「あいつは不良だよ、コーデリア。きみもミス・パーマーも、あの男とは今後いっさいかかわりを持たないほうがいい。もし彼女が特別の感情をすでに抱いているなら——」

「特別の感情？」

「愛情と呼んでも恋心と呼んでもかまわないが、とにかくあの男に注ぐ価値はない」

「妻のある身ではね」

「おまけに子持ちだ」

「そんな」いったん言葉を切って、コーデリアはそれらしい表情を顔に貼《は》りつけた。「お子さんはどは子どもがいるって？　ダニエルはいったいどこまで暴走する気だろう。「こんな何人？」

「かなりたくさん。多すぎて、正確な数は覚えきれない」ダニエルが嘆かわしげに首を振った。「夫人はいつも大きなお腹《なか》をかかえてる」

「お名前は？」

「誰の？」

「ミセス・ルイスよ」この瞬間のダニエルの素顔を見てやりたいものだとコーデリアは思った。とはいえ、やはり仮面をつけていてよかった。おそらくは必死の形相を浮かべているであろう彼の顔を見られないのは残念だが、反対に、こちらが実はこの状況をおもしろがっていることも知られずにすむ。

「夫人の名前か」弱々しい声でダニエルはつぶやいた。

「あなたとミスター・ルイスは大親友だったはずよね」

「なぜきみがそれを知ってる？」いぶかるような調子が声ににじむ。

「さあ、あなたの手紙にそんなことが書いてあったと思うけど」コーデリアは無関心な様子で肩をすくめた。「ミセス・ルイスのお名前ぐらい、当然知ってるでしょう？」

「もちろん知ってるさ。ちょっと度忘れしただけだ。しばらく体調を崩していたせいだろう」ダニエルは悪びれた色もなく言ってのけた。

「ああ、そうだった。後遺症のせいね……たしか風邪だったかしら」

「そうだ」いかにもうそくさい咳《せき》をしてみせる。「高熱にやられたから、それで記憶に障害が出たらしい」

「お気の毒に」コーデリアは吹きださないように口もとを引きしめた。「それならお子さんたちの名前も覚えてないでしょうね」

「ああ、無理だね。ぼくにちなんで命名された子だけはべつだが。ダニエル坊やのほかはちょっと――」

コーデリアは懸命に笑いをこらえた。

「思いだせない」

「そういうことなら……」ひとつため息をついたコーデリアは、首を振って、しばらく口をつぐんでいた。こうすれば相手は、ウォーレンに関する衝撃的な事実について思いをめぐらせていると思うに違いない。「そういうことなら……」

「なんだい？」期待の色もあらわに、ダニエルが問いかけてきた。

「事情はわかったから、もうこの話は終わりにしましょう」晴れやかな笑みを投げかけて、コーデリアは立ちあがった。「そろそろ広間へ戻らないと」

「事情はわかっただって？」驚愕《きょうがく》のあまり、ダニエルの声は裏返っていた。「言うことはそれだけ？」

コーデリアは何食わぬ顔で返した。「ほかに何を言えばいいの？」

「何かあるだろう。きみの付き添い役であり、遠い親戚《しんせき》であり、親友でもある女性の心を、あの男は傷つけたんだ。多少は憤慨するのが普通じゃないか」

「そうかもしれない」コーデリアはつかの間、考えをめぐらせた。「でもわたしは、べつに憤慨する気にはなれないの。それが普通であろうとなかろうと」少し間を置いて、大きくうなずく。「むしろ、おかげですべてが丸く収まるような気がするわ」

「すべてが丸く収まるだって？」声が高くなる。

「ええ、そうよ」

「しかし――」

「それにね、サラの心は傷ついてなどいないわ。それどころか、最近の彼女はこれまで見たこともないほど幸せそうよ」内緒話をするようにダニエルに顔を近づける。「まだ内々の話だけれど、彼女はうちの兄と結婚するの」

「でもきみは？」

「わたし?」

「腹が立たないのか?」

「いいえ、ぜんぜん。兄と結婚しようなんて考えたこともないもの。そんなこと、法律に反するし、不道徳だし、第一、気持ち悪い。でも、古代エジプトでは王や女王が実のきょうだいと結婚することはめずらしくなかったのよ」

「古代エジプトなんてどうでもいい。きみのことが心配なんだ!」

「なんてやさしい人なの、ダニエル。そうやって熱く語るあなたは魅力的で、ロマンティックだわ」扇の先で彼の上着の衿《えり》をちょんちょんと叩《たた》く。「うっとりするほど」

ダニエルは歯を食いしばった。「それなら、ウォーレン・ルイスが結婚していても、きみはかまわないのか?」

コーデリアは無造作に肩をすくめた。「べつに」

「もっと関心を払うべきじゃないか? 状況からいって」

「いいえ、べつに。状況がどうであろうと答えは同じよ」いったん言葉を切る。「すんだことはすんだこと。いつまでも過去にとらわれていないで、前へ進むべきよ。サラはそうしたわ」探るような目でダニエルを見る。「ミスター・ルイスが妻帯者かどうか、なぜわたしが気にしなければならないのかしら。納得できる理由をひとつでも挙げられる?」さあ、ダニエル、いまこそすべてを告白する絶好の機会よ。

長い沈黙の末に、ダニエルがふっとため息を吐きだした。「いや、そんなものはない」

胸を刺す失望の痛みからコーデリアは目をそらした。打ち明けてくれればよかったのに。そうしたらこちらもすべてを告白して、くだらない芝居に終止符を打つことができたのに。とはいえ、打ち明けることをためらい、不安に思う彼の気持ちも理解できた。こちらの正体を彼がすでに見抜いていることを知らなかったら、わたしだって同じように不安に駆られていただろう。

「そろそろみなさんのところへ戻らないと。ふたりで姿を消したことを気づかれるとまずいわ。ほら、妙な噂《うわさ》はすぐに広がるし」コーデリアはにこやかにほほえんで、母屋のほうに体を向けた。

「コーデリア」その腕をダニエルがつかんだ。

コーデリアは振り返った。「何かしら」

彼がじっと見つめてきた。「今夜、返事をしてもらえるんだろうね」

「返事って、なんの？」

「ぼくと結婚するつもりかどうか」

「さあ、わからないわ」コーデリアは一歩近づいた。彼がその気になればキスできるほど近くに。「あなたは今夜、仮面をはずすつもりがある？　ありのままの姿をさらす覚悟がある？　みんなが見守るなかで？」

ダニエルは首を横に振った。「それは賢明なやり方とは思えない」

それどころか、こちらからキスすることだってできる。「けっこう。あなたはあなたの秘密を守り抜いて。わたしはわたしの秘密を守り抜くから。少なくとも今夜のところは」

「今夜のところは」

コーデリアは彼にキスしたい気分だった。きっと夢心地になれるし、そうすることによって事態がいま以上に悪くなるとも思えない。〝ウォーレン〟とベッドをともにしながら、彼が妻帯者であっても気にしない倫理観に欠けた女だと思われているのだ。実際は倫理観に欠けているわけではなく、自分なりの行動規範は持っている。何しろ、ベッドをともにした相手は未来の夫なのだ。問題は彼がそれを知らないこと。というより、こちらがすべて見抜いているという事実に彼が気づいていないこと。もう、話がますます複雑になっていく。ウォーレンが妻帯者だというばかげた作り話などせずに、すべてを打ち明けてくれたらよかったのに。あるいは、せめて仮面をはずしてくれたら……。

「ダニエル・シンクレア」ため息混じりの声で呼びかけた。「あなたって頑固で強情な人ね」

彼の首に腕をまわして自分から唇を重ね、欲望の炎が体内でちらつくのを確認して唇を離した。どんな名前を名乗ろうと、やはり圧倒的な魅力の持ち主であることに変わりはない。腕を放してあとずさった。

「ダニエル、母が明日、ロンドンへ戻ってくるの。その翌日に、両家のお食事会が予定されているのよ。花嫁と花婿を引き合わせるための催し。言わば、正式に引き合わせるためのね」しばらく考えをめぐらせる。「わたしたちふたりとも、それらしい演技をしたほうがいいんじゃないかしら」

「つまり、今夜のことはなかったふりをすべきだと？」

「そう。お食事会では初対面みたいにふるまうのよ」

ダニエルがおもむろにうなずいた。

「それでは、わたしは広間へ戻って、舞踏会の後半を楽しむことにするわ」コーデリアはにっこり笑って後ろを向くと、来た道を引き返しはじめた。家へ帰ったら、サラとじっくり話をしなくては。ダニエルがどこまで知っているのか、いつから知っているのか、ほんとうのところを聞きだす必要がある。「いつか、あなたの秘密を教えてもらえる日が来るのを楽しみにしているわ」

「覚悟してるよ」小声でつぶやきつつ、ダニエルは彼女のあとをついて歩いた。

コーデリアは声をあげて笑った。

「ちなみに、ぼくは頑固でも強情でもない」

「いいえ、あなたはかなりの頑固者よ、ダニエル」コーデリアは頬をゆるめた。「そこが魅力なんだわ」

事務机の明かりを灯《とも》したウォーレンは、椅子に腰を落ち着けて、手もとの帳簿をぱらぱらとめくった。「暗がりでひとりで酒を飲むやつのことを、世間でなんと呼ぶか知ってるか？」

「まあ、おおよそのところは見当がつく」部屋の奥の暗がりで、ダニエルが机に足をのせ、ウイスキーを手にしていた。「べつに反論しようとは思わない。それに、真夜中に机にへばりついて仕事をするやつに言われたくないね」

「なんだか眠れなくて」おだやかな口調でそう言うと、ウォーレンは帳簿をめくった。

「舞踏会はうまくいかなかったようだな」

「いや、実際はびっくりするほどうまくいったんだ。きみも来ればよかったのに。コーデリアとぼくはすばらしい夕べを過ごした」

「それで、彼女はどんな反応を示した？　きみが真実を――」

「実は打ち明けなかった」ダニエルはウイスキーのグラスを揺すった。ダンスと欺瞞《ぎまん》と不安に満ちた一夜を過ごしたあとの心身に、極上のウイスキーは何よりの薬だ。

ウォーレンが顔をあげた。「仮面をはずさなかったのか？」

「はずせなかった」黄金色の液体を、ダニエルはぐびぐびと喉に流し込んだ。「そこまでの勇気が湧《わ》いてこなかった。あと一歩というところまでいったが、どうしても言いだせなかった。しまいには、ひどく愚かなことを口走った」

「またか」

「ああ、まただ」深々とため息をついた。「記憶にあるかぎり、女性の前でこんなへまをしたことはない。アルコールの影響で夢と現実の見きわめがつかなくなったのならいざ知らず、ぼくはいつだって女性にもてたはずだ。特になんの苦労もせずに、才気煥発《かんぱつ》で魅力的で愉快な男になれた。楽しい男だと思ってもらえた。女性たちはみんなぼくに好意を寄せてきた。なあ、そうだろう？　それがいまや……」

「途方にくれて自信をなくした、哀れな人間の抜け殻か？」やけに快活な調子でウォーレンは言ってのけた。

ダニエルは椅子のさらに奥に体を沈めた。「みんな彼女のしわざだ。彼女がサラ・パーマーだと思っていたときから、魔法をかけられたみたいな不思議な気分だった。もう疑いの余地はない。彼女のせいで、ぼくはでくの坊に成り果てた」

「ふだんのきみとそれほど違うとは思えないが」ウォーレンが小声で言った。

「聞こえたぞ。おまけにそれは言いがかりだ。女性の扱いにかけては、ぼくはきわめて有能で、自信もあった」声が悲しげな響きを帯びる。「だがきみの言うとおりだ。彼女のせいで、哀れな人間の抜け殻に変えられてしまった」

ウォーレンが吹きだした。

「笑いごとじゃない」

「いや、腹の底から笑える。いつかきみも笑って話せる日が来るさ」

答えるかわりに、ダニエルは鼻を鳴らした。

「それから、さっきの質問だが、たしかにこれまでのきみは女性の前でへまをしたことがない。それどころか、いつだってあざやかに立ちまわってみごとな成果をあげてきた。女性たちもみんな、きみに心からの好意を寄せた」

「そうだろう」こんどは声に憤りがにじむ。「悪いのはコーデリアだ。普通の女性じゃないんだ、ウォーレン」

ウォーレンは笑いをこらえた。

「まず最初に、彼女はぼくの心をがっしりととらえた。こっちにはそんなつもりはまるでなかったのに。そのうえで、ぼくの自信を容赦なく打ち砕いた」

「その結果が、この無惨な姿というわけだ」

「魔法をかけられたんだ」ダニエルはいまいましげに首を振った。「呪《のろ》いだ」

「しかし、まだ望みはある」ウォーレンは親身な口調で言ったが、それが見せかけにすぎないことをダニエルは見抜いていた。この男は親友の不幸を野次馬気分で楽しんでいるのだ。「さあ、何があったのかすっかり話してくれ。あれだけの手間をかけて舞踏会をお膳《ぜん》立《だ》てしたのは、彼女に何もかも打ち明けるためじゃなかったのか?」

「いや、彼女の愛情を引きつけるためだ」

「なるほど」一拍置いてウォーレンは続けた。「で、成果のほどは?」

「成功したと思う、ある程度は。好意は持ってもらえたようだ。しかし……」

「しかし?」

「しかし」ダニエルは首を横に振った。「思ったような反応を示さなかったんだ。きみに――実際はぼくだが――つまりウォーレンに、妻がいると話したあとも」

「彼女に何を話したって?」ウォーレンが椅子から跳ねるように立ちあがった。「ぼくに妻がいると言ったのか？」

「きみにじゃなくて、きみになりすましたぼくにだ。まったく違う話だよ」ダニエルはぷりぷりした調子で言ってのけた。「ウォーレンは妻帯者で――」

「ウォーレンはぼくだ！」

「だからそうじゃなくて、彼女はぼくのことをきみだと思い込んでる。だから、ぼくが結婚していることになってるんだ」ためらうような間があいた。「さらに子どももまでいることに」

「まったく」ウォーレンはうめくような声をあげた。「子どもは何人と言ったんだ？」

「多すぎて覚えきれないと」

非難がましいまなざしが投げつけられた。「みずから墓穴を掘るような行為だ」

「ああ、わかってる」ダニエルはうなだれた。「妻帯者だと知ったら、彼のことが嫌いになるか、少なくとも動揺するだろうと予想していた。なんといっても愛を交わした相手だし――」

「なんだって？」衝撃もあらわに、ウォーレンが問いただした。「つまり、既成事実があるのか？」

「その点については、言い忘れていたかもしれない」

「言い忘れるようなことか」ウォーレンはぴしゃりと言った。「きみは彼女を誘惑したのか？」

「するもんか」憤然とした調子でダニエルは言い返した。「どう考えても、誘惑したのは彼女のほうだ。人の気をそそるのが実に巧みなんだ。おまけに粘り強い。拒絶するなんて無理だよ」

ウォーレンの眉が大きく弧を描いた。

「まあ、こちらも拒絶はしなかったが」

「妙だとは思わなかったのか?」

「いや、ぜんぜん。そういう状況に置かれたら、ぼくは決して拒絶しないたちだ」

「きみじゃない。彼女だよ。男をその気にさせるのが巧みで、おまけに粘り強いというその態度だよ。良家の令嬢が、悪い噂ひとつない若い女性が、粘り強く巧みに男を誘惑するなんて、何か変だと思わないか?」

「それどころか非常にこなれた感じだった。おまけに、熱に浮かされたような状態だった。まあぼくもそうだったが」

やれやれと言いたげに、ウォーレンは長いため息をついた。「先を続けてくれ」

「ウォーレンが妻帯者だと話せば、きっと彼に愛想を尽かして——」

「きみにだろう」

「きみのふりをしているぼくにだが、この際、それはどうでもいい」ダニエルは友人に向かってグラスを振ってみせた。「だってそうだろう。コーデリアは彼に——ぼくに——愛の告白をしたうえ、彼のために——ぼくのために——すべてを投げだすつもりだったんだぞ」ため息がもれる。「それなのに、妻がいると聞いても眉ひとつ動かさなかった」

「そうか」ウォーレンはじっと考え込んだ。「そいつは妙だな。ああいう立場の女性なら、愛する男に裏切られたと知ったら打ちのめされそうなものなのに」

「そうだろう」

「だが、もしも……」

ダニエルが視線をあげた。「なんだ?」

「いや、なんでもない」ウォーレンが眉を寄せた。「まさかそんな……」

「何がまさかなんだ?」

「しかし、彼女ほど頭のきれる女性なら――」ダニエルにというより、ひとり言のようにウォーレンはつぶやいた。

「頭のきれる女性なら、なんだというんだ」

ウォーレンが喉の奥で笑った。「もしそうなら、あまりに愉快すぎる」

「何が愉快すぎるんだ?」

「しかし完璧《かんぺき》だよ。できすぎた話だ」

「どういうことか教えてくれ」

「考えてみれば――」

「何を考えるんだ?」

「これまでのことを冷静に振り返るんだ、ダニエル。愛した男が妻帯者だと知らされても彼女が平然としていたのはなぜだと思う？」

「さあね」ダニエルは髪の毛をかきむしった。「道徳観念が欠如してるから？」

「別人になりすましていたにせよ、きみと彼女はかなりの時間をふたりで過ごしたはずだ。そのうえで、本気でそう思うか？」

ダニエルは時間をかけて記憶を探った。「いや。多少わがままなところはあるかもしれないが、道徳観念が欠如してるとは思わない」信じられないほど刺激的な一夜を過ごしたのは事実だが、この問いに関しては迷いなく断言できる。「彼女は愛する男とベッドをともにしただけだ。べつに責めるようなことじゃない」

「そう、責めるようなことじゃない。まして相手はきみだったのだから。それでも、これだけ衝撃的な事実を知らされたら、普通ならなんらかの反応を示すものだ」ウォーレンは友の顔をまじまじと見た。「もっとも、愛する男が結婚などしていないことをすでに知っていたなら、話はべつだ。ベッドをともにする前から、その事実を知っていたとしたら」

「だが、それはありえない」ダニエルは取り合おうとしなかった。「近ごろのぼくは演技に磨きがかかって、完璧にきみになりきっていたからね」

「ああ、そうだろうよ」皮肉たっぷりにウォーレンは応じた。「だが、たとえそうでも、きみはふとした偶然から真実を知った。同じようなことが彼女の側にもなかったとなぜわかる？」

「それはない。あの晩、彼女が真相を見抜いていたはずがない。なぜならダニエルに比べてウォーレンがどんなにすばらしい名前か、くどいくらいに強調していた。ウォーレン、ウォーレン、ウォーレンとね」辟易《へきえき》とした表情でダニエルは首を振った。

「つまり、なんというか、力説するように?」

「まさにそうだ。しつこいくらいに。きみは知ってたか? ウォーレンという名前は忠誠心を意味するそうだ」

「やっぱりな」ウォーレンはにんまりとした。

「一方、ダニエルは……」

自分に都合のよい解釈をするときに引き合いに出される人物だろう、とウォーレンは胸のうちでつぶやいた。

「神の怒り」ささやくような声でダニエルは言った。まさか、彼女が真実を見抜いていたということがあるだろうか。

「なんだって?」

「ダニエルという名前は、神がわたしを裁くという意味だ」ダニエルはおもむろに口に出した。当然ながら、こちらはすべてを知っていた。それなら相手も知っていた可能性は否定できないのではないか。「しかし、神の怒りという言葉を彼女はくり返していた」

「コーデリアの怒りじゃないのか?」

ダニエルははっとした表情になった。「さらにはシェイクスピアを引用した」

「たいした神経の持ち主だ」

「いや、そうじゃない。どの文言も、すべて正直さや偽りに関する内容だった」ダニエルはじっと考え込んだ。「知ってたんだ。そう思わないか？」

「どうもそうらしいな」

「そう考えると筋が通る」ダニエルはひとり言のようにつぶやいた。実際、何もかも説明がつく。ともに過ごした一夜でのふるまいも、今夜の反応も。なんということだ！　ダニエルは机から足をおろし、椅子のなかで背筋をのばした。なぜこれまで見抜けなかったのだろう。そういうことならすべて合点が行く。急に心がうきうきしてきた。彼女がすでに知っているなら、もうあれこれ思い悩む必要はない。傷つけるのではないかと恐れる必要はなくなったのだ。これまで面と向かって非難してこなかったのは、怒っていない証拠だ。だいたい、怒る資格など彼女にはない。自分も同罪なのだから。

もっともこの時点までは、彼女のほうが一枚うわてだったようだ。

ダニエルの唇にゆっくりとした笑みが刻まれた。「みごとにだまされたよ」

ウォーレンが含み笑いをした。

「こちらより一枚も二枚もうわてだ」

「きみたちは実にお似合いだ」

「父に感謝しないと」

「ああ、まったくだ」

「両家の顔合わせの食事会が開かれるのはあさって――いや、もう明日だ。未来の花嫁と花婿を正式に引き合わせるのが会の目的である以上、われわれも初対面のふりをすべきだというのがコーデリアの考えだ」

「つまり、まやかしは続行ということか？」

「まやかしじゃない。いまだからわかるが、あれはむしろ演技だった」

「〝この世は舞台で、人間はみな役者にすぎない〟」ウォーレンがにやりと笑った。「これもシェイクスピア」

「けだし名言だ」ダニエルは笑みを返した。「重要な情報ひとつで、様相ががらりと変化する」

「安心するのはまだ早いぞ」ウォーレンが机に指を打ちつけた。「五日後に船が出港することを忘れるな。それまでに彼女と結婚して遺産を手に入れないと、われわれは何もかも失うはめになる」

「ぼくは彼女を愛しているし、彼女もぼくを愛していると自信を持って断言できる。いますぐ結婚したいと言ったら、ロマンティックだと喜んでくれるに違いない」

「遺産のことが耳に入ったら、彼女はどう思うかな」

「その話をするのは結婚したあとでかまわないと以前は思っていた」ダニエルが表情をくもらせた。「でもいまは、その考えが間違いだと気づいた」

「きみも大人になったな」温かみのある口調でウォーレンは言った。

「もうそはたくさんだ」ダニエルは深々と息を吸い込んだ。「結婚する前に知らせないと」

「それでもし、きみとの結婚を拒否すると言ってきたら?」

「そうはならない」ダニエルはきっぱりと言った。

ウォーレンが眉をあげた。「自信があるのか?」

「もちろんだ」うそだった。コーデリアに関するかぎり、何ひとつ確信など持てないというのが本音だ。それでも、彼女を愛する気持ちにうそはなく、彼女の愛を心から信じている。「ひとつ尋ねたいことがある。そもそもの最初から、ぼくには見えないものがきみにははっきりと見えていた。それはなぜだ、ウォーレン?」

「ダニエル、それにはいくつもの理由がある。最大の理由は、きみが彼女を愛したことだ」

「やはりこの計画には欠陥があった」ダニエルは苦笑いをした。

ウォーレンが頬をゆるめた。「完璧な計画など存在しないさ」

16

さまざまな障害にはばまれて予定どおりに目的地に到着できないことが間々ありますが、そんなときも自制心を失わないようにしましょう。育ちのよい英国婦人が公衆の面前で怒りをあらわにする姿ほど見苦しいものはありません。たとえそれが正当な怒りであっても。

『英国婦人の旅の友』より

親愛なるコーデリア
　明日の晩、あなたとふたたびお会いできるのが待ち遠しくてなりません。初対面の人間どうしとして、仮面も秘密も何もなしにお会いできることが……。
最愛なるダニエル
　あとわずか数時間後に初対面のふりをしてお会いするわけですが、いただいたお便りの感想をぜひお伝えしなくてはと思い、ペンを取りました。これほど魅力的でロマンティックなお手紙は初めてです。それでは今宵《こよい》お会いしましょう。

コーデリアは両手の指を組み合わせて、懸命に気持ちを落ち着かせた。半歩後ろに控えたアミーリアとエドウィナが、左右から無言の応援を送ってくる。

初対面のふりをすることでダニエルとは意見が一致し、最初はそれが名案に思えた。そうすれば、おたがいの家族の前で相手を非難し合うという醜態をさらさずにすむ。とはいえ、ダニエルにはこちらを非難する資格などない。正直に言うなら、〝ウォーレン〟に愛を告白した時点で、わたしは彼の正体を知っていたのだけれど。

ダニエルと彼の家族を玄関で出迎える父の声が聞こえてきた。緊張する必要などない。有利な立場にいるのはこちらだ。自分はダニエルが知らないことを知っており、知識は何より強力な武器となる。それでも、今夜は何が起きても不思議ではない。ふたりきりで親密なときを過ごした晩に、ダニエルはすべてを打ち明けることができたはずだ。舞踏会という絶好の機会もあった。彼の正体を知っても少しも動じないこちらの様子を目にしたら、彼はどんな顔をするだろう。その瞬間が楽しみでもあり、ちょっぴり不安でもあった。

ウィルの横に立つサラが、部屋の反対側から励ますような笑みを投げかけてきた。彼女とはじっくり話し合った。その際、サラはダニエルが家を訪ねてきたときのいきさつを何もかも打ち明け、これまで秘密にしていてごめんなさいと涙ながらに謝った。以来、ふたりの友情は復活した。

ダニエルの父と義理の母、そしてもうひとりの女性をともなって、父が客間へ入ってきた。一歩遅れてダニエルが続いた。

「あらまあ」アミーリアが小声で言った。「この縁組の、どこが犠牲なんだか」

「食べたくなるほどいい男じゃないの」反対側からエドウィナがささやく。「おまけに、どこか悪党めいた魅力があるわよね」

「傷跡のせいよ」コーデリアは声をひそめて答えた。

アミーリアが鼻であしらった。「ご冗談」

歯に衣《きぬ》着せずにものが言えるのが姉妹のいいところだ。

客間の入口に立つダニエルと目が合った瞬間、コーデリアの脈拍は跳ねあがった。自分から近づいていく。

「コーデリア」父親が口火を切った。「こちらがミスター・ダニエル・シンクレアだ。ミスター・シンクレア、ご紹介が遅れましたが、娘のコーデリアです」

「ようやくお会いできてうれしいですわ、ミスター・シンクレア」ダニエルに向かって手を差しだしつつ、コーデリアはしてやったりという感情を悟られないよう、控えめにほほえんだ。

「こちらこそお会いできて光栄です、レディ・コーデリア」ダニエルが彼女の手を取って、じっと瞳を見つめたままその手を唇にあてた。黒い瞳には毛ほどの動揺もうかがえない。あくまで平静で、落ち着き払っていた。「この瞬間をどれほど楽しみにしていたか、とても言葉では言い表せません」

コーデリアはダニエルを凝視した。数日前の、かわいくなるほど気弱な男の姿はそこにはなかった。目の前に立っているのは、彼女が愛した海賊だ。力強く、自信満々で、適度な狡猾《こうかつ》さをそなえた世慣れた男。すべてを完全に把握している大人。会わずにいた数日のあいだに彼は事情を悟ったのだ。期待に体が打ち震えるのをコーデリアは感じた。もしこの場で彼の腕に飛び込んだら、母親は数秒で卒倒するに違いない。

コーデリアはゆっくりとほほえんでみせた。「ミスター・シンクレア。失礼ですが、その傷はどちらで？」

ダニエルが声を落として顔を寄せてきた。「海賊をしていたときの名残ですよ、レディ・コーデリア」

コーデリアも体を傾けた。「そうではないかと思ってましたわ、ミスター・シンクレア。それとも、ウォーレンとお呼びしましょうか？」

彼が小さく笑った。「興味深いゲームだったね、コーデリア」

「ええ、そうね、ダニエル」自然と頬がゆるむ。「みんなが見てるのをお忘れなく」

「承知のうえだ」

「何をひそひそ話してるんだろうと不思議に思ってるわ」

「それに、なぜぼくがきみの手を放さないのかと」

「そして、なぜわたしが手を引き抜こうとしないのか」そうしようと試みたが、強く握られていて抜けなかった。

「結婚してくれるね、コーデリア」

「言うことはそれだけ？」たしなめるような調子でコーデリアは首を振った。「ロマンティックな場面をいくらでも演出できるのに、言うことはそれだけなの？」

「ゲームはもう終わりだと思っていた」

「とんでもない、ダニエル。ゲームを楽しむ時間ならたっぷりあるわ」

誰かが咳払《せきばら》いをしたのを潮に、コーデリアは手を引き抜いて、一歩後ろへ下がった。

父親の視線がコーデリアとダニエルのあいだを往復した。「つまり、文通が功を奏したということだろうか」

ダニエルがそつなく答えた。「いまではレディ・コーデリアのことを、とてもよく知っている気がします」

「それは何よりだわ」うまくいったのはすべて自分のおかげだと言わんばかりの晴れやかな笑みを浮かべて、母親が年配のミスター・シンクレアとその妻に向きなおった。「ではこちらがミスター・ハロルド・シンクレアですわね」

「年をとるごとに、認めるのがいやになりますがね」ハロルドがユーモアたっぷりに返した。「お察しのとおりです。家内をご紹介します。ミセス・シンクレアにして――」

「例のソプラノよ」背後のどこかからアミーリアが小声で知らせた。「フェリス・ディメキュリオ。舞踏会で歌った人」

「でも、デイジーと呼んでくださいな」デイジーがコーデリアのほうを向いて手を取った。「お会いできてうれしいわ。正直に言って、想像とはずいぶん違っていたけれど」

「もしかして、頑丈でたくましい体つきだと聞かされていたんじゃありません？」

デイジーが目を丸くして、それから笑い声をあげた。「いいえ、でも頭の回転の速さは予想どおりね」コーデリアに顔を近づける。「記事を読ませていただいたのよ。どれもおもしろくて、すっかり夢中になってしまったわ。あとで時間があったら、これまでに訪れた土地やこれから行ってみたい場所について、ゆっくりおしゃべりしましょう」

「楽しみにしています」コーデリアはにこやかに答えた。

デイジーが体の向きを変え、隣に立つ真っ赤な髪の女性を示した。「妹をご紹介……」

それからの数分は、紹介と初対面の挨拶《あいさつ》の言葉で埋め尽くされた。パレッティ伯爵夫人――アーシュラの存在は、コーデリアの母親をいたく喜ばせた。イタリアの伯爵夫人を家族に迎えることで、爵位を持たないアメリカ人に末娘を嫁がせる屈辱感がぬぐわれたのだろう。いかに資産家であろうと、相手は一介のアメリカ人にすぎないのだから。

ダニエルとウィルは初対面のふりをして挨拶を交わした。サラが意味ありげに眉をあげてみせたので、コーデリアはあやうく吹きだすところだった。次にアミーリアとエドウィナとその夫たち、それにラヴィーニア叔母が紹介された。ベアトリスについては、不在の理由が説明された。ラヴィーニア叔母とアーシュラはほどなく、おたがいに趣味や好みが似通っており、共通の知人が大勢いることがわかった。ただ一度、微妙な空気が流れたのは、シンクレア家の人たちがサラと顔を合わせたときだ。デイジーからもの問いたげなまなざしを投げられたダニエルは、にやりと笑って何やら耳打ちしていた。概して、このうえなく和気あいあいとした集まりだった。

コーデリアにとって残念だったのは、内輪の集まりゆえ、秘密の行動がとれなかったことだ。ダニエルとふたりきりになる機会は一度もなく、したがって内緒の話をする機会もなかった。でも、その時間はたっぷりある。これからの人生をともに過ごすのだから。

食事の準備が整ったことが知らされると、全員が思い思いに食堂へ移動した。そのやり方は、通常であれば、母親の顔をしかめさせたに違いない。しかし、さすがの母も今回はものわかりのよいところを示し、今夜のお客さまはアメリカ人なのだから英国流の作法を期待しても無理というものよ、と事前に話していた。おまけに、じきに家族となる人たちだ。おたがいによく知り合うことが何よりも大切だと思えた。

テーブルまでのエスコート役を務めようと、ダニエルがコーデリアに腕を差しだした。

「結婚は、もちろんするつもりよ」コーデリアは小声で言った。

「するつもり、か……」彼女をまじまじと見たダニエルは、やがてにんまりとした。

「疑っていたの？」

「いまのぼくは疑問ではちきれそうだよ、コーデリア」小さく笑った。「もっとも、自信が持てないのはきみに関することだけだが」真顔になる。「それはそれとして、きみに話しておかなくてはならないことがある」

「それはもちろん、いくらでもあるでしょうよ」コーデリアは彼の腕をぎゅっとつかんだ。

「時間ならたっぷりあるわ、ダニエル」

「実は、そうでもないんだ」ささやき程度の声でダニエルは答えた。

コーデリアはアーシュラとウィルに両側をはさまれて、ダニエルの正面の席についた。彼の左右を固めるのはコーデリアのふたりの姉だ。当事者の両親であるふた組の夫婦は、食卓の上座にすわった。正式の作法には反するが、話がしやすいことを最重視して、いつもは礼儀作法にうるさい母親がこの席順に決めたのだった。それでも、会話がはずんで室内がなごやかな話し声で満たされると、その顔には満足そうな表情が刻まれた。

「ぜひお訊《き》きしたいことがあるのよ、ミスター・シンクレア」最初の料理が並べられるのを待って、アミーリアが問いかけた。「子どもはお好き? 特に男の子は」

「男の子ですか?」ダニエルはすばやい視線をコーデリアに送ったが、返ってきたのはそしらぬ笑顔だった。「男の子であれ女の子であれ、子どもの扱いにはあまり慣れていませんが、ぼく自身、かつては少年だったわけですから」

「かなりのいたずらっ子だったんでしょうね」エドウィナが言う。

「ぼくの記憶が正しければ、まあそういうことになるでしょう」

「うちの家系には子どもが大勢いますのよ、ミスター・シンクレア。一族が勢ぞろいすると、もう子どもだらけですの。そのほとんどが男の子で」アミーリアはダニエルの目を正面から見つめた。「ときには冒険心が行きすぎて、危険な目にあうことも」

「そんなときは、大人が助けてやらないと」エドウィナが割って入った。

はっと息をのむような音を、ふたりの夫のどちらかが発した。

「誰のせいで、はたまたどんないきさつで危険な状況に陥ったかはともかくとして」アミーリアは訳知り顔でダニエルにほほえみかけた。「助けてくれる方がいらっしゃるのは、親として何よりありがたいことですのよ」

にんまりしそうになるのをこらえて、ダニエルはうなずいた。「とてもためになるお話です」

「それから、旅行はお好きかしら、ミスター・シンクレア」アミーリアが唐突に話題を変え、悠然とスープをかきまわした。「コーデリアは旅行に夢中ですの」

「存じています」ダニエルはコーデリアの視線をとらえた。「記事を読みましたから」

「あら、そうなの？」エドウィナが探るような目で彼を見た。「如才のない方ね」

アミーリアは淡々と質問を続けた。「それで、ご感想は？」

「感銘を受けました」ダニエルはきっぱりと言った。「才気あふれる文章で、ユーモアがあり、実に楽しい記事に仕上がっています」

「記事だけでなく、旅の本を執筆しているのをご存じかしら」エドウィナが小首をかしげて尋ねた。「完成しなかったら残念だわ」

「残念どころか、大きな損失よ」アミーリアが追い討ちをかける。「それより、さっきの質問にまだ答えていただいてなかったわね、ミスター・シンクレア。旅行はお好き？」

「コーデリアは旅が大好きですの」いくら強調してもしすぎることはないというふうに、エドウィナが言い添えた。

この瞬間、コーデリアは悟った。姉たちにとって、これは単なる社交上の会話ではなく、妹の未来の夫に対する面接試験のようなものなのだ。そう思うと胸がじんとした。

「正直に言って、妹さんほど旅行経験が豊富なわけではありません。仕事抜きの旅行という意味では」ダニエルはそつなく付け加えた。「現在は仕事が忙しくて、余暇としての旅行を楽しむゆとりがあまりないのです。しかし、将来はこの状況も変わるでしょう」

コーデリアは頬がゆるみそうになるのをこらえた。

「ご出身はボルティモアのほうでしたわね?」エドウィナが尋ねた。「アメリカの」

ダニエルはうなずいた。

「で、あちらにお住まいになるの? つまり永住を?」アミーリアが究極の質問を発した。

「そのつもりです」ダニエルの言葉に迷いはなかった。「率直に言って、よその場所に根をおろすことを考えたことは一度もありません。しかし、ロンドンには重要な取り引き先が数多くありますから、ふたりでたびたび戻ってくることになるでしょう。おそらく年に一度は」

ふたりで。彼は〝ふたりで〟と言った。なんてすてきな言葉だろう。

エドウィナが目配せしたのを受けて、アミーリアがうなずいた。「わが家はいつもブライトンで夏を過ごしますの。ぜひ一度ごいっしょにどうぞ」

アミーリアの夫が咳払いをした。一族の集まりから逃れる妙案をダニエルに伝授しようという腹だろう。

エドウィナがやんわりと話題を変えた。「ロンドンにはもう長いことご滞在を？」

「そうですね」ダニエルはしばらく考え込んだ。「かれこれ七カ月になります。年が明けた直後にやってきたので」

「帰国のご予定は？」軽い調子でアミーリアが尋ねた。

コーデリアと視線を合わせるなり、ダニエルがはっとした表情になった。彼が立ちあがったのを見て、食卓がしんと静まった。「コーデリア、ちょっとふたりきりで話せますか？」

コーデリアは目を丸くして彼を見あげた。「話って何？」

「できれば客間で」ダニエルは顎をしゃくって出口を示した。

「そんな水くさい」アーシュラが声をあげた。「もうすぐみんな家族になるのよ。遠慮しないでみんなの前で言いなさい」

「話というのがきわめて私的な問題で、胸を引き裂くようなむごいものでなければね」ラヴィーニア叔母が割って入った。「もしそうなら、ふたりきりで話したほうがいいわ」

ダニエルは見るからに不安そうな様子だ。コーデリアは息を詰めて尋ねた。「むごい話なの？」

「いや、もちろん違う。ちょっと言いにくいが、そういう話じゃない。仕事の関係で、実のところきわめて重大な用件で、緊急に帰国する必要が生じたんだ。これまでは無理を言って延期してきたが、いよいよ今週末の船で帰国することになった」コーデリアの目をまっすぐ見つめる。「コーデリア、あまりに急な話だが……もしかして……可能だろうか……」ひとつ大きく息を吸い込んだ。「できるだけ早く式を挙げて、妻として同行してもらえませんか？」

「そんな、とんでもない。いくらなんでも急すぎるわ」母親が口をはさんだ。「こういうことにはそれなりの準備が必要で――」

「ダニエル」コーデリアは立ちあがった。なぜみんなが落ち着いてすわっていられるのか不思議だった。返事はすでにしたが、家族みんなの前ではっきり告げることがここでは何より重要なのだ。そう悟った瞬間、かつて経験したことがないほど大きな幸福感に包まれた。「喜んでおともさせていただくわ」

コーデリアを見つめるダニエルの顔にゆっくりとした笑みが広がった。当人の口からすでに答えを聞いているのだから、承諾してもらえる自信はあった。しかし、双方の家族が見守る前で返事をもらえたことで、ふたりの婚約は正式なものとなった。式を挙げるのは時間の問題だ。しかし、まだ彼女に話していないことがある。ダニエルは背筋をぴんとのばした。「コーデリア――」

「よかった、よかった」テーブルの端でコーデリアの父親が立ちあがり、グラスをかかげた。「おめでとう。ふたりの未来を祝して！」

ミスター・シンクレアも立ちあがってグラスをかかげた。「乾杯！」

「コーデリア」ダニエルは口を開いた。「きみに話さなくてはならないことが――」

「式がすみしだい、送金の手続きを取りましょう」コーデリアの父親がミスター・シンクレアに言った。

「コーデリア」もはや手遅れだ。

「送金？」コーデリアが父親を見た。「持参金のことを言ってるの？」

「それと、遺産よ」無造作な調子で母親が告げた。

「コーデリア」ダニエルはさらに試みた。「話が――」

「遺産って？」その声は、疑念を帯びたものになっていた。

「知ってるでしょう。大叔母さまが残してくださった遺産よ」

コーデリアは首を振った。「そんな話、聞いてないわ」

母親が眉根を寄せた。「いつか話したはずよ。遠い先の話だと思ってよく聞いてなかったんでしょう」

「それならもう一度説明して」鋭い口調でコーデリアは迫った。

「おまえの大叔母にあたるコーデリアは生涯独身だった。だからどうやって手に入れたのか謎《なぞ》だが、かなりの額の遺産を残して亡くなったんだ」父が説明を始めた。「亡くなる前、わたしたちが末娘に自分と同じ名前をつけたことを知って、いたく喜んでいた」

コーデリアは驚いて目を丸くした。「それで、わたしに遺産を残したの？」

「おまえにというわけじゃない」父親が慎重に言葉を続けた。「遺産はおまえの結婚相手が受けとるようにと明記されていた」

「わたしの結婚相手」衝撃の色もありありと、コーデリアはくり返した。「わたしでなくて、結婚相手のものになるの？」

「おそらく、自分が結婚しなかったことを悔やんでいたんだろう。だからおまえのためにできるだけ――」父親は言葉をにごした。

「有利な条件を整えたというわけ？」コーデリアは父親を凝視した。「商取り引きの一部として娘を差しだすだけではまだ足りないの？　そのうえ特別手当まで支給するなんて」視線がダニエルに飛んだ。「あなたはこのことを知っていたの？」

「ぼくは――」

「わたしは知っていた」ダニエルの父があわてて口をはさんだ。「縁談の話を取り決めたとき、お父さまから聞いた。ダニエルはこの件については何も知らなかった」少し困ったような表情で付け加える。「当初は」

「当初は！」信じられないという表情で、コーデリアはダニエルをにらんだ。「最初のころのあなたは、わたしと結婚しないですむためならなんでもやってのけたわよね」

「最初はそうだったかもしれない。でも――」

「ブライトンでは知っていたの？」

「ブライトンですって？」母親が口をはさんだ。「ブライトンがどうかしたの？」

「いや」ダニエルはきっぱりと首を振った。「ブライトンでは知らなかった」

「ブライトンのことは、お母さまは知らなくていいのよ」有無を言わせぬ調子でアミーリアが言った。

「そう、もちろんそうよね。ブライトンであなたが誘惑しようとしたのは……」コーデリアの目が細められる。「サラ・パーマーだったんだから」

「といっても、わたしのことではないのでお間違えないように」サラが早口で説明した。

「もうひとりのサラ・パーマーだ」ウィルが付け加えた。「つまり、コーデリア」

「お姫さまだわ」ラヴィーニア叔母がつぶやいた。

「サラ・パーマーがもうひとりいるの？」アーシュラが言う。「ますますおもしろくなってきたわ」

「しーっ、静かに、アーシュラ」デイジーがたしなめる。

「ぼくはサラ・パーマーを誘惑しようとしたわけじゃない」ダニエルはむっとして言い返した。

「あら、そうなの？」コーデリアは目をぎらぎらさせている。「それならなんと呼べばいいのかしら。〝正式な形できみを訪問したい〟とか〝ロンドンで会えるね〟と言ったり、〝エジプトの巨大神像の陰で抱き寄せるようなまねはしない〟とささやいたりするのは！」

「まあ、そんな約束をしたの」アーシュラはどこまでも野次馬気分だ。

「遊び半分で言い寄ったわけじゃない。本気だった」ダニエルはしばらく考えをめぐらせた。「だからやましいことは何もない」

「よく言うわ！」コーデリアは口調を荒らげた。「キスしたくせに！」

「キスしたのはきみのほうだ」

「キスしたですって？」ラヴィーニア叔母が眉をあげた。「どこの話？」

「唇にぶちゅっと」エドウィナが苦笑してみせた。「目撃者たちの証言によれば」

あきれたと言いたげにアミーリアが天井を見あげた。「ブライトンでの話よ」

「コーデリア、ぼくが遺産の話を知ったのは、ミス・パーマーに、いや、きみに会いに家を訪ねた前日のことだ。ちょうどそのころ、事業のために多額の資金が必要なことが判明した。それがないと、これまで積みあげてきたものをすべて失うことになる。だから、レディ・コーデリアと結婚する以外に道はないと覚悟した。ところが結局のところ、その相手とはきみだった」

「でも、わたしには最初から選択肢がなかったのよ！」コーデリアはやりきれないというふうに首を振った。「あなたは知ってたのね。博物館でも、それから舞踏会でも――」

「博物館の話なんて聞いてませんよ」母親は不満そうだ。

その手をデイジーがそっと叩《たた》いて慰めた。「細かい事情を知らされていないのはあなただけじゃないわ」

コーデリアの口調がいちだんと激しさを帯びた。「それに、わたしがあなたに会いに行った晩！　あのとき、すでに知っていたのね！」

ふいに、ダニエルの忍耐心がぷちんと切れた。こうなったのは自分ひとりのせいではない。「あの晩のことだが、コーデリア、きみは真実を知っていたのか？　ぼくの正体を見抜いていたのか？　知っていてぼくと――」

母親がうめくような声で言った。「ああ、いつかはこんなことになるんじゃないかと心配していたのよ」

「知っていて、何をしたの？」アーシュラが何食わぬ顔で尋ねる。

「あなたの正体なら知ってたわよ」コーデリアの緑の瞳が怒りにめらめらと輝いた。

「だが、きみはウォーレンを愛してるふりをした。ぼくを苦しめたくて、わざとやったんだな」

「ウォーレンですって？」母親はいまにも卒倒しそうだ。

「あなただって間違いを正そうとしなかったじゃないの。そうしようと思えばいつでもできたのに。苦しんで当然だわ」はっとひらめいたらしく、コーデリアの瞳がきらりと光った。「それに、あの手紙！　あるときを境に雰囲気ががらりと変わったのは、遺産の話を知ったせいだったのね。それからは、なんというか……」吐きだすような口調。「感じがよくて、かわいげのある文章になった」

「それまでの埋め合わせをして何が悪い！」

「何が埋め合わせよ！」

怒りをこらえてダニエルは指摘した。「きみはいちばん重要な点を見逃している」

「あら」コーデリアの眉が弧を描いた。「いったいなんのことかしら？」

「ぼくが遺産のことを知ったのは、心から愛する女性が縁談の相手だったと気づいたわずか一日前のことだ」

「だからすべてが許されるというの？」コーデリアは怒りにまかせて手を振りまわした。

「いや、そうじゃない。何より大事なのは、父親たちの取り引きにもぼくらのお粗末な芝居にも関係なく、おたがいに本気で相手に恋をしたことだ！」ダニエルは両手をテーブルについて、ぐいと身を乗りだした。「ぼくはきみを愛してるし、きみもぼくを愛してる。金の問題は関係ない」

「それなら」相手のまねをして、コーデリアもぐいと身を乗りだした。「放棄して」

ダニエルが大きく目を見開いた。「何を放棄するって？」

「遺産よ！　お金とは関係なくわたしと結婚したいなら、放棄して」

「いいだろう」ダニエルは切りつけるように言った。「もしそれで証明できるなら――」

「無茶だ。それは不可能だ」ダニエルの父親が首を振った。「愛を貫きたい気持ちはわかるが、レディ・コーデリア、そうはいかないんだよ。その金がなければ、息子はすべてを失うことになり、信頼して投資してくれた人たちにも迷惑をかけることになる。一刻を争うような事態でなければ、息子はためらわずにあなたの求めに応じるだろうが、現在の状況ではなすすべがない」

コーデリアは相手を凝視した。「このままでは破産する、ということですか?」

「残念だが」

「よくわかりました」コーデリアは背筋をのばして深呼吸をした。次の瞬間には、驚くほど冷静な表情を取りもどしていた。それを見ているダニエルの胃の腑《ふ》が恐怖でよじれるほどに。「ミスター・シンクレア、もしわたしがご子息と結婚しなくても、父との取り引きは続行するおつもりですか?」

コーデリアの顔からダニエルの顔へ、そしてまたコーデリアの顔へと視線を戻して、ハロルドがうなずいた。「ああ、レディ・コーデリア。そのつもりだ」

「しかし、こちらとしては続行するわけにいかない」マーシャム伯爵が硬い声で告げた。

「結婚を条件にしたのはミスター・シンクレアではなくてわたしだ。コーデリア、おまえは頭もきれるし自分というものをしっかり持っている。いろいろな意味で自慢の娘だよ。だが、このまま独身を貫くと、わたしの叔母と同じ運命をたどることになる。叔母は孤独のうちに亡くなった。おまえにはそんな寂しい人生を送ってほしくない」

「もし断ったら?」

「もしおまえが断ったら、ミスター・シンクレアとの取り引きは中止だ。最終的には、うちの事業は立ち行かなくなる。旅行や遊びを楽しむ余裕はなくなるだろうね」娘をひたと見つめた。「ここは家族のために力を貸してほしい。だが実際は、何よりもおまえ自身のためなんだ」声の調子をやわらげて続けた。「何やら話が込み入っているようだが――」

アーシュラがふふんと鼻で笑った。

「ともかく、この若者はおまえを愛しているようだし、おまえも憎からず思っているのは誰の目にも明らかだ。彼は立派な青年だ。ふたりのあいだで何があったにせよ、前途有望な若者が破滅する姿は見たくない。それから、おまえがプライドに邪魔されて、せっかく見つけた幸せを手放す姿も見たくない」

「つまり、わたしには選択の余地はないというわけね」コーデリアの口調は冷ややかだった。

「コーデリア」ダニエルが口を開いた。「頼むから聞いてくれ――」

その言葉を、コーデリアは手を出して制した。「準備が整いしだい、あなたと結婚するわ。しかるべきところに手をまわせば、事務手続きも手早く完了するはずよ」確認を求めてちらりと見ると、父がうなずいてよこした。視線をダニエルに戻す。「でも、アメリカには同行しないし、お式のあいだを除いて二度とあなたには会わない」涙をこらえて礼儀正しいほほえみを浮かべるのを見て、ダニエルは胸が張り裂けそうになった。「失礼します」そっけなく会釈して、コーデリアは部屋を出ていった。

「コーデリア」ダニエルはあとを追おうとした。その腕をアミーリアがつかんだ。

「ここはわたしたちにまかせて」アミーリアはエドウィナに合図し、ふたりして妹のあとを追った。

ダニエルは呆然《ぼうぜん》としてふたりの後ろ姿を見送った。悔やんでも悔やみきれない。自分にもっと分別があったら、事実を知った時点で芝居に終止符を打ち、遺産のことも正直に話していたはずだ。そうしていたら、いまごろは彼女を腕に抱きしめていたのに。それなのに、いまとなっては誤解を解く時間さえ残されていない。

「さあさあ」アーシュラが陽気な口調で言った。「結婚式の段取りを決めないと」

婚礼のような手間のかかる行事も、コーデリアの母親やラヴィーニア叔母のような女性が本気になれば、驚くほど短時間のうちに準備できるものだ。ましてやその成否に一族の命運がかかっているとなれば。

もはや一家の伝説の仲間入りをした悲惨な夕食会から三日後、コーデリアはその日の夕刻までには彼女の人生から姿を消してしまうはずの男性との婚礼に臨もうとしていた。ふたりの言わば婚約に立ち会った家族が、この日もふたりの婚礼に立ち会おうと、客間でそわそわと待ちかまえている。

「そうね、まあいいんじゃない？」アミーリアが点検するような目で妹を見た。「ほんとうなら、もっと華やかなドレスにすべきだけど」

「華やかな気分になんてなれないのよ」コーデリアはそう答えたが、実のところ、どう感じているのか自分でもよくわからなかった。夕食会の晩以来、霧のなかを歩いているかのようになにもかもがもうろうとしている。

「すてきなドレスじゃないの。ちょっと平凡だけど」エドウィナが思いやりを込めてほほえんだ。「でも、とてもよく似合ってるわ」

家族はみな、力になってくれようとした。アミーリアとエドウィナは、いろいろあったかもしれないが、ダニエルは悪い人間ではなさそうだと請け合ってくれた。さらには、はっとするような男前で、癖のある笑顔もすこぶる魅力的だと付け加えた。ラヴィーニア叔母は、最初の夫を金銭的な理由で選ぶのは悪いことではないと指摘した。こんな目にあうのも自業自得だというようなことを口にしたウィルだけは、コーデリアの不興を買った。母親は、何はともあれ、これでコーデリアもお嫁に行けるのだからと呪文《じゅもん》のように唱えつづけた。サラは黙って愚痴を聞いてくれた。そして父親は、賢明にも無言を貫いた。この縁談を仕組んだ張本人が父親であるという事実は、コーデリアの心のなかでまだ固いしこりとなっていた。娘を思う気持ちゆえと理解してはいるが、これはわたしの人生なのだ。

ダニエルのことに考えが及ぶと、コーデリアは肩を怒らせた。もちろん結婚はする。ほかに方法はない。けれど、あまりにも多くの相反する感情が胸のうちでせめぎ合い、その先のことは何も決められなかった。これほど優柔不断になったのは初めてだ。ひとつだけ確信を持って言えるのは、いまも彼に対する怒りが消えずにいること。真実を打ち明ける機会ならいくらでもあったはずだ。いくら愛していると言われても、その愛情が遺産の件と無関係だと素直に信じるのは無理がある。気持ちが混乱し、まともにものが考えられない。心のなかで渦巻く感情や思いを、冷静に見つめなおして整理する時間が必要だ。彼の行動の奥底にあるのは純粋な愛情ではなかったかもしれないと知ったときから胸に巣くっている痛みを克服する時間が。これからの一生を彼とともに過ごしたいのか、あるいは彼なしで過ごしたいのか、しっかりと見きわめる時間が。しかし、そんな猶予はなかった。

アミーリアが手を差しだした。「覚悟はいい？」

「まだだけど」かぼそい声で笑って、コーデリアは姉の手を取った。「でも、必要な書類にはすべて署名してしまったから、いまさらやめるわけにもいかないわね」

姉たちにともなわれて、書斎から客間へ移動した。ダニエルは牧師のそばに立ち、その横に本物のウォーレン・ルイスが控えていた。

花婿と目を合わせないようにしてコーデリアがかたわらに立つと、牧師が式を始めた。

ダニエルが顔を近づけてそっと耳打ちした。「手紙の返事をくれないね」

「あなたの手紙には目を通してないから」コーデリアは小声で答えた。

「こんな終わり方はいやだ」

「いまごろ言っても遅いわ」

牧師が咳払いをした。「レディ・コーデリア？」

「はい、答えはイエスです」コーデリアは切って捨てるような調子で答えた。「誓います。続けてください」

牧師は眉をあげたが、何も言わずに式を続けた。

「仲直りの機会も与えてくれないのか？」ダニエルの低い声は怒りを帯びていた。怒る資格などないのに。

「ミスター・シンクレア？」牧師が催促した。「あなたの番ですよ」

「ぼくも誓います」かみつくような口調だった。

「当然だ」牧師はつぶやいて、式を続けた。

「きみはぼくを破滅させようとした」ダニエルは彼女だけに聞こえる声でささやいた。

「だから何？　あなたはわたしを破滅させたじゃないの」

「自分から台なしにしたんだろう」

「手を貸したのはあなたよ！」

「指輪！」牧師が声を張りあげた。「指輪は用意してあるんだろうね」

「ここにあります」ダニエルが彼女の手をつかんで、エメラルドをちりばめた指輪を乱暴に指に押し込んだ。コーデリアが長年夢に見ていたとおりの美しい指輪だった。こんな状況でなければ飛びあがって喜んでいるところだ。

思わず目が吸い寄せられる。「どこでこれを？」

「母の形見だ」

コーデリアの視線が彼に飛んだ。「遺産つきの結婚相手が見つかった場合に備えて、いつも持ち歩いているわけ？」

後方で控える家族たちからうめき声があがった。

「そうじゃない。父が持ってたんだ」

「今日はだめ」

「なんて都合のいいこと！」

ダニエルが陰険な表情で目を細くした。「そう言えるかどうか」

「ふたりを夫婦と認める！」牧師がふたりをにらみつけた。「通常はここでキスをするものだが、今回は省略したほうがよさそうだ」

「言うまでもない」ダニエルが言う。

「死んだほうがましよ」コーデリアの声が重なった。

「はい、そこまで」牧師が祈祷《きとう》書を乱暴に閉じた。「おふたりに神のお恵みがありますように。それがないとやっていけないだろう」そう言って、すたすたと部屋を出ていった。

「印象的なお式だったこと」アーシュラが小声で感想をもらした。

コーデリアは父親のほうを向いた。「じゃあこれでおしまい？　手続きはすべて完了ね？」

父親がうなずいた。

「みなさん、食堂においしい朝食が用意してありますよ」母親が陽気な声で呼びかけた。

「くどいようだが、ぼくは今日ここを発《た》つ」ダニエルが抑えた口調で言った。「次に戻ってくるのはいつになるかわからない」

コーデリアは彼の目を正面から見た。「心配しないで。こっちはなんとかやっていくから」

ダニエルが口もとを引き結んだ。「きみのことはこちらの事務弁護士によく頼んでおいた。なんでも必要なものがあったら言うといい」

「それはどうもご親切に」

彼がじっと見つめてきた。黒い瞳のなかに、心からの悔恨と悲しみに似た何かが宿っているのをコーデリアは見てとった。その瞬間、彼の腕のなかに飛び込んでしまいたくなったが、なぜかそうできない自分がいた。ダニエルが事務的に頭を下げた。「それではまた、コーデリア」

「ごきげんよう」コーデリアは喉の奥に激しいうずきを感じた。もしこの場にあと一秒でもとどまっていたら、きっと決意が崩れてしまう。会釈して体の向きを変えると、逃げるように部屋を立ち去った。

「朝食の用意ができているのよ」どこまでも楽観的な母親の声が背後から追いかけてきた。

その声を振りきるようにして自室にたどり着いたコーデリアは、後ろ手に扉を閉めた。取り返しのつかないことをしたという思いがじわじわと胸に迫ってくる。愛する男性と結婚したのに、わたしはその男性を人生から永遠に追放しようとしているのだ。

なぜこんなことをしたの？　腹を立てていたから？　傷ついたから？　プライドをずたずたにされたから？　はなをすすって涙をこらえた。誰からも知的な女性だと思われているのに、心の問題となると少しも賢くふるまえない。わかるのは、悲しみで胸が張り裂けそうだということだけだ。

部屋を横切って窓の外に目をやった。家の前の通りで、ダニエルとウォーレンが馬車に乗り込むのが見えた。ダニエルのまなざしが脳裏によみがえる。彼も胸の張り裂けるような思いをしているのだろうか。

馬車が走り去るのを見ていると、息が苦しくなってきた。たったいま、わたしは人生で最大の過ちを犯したのかもしれない。

彼がしたことはそれほど許しがたい所業だろうか。こちらにしても同じこと。どちらも悪気はなかったのだ。ひとつだけ真に重要なのは、父親どうしの取り決めやふたりの芝居、それに当事者に知らされていなかった遺産の件とは関係なく、とにかくふたりが出会ったことだ。

化粧台に近づいたコーデリアは、前日から置いたままの手紙を手に取った。そして大きく息を吸い、封を切って読みはじめた。

17

最愛なるコーデリア

最愛なると呼ぶ資格はすでにないかもしれませんが、望みだけは失うわけにいきません。お怒りはもっともです。ちょうど資金を必要としているときに、あなたに遺産があることを知ったとなれば、どんな清廉潔白な男であろうと疑われてもしかたありません。おまけにぼくは清廉潔白とは言いがたい人間です。

でも、これだけはわかってください、コーデリア。あなたが財産など何ひとつないサラという女性だと思っていたときに、ぼくはあなたを愛するようになったのです。これまでの人生で最悪の瞬間は、財政上の理由から、心を奪われた女性と添い遂げることができないと悟ったときでした。人生で最高の瞬間は、仕組まれた縁談の相手が妻になってほしい女性と同一人物だと知ったときです。

わかった時点で何もかも打ち明けるべきでしたが、先延ばしにすればするほど、何よりも大切なものを失うことが怖くなりました。つまり、あなたです。ふたりで生涯をともにすることです。いつかは許していただけることを願うばかりです。

別人になりすましていたぼくに愛を告白したのは、教訓を与えるためだったといまは理解しています。教えはしっかりと胸に刻みましたよ、コーデリア。それでも、きわめて複雑な状況であったとはいえ、あれは本心からの言葉だったと信じています。なぜなら、思いを分かち合っているという確信がぼくのなかにあるからです。ひとりではかかえきれないほど大きな感情が胸にあふれているからです。これが一方的な思い込みであるはずはありません。

明日、夫婦の誓いを交わした直後に、ぼくは帰国しなければなりません。残念ですがどうしようもないのです。同行してもらえることを心から祈っています。もしその願いがかなわなくても、どうか忘れないでください。きっとまた戻ってきます。

大海原や愚かな過ちがふたりを引き離そうとも、ぼくの気持ちは変わりません。

ダニエル

「すばらしい式だった」乗船する客船に視線を定めて、ウォーレンがさりげなく言った。朝早くコーデリアの家をあとにしてから、ふたりのあいだで結婚式のことが話題にあがったのはこれが初めてだ。

「すばらしい部分などこれっぽっちもなかった」ダニエルは肩をすくめた。「例外があるとすれば花嫁だ。怒ると瞳がきらきら光るんだ」

「生半可な光り方じゃなかっただろうな」

「何しろ癇癪《かんしゃく》持ちだから」

「そうは見えないが」

「おまけに、ひどい強情っぱりときてる」

「見ただけではわからないものだな」

ダニエルは横目で友を見た。「ぼくもときおり、かなりの強情っぱりになる」

ウォーレンがわざとらしく驚いてみせた。「うそだろう」

「おまけに、ときおり癇癪を起こす」

「きみが？　信じがたいね」

ダニエルは長々とため息をついた。「彼女を愛してるんだ、ウォーレン」

「問題はそこだな」考えるような間があいた。「ひとつ質問してもいいだろうか。なぜぼくたちはここでたっぷり十五分も船を眺めてるんだ？　安全性に問題はなさそうだ。乗船をためらう理由でもあるのか？」

「希望さ」ダニエルはぽつりと答えた。

「なるほど」

「無駄な望みだと承知しているが、やはりすがらずにいられない。この船に足を踏み入れたら最後、すべては終わりだ」

「あきらめるのか？」

「まさか。とりあえず……退却するだけだ。できるだけ早く戻ってくるつもりだが、離れている時間が長くなればなるほど、彼女はぼくなどいなくても毎日を楽しく生きていけると思うようになる」

「いや、それより、きみなしでは生きていけないと思い知るんじゃないか。離れていると心はつのる。そんなものさ」

「こんな状況で帰国できると思うか？　なぜ彼女はこんな仕打ちができる？」

「きみはほかに選択肢がないし、彼女は腹を立てている」憂いを帯びた表情でウォーレンは首を振った。「しかも猛烈に」

ダニエルは思わず笑った。「まあ、人のことは言えないが」

「だからお似合いなのさ」

「もし帰国せずにすむなら……」そんなことを考えても時間の無駄だ。いずれにせよ、帰国しなくてはならないのだ。本来なら何週間も前に帰国すべきだったが、手ぶらで帰っても問題の解決にはならない。だから必要な資金が調達できるまで延期したのだ。

「ちなみに、明日、出港する便もある」ウォーレンが軽い調子で切りだした。「宣伝文句によると、この船より航海日数が短くてすむそうだ。そちらに変更すれば、ロンドンに一日長く滞在できるぞ」

「一日ではとうてい無理だ……」

一日ではとうてい無理だって？　いったい何を言ってるんだ。仕事面では、たった一日で立派な成果をあげた実績がある。あと一歩で、今世紀で最も成功した企業家の仲間入りができるところまできている。一日あれば、どんなこともできる。愛する女性の心をつかむことだって可能なはずだ。時間切れであきらめることに比べれば、一日でも与えられたことを幸運だと思うべきだ。

ダニエルは友をじっと見た。「ちくしょう、ウォーレン。なんで自分で思いつかなかったのかな」

「無理もないよ。なんといっても、いまのきみは哀れな人間の抜け殻なんだから」

「いや、哀れな人間の抜け殻だったのはさっきまでの話だ。いまのぼくは不撓不屈《ふとうふくつ》の精神の持ち主で、何をなすべきか明確に見えてきた」

「未来を見通す力がそなわったとか?」

「まさにそうだ」ダニエルはしばらく考え込んだ。「こんな形で結婚生活を始めるのは間違っている。彼女にそのことをわからせるべきだ」

「ああ、そうだな」

「妻は夫のそばにいるべきだということも」

「そうでなければ結婚した意味がない」

ダニエルはうなずいた。「夫には妻を守り、導き、助言を与える義務がある。だからそばを離れるべきじゃない」

ウォーレンが顔をしかめた。「その意見にはあまり説得力がないような気がする」ダニエルの背後に視線が移動し、また戻った。唇の端が愉快そうに持ちあがる。「もっとうまい言い方を考えたほうがいい」

「そうだな」ダニエルは眉根を寄せた。「これならどうだ。いくら彼女でも反論できないことがひとつだけある。ぼくが彼女を心から愛していて、彼女のいない人生など送りたくないと考えていることだ。たとえ一分でも、一日でも」

「それも教えてやったほうがいい」

「まさにそうだ！」

「直接言えよ」

「言ってやるとも」ダニエルの胸は決意ではちきれそうになった。すぐさま彼女の家に取って返して、言って聞かせるのだ。こんどこそ、知らんぷりをしたり怒って部屋を出ていったりすることは許さない。必要とあれば、縛りつけてでも船にほうり込んでやる。二週間の航海のあいだに、少しは聞き分けがよくなるだろう。夫の言葉に耳を貸す気になるだろう。

「さっそく始めたらどうだ？」

「わかってるさ」ダニエルは鼻息荒く言い放った。「これからはびしびしいくぞ。明日の船は三人分の船室を確保してくれ」後ろを向いて一歩踏みだすなり、その場に立ち尽くした。

「どうやら間にあったようね」ブライトンの遊歩道を散歩するようなゆったりとした足取りで、コーデリアが近づいてきた。「荷造りに驚くほど時間がかかってしまって」

ダニエルの後方で、笑いを含んだウォーレンの声が呼びかけた。「ぼくはちょっと……荷物や何かを確認してくるよ」

内心の動揺を押し隠して、ダニエルはさりげなく尋ねた。「きみがなぜここへ?」

「今回の行き違いに至った状況を、あらゆる角度から冷静に見なおしてみたの。その結果、アメリカへ行けるせっかくの機会を逃すのは愚かなことだと気づいたわけ」コーデリアはひょいと肩をすくめた。「前から一度は行ってみたかったのよ」

「行く価値のある場所だ」ダニエルは用心深い口調を崩さなかった。彼女の背後では、大量のトランクや鞄《かばん》が次々と車から運びだされている。「それにしてもすごい荷物だね」

「長い滞在になりそうだから。まあ、永住するわけだし」

「ほんとうに?」うれしさのあまり手放しで笑いたい気分だったが、ダニエルはなんとか真顔を取りつくろった。

「ええ、本気よ」コーデリアが深く息を吸った。「あなたの手紙も最初のころと比べると格段に進歩したことだし」

「というと?」

「最後の手紙は最高に……」ごくりと唾《つば》をのみ込む。「ロマンティックだった」

「あの手紙でぼくが心がけたのはべつの点だ」

「それは何?」

ダニエルは探るような目で彼女を見た。「正直さだ」

「なるほど」少し考えた末にコーデリアは言った。「正直さという観点からすれば、わたしの側にも発言の誤りというか、うそと言われてもしかたのない部分があった。その点はお詫《わ》びするわ」

「つまり、別人になりすましていたことだろうか」

「まさか。その点はおたがいさまよ」

ダニエルは片眉をあげた。「だから謝罪の必要はないと？」

「ええ、そう」

まったくたいした女性だ。「それなら謝罪の理由は、ウォーレンを愛しているふりをしたこと？」

「それもはずれ」尊大な口調で彼女が言ってのけた。「真実を打ち明ける機会をあれだけ与えたのにあなたは黙っていた。文句を言う資格はないわ。それに、あの晩で偽りだったのは名前だけよ。わたしが愛している相手はあなたなのだから」

「なるほど」おまけに驚くほど頑固だ。「それなら、何を謝罪したいって？」

「あなたとはもう二度と会いたくないと言ったのはうそだった。そのことを謝りたいの」

「わかった。もう忘れよう」ダニエルは笑みをこらえた。

「あなたなしで人生を送っていけると言ったのもうそだった」コーデリアが背筋をまっすぐにのばして正面から見つめてきた。「あなたなしには一日だって暮らせないわ」

「そのことについても謝りたいと？」

コーデリアがうなずいた。「ええ」

「ほかにもまだ何かあるのかな？」

「細かいことがいくつか」一歩近づいてきた。「あなたが破産することを本気で望んでいたわけではないのよ。あれは単なる言葉のあや。あなたがどれほど熱心に鉄道事業に取り組んでいるか、わたしは知ってる。あんなせりふが口から飛びだすのも無理のない状況ではあったけれど、やはり許されないことだと思うわ」

「それでも許すよ」

コーデリアが彼の顔をじっと見た。「それから、アメリカに同行したくないと言ったのもうそよ」

「何より恐れていたことがうそだったと知って、こんなにうれしいことはない」

コーデリアの唇がかすかに上向きのカーブを描いた。「あなたのことを礼儀知らずの野蛮人と呼んだ件だけど――」

「鼻持ちならない気取り屋と呼ばれたような気もする」

「ええ。あのときは本気でそう思っていたし、あたらずといえども遠からずで、厳密にはうそではないけれど、やはりあんなことを言うべきじゃなかった。だから、その件もお詫びするわ」

「それで全部？」

「いいえ、もうひとつ」コーデリアが顎をつんとあげて彼の瞳をのぞき込んだ。「あなたにキスするなら死んだほうがましだと言ったけど、あれは真っ赤なうそよ。ほんとうはキスしたくてたまらない。いまも、これから先もずっと」

「よくわかった」ダニエルは低い声でつぶやいた。

「それだけ？」緑の瞳がきらめいた。不安と、そして……希望に。

ダニエルはゆっくりとほほえんで、彼女を腕のなかに引き寄せた。「ぼくも謝らなければならないことがたくさんある」

「ええ、そうよね」取りすました口調とは裏腹に、コーデリアが首にかじりついてきた。「今回のあなたの手紙は、再出発の第一歩としては悪くなかった。それにこれからは、命のあるかぎり毎日謝罪させてあげるつもりだから」

「了解」ダニエルは頬をゆるめた。

「約束よ。これからはおたがいにいっさい秘密を持たないようにしましょう」

「秘密は持たない」ダニエルは復唱して顔を近づけた。

コーデリアが頭を後ろに引いて、彼の瞳をのぞき込んだ。「自分が勝ったなんて勘違いしないでね、ダニエル」

「でも、勝利には違いないよ、コーデリア」笑みがさらに大きくなった。「ぼくの勝利でもあり」唇が重なった。「きみの勝利でもある」

そして最後に、旅の目的地がどこであろうと、そこにたどり着くまでの努力が無駄ではなかったことを忘れてはなりません。

『英国婦人の旅の友』より

エピローグ

三週間後

仲間たちとの憩いの場でありつづけたクラブで、いつものテーブルに向かい、いつもの椅子に陣取ったノークロフトは、ひしひしと孤独をかみしめていた。もちろんほかにも友人はいるが、いまや空席となった三つの椅子のあるじたちとは特別な絆《きずな》で結ばれていた。あれほど強い絆はおそらく二度と体験できるものではない。とはいえ、彼らはべつに死んだわけじゃない、と思いなおしてノークロフトは小さく笑った。結婚しただけだ。

テーブルに置かれた四枚の硬貨を手に取った。賭《かけ》の勝者に贈られるコニャックとともにクラブに預けておいたもので、この日、晴れてノークロフトの所有物となった。とはいえ、このような極上のコニャックは仲間と分かち合うべきで、必要以上にふさぎの虫に取りつかれた男がひとりでがぶ飲みするものではない。ノークロフトは給仕に合図してブランデーのおかわりを頼んだ。コニャックは後々のお楽しみに取っておこう。

友人たちに同情する必要はこれっぽっちもない。結局のところ、三人は予期せぬ幸せをつかんだのだ。ノークロフトとしては、自分がまだ見つけられずにいるものを手に入れた友人たちがいくぶんうらやましくはあるものの、心から祝福する気持ちに変わりはなかった。

たとえひとりきりになろうが、伝統を破るわけにはいかない。ノークロフトは立ちあがり、さらにテーブルの上に乗った。こんな派手なまねをするなら、もっと大量に飲んでおくのだった。深呼吸をして、クラブに集う男たちに呼びかけた。

「紳士諸君、ここらでひとつ乾杯したいと思います。ご起立願えますか」

面倒くさいとぼやく声が数人の男たちのあいだを駆け抜けたが、やがて全員が起立した。賭の話はすでに人々の知るところとなっていた。

「ウォートン子爵に乾杯」ノークロフトはグラスをかかげた。「存在するはずがないと思っていたものを見つけたことを祝して」

「そうだ、そうだ」誰かが大声で叫んだ。

「キャヴェンディッシュ子爵に乾杯。犠牲を払ってでも手に入れるべき宝物があると学んだことを祝して」

「キャヴェンディッシュに」みんなが声を合わせた。

「そしてミスター・ダニエル・シンクレアに乾杯。運がよければ、願望と義務とが一致することもあると知ったことを祝して」

「それできみはどうなんだね、ノークロフト？　何か祝うことはないのか？」遠くのテーブルからひとりの紳士が尋ねた。

「ぼくですか？」ノークロフトははっとして相手を見た。そういえば、自分のことを忘れていた。「そうですね。ぼくには勝者として正式に認定してもらう資格がある」グラスをさらに高くかかげた。「それでは、硬貨数枚と極上のコニャックを手に入れた者に乾杯。喜ぶべきことかどうかはともかく、はからずもこのぼくが……」頬がゆるむ。「独身貴族同盟、最後のひとりとなった」

訳者あとがき

ヴィクトリア・アレクサンダー作〈独身貴族同盟〉第三弾をお届けします。

一八五四年のロンドン、紳士専用クラブで優雅にくつろぐ貴族の男たち四人のあいだで、誰がいちばん長く独身でいられるか賭《かけ》をしようという話が持ちあがりました。いずれも家柄と財産に恵まれ、なかなかのハンサムぞろいの四人。勝者に贈られる極上のコニャックの封が切られるのは遠い先のことと思われていたのですが、あれよあれよという間に、プレイボーイとして名高いふたりの仲間が運命の女性と出会い、賭から脱落してしまいました。

残ったのは、性格温厚で日ごろから結婚にさほど抵抗を示していないノークロフト伯爵オリヴァー・レイトンと、仲間のうちで唯一のアメリカ人、ダニエル・シンクレアです。本国で鉄道開発事業を手がけるダニエルには、ひとり息子の人生に口を出さずにいられない大実業家の父親がいます。その父親が息子の縁談を勝手に決めてしまいました。

縁談の相手は伯爵令嬢のコーデリア。旅行が好きで文才に恵まれた彼女は、女性が働いて収入を得るのは下品なことと見なされていたこの時代に、女性誌に旅行記事を執筆するほど行動的で独立心旺盛《おうせい》な性格です。

結婚願望はあるものの、その相手は自分で選びたいと思っているコーデリアにとって、父親の事業を救うために仕組まれたアメリカ人との縁談は寝耳に水で、当然ながら猛烈な反発を示します。しかし二十五歳ともなれば、そう贅沢《ぜいたく》を言っているわけにもいかず、とりあえず相手がどんな人間かひそかに探ることに決めました。そして、付き添い役のサラになりすまして、ダニエルの秘書と思われる男性に近づくのですが、声をかけられた相手も、実は秘書のウォーレンではなくダニエル本人だったのです。

ここからふたりのややこしくて切ない行き違いが始まります。おたがいに相手を実際とは違う人間として認識しながら、しだいに心惹《ひ》かれるものを感じ、でもこの相手と結婚することはできないと思い悩む日々……。別人になりすまして交わされる会話は、当人たちは必死なのですが、第三者の目には抱腹絶倒もの。まるでシェイクスピアの喜劇を見ているような楽しさが味わえます。

実際、本文中には随所にシェイクスピアのせりふが顔を出します。引用された作品は『ハムレット』、『ロミオとジュリエット』、『終わりよければすべてよし』、『ヴェニスの商人』、そして『お気に召すまま』。でも、〝シェイクスピアなんてあまり興味ないし……〟と思われた方もどうぞご安心ください。そういった部分は、この小説の、言わばスパイスのようなもの。おたがいに頑固で強情な性格ながら家族思いのふたりが真実の愛に目覚めていくロマンティックな物語として、すんなりと入り込むことのできる作品に仕上がっています。

また、各章の冒頭を飾るのは、コーデリアが執筆したとおぼしき女性用旅行ガイドブックからの抜粋です。交通も未発達の十九世紀なかば、ふだんは多くの召使いにかしずかれて優雅に暮らす貴婦人が、遠い外国のそのまた奥地にある古代遺跡や秘境を訪れるのは、現代では想像もつかないほど大変なことだったでしょう。そういう時代の女性のためのアドバイスという体裁を取りつつ、その内容は現代にもしっかり通用するもので、ジャーナリスト出身の作者ならではの見識の高さがうかがえます。

本シリーズも残りあと一冊になりました。簡単には結婚しそうにない友人たちがひとり、またひとりと脱落し、はからずも勝利のコニャックをわがものにしたあの彼には、いったいどんな出会いが待っているのでしょうか。シリーズ最終作をどうぞお楽しみに。

二〇一〇年三月

皆川孝子

訳者　皆川孝子

東京都生まれ。英米文学翻訳家。主な訳書に、リンダ・ハワード『危険な駆け引き』、ヴィクトリア・アレクサンダー『迷えるウォートン子爵の選択』『放蕩貴族ナイジェルの窮地』、スーザン・エリザベス・フィリップス『あの空に架ける橋』（以上、ＭＩＲＡ文庫）など多数。

独身貴族同盟

大富豪ダニエルの誤算

2010年3月15日発行　第1刷

著　　者／ヴィクトリア・アレクサンダー

訳　　者／皆川孝子（みながわ　たかこ）

発 行 人／立山昭彦

発 行 所／株式会社 ハーレクイン

東京都千代田区外神田 3-16-8

電話／03-5295-8091（営業）

03-5309-8260（読者サービス係）

印刷・製本／大日本印刷株式会社

ISBN978-4-596-91407-1

独身貴族同盟
迷えるウォートン子爵の選択
ヴィクトリア・アレクサンダー
皆川孝子 訳

誰が一番長く独身でいられるか、という賭をした4人の独身貴族。勝者に最も近い子爵は愛人にするはずの未亡人に恋してしまい…。〈独身貴族同盟〉第1弾。

独身貴族同盟
放蕩貴族ナイジェルの窮地
ヴィクトリア・アレクサンダー
皆川孝子 訳

結婚——それは放蕩者にとって身の破滅を意味する。口にするのもいまわしい結婚に迫られぬよう、彼は慎重に未婚令嬢を避けていたが…。シリーズ第2弾。

結婚の砦1
不作法な誘惑
ステファニー・ローレンス
琴葉かいら 訳

一八一五年、突然社交界の花婿候補のトップに躍り出た元スパイたちは理想の花嫁を探すため秘密の紳士クラブを作った。〈結婚の砦〉シリーズ第1弾。

結婚の砦2
悩ましき求愛
ステファニー・ローレンス
琴葉かいら 訳

やむなく社交界で未亡人を称するアリシアが子爵に想いを寄せられて…。英国摂政時代、清貧の令嬢に訪れたシンデレラストーリー。シリーズ第2弾。

結婚の砦3
身勝手な償い
(上・下)
ステファニー・ローレンス
琴葉かいら 訳

幼なじみの伯爵と再会した令嬢。かつて、彼に恋し傷ついた彼女は過ちを繰り返さぬよう、誘惑に屈しないと心に誓うが…。〈結婚の砦〉シリーズ第3弾。

伯爵夫人の縁結びⅠ
秘密のコテージ
キャンディス・キャンプ
佐野　晶 訳

社交界のキューピッドと名高い伯爵未亡人に、友人の公爵が賭を挑んだ。舞踏会で見つけた地味な令嬢を無事に婚約させられるのか…?　新シリーズ始動!

伯爵とシンデレラ
キャンディス・キャンプ
井野上悦子 訳

「いつか迎えに来る」と言い残し消えた初恋の人が伯爵となって現れた。15年ぶりの再会に喜ぶジュリアナだったが、愛なき契約結婚を望む彼に傷つき…。

オペラハウスの貴婦人
キャンディス・キャンプ
島野めぐみ 訳

天才作曲家の夫の死で、再び彼の叔父と会うことになったエレノア。1年前同様、蔑まれることを覚悟していたが、夫の死の謎が二人の距離を近づけて…。

罪深きウエディング
キャンディス・キャンプ
杉本ユミ 訳

兄の汚名をすすぐためストーンヘヴン卿から真実を聞き出す——使命に燃える令嬢ジュリアが考えた作戦とは、娼婦になりすまして彼に近づくことだった！

幸せを売る王女
ロスト・プリンセス・トリロジーⅠ
クリスティーナ・ドット
平江まゆみ 訳

祖国を離れ英国で身を隠すことになった3人の王女。第二王女クラリスは王家秘伝の美顔クリームを売るため、ある伯爵の土地を訪れて…。シリーズ第1弾。

永遠を探す王女
ロスト・プリンセス・トリロジーⅡ
クリスティーナ・ドット
南 亜希子 訳

姉クラリスのもとを逃げ出した第三王女エイミーは貧しい村で暮らしていた。困窮から村人を救うため彼女は領主である侯爵を誘拐して…。シリーズ第2弾。

霧の宮殿と真珠の約束
クリスティーナ・ドット
細郷妙子 訳

家庭教師斡旋所を訪れた、不遜な伯爵。彼の依頼を受けた絶世の美女が厚化粧と野暮な服装で醜く変装した理由とは？ 大物作家の話題シリーズ第2弾！

ド・ウォーレン一族の系譜
夢に想うは愛しき君
ブレンダ・ジョイス
立石ゆかり 訳

エレノアとショーンは血のつながらない兄妹。禁断の愛ゆえに二人は激情の嵐にのみ込まれ、一族をも大波瀾に巻き込んでいく…。シリーズ第2弾。

ド・ウォーレン一族の系譜
光に舞うは美しき薔薇
ブレンダ・ジョイス
立石ゆかり 訳

ジャマイカ島からロンドンへの航海は数週間。その間に、一族きっての放蕩者クリフが海賊の娘を淑女に育て上げることになって…。シリーズ第3弾。

背徳の貴公子Ⅰ
黒の伯爵とワルツを
サブリナ・ジェフリーズ
富永佐知子 訳

貧窮する伯爵家を継いだアレクは、裕福な女性との結婚を目論むが…。摂政皇太子の隠し子3人が織りなす、華麗なるリージェンシー・トリロジー第1弾。

南の島の花嫁
キャサリン・コールター
富永佐知子 訳

南の島の領地を視察に来た伯爵家の次男ライダーは、英国で評判の放蕩者。そんな彼に好敵手ともいえる美女が勝負を挑み…。『シャーブルックの花嫁』続編。

湖畔の城の花嫁
キャサリン・コールター
富永佐知子 訳

伯爵令嬢シンジャンが一目惚れした相手は、見目麗しき貧乏貴族コリン。裕福な花嫁を探していると知った彼女は…。〈シャーブルック・シリーズ〉第3話。

エデンの丘の花嫁
キャサリン・コールター
富永佐知子 訳

シャーブルック家の人間とは思えないほど堅物で敬虔なタイセン。爵位を相続して領地に赴いた彼は不遇な美しい娘と出会い…。人気シリーズ第4話。

銀色に輝く季節

リンダ・ラエル・ミラー
佐野　晶　訳

吹雪で列車が脱線。閉じ込められた車内、明日の命さえわからぬなかリジーが見つけた大切なものとは…。〈マッケトリック家シリーズ〉待望のヒストリカル。

うたかたの輪舞曲《ロンド》

ナーン・ライアン
小長光弘美　訳

19世紀末、絶体絶命の危機を脱したクレアは英国を離れた。NYで恋多き公爵夫人と間違われた彼女は、当代きっての名士とはかない情事に溺れていくが…。

赤い髪の淑女

エレイン・コフマン
後藤美香　訳

一七六四年エディンバラ港、追っ手を逃れたケナは、渡仏を頼むために米国船の船長室を訪ねた。吹雪を忘れる熱い衝撃が彼女に襲いかかるとも知らずに。

心を捧げた侍女

ヘザー・グレアム
風音さやか　訳

16世紀、スコットランド女王の命を受けた侍女グウェニスは、心騒がす不遜な貴族とイングランド女王への謁見の旅に出るが…。注目の〈グレアム・シリーズ〉。

遙かな森の天使

ヘザー・グレアム
風音さやか　訳

カーライル伯爵の庇護の下、孤児のアリーは森のコテージで老三姉妹に大切に育てられてきた。ある晩、彼女の婚約が発表されるがアリーには寝耳に水で…。

愛はジャスミンの香り

スーザン・エリザベス・フィリップス
細郷妙子　訳

南北戦争直後、南部の令嬢キットは農園を取り戻すため、後継者に指名された北軍の英雄ケインの館へ忍び込む。少年に間違われて雇われた彼女だが…。